忠诚

老民　著

华龄出版社
HUALING PRESS

图书在版编目（CIP）数据

忠诚 / 老民著 . -- 北京：华龄出版社，2022.10

ISBN 978-7-5169-2315-3

Ⅰ . ①忠… Ⅱ . ①老… Ⅲ . ①侦探小说－中国－当代
Ⅳ . ① I247.5

中国版本图书馆 CIP 数据核字 (2022) 第 128658 号

策划编辑	周　骁	责任印制	李未圻
责任编辑	梅　剑	装帧设计	明翊书业

书　　名	忠　诚	作　　者	老　民
出　　版	华龄出版社 HUALING PRESS		
发　　行			
社　　址	北京市东城区安定门外大街甲 57 号	邮　编	100011
发　　行	(010) 58122255	传　真	(010) 84049572
承　　印	山东联志智能印刷有限公司		
版　　次	2022 年 10 月第 1 版	印　次	2022 年 10 月第 1 次印刷
规　　格	710mm×1000mm	开　本	1/16
印　　张	17	字　数	150 千字
书　　号	ISBN 978-7-5169-2315-3		
定　　价	68.00 元		

向忠诚的人民卫士、英雄的人民警察致敬！

目 录

第一章

老宅闹鬼

1

南山县枣林镇大杨庄老宅闹鬼，半个多月吓死六七个人，搞得村民人心惶惶。南山县公安局为此成立了专案组，由局长常安亲任组长进行调查，成员还有枣林镇派出所所长窦建功及警员宋立文、高大友。由于窦建功破案迟迟没有进展，常安决定扎根一线，住到大杨庄，亲自破案。

警车风驰电掣，常安的肚子咕咕直叫，他看一眼表，刚刚12点半，午饭还没吃。他拿起水瓶喝几口水，权当对胃的"安慰"。他紧握方向盘，眼睛盯着前方，脑子里琢磨着老宅闹鬼的事儿，一路思索，但不得要领。

通往大杨庄的乡村公路，路面很窄，坑坑洼洼，车颠簸得厉害。他紧握方向盘，车速渐渐慢了下来。

清明已过，路旁柳树枝条上缀满新绿，高大的杨树上垂挂着簇簇灰褐色的长穗，在朔风中摇曳呼叫，极力宣泄着对倒春寒的愤懑和怨恨。农民们在田地里忙碌着，或给麦田浇水施肥，或覆膜播种早春作物，或从塑料大棚扛出成捆蔬菜装车外运……农民朋友深谙一年之计在于春，总是把农时牢牢把握在自己手里，惜时如金。车离大杨庄越来越近，光秃秃的田野里却少见农民身影，冷冷清清，寂寥无边。麦田里麦蒿疯长，开出一片灿烂的黄花，飞扬跋扈地把返青的麦苗欺凌……看来闹鬼严重挫伤了农民种田的积极性。人误地一时，地误人一年。如果不抓紧春耕春播和麦田管理，夏秋就荒芜了，农民群众的生计将难以为继。

警车开进大杨庄，迎面而来的是披麻戴孝、哭爹叫娘的出殡队伍。唢呐声声，悲怆、哀怨、凄凉，两口棺材，罩着五颜六色、光怪陆离的棺罩，缓缓前行。在一个并不宽敞的十字路口，悲恸欲绝的孝子贤孙引领着两口棺材分道扬镳，一个向东，一个向南，向村外走去，棺材里大概就是两个被吓死的人。他们不是一家人。

常安把车停在路边，下车，目送着渐行渐远的送葬队伍，深感痛惜。悲痛欲绝的哭号由近而远。围观的村民一阵风似地躲回家中，随即传来"吱呀吱呀"的关门声。大杨庄笼罩在惶恐、惊惧、肃杀、悲伤的气氛之中，春天似乎迟迟没有光顾。

窦建功迎上来，后边跟着村委会主任李增山。

常安甫一入警，就毛遂自荐一举破获西堤积压多年的 3 起杀人大案，名声大振。李增山久闻大名，他紧紧握住常安的手，激动地说："久仰久仰，神探来了，大杨庄有救了！"

"李主任好。"常安问候着，用力抽出自己的手，认真地说，"我不是神探，是一名人民警察。"

李增山长吁短叹："唉，老宅闹鬼半个多月了，闹得大杨庄人心惶惶，鸡犬不宁，已经被活活吓死六七个人了。村民群众哪有心思搞生产啊！这春天一耽误，大杨庄老少今年就得喝西北风喽！"他拖着哭腔，悲戚地诉苦，眼泪几乎要掉下来。

常安问老宅在哪里，李增山指着不远处的一棵大槐树说："老槐树下那个高门楼，就是老宅。祁老太就是在老宅门前被吓死的，紧跟着，刘老头也一头跌倒在地，一命呜呼了！"

常安顺着他手指的方向看去，大槐树粗壮的虬枝任性地向四面八方舒展着，上面缀满淡绿色的叶芽。春天，枣树槐树发芽最晚。他示意窦建功把车开到老宅门口，他跟李主任步行过去。

2

常安跟李增山边走边聊，来到老宅门前。他望着一石到顶、飞檐翘脊、古色古香的门楼发呆。门楣和门框两边雕刻着蝙蝠、梅花鹿和荷花、石榴、葡萄、绕枝葫芦等鸟兽、花卉图案，两侧墙壁上刻着大大的"福"字、"寿"字，无不折射着当年老宅主人的美好愿望。常安审视着门楼，想象着老宅曾经的辉煌。

李增山告诉他："老宅是孙书记爱人杨金枝娘家的祖宅。她唯一的哥哥杨金贵失踪 8 年了，老宅一直平安无事，没想到现在……"他停顿一下，骂骂咧咧地说，"老宅突然闹鬼，深更半夜骂当官的不是好东西，已经吓死好几个人。这日子叫老百姓咋过呀？"他两手摊开，无奈地颤动着。

窦建功截住他："死的人并不都是被吓死的！"

"咋不是吓死的呢？"李增山拗着说，"死了 7 个人，都跟闹鬼有关！"

"不要争论。"常安抬手制止。"世上没有鬼，肯定是有人故意捣鬼！"

李增山脖颈上青筋突起，像蚯蚓蠕动。"不管真有鬼假有鬼，这样闹下去，不知大杨庄要死多少人哩！"

常安要窦建功简要汇报调查情况。

窦建功汇报说："专案组成立之后，我立马和宋立文、高大友两位警官来老宅察看，并未发现异常。倒是有只白獾卧在杨金贵的炕头上，奶着4只小獾崽，雪白雪白的，很可爱，我们没有打扰它。4月6日当晚，为了弄明白闹鬼到底是咋回事，我们在老宅连续蹲守24小时，闹鬼依旧，但没有发现闹鬼的人。每次闹鬼，都在零点前后，一对男女喊冤叫屈，骂当官的不是东西，挺瘆人的。之后，我们三个又在老宅蹲守了两宿，仔细听听，鬼哭狼嚎的声音好像来自老宅上空，又像远处集市大喇叭里传过来的声音。我们把老宅里里外外搜了好几遍，没发现什么异常。"

李增山打断他："局长呀，太恐怖太吓人了。"他绘声绘色地讲述道，"每次闹鬼都是深更半夜，大伙睡得正香的时候。鬼哭狼嚎，时而像婴儿醒来找不到娘时撕心裂肺的啼哭，时而像女人惨遭凌辱倍感屈辱的哀号，时而似贫病交加的老人濒临死亡时绝望的呻吟……痛苦，哀怨，凄厉，绝望，字字血声声泪，令人惊惧。有时大风吹过，把破旧不堪的门窗刮得'吱扭吱扭''噼噼啪啪'，要多瘆人有多瘆人！有些动物也来凑热闹，树上的乌鸦惊飞起来，'哇哇'叫着在夜空盘旋。院里不知啥动物哇哇惨叫……嚯，男女凄厉的哭喊，门窗的劈啪声，鸟兽凄厉的鸣啼，混杂在一起，奇异怪诞，令人毛骨悚然。"

对李增山的这番渲染，常安不屑一顾。"李主任词不少呀，有那么恐怖吗？"

李增山不好意思地搓着手说："嘿嘿，这些词呀，都是辛老头说的。"

"辛老头？"常安随口问，"辛老头是谁呀？"

"辛老头叫辛从善。"李增山说，"辛起志他老爹！"

常安不无诧异地问："是县政协副主席辛起志吗？"

"对，就是他。"李增山冷笑着说，"他这个老爹呀，满脑子全是老宅故事。杨金贵失踪后，表现得特别活跃，无论早晚，闲来无事，逢人就讲老宅故事，张嘴是鬼魂，闭嘴是幽灵。俺看他有点幸灾乐祸！"

"噢？"常安对李增山的说法产生一丝疑虑，但眼下他最关心的是祁老太被吓死的问题。

李增山指着门前的土路说："祁老太是在这里被吓死的，不少村民都看到了，当时我也在场。"

"请说详细一些。"

李增山摸着下巴，壮起胆子回忆说："那天傍晚，大伙正在那边聊老宅闹鬼的事儿。"他指指老宅斜对面的胡同口。"当时大伙正在那边聊天，看见祁老太背着一捆干柴颤颤巍巍地从西往东走。后边不远，刘老头挑着两桶水往这边走。"他指指老宅东边，"他们两家都在老宅东边住，是近邻。祁老太走到老宅门前，朝老宅大门瞅了一眼，突然大喊：救命啊，有鬼呀！接着摔倒在地，直挺挺地躺着一动不动，像死了一样。大伙一下子被吓懵了，愣了一下，随后呼啦啦地跑过去看，祁老太龇牙瞪眼，嘴里往外吐白沫，人已经不行了。俺蹲下抱住祁老太的头喊，'祁大婶，咋了呀？'祁老太一声不吭。这时，又听见咣当一声，水桶倒地的声音，接着听见刘大嫂呼天抢地喊叫：'孩儿他爹，咋了？他爹呀，你说话呀！'村委会会计刘树仁跑过去看了看，又跑回来跟俺说，刘老头摔倒在自家门洞里，头破血流，够呛了。我打发刘会计返回去帮帮刘老头。俺抱着祁老太，使劲掐她人中，一声接一声地喊她。她终于醒过来，惊恐地瞪着俺，张大嘴直喘粗气，两手乱挥，一句话也说不出。俺大声喊她，'祁大婶，俺是增山，你有啥话就跟老侄子说吧！'她两眼直勾勾地瞪着俺，惊恐万状，断断续续地说：'傻金贵……穿着……一身白……站在……老宅……门口……嘿嘿嘿地……朝俺……傻笑……口水流出……两眼瞪得……像铃铛……舌头伸出一拃……长……淌血……鲜红……的血呀……傻金贵……是鬼……手挓挲着……往俺身上……扑……好……好……吓人哪……'祁老太说着，两眼一闭，昏死过去，咋喊她也不应，呼哧呼哧直喘粗气。这时，祁老太的儿子满仓闻讯赶来，俺把他娘交给他，跑去看刘老头。在他家门洞里，刘大嫂坐在地上揽着刘老头的脑袋。刘老头不省人事，额头上呼呼地往外流血。摔得那么重，必须赶快送医院！我招呼在场围观的赵四海赶紧把他家拖拉机开来，送祁老太和刘老头去医院。俺和刘树仁陪着两家亲人一块去了枣林卫生院。夜班医生摸了摸两个人的脉搏，看看眼球，探探鼻息，用听诊器听了一通，叹息说来晚了，人不中了！"

"具体死因呢？"常安问，"医生咋说的？"

李增山说："医生最后下的结论是：祁老太由于受到极度惊吓诱发急性心梗猝死，刘老头是前额严重骨折致颅脑损伤而死。"

常安问他："医生说得很明确呀，你咋说是被鬼吓死的呢？"

李增山狡辩说:"医生说祁老太受到极度惊吓诱发急性心梗猝死,惊吓她的明明是杨金贵的魂呀!"

面对榆木疙瘩似的村主任,常安有理说不通,无奈地摇头。

"刘老头的死跟鬼并无关系。"窦建功强调说,"根据调查,当时,刘老头挑着一担水刚进门洞,听到祁老太大喊有鬼。他吓了一跳,扭头一看,祁老太摔倒在老宅门前。他大概想去救祁老太,慌乱中把扁担一撂,两只水桶咣当倒地,水洒了一地。刘老头脚下一滑,也许被扁担绊了一下,就重重地往前摔倒下去,额头正好磕到门槛上。青石条做的门槛,可硬了。刘老头人高马大,一个趔趄倒下去,脑门子再硬,也硬不过青石条呀!刘老头跟祁老太一块走了,说他是被鬼吓死的,一点儿科学依据也没有!"

李增山不服,说:"不管咋死的,反正都跟杨金贵的冤魂有关!"

"杨金贵的冤魂?"常安自然不认可李增山的说法。"你不是说,杨金贵失踪8年生死不明吗,哪来的冤魂呀?"

"话不能那么说呀局长。"李增山争辩道,"当年杨金贵失踪后,派出所警察,大杨庄乡亲,漫山遍野地找,周围村庄打听了个遍,硬是没找着。傻乎乎的一个大活人,没本事上天也没本事入地,你说他上哪里去了呀?现在老宅突然闹起鬼来,根据哭诉的内容,村民们认为那个喊冤叫屈的男人就是杨金贵。他唯一的亲人杨金枝和妹夫不信鬼神,从来不给他上香烧纸,杨金贵出来喊冤,完全在情理之中。老宅闹鬼,而且吓死那么些人,这是事实!公安局成天说要保一方平安,大杨庄现在哪有平安可言哪?"显然,李增山在将常安的军。

常安心头像被重锤砸了一下,隐隐作痛,遗憾地叹息一声,抚摸着警服扣子,郑重地说:"请放心,公安局绝不会放手不管。我们已经成立了专案组,由我自己担任组长,一定要查清真相,把闹鬼者揪出来,把平安还给大杨庄!希望李主任积极配合!"

"积极配合没问题。"李增山拍手说,"老百姓就盼着这一天哩。你是神探,俺相信你说话算数!"

"请相信我,李主任。"常安自信地说,然后指着老宅大门上的大铁锁,命令似的对窦建功说:"打开,我进去看看!"

走进老宅，首先映入眼帘的是满院茂密的枯草，足有半人多高，遮掩着一簇簇刚冒出的新绿。倒伏的枯草表明，不久前有人来过。窦建功告诉常安，那是他跟宋立文、高大友进入老宅时踩倒的。他们第一次进老宅时，满院枯草没有被踩踏的痕迹，说明至少去年秋季以来没人进入过老宅。

常安环视老宅建筑，正对大门的是一溜堂屋，一石到顶。其中 4 间青瓦覆顶，屋脊和檐角饰有吻兽，虽被风化得缺棱少角，仍可窥见老宅昔日建筑的讲究。门窗是现在常见的对开的那种，镶着玻璃，大部分已经破碎，显然是后来改换上去的。石头砌垒的墙体严丝合缝，白灰勾缝，粗细均匀，十分讲究，像精心描画的一样，唯有东头一间房顶红瓦覆盖，檐角没饰吻兽。石头砌垒的墙体是水泥抹缝，宽窄不一，有些粗糙，明显是后来接盖的。这间房单独开门，门楣、房檐被烟熏染得黑乎乎的。甫说，这是间厨房。两间西屋是太行山区农村常见的那种砖瓦房，所有屋门都大敞四开，上面的玻璃破碎不堪，风刮得开开合合，吱呀作响。与房屋相连的是高高的垣墙，墙头上枯草随风摇曳。院墙西南角是茅房。茅房一侧有棵高大的榆树，凋落的榆钱随风飘飞，碧绿的新叶缀满枝头。高高的枝头有个老鸹窝，两只乌鸦哇哇叫着在上空盘旋。西南角一段墙头上枯草折断，墙下的枯草倒伏一片。常安蹚过去，仔细观察，墙头有攀爬的痕迹，墙根倒伏的枯草上沾有血痕。他拔起一根带血的枯草，瞅瞅，对窦建功说："最近肯定有人或动物从这里越过墙头跳进院里，受伤流了血。"

李增山恭维说："局长好眼力，确实有人进来过。俺村有两个楞头青，一个叫田家仁，一个叫李宝昌。他俩吹嘘不怕鬼，扬言要来老宅捉鬼，为民除害。一天夜里，两个冒失鬼从这里爬上墙头。结果呢？鬼没捉到，却被鬼从墙头上踹了下去，两人都受了伤，差点把小命搭上。冒冒失失来老宅打鬼，得罪了神灵，没过多久，两人就遭到报应。田家仁夜里骑摩托外出一头撞到大石头上，车毁人亡。他爹娘痛失独子，绝望之中当夜喝农药自杀了！接着李宝昌的老娘也疯了，当夜被神婆子活活给治死了。老娘一走老爹悲痛欲绝，一口气没上来，也一命呜呼了。"

常安苦涩地笑笑说："带我去堂屋看看。"

李增山走到堂屋门口，捡起一根木棍，用力敲打着半掩的屋门朝里大喊："有人吗？"

窦建功讥笑他："喊啥呀李主任，屋里没有人！"

他话音刚落，从屋里倏地闪出一道白光，从李增山胯下蹿出。李增山猝不及防，吓得大叫一声，瘫坐在地，脸色苍白，掉了魂儿似的呻吟："哎哟局长啊，看见了吧？是傻金贵的魂儿呀，吓死俺了哟！"

常安看了个真真切切，那应该是建功说的白獾，只见它箭也似的穿过半人高的枯草，越过墙头逃出老宅。

常安忍俊不禁："李大主任胆小如鼠呵！一只白獾就把你吓成那样？"

李增山张口结舌："俺……"

常安同窦建功走进堂屋。李增山爬起来，胆战心惊地跟在后边。

堂屋共3间，布满灰尘和蜘蛛网，光线晦暗，潮气夹杂着强烈的霉味扑鼻而来。置身屋内，犹如进入坟墓，阴森、压抑、恐怖。迎面摆着一张方桌和一对太师椅，靠墙是条儿，桌前有一长木凳，桌下有只方凳和圆凳，被厚厚的灰尘覆盖着，难辨本色。常安顺手拿起扫把扫掉桌椅条儿和凳子上的尘土，方桌、太师椅和条儿露出古铜色，应该是祖传的老物件。长凳露着白茬，做工粗糙，凳面扭曲变形，估计制作时木料没干透。方凳和圆凳一个是栗子色，一个是橘黄色，看样子不是同时置办的。通过一长两短三只凳子和古色古香的方桌、太师椅、条儿，可以窥见世道的转换。

常安像鉴赏古董一样端详着方桌太师椅，蓦然听到吱吱几声叫，像嗷嗷待哺的狗崽。他循声踅进东间，炕角不整的被褥上蜷缩着4只小白獾。空气里弥漫着呛鼻的狐臊味，李增山怯怯地躲在常安身后窥视。

常安提醒不要打扰这些可爱的小动物。他退到方桌前，见条机上方挂着家堂轴子，颇觉怪异。按中原传统，春节祭祖时才挂出家堂轴子，为啥杨金贵平时挂这玩意儿？

李增山说："杨金贵傻，不知道哪天过年。"

常安伸手摸摸家堂轴子，家堂轴子由淡褐色绢帛裱成，像从古墓中出土的古画。他颇感兴趣地审视着上面的内容：最上边画着4层男人肖像，自上而下，最顶层1人，第二层3人，第三层7人，第四层13人，个个留着八字胡儿，正襟危坐，惟妙惟肖，目光冷峻，似乎无时无刻不密切注视着子孙们的一举一动。每幅肖像左侧写着"××世祖"的名讳，最顶层一世祖名叫杨继业。

"是杨家将的后人吗？"常安感到诧异，指着上方的肖像，问李增山。

李增山说："这个杨继业不是杨家将的杨继业。那个杨继业是北宋人，这个杨继业是明末清初人，比那个杨继业晚了八九百年哩！"

"哦，关公斩秦琼。"常安调侃一句，目光不由得从家常轴子第五层往下扫描，没有肖像只有名字，层层叠叠，越往下人越多，像枯树的老根，密密麻麻扎进泥土里；但从11世往下，名字却越来越少。到了14世，就只有杨元开、杨元泰兄弟俩了。从1世到11世，老宅人丁兴旺，为啥从11世往后，人口急剧减少呢？常安请教躲在身后的李主任。

局长请教，李增山顿时兴奋起来，把白獾的事儿忘得一干二净，兴致勃勃地讲起老宅的兴衰史。"三百多年前这里没有大杨庄，只有一条山沟，叫阴阳沟、死亡涧。山涧荒草萋萋，白骨累累，鬼哭狼嚎，十分恐怖。杨继业从外地逃难定居到这里后，才有了大杨庄。老宅的历史，俺知道点皮毛，局长如果感兴趣，可以去找辛老头，他给你讲三天三夜都说不完。"

又是辛从善，看来，在大杨庄，辛从善是个人物哩！常安说："如有必要，我会拜访他。"

李增山指着家堂轴子说："局长，你看杨树桐的大儿子杨元开这一支，往下是儿子杨连升，孙子杨大国，重孙就是杨金贵，他妹妹就是青川市委孙副书记的老婆杨金枝。杨金贵因为傻，一辈子没娶上媳妇，现在失踪了，这一支就绝户了。再看老二杨元泰这一支，儿子杨连举，孙子杨大中健在，是个老师，现在退休在家。重孙是杨金宝，现在南山县人社局当科长。"讲到这里，他感慨万分，"杨元开、杨元泰兄弟俩走的道儿不一样啊。当年，老大杨元开的日子越过越好越过越富有，老二杨元泰的日子越过越孬越过越贫穷，最终成了个穷光蛋。解放后，杨元开家被打成地主成分，杨元泰家划成了贫农，本是一家人，却被划到势不两立的两个营垒中。有意思吧？那会儿杨金贵没出生，祖上的生活他一天也没享受过，却也是地主羔子呀。杨金贵小时候可是非常聪明，但是特殊时期，杨大国挨整，10岁的杨金贵冲上去用幼小的身躯护住他爹，谁知道却惹怒了带头的人，一脚把小金贵踢倒在地，小金贵昏死过去。后来，命算保住了，却成了傻瓜，终生智障！"

常安对杨金贵的悲惨遭遇唏嘘不已。老宅三百多年，大起大落，由盛而衰，与国家的命运紧密相连。他久久注视着家堂轴子上的一层层名字，目不转睛，好像要从中探明杨金贵失踪的谜底。他走近家堂轴子，伸手摸摸，手感细腻，裱糊精致。他无从知道家堂轴子是哪年制作，但从质地、色调和肖像的画技、毛笔字的规整可以断定，应该是清末民初的东西。从12世祖往后，名字的笔迹与上面明显不同，应该是后来续写的。家堂轴子经历过多次战乱，还如此完好地保存下来，难能可贵！常安不由得掀起家堂轴子，墙上无洞，家堂轴子背面全是空白。常安将家堂轴子轻轻放平，生怕惊扰了老杨家列祖列宗。

他转身走进西间，里面堆放着不多的杂物。最显眼的是半袋面粉和少许大米，已被老鼠和蛀虫糟蹋得不成样子，呈灰褐色，散发着浓烈的鼠臊味和霉味。

常安退出堂屋，踅进厨房。灶台很宽阔，水泥抹面，上面是一口很大的铁锅，足够七八口人使用。他不解，问道："杨金贵单身一人，咋用那么大一口锅？"

李增山不假思索地说："据说他爷爷奶奶在世时就用这口锅。"

"哦？"常安疑惑不解，"杨金贵一人用那么口大锅，多不方便呀！"

李增山解释说："听老辈人说，过去老宅分前后院，这里原本是从前院通往后院的过道，厨房原来在东厢房。早年间过道有口水井，供老宅的人吃水用。后来，井被填死了。后院和东厢屋也分给了穷人，过道没用了，杨金贵他爷爷就把过道搭建成厨房，一直用到现在，锅台始终没有动过。"

常安弯腰往大铁锅里瞅瞅，没有一滴水，从锅底到锅沿布满一圈圈灰白色水锈，说明曾经烧开过满满一锅水。一人生活烧那么多水干啥？饮牛？饮牛不用热水。洗澡？农民没有这习惯，况且杨金贵智障，不会那么讲究。究竟为啥要烧满满一锅热水呢？常安觉得很蹊跷。灶膛前有一大堆草木灰，似乎从来没有清扫过。这样生火做饭多不方便，杨金贵的确傻得可以呀！

窦建功解释说："草木灰原来堆在灶膛里，听说是景所长勘察现场时扒出来的。"

"哦。"常安质疑道，"难道景所长怀疑杨金贵被塞进灶膛了吗？"

窦建功哑然失笑："也许是吧。"

常安问："第一个发现杨金贵失踪的人是谁？"

李增山说是他外甥孙继海，孙继海打电话告诉他妈杨金枝，杨金枝又打电话告诉她老公，当时孙副书记正在省委党校学习。第二天一大早，杨金枝由儿子陪着去枣林派出所报了案，孙副书记连夜从省城赶到派出所。一家3口，跟景所长和陈副所长研究了寻找大舅哥的方案，然后来大杨庄看了看乡亲们，就返回省城去了。景所长、陈副所长带人山上山下寻找，大杨庄乡亲们也都参加了，也走访了周围村庄。大伙忙了两天，却一无所获。

"后来呢？"

李增山发牢骚说："后来？后来就不了了之了。杨金贵失踪8年，至今活不见人，死不见尸，派出所连个说法也没有。"

常安眉头一皱："人没找到，咋就不了了之了呢？"

李增山不屑地说："这个得去问派出所。"

常安诧异地看着窦建功。

窦建功谨慎地回答："那时咱俩都在西堤，具体情况我也不十分清楚。因为直接参与失踪案调查的老所长景风光痴呆了，陈东来因公殉职了，另外两个老刑警调离了枣林，所以案子就不了了之了。"

景风光和陈东来的遭遇，常安略有耳闻，但没有深究。今天窦建功发的牢骚，显然是对当年杨金贵失踪案不了了之发表不满。窦建功说的另外两个老刑警，是李卫国和毛大鹏。常安对他们都熟悉，二人一向工作认真，从不敷衍。景、陈遭遇不幸后，他俩为啥放弃了对失踪案的调查呢？他这样想着，转身去了西屋。

西屋共两间，一间是牛栏，大石槽后面的牛粪干裂成碎渣；另一间堆放着饲草，已经霉变。李增山说杨金贵失踪前喂着两头牛，白天上山放牛，傍黑回家吃饭睡觉，天天和两头牛相依为命，形影不离。

"两头牛也跟他一起失踪了吗？"常安问。

"杨金贵失踪后，两头牛一直在栏里拴着，饿得哞哞叫。"李增山说，"他外甥再晚来几天的话，两头牛可能就生生饿死在牛栏里。"

听着窦建功和李增山你一言我一语的介绍，常安脑海里像塞进一团乱麻，理不出个头绪。

4

夕阳西下。大山的影子像巨大的黑幕降落下来，把大杨庄笼罩在黑暗之中。

常安嘱咐窦建功弄两张折叠床来，今晚陪他住在老宅。

李增山怪异地看着常安："哪能住在这里呀局长？老宅是鬼宅，夜里鬼哭狼嚎，吓死人呀！"他请局长去村委会住，说那里干净又安静。

"就住这里！"常安的态度不容置疑。"不入虎穴，焉得虎子。建功他们不是在老宅蹲守过三宿了吗？鬼并没把他怎么样嘛！我要体验一下闹鬼的滋味。"然后朝窦建功说，"你们仨在老宅这三宿没白过，你们的感受是可信的。今晚你陪我住在老宅，彻底搞清楚闹鬼到底是咋回事，早日破案！"

李增山深受感动，望着黑咕隆咚的屋子，拉拉开关，电灯没亮。他要去找电工接线装灯，常安阻止道："暂时不装灯，鬼怕光，电灯一亮鬼就不来了。"

李增山把常安的玩笑话当真了，一脸不解地说："闹了半天局长也信鬼呀！"

常安吩咐窦建功让所里送两个肉夹馍和两瓶热水，晚饭就在老宅吃。

李增山说："局长，不用让所里送水送饭，我回家叫老婆给你们做。咱农村好东西没有，家家户户喂着鸡，自然放养，鸡蛋不含激素；自己种的白菜萝卜，没施化肥不打农药，无毒无害，吃着放心。嘿嘿，你俩一盘大葱炒鸡蛋，两碗白菜炖粉条，4 个白面馍，足够了吧。热乎乎的，比干啃肉夹馍舒坦多了！"

李增山的热情让常安感动，他婉拒说："谢谢，不必客气李主任。吃喝我们自己解决，不麻烦你。"

"说麻烦就见外了呀局长。你们领导来为俺村办事儿，住在这种窝囊地方，吃苦受累，俺给你做顿热饭送壶开水不是应该的吗？"

"那你提两瓶热水来吧。"常安笑着让步说，"吃饭我们自己解决！"

李增山坚持说："改革开放那么些年，现在老百姓不像过去那样闹饥荒了，天天吃白面馍，肉蛋不算稀罕玩意儿。"

"这我知道。老百姓过日子不容易。"常安认真地说，"以后有机会吃你的饭。"

李增山见常安不松口，邀约似的说："那……俺听你的。君子一言，驷马难追，等把鬼捉住，把杨金贵找回来，大杨庄太平了，俺为你摆庆功宴！"

"一言为定。"常安乐呵呵地说，"那一天很快会来到！"

"好，一言为定！"李增山说。他扯了个理由，离开老宅。李增山怕鬼，天一黑就回家关门闭户。

天完全黑了下来，老宅没有一丝灯光。常安来到院子里，仰望天空，黑绒布似的夜幕上缀满星星，闪闪烁烁，像一只只窥视人间秘密的眼睛。宋立文、高大友开车送来折叠床和晚餐，折叠床摆在堂屋西间。常安让宋、高回去休息，他俩却坚持陪局长、所长住在老宅。常安拒绝："捉鬼无须兴师动众！"

宋、高离去后，常安和窦建功坐在太师椅上，摸黑吃着白吉馍，津津有味。常安嘱咐窦建功，打起精神，瞪大眼睛，仔细观察捣鬼者到底是从哪里进入老宅的，是怎样捣鬼的。

夜越来越深。野兽的号叫、鸟类的鸣啼从大山深处传来，把夜衬托得空旷寂寥，神秘莫测，令人恐惧。两人目不转睛地注视着，并捕捉着黑暗中可能出现的任何一个细微的动静。院里突然传来几声尖利刺耳的叫声，像婴幼儿啼哭，撕心裂肺，十分瘆人。是野猫叫春，他俩一动不动。不一会儿，隐约可见一只动物从门缝挤进来，沿着墙脚蹿进西间，两只眼睛闪烁着微弱的光。常安凭经验判断，很可能是只黄鼠狼。接着，白獾从窗口跳进来，目光如炬，大摇大摆地蹿进东间，在门边擦出一溜火星。然后是獾崽们享用妈妈乳汁时的欢快叫声。窦建功查看手机上的时间，00：37。他悄悄告诉常安，老宅闹鬼基本都在深夜11点到凌晨两点之间。

"哦，做好战斗准备！"常安命令似地说。他话音刚落，一男一女的哭喊叫骂声突然从屋外传来，打破了寂静的夜空：

"当官的不是人啊……玩够了俺就杀了俺呀……俺肚里怀着他的娃儿哩……俺冤枉啊……呜呜呜……"是女人的哭诉声，撕心裂肺。

"都说俺傻……呜呜……俺招谁惹谁了呀……凭啥杀了俺呀……乡亲们哪……给俺报仇吧……"是男人的号哭声，悲痛欲绝。

"……"

窦建功看一眼手机屏，时间是凌晨01：21。两人冲出堂屋，竖起耳朵，凝神静气，像训练有素的警犬，仔细辨别着哭喊声的方向。

"呜呵呵……草菅人命啊……"女人的哭喊痛苦悲伤，绝望无助。

"呜呜呜……俺死得好冤啊……呜呜呜……要替俺报仇呀……"男人一腔愤怒，满腹怨恨。

大榆树上两只老鸦飞离巢穴，"哇哇"叫着在夜空盘旋。

哭号果然来自空中，像从某种播放器里发出来的，略带磁性。

两人仔细搜寻四周，并不见人影。

窦建功悄悄地说："我们蹲守了三宿，闹鬼时乌鸦都没惊飞。"

常安顿悟，乌鸦和家禽一样，黑暗中视力几乎为零，傍晚时分统统归巢，不会轻易离开巢穴。栖息在公路边大树上的鸦鹊，夜里尽管汽车轰鸣，喇叭刺耳，从不被惊飞。除非动静发生在巢穴，才会惊飞。他推测播放器可能在乌鸦巢穴中！

须臾，哭喊声戛然而止，老宅顿时陷入死寂之中。两只乌鸦仍在夜空盘旋嘶鸣，迟迟不能归巢。窦建功看一眼手机显示屏，01：23。时长不过两分钟！

"看来，老鸹窝里可能有播放器！"常安说。

窦建功说："我上树摸摸，有的话把它拿下来！"说着，脱下警服扔给常安。

常安关切地问："你中吗老同学？要不我上！"

"我中！"窦建功笑着说："哪能叫局长上呵？"

常安提醒他注意安全，不要出声，不亮手电，不要惊动村民群众！

"明白！"窦建功答应着，跑到厕所旁，纵身跃上院墙，手扒树干，猴子似的眨眼间就爬上了大榆树顶。常安望着他矫健的身影，暗叹老同学身手不减当年。

窦建功伸手往老鸹窝里一摸，果然有个物件，他抓牢那物件，从树上下来，把那物件交给常安。"感觉像部手机！"

寒风袭来，窦建功不禁打了个寒战。

常安给他披上警服，带他返回屋里，按亮手机灯光一看，是部老掉牙的波导手机！

两人如获至宝，借助手机灯光审视一番。常安喜不自禁地说："有了这玩意儿，就能让村民群众明白，老宅闹鬼确系人为，世上根本没有鬼！"

窦建功说："闹鬼者肯定是玩手机的高手，十分熟悉手机功能，能模仿一男一女的哭喊嚎叫，录进手机替换铃声。夜深人静时拨打这部手机号码，老宅就闹鬼。如果我们知道这部手机号码，可以当场验证一下。"

常安用波导拨打他的手机号，悦耳的铃声响起，手机屏上随即显示出一个号码。然后他要窦建功按回拨键，波导手机立即哭喊起来，像刚才一样恐怖瘆人！常安关闭波导手机，屋里顿时沉寂下来。

窦建功竖起大拇指，"接下来我们可以从这部手机的通话记录中查到拨打这个号码的电话，顺藤摸瓜，就能查到捣鬼人！"

常安点点头，把波导手机交给他。他打开通话记录，从 3 月 16 日开始，深夜经常拨打这部波导手机的是一个 137 开头的电话。

常安幽默地说，"用手机闹鬼，也算一大发明吧！不过手机电量耗尽后，就得爬上榆树更换，可够麻烦的！"

窦建功说："一般说来，手机充电一次可以连续通话六七个小时。而且这种老手机，待机状态一般不怎么耗电。按 6 个小时计算，六六三百六，充满一次电就能通话 360 分钟，合 21600 秒。如果每夜闹鬼一次，每次闹鬼 90 秒即 1 分半钟，那么，这部手机可以闹鬼 240 多次！"

常安吃惊地说，"按此计算，从理论上说，一部手机可以闹 8 个月呀！但是手机待机时间肯定没有这么长。你们三个说每次闹鬼哭喊的内容不尽相同，乌鸦也不是每次都被惊飞。看来，老宅肯定不止安放了这一部手机。几部手机交替使用，所以在老宅其他部位，例如房顶上，周边树上，可能还有手机。"

窦建功点头表示赞同。

常安掂着波导手机说，"有了这部破手机，查找其他手机并非难事。明天上午，"常安意识到已经过了 0 点，忙纠正说，"不不，今天上午，派人去县营业厅查询一下这个手机号还拨打过哪些电话，把记录找出来，然后返回这里逐一拨打验证，循声查找，所有手机都可以找出来！"

至此，两人如释重负，睡意袭来，想抓紧美美地睡上一觉，便和衣躺到折叠床上。由于兴奋，俩人却又久久不能入睡。

常安说："查获闹鬼道具，对于彻底揭开杨金贵失踪真相来说，顶多算是万里长征刚刚迈出第一步。老宅闹鬼的根源是杨金贵失踪真相不明。而要查明失踪真相，任务很艰巨，需要做大量艰苦的工作。"

常安说了自己的打算。天亮后，他跟窦建功去拜访李宝昌，了解他跟田家仁的不幸遭遇。宋、高两名警员负责调查通话记录，并且收缴道具。在做好充分准备的基础上，后天晚上召开村民大会，当众展示闹鬼道具，把群众从鬼魂阴影中解放出来，使大杨庄恢复平静，把村民群众的注意力引导到春耕生产上来。最后，围绕杨金贵失踪问题展开全面调查取证，争取在最短的时间内揭开杨金贵失踪真相，把犯罪嫌疑人抓捕归案。

第二章

夜半捉鬼

1

早饭后，宋立文、高大友去了县城，常安跟窦建功由李增山带路，去拜访李宝昌。李增山敲了半天门没开，骂骂咧咧说："这家伙成天大门紧闭，谁都不见。"

"为啥？"常安问。

"心中有愧呗！"李增山随口回答。"他跟田家仁冒冒失失夜闯老宅，把自己弄得家破人亡，给乡邻们惹下那么多祸端和麻烦，大伙骂他俩是丧门星。他没脸见人哪！"说着，继续砸门，边砸边喊，"宝昌，开门呀！"

门终于打开一条缝，露出李宝昌的一只眼。他见村主任身后站着两位警察，以为是来抓他的，随即"咣当"一声将大门关闭。

李增山扯开嗓子大声喝斥："局长登门拜访你，你倒像个缩头王八，连门都不让进，咋那么不懂礼数呀！"

常安示意别急，耐心等待。

门终于缓缓打开，一个30来岁的汉子躲在门后。

李增山一步跨进大门，斥责他："咋搞的宝昌，局长来看你，咋那么不识抬举呀你？"

李宝昌头上敷着纱布，眼神呆滞，打量着尚未进门的两位警察。他认识窦建功，但不认识常安，嘴似张非张，轻"哦"了一声。

李增山继续斥责他："祸是你自己惹的，你躲谁呀嗯？局长所长来了连门都不敢开，忒不像话了呀你！"

李宝昌又"哦"了一声，木讷得像个痴呆的孩子。

李增山责备他说："还不快请局长、所长家里坐。你哦哦啥呀？"

李宝昌穿的白色 T 恤，几乎成了土黄色，双手在 T 恤上搓着，不情愿地说："那……局长、所长家里坐吧！"

常安来到院里，四周观察，柴草、农具杂乱无章地堆放着，几只鸡在土里刨着食，鸡屎随处可见……低矮的房屋年久失修，墙皮脱落，摇摇欲坠。看得出，李宝昌的日子过得并不宽裕。

李增山把局长、所长径直领进堂屋，让两位领导坐在太师椅上。"你媳妇呢？走娘家好几天了，还没回来吗？"李增山问。

李宝昌低着头，悲戚地回答："不回来了，说跟俺离婚。"

常安犀利的目光盯着李增山。李增山会意，解释说，李宝昌跟田家仁夜闯老宅打鬼，自己受了伤。不久，田家仁家破人亡，宝昌的爹娘也双双离世。宝昌媳妇觉得太晦气，赌气去了娘家，不跟他过了。

常安心情沉重，近距离审视着李宝昌：约1.75米的个头，五大三粗，浓眉大眼。按说应该是条威风凛凛、顶天立地的汉子，却表现出一副垂头丧气、萎靡不振的神态，像个懦夫。常安看着他包的纱布，关切地问："伤口还痛吗？"

"不痛了。"他嘟囔着说，心脏急速地跳动着，"线还没拆。"

常安说："受伤差不多有一周了吧，快找牛大夫拆线，换换纱布，给伤口消消毒。没有必要就不要再敷纱布了，透透气，有利于伤口愈合。"

李宝昌下意识地抚摸一下头上的纱布，说："俺觉着该好了。"

常安鼓励他："宝昌兄弟，打起精神，拿出夜闯老宅捉鬼的勇气来！"

听口气，局长不是来抓他的，李宝昌的心跳渐趋平缓。

李增山附和，为他加油打气，说："听见了没有宝昌？振作起来呀！打鬼英雄应该顶天立地，斗志昂扬。"

李宝昌点头，答应了一个字："嗯。"

李增山嘱咐他："局长关心你，亲自来看你，帮助你解决困难，机会难得。希望你有话好好说，不能像霜打的茄子，蔫头耷脑，三脚踹不出个屁来。"

李宝昌撩起眼皮看看局长，点头说："哦，中，中。"声音低得像蚊子。

常安指指两只矮木凳，要他和李增山坐下。"你和家仁夜闯老宅捉鬼，为村民除害，精神可嘉，值得赞赏和学习。何苦为自己的英雄行为伤心呢？"

李宝昌嘴张了张，一句话没说出，不禁号啕大哭起来，像个受了天大委屈的孩子。常安看着一个汉子哭成泪人，心情十分沉重。夜闯老宅捉鬼，是为民除害的好事，本该受到赞赏和尊重。现实恰恰相反，却遭到村民的责备，致使这位不信鬼神的汉子满腹委屈和悔恨，甚至丧失了生活的信心和勇气。常安很悲哀，微笑着对他说："我和窦所长是来帮你正名的。"

"正名？"李宝昌忧郁地看着常安，"杨金贵失踪真相不明，咋正名？"

李宝昌点中了问题的要害，常安断定他是个会动脑筋的人。

李宝昌目光在常安和窦建功脸上移来移去，诉苦说："俺和家仁压根认为老宅没有鬼，不知是哪个坏蛋故意藏在老宅装神弄鬼，吓唬老百姓。心术不正的辛老头，到处煽风点火说老宅有鬼魂，把大杨庄弄得乌烟瘴气，把老百姓忽悠得人心惶惶。俺跟家仁实在看不下去，就想夜闯老宅把捣鬼的坏蛋捉住，用事实教育村民不要信鬼神，别上坏人的当。可是，捉鬼不成却惹了一身臊，俺两家遭了大殃，弄得俺俩里外不是人！唉……"又是一通哭泣。

常安拿块纸巾替他擦擦泪水，竖起拇指为他点赞，循循善诱安慰他："你和家仁做得对，根本不存在对不起爹娘对不起乡亲的问题。你们两家的不幸遭遇，值得同情，需要帮助。你媳妇，我跟所长可以出面做工作，把她领回来，交给你，跟你好好过日子。你经济上的困难是暂时的，请村主任按国家现行政策帮着解决。"

李增山笑着回应："媳妇回来，经济困难就好解决了。现在国家政策那么好，两口子过日子，干干就有吃有花。"

常安抚着李宝昌的肩头说："刚才老弟有句话说到了点子上呀。大杨庄的乱局，根子在杨金贵失踪真相不明，不能怪你和家仁，你无须自责。"常安的话让李宝昌感到温暖。他看着常安，目光久久没有移去。常安进一步启发他："我们这次来老宅，决心查明杨金贵失踪真相，很需要宝昌老弟积极配合！"

李宝昌受宠若惊，自卑地说："不，不，局长，俺和家仁捉鬼失败了……"

常安一笑："失败乃成功之母，失利只是暂时的。请讲讲你俩夜闯老宅的经历吧，让我们借鉴一下。"

李宝昌努嘴，不愿重提那段伤心的往事。他建议局长去老宅捉鬼一定要带枪。

常安拍拍腰际，两手一摊，笑着说："我跟你们窦所长都没带枪，捉鬼不用枪。鬼怕正气！夜里，我跟所长已经没收了捣乱者闹鬼的道具，切断了闹鬼的路径。尽管暂时没有捉住捣乱者，但可以说，从今夜开始，老宅不会闹鬼了。"

"真的？"李宝昌腾地一下站起来，似乎忘了头上的伤痛，连声称赞、大呼，"太伟大了局长，警察万岁！"

"神探常局，名不虚传呀！"李增山说。

常安制止说："现在高兴尚早，等查明杨金贵失踪真相才算真正结束。"常安示意李宝昌坐下，讲讲那晚打鬼的经历。

李宝昌像换了一个人，挺胸抬头回答："中，中！"于是，他一五一十地讲述了和田家仁夜闯老宅的经历。

2

老宅闹鬼，已经够恐怖的了。辛老头却幸灾乐祸，添油加醋地说老宅是鬼宅，里面隐藏着许多鬼魂幽灵，既有杨金贵的冤魂，也有老杨家祖辈和大小姐的阴魂，还有日本小鬼子的鬼魂。这些鬼魂一到深夜就打架，喊冤叫屈，搅得大杨庄村民人心惶惶，魂不守舍。李宝昌和田家仁不信鬼神，以为老宅闹鬼是有人故意捣鬼，不忍心看着乡亲们受苦，商量着夜闯老宅抓住捣鬼者，交给公安，为村民除害。阴历二月二十一日深夜闹鬼时，两人喝了一瓶地瓜烧酒，李宝昌提根铁棍，田家仁握把菜刀，悄悄爬上老宅院墙，冲着漆黑的院子大喊："谁呀？"

没人回应，哭喊声依旧。他俩故意将菜刀和铁棍碰得叮当响，厉声责骂："叫唤啥呀？他奶奶的，啥玩意儿呀？有种的站出来，让老子见识见识！"仍然没有反应。两人决定跳进院里探个究竟。这时，只听"吱"一声尖叫，两道蓝光拖着一道白影从堂屋蹿出来，风驰电掣般从他俩身边跃过墙头，消失在黑夜中。两个年轻人被突如其来的变故吓得魂飞魄散，身不由己，从墙头跌进院里。

过了好一阵子，两人渐渐清醒。李宝昌觉得头皮热辣辣的痛，有液体从后脑勺淌进脖颈，热乎乎的。用手摸摸，黏糊糊的，放到鼻子上闻闻，是血，心里害怕。田家仁的右臂也疼痛难忍，无法抬起。他俩哎哟哎哟地叫着，抬头望望高高的院墙，像坠入万丈深渊，强烈的恐惧感袭上心头。有只猫头鹰喵呜喵呜地叫着，像是讥笑两个可怜的胆小鬼。他俩再也无心捉鬼，只想尽快逃离深渊。高耸的院墙直插夜空，高不可攀。两个人相互搀扶着，连滚带爬，摸索到大门下，掀掉门槛，爬出老宅，跟跟跄跄地跑回家去。

李宝昌媳妇王翠莲见他脸色煞白，浑身酒气，头上脖子上都是血，大惊失色："哎哟俺娘呦，宝昌，咋了你这是？自个摔的还是叫人打的？"

李宝昌支支吾吾不想回答。王翠莲把他摁在灯下一看，后脑勺上有道五指长的大口子，血汩汩地往外流。她战战兢兢地拿过毛巾给他擦拭血污，问他到底出了啥事儿。李宝昌被逼无奈，咬着牙，忍着痛，轻描淡写地述说了同田家仁去老宅捉鬼的遭遇，把媳妇吓得六神无主，浑身直哆嗦，不住地埋怨他："哎哟俺娘噢，你俩冒冒失失，管恁闲事儿干啥呀？大杨庄有村主任，上边有警察，你俩逞啥能？万一叫傻金贵缠上，咱往后的日子可咋过呀？呜啊……"说着不禁失声痛哭。

李宝昌心烦意乱，感到头皮热辣辣地痛，有点头晕。王翠莲把毛巾捂在他伤口上，一会儿就洇成血糊糊的一片。媳妇要陪他去牛庄诊所找牛大夫，李宝昌怕黑灯瞎火的遇上老宅幽灵，咬紧牙关熬到天明，被媳妇连拉带拽地去了牛庄诊所。

牛大夫察看伤口后惊问："咋搞的？那么大个口子，咋不早来？那么脏的毛巾捂在伤口上，感染了可是要命的哟！"

李宝昌两口子不禁有些后怕。王翠莲忧心地问："没事儿吧，牛大夫？"

"有事就晚喽！"牛大夫命令李宝昌趴在椅背上，边为他清洗伤口，边问他是咋伤的？他不想提老宅捉鬼的事儿——捉鬼不成反被鬼伤，丢人！牛大夫说："你得告诉我是在什么环境下怎么受伤的，我好对症治疗呀，老弟！"

他仍不说。

"不说是吧？"牛大夫看出端倪，故意激他，"你不说我也能猜个八九不离十。嗯哼，不是劫道让人打的，就是入室行窃被人砍的。"他故意用镊子在李宝昌伤口上戳一下，他痛得直叫唤。牛大夫煞有介事地把镊子举到他面前："忍着点儿。口子那么大，必须清洗干净，然后缝针。"

一听说要缝针，李宝昌往日天不怕地不怕的精神头不知跑到哪里去了，央求说："不缝中吗？"

"不中，必须缝！"牛大夫一本正经地说，"不缝伤口很难愈合。万一警察追过来，把你抓进局子里，头上敞着个大口子，势必感染。你的命就难保喽！"

这时，李宝昌才实话实说。

对老宅闹鬼，牛大夫已有耳闻。此刻，牛大夫啧啧称赞说："你俩都是好样的。世上没有鬼，人死如灯灭。人死了，尸体在，魂儿没了。就像灯灭了，灰还在，光没了一样。人活着才有魂儿，如同灯亮着才有光。人死了，魂儿自然就烟消云散。老弟说得对，老宅就是有人故意捣鬼！"

李宝昌一向佩服牛大夫。在省医科大学念完本科和研究生后，牛大夫拒绝了医科大附属医院的聘用，立志回乡行医，用防病治病的现代科学知识，为山区群众解除病痛的同时，努力改变家乡落后的医疗卫生状况，扫除遗留在乡亲们头脑深处愚昧落后的陈腐观念。他开办起牛庄诊所，医德好，医术高，收费低，服务好，从不卖假药，不坑害老百姓，十里八乡的病人都来找他。

牛大夫一丝不苟地为他缝合好伤口，敷上纱布，又在他胳膊上注射一针破伤风。李宝昌谢过牛大夫，迫不及待地问："傻金贵失踪七八年了，老宅一直很安稳，现在咋突然闹起来了呢？"

"因为杨金贵的失踪很不正常。"牛大夫直截了当地回答他，"有人知道杨金贵失踪的真相，就想通过闹鬼，呼唤有识之士解开杨金贵失踪之谜。这就是闹鬼者的初衷。你和田家仁都是立志解开杨金贵失踪之谜的有识之士，加油！"

牛大夫要李宝昌带他去给田家仁治疗受伤的胳膊。

在田家仁家，牛大夫牵引着他用布带吊着的右胳膊。他眼斜嘴歪，咬牙切齿，使出吃奶的劲儿，右胳膊却一动不动，始终像根木棒般垂着。

牛大夫说："胳膊脱臼了，并无大碍，与鬼神一毛钱关系也没有。但是如果不及时治，就那么吊久了，韧带粘连，这只胳膊就残废了！"他让田家仁跟他面对面站着，右手牵引着他的胳膊向上抬起，左手倏地朝他右肘用力往上一托，田家仁听到右肩关节"咯噔"一响，他痛得不由"哎哟"一声，旋即疼痛消失。牛大夫放开他右臂，命令说："慢慢往上抬，抬，抬！"田家仁像个听话的孩子，右臂乖乖举过头顶。牛大夫命令："向前转3圈，再向后转3圈！"田家仁跟着他的口令，轻松地完成了全部动作，高兴地说："好了，不痛了，运动自如了，多谢牛大夫。"然后愤然骂道，"老宅的鬼太能折腾人了呀！"

牛大夫一笑，把一条长凳拖到当间，让他俩按夜闯老宅时跨在墙头上的顺序并排坐好，说："你俩朝院里骂了两句，喝酒，用菜刀敲打铁棍，都是给自己壮胆，说明你俩心虚胆怯。这时，突然看见两点蓝火拖着一道白光倏地蹿上墙头。你俩以为是鬼，顿时吓得魂飞魄散，不由从墙头上重重摔进院子里。正巧，宝昌手里的铁棍砸到家仁右肩上。家仁右臂失去控制，右手的菜刀在宝昌后脑勺上划了一道。这就是你俩受伤的过程，与鬼没啥关系。"

李宝昌佩服得五体投地，田家仁仍感困惑。"这也太巧合了呀牛大夫，俺俩互相伤害，世上有那么巧的事吗？"

牛大夫直笑，"这叫无巧不成书。从骨子里坚信世上无鬼的人，再巧，也绝对碰不到鬼，只有疑神疑鬼的人才会碰到鬼。疑心生暗鬼就是这个道理。两位老弟自认为不信鬼神，但很不彻底，只是半信半疑，说明你俩不是彻底的唯物主义者。所以，老宅一闹鬼，你俩原本不怎么坚定的信念就动摇了。当看见不明火光蹿过来时，首先想到的是鬼神幽灵一类的东西，于是就心慌意乱，不知所措，从墙上摔下来，互相伤害，不足为奇。"

李宝昌、田家仁默默点头，牛大夫意犹未尽。"大杨庄混乱的根子是杨金贵失踪真相不明。捣乱者闹鬼的目的就是想通过闹鬼，呼吁有识之士和公安尽快查清杨金贵失踪真相。所以，闹鬼者的出发点没有错，错在方式不对，造成全村混乱和恐慌。所以，只有揭开杨金贵失踪真相，公布于众，大杨庄才能恢复太平。古人说要替天行道，就是舍身为百姓解除苦难哪！二位夜闯老宅捉鬼，我牛某刮目相看，虽然失利，仍不失英雄本色。气可鼓，不可泄。我以为，与其因为捉鬼一时失利甘心让大伙嚼舌头，不如重整旗鼓，再接再厉，做一回钟馗，一举把捣乱者拿下，交给公安，为大杨庄立个大功！"

李宝昌、田家仁深受启发，摩拳擦掌，跃跃欲试。

3

没等李宝昌、田家仁采取行动，他们两家都出事了。

田家仁的老爹田庆寿喂着一头母牛，黢黑发亮，膘肥体壮，很有灵性，耕田拉车都温顺听话，肯卖力气。田庆寿很喜欢它，唤它大黑。后来，田家仁买回一辆拖拉机，母牛失业了。田家仁要卖掉它，他爹不干，说要它生小牛。大黑很争气，3 年连着生了 3 头牛犊。田庆寿把大黑当作摇钱树，精心照料。

牛大夫给田家仁治好胳膊的第三天晚上 10 点，大黑突然哞哞直叫。看样子它要生了，可叫唤了半天，只生出小牛犊的一条后腿。大黑难产了，急得屁股调来调去团团转，四蹄踏着地面噔噔响，两眼瞪得通红，一副痛苦不堪的样子。人畜同理，大黑难产，弄不好是要命的呀。田庆寿要家仁给兽医站打电话求助，没人接听，兽医站晚上没有值班的。田庆寿想起李增山前些年养的母牛曾难产过，母牛和牛犊都保住了，喊儿子快去请李增山。李增山一路小跑，来到牛栏一看，大黑确实是难产，摇头说："俺家母牛难产时先出来两条后腿，使劲一拽，牛犊就出来了。大黑只出来一条后腿，小牛横在里边，硬拽太危险了。"他告诉田庆寿，镇兽医站董站长对付牲畜难产有绝招，晚上他回董家村的家里休息，要家仁抓紧去请他。

田家仁一人不敢走夜路，要堂弟田家义陪他一块去。不巧，董站长上省城参加高级兽医师资格考试去了。田庆寿对着电话叫家仁快回来，然后央求李增山下手搋。李增山犹豫不决。田庆寿咬牙劝他："搋吧李主任，出了事儿不怨你。"李增山搓搓手说："留得青山在，不怕没柴烧。咱往好处争取，往坏处打算，保大不保小，中吧？"

"中！"田庆寿牵住牛鼻子，李增山抓住牛犊一条后腿，像拔河一样两脚蹬地，"哎呦哎呦"用力往外搋。大黑喘着粗气，双眼鼓凸，朝天长哞。田庆寿希望大黑尽快熬过这痛苦，催李增山："使劲搋呀大兄弟，大黑命硬，一定能闯过这一关。"

李增山用力猛搋，大黑痛得尥蹶子乱踢，刺啦一声，牛犊搋出来了，血水喷出老远。大黑又一蹶子，尥倒牛棚一根柱子，随之"咔嚓"一声巨响。李增山大喊一声"闪开"，搋着田庆寿跳出牛棚，随后牛棚轰然倒地，把大黑母子压在废墟下。

这时，田家义打来电话，说家仁在西豁口撞车了，不省人事。田庆寿大惊失色，喊上老婆，摸黑跟着李增山跌跌撞撞直奔西豁口。

西豁口是在半山腰开凿出的通道，是大杨庄往西的唯一出口。两边巨石嶙峋，张牙舞爪，像狮子大张口，随时要把过往者吞噬。田庆寿老两口见儿子直挺挺地躺在地上一动不动，头上鲜血直流，摩托车歪倒在左侧巨石下，车灯依然亮着，左车把折断，前轮脱落，鲜血混合着汽油在儿子身下流淌。老两口伏身摇着儿子，声嘶力竭地呼喊："儿呵……你这是咋了……快醒醒啊……"

田家仁毫无反应。

李增山伸手试试田家仁鼻息，心里扑通一下。田家仁死了！

他问家义，家仁是咋摔的？田家义惊魂未定，指着豁口左侧突出的巨石说："俺哥骑着摩托走到这里，大喊一声：'滚蛋傻金贵！'接着就连人带车撞到这块石头上了。"

李增山听得心惊肉跳。"你呢？看见傻金贵了吗？你咋没伤着？"

"俺坐后座，啥也没看见。俺摔了一下，并不重。"田家义心有余悸，哽咽着，"大叔，俺哥他……"

"人完了。"李增山沮丧地回答。

田庆寿老两口哭得惊天动地，死去活来。早已睡下的村民被老两口的哭喊声惊醒，陆续跑到西豁口，目睹了田家仁的车祸惨状，议论纷纷，叹息说这就是家仁夜闯老宅的报应。

李增山惶恐不安，胆战心惊，隔着夜色点了几个人的名，命令他们把家仁抬回家，并嘱咐田家义为堂哥守灵，照顾好大爷大娘。

天刚蒙蒙亮，李增山叫上村委会计刘树仁来到田庆寿家，想帮他料理家仁的后事。两人走到堂屋门前，见门口停着家仁的遗体，后面太师椅上仰坐着田庆寿老两口，像睡着了一样。李增山朝屋里喊："庆寿哥，庆寿嫂。"两个人一动不动，没有回应。顿时，一种不祥之感袭上心头。李增山壮起胆子，跟刘树仁走到太师椅前，大声喊哥呼嫂，毫无反应。伸手摸摸老两口的脸，冰凉僵硬。刘树仁瞅见桌上有个空瓶子，旁边是红色瓶盖和紫红色封口塑料纸。他狐疑地拿起空瓶一看，上面的标签是农药敌杀死，剂量 500mL。他顿时明白过来，老两口喝农药自杀了。

刘会计跑到对门，喊来田庆寿的弟弟田庆喜和侄子田家义，无论他们怎么触摸喊叫都毫无反应，老两口真死了，不禁号啕大哭。刚刚睡醒的村民听到惊天动地的哭号，陆续涌到田庆寿家。李增山指挥着人们卸下门板，把田庆寿老两口的遗体与儿子摆放在一起。

李增山跟田庆喜父子俩商定，田庆寿一家三口的丧事从简从速。当天午后，起灵锣声响起，在田庆喜两口子和田家义涕泪滂沱的恸哭声中，三口棺材依次抬出灵棚。围观的村民随之哭声一片。

这时，李宝昌的老娘突然从人群中蹿出，手舞足蹈，语无伦次："大伙都给俺听好喽，俺李老婆子是杨金贵派来替老杨家秋后算账的。嘿嘿，凡是分到老杨家田产的，整过杨金贵祖宗的，统统押往阴曹地府，一个不留。啊哈哈……"她朝村民指指点点，"你……还有你……哈哈……一个也跑不了！"

李老婆子疯了！村民们无不毛骨悚然，魂飞魄散，转身逃回家去。抬棺材的扔下三口棺材撒腿往回跑，李增山大声喝止："往哪里跑啊？谁跑李老婆子就先杀谁。"

汉子们停下脚步，呆呆地站在原地不动。

李增山喝令："快去抬棺材，一鼓作气把死者送到田家祖坟。"

汉子们乖乖地抬起棺材，加快脚步往田庆寿祖坟而去。

4

李增山命令刘树仁把李老婆子送回家，向一直没出家门的李宝昌讲述了刚才发生的事情，嘱咐他："可要看好你娘，千万别让她出去惹祸。"刚交代完，李老太倏地抄起立在墙根的铁锨朝刘树仁砍去，大骂："砍死你个小王八羔子！"

李宝昌夺下铁锨，抱住娘，呵斥她："娘，他是刘会计，是好人！"

刘树仁躲到一边。

李老婆子歇斯底里："他爷爷分了老杨家的桌椅板凳，是老杨家的仇人。俺要替老杨家报仇。啊哈哈哈……"

李宝昌的老爹李二狗长年有病，轻易不出房门。此刻，听见老婆子大喊大叫，拄着拐棍颤颤巍巍地走出屋门，见儿子死死抱住他娘不放，大声斥责他："出啥事了呀宝昌？你老娘那么大岁数了，经得起那么折腾吗？快放开你娘，有啥话好好说！"

刘树仁把刚才发生的事情复述了一遍。李二狗不信，走到老婆子跟前，质问她："是这样吗，孩儿他娘？"

老婆子没说话，倏地一脚将他踹倒在地，骂他："你也不是啥好东西，你分了老杨家的地，我要跟你算账。"

李二狗趴在地上呻吟，王翠莲扶起公公。老爹用拐杖指着儿子恶声责骂："都是你惹的祸呀宝昌。"一边骂着，一边把拐杖朝儿子抡去。王翠莲挡住，眼含泪水，嘟囔一句："这日子没法过了。"

老娘疯了，疯得连亲人都不认识了。李宝昌痛心疾首，要跟翠莲把娘送医院看病。李二狗以死阻拦，他确信医院的 B 超、CT、X 光那些洋玩意儿，没有用。治老婆子的病，得靠神婆子。

第二天，李宝昌和王翠莲去给老丈人祝寿，李二狗悄悄地把由大仙请进门。由大仙看看昏昏欲睡的病人，煞有介事地嗔怪道："啧啧，病人命若游丝，快不行了啊二狗哥。老婆子给你做吃做穿生儿育女，伺候你一辈子容易吗？你咋那么不疼她呀？俺可告诉你，她这病再不治，命就保不住了！"

李二狗惊慌失措，要求大仙抓紧给老婆治病。由大仙狡黠地一笑，伸手跟他要3000块钱。这对于李二狗来说，不啻为天文数字。他眉头紧蹙，求由大仙少要点儿。由大仙似笑非笑说："讨钱看病，交易公平。你去医院看病不是也得先挂号交钱后看病吗？不交钱，电脑上就不呼叫病人的名字。"这时，病人呻吟一声。"你们这些王八蛋，滚远点儿。俺是杨金贵，谁惹俺，俺就找谁算账。"

李二狗抢起拐杖朝蜷缩在被子下的老婆抽了一下，呵斥："再胡说八道就揍你。"然后央求由大仙少要点儿，说：给2500中不中？

由大仙这个老狐狸精，对乌鸦嘴里的一块肥膘肉是非骗到手不可的。她摇动三寸不烂之舌，假惺惺地说："救命要紧呀。老哥话既然说到这分上，俺就不说要3000了，你也别说给2500，咱取个中，2800，咋样？"

李二狗的手杖在地上一杵，下了很大决心似的说："中，2800就2800，治好老婆子的病就中！"

由大仙把手伸到他面前："先交钱，后治病。"

李二狗一咬牙，说："中，俺马上去借！"李二狗无奈，拄着拐杖出家门，大约过了一顿饭工夫，把借来的钱递给由大仙。由大仙蘸着唾液，一张张地数完，说：2800，正好。她把钱装进口袋里，开始给病人治病。她向李二狗要了一瓶地瓜烧白干酒，让病人脱光，赤条条地躺在炕上，任由她摆弄。由大仙一口一口往病人身上喷酒，喷了半瓶酒，直到病人像从酒缸里捞出来一样。她让李二狗使劲摁住病人，她用一根三寸钢针，在病人头部前胸后背腹部腰部腿部乱扎一通，直扎得病人周身渗血，嗷嗷直叫。由大仙并不理会，给她盖上棉被，掖得严严实实，抡起擀面杖乱打一通，边打边念咒语："地动动，山摇摇，妖魔鬼怪全跑掉……"

病人在棉被下不停地挣扎、呻吟。

随着由大仙的擀面杖一下下狠狠落下，李二狗的心揪了起来，不禁问道："那么个打法，病人受得了吗？"

由大仙并不理会，擀面杖依旧疾风暴雨般打在病人身上，直打得病人停止挣扎、呻吟为止。

由大仙累得满头大汗，气喘吁吁，用大红手帕擦擦额上的汗，得意地说："好了，妖魔鬼怪全跑了。"

屋内光线渐渐暗下来。她顺手拉亮电灯，然后把一个黄纸包放到病人炕头，煞有介事地嘱咐李二狗："午夜子时，把这包药给病人灌上。在明日此时之前，不能让病人见任何人，包括你儿子儿媳。你儿子夜闯老宅，身上邪气太重。如果让他来看病人，就把俺刚刚赶跑的妖魔鬼怪全招回来了，病就白治了。再一个就是，从现在开始，24小时之内千万不能关灯。妖魔鬼怪最怕光亮，如果灯灭了，妖魔鬼怪重新回来，你老婆就没命了。就这两条，记住了吗？"

李二狗战战兢兢地回答："记住了！"

"村里经常停电吗？"由大仙煞有介事地问。

"不经常，"李二狗说，"说不准啥时候停。"

由大仙惊讶地说："那可不中，万一停电了，灯灭了可就麻烦了。"她嘱咐李二狗准备好油灯和蜡烛，现在就点上，以防万一。

李二狗告诉她，自从用上电，油灯蜡烛多少年不用了，现在买都无处买。

由大仙神秘兮兮地从提兜里掏出一打蜡烛，递给李二狗："别犯难二狗哥，俺早为病人想到了。给，一打12支，10块钱一支，一共120块。"

李二狗惊得咋舌："乖乖，那么贵呀？"把蜡烛还给由大仙。

由大仙嗔怪道："看你这点见识。俺这蜡烛经过崂山泰清宫道长亲自点化过，专门用来驱鬼逐魔，有钱都买不到，10块钱一支还贵呀？俺进一回崂山，光门票就300多块。把病治好了，1万块钱一支都值。"她把蜡烛塞给他，催他立即点上，说："万一停电了，2800就白花了！"

李二狗没有点，由大仙替他点上一支，撅在炕桌上，跳动的烛光把她的脸照得一明一暗。"一支点45分钟，一天一宿24小时，需要32支。为了保险起见，给你留下3打，360块。掏钱吧老哥。"

李二狗看着跳动的烛光，目瞪口呆，"360？俺东借西凑，就那2800，多一分也拿不出来了。下次你来，俺一分不少全给你，中不？"

"不中。"由大仙坚定地说，"都说生命无价，你360块钱买条命，贵啥贵？嘿嘿，病人是你亲人，万一停电了，灯灭了，人死了，可不能赖俺看病不灵。"她的话音刚落，电灯果然灭了，只有炕桌上的那支蜡烛亮着，像鬼火在跳动。

"看看，真叫俺说着了。"由大仙要愤怒了。

李二狗瞪着鬼火般的烛光，惊得魂飞魄散，再次出去借钱。

李二狗回来，把钱交给由大仙，问："邻居家里都有电，咋俺家没电了呢？"由大仙说："可能是你家的保险丝烧断了吧。"李二狗说："保险盒在门洞里，那么高，俺够不着。"由大仙拿起方凳，说她去看看，然后回来对李二狗说，保险丝确实断了，要他拿根保险丝帮他接上。李二狗说家里没有保险丝，由大仙变戏法似的从包里拿出一根保险丝，"俺这里有。"扭着屁股去门洞换上保险丝，电灯亮了。

李二狗连声道谢。他哪里知道，这都是由大仙的丈夫配合她演的。由大仙咯咯笑着说："谢啥谢，不过是举手之劳。放心，保险丝不要钱，一切为了病人，是俺大仙的服务宗旨。治好病人的病，是俺大仙追求的最高目标。"说完，她扭着屁股溜走了，临走还煞有介事地特意嘱咐李二狗："蜡烛、电灯都得亮着，做好两手准备，挨到明天此时，病人就康复了。"

李宝昌、王翠莲回来了，闻到屋里浓烈的酒气和血腥味，既亮着电灯，还点着蜡烛，甚感诧异，问出了啥事。

李二狗用身子压住棉被一角，手护在棉被上，防备着儿子，吞吞吐吐地说："没有啥事。"

李宝昌看他爹的神情不对，说："天多热，你捂那么严实，不把俺娘憋死呀？"

李二狗见瞒不过，跟儿子、儿媳说了实情。宝昌和媳妇担心娘的安危，强行掀开棉被一看，只见她赤身裸体，蜷缩成一团，伤痕累累。他用手摸摸他娘的脊背，冰凉得像个冰砣子。

"俺娘死了呀！"李宝昌蒙了，失声痛哭："娘啊……"

李二狗一听老婆子死了，吓得直挺挺地躺倒在炕上一动不动。李宝昌惊慌失措，爹一声娘一声地呼唤，一点儿反应也没有。王翠莲不知所措，摸黑去找村主任。李增山跑到李宝昌家一看，老两口都没有了气息，朝李宝昌大吼："咋弄的？田家一下死了仨，现在你爹娘又这样，咋搞的呀！"吼完就给牛大夫打电话，说有急诊需要抢救。

牛大夫赶过来，看了看两位老人僵硬的遗体，摇头说："都没救了。"他问李宝昌到底发生了什么事。李宝昌悲痛欲绝，泣不成声地骂由大仙是个大骗子，骗走俺的钱，治死俺的人，一定要抓住她。

牛大夫提醒王翠莲赶快报警。

窦建功带着县局刑警和法医赶到李宝昌家调查取证。经初步勘验尸体表明，宝昌的老娘系遭受暴打，导致皮下大量出血瘀血，诱发心力衰竭而死；老爹突遭惊吓，诱发心梗而死。

听了李宝昌的讲述，常安心情十分沉重。杨金贵失踪已经 8 年了，真相依然不明。杨金贵生死未卜，人们却把李、田两家的悲剧归咎于杨金贵，实在荒唐。他进一步意识到，发生这些悲剧的根源，就在于杨金贵失踪真相不明，不由得挥动拳头说："查明真相，是重中之重。"

李增山欣慰地一笑，略含揶揄地说："真相查明查不明，就看神探局长了！"

常安并不喜欢"神探"这样的绰号，他厌恶地看着李主任，认真地说："我不是神探，查明失踪真相，必须依靠村民群众。"

李增山不识相地争辩说："神探常安，是孙书记封的，老百姓都认可！"

第二章 神探常安

1

的确，神探常安，是南山县委副书记兼政法委书记孙东胜带头叫起来的。

常安和窦建功是公安大学刑事侦察学院的同班同学，硕士毕业生，一起来到南山县公安局。根据他们所学专业和工作需要，局领导打算把他俩留在县局刑警队。他俩执意要从基层派出所干起。局领导被两位年轻人的真诚和执着所打动，决定尊重他们的意愿，把窦建功分到枣林派出所，把常安分到西堤派出所。

枣林与西堤毗邻，相距不过20里。两人经常忙里偷闲地聚在一起，互相砥砺，像在校时一样，情同手足，不分彼此。

西堤乡是南山县社会治安最糟糕的乡，一直扯着全县社会治安的后腿。撬门破锁盗窃财物、集市扒窃飞车抢夺之类案件屡见不鲜。杀人、强奸之类大案，3年连续发生3起，久侦不破。老百姓无不担惊受怕，正常生产和生活秩序受到严重影响，极大地损害着南山县的形象。在全市政法会议上，南山县连续多年受到市政法委书记的点名批评，要求限期破获3起大案。警方却无能为力，3起大案始终未破。西堤乡的社会治安越来越糟。常安到西堤后，走村访户调查研究，了解到3起大案都发生在柳林片区。常安暗忖，社会治安落后，正好有用武之地，所谓乱世出英雄。他想大显身手，干出一番事业，便主动请缨去柳林片区当片警。

在柳林，常安骑辆自行车，两个月访遍片区大大小小29个自然村，足迹遍及大街小巷田间地头，把人民警察的良好形象留在村民心中。他搜集、掌握了大量第一手资料，反复研究思考，调查论证，终于探明柳林片区治安混乱、案件频发的根源，在村干部和派出所领导身上。他们之间有着密切的裙带关系，结成了一张网。对此，常安心里很不平静，暗自发誓，侦破3起大案，以此为突破口，把黑恶势力的嚣张气焰打下去，把正气扶起来。但是，侦破3起大案，仅凭一人之力，谈何容易？他决定向窦建功求助。

窦建功对柳林的问题早有耳闻。他给常安出谋划策："解决柳林的问题，切忌十个指头按跳蚤，关键是要牢牢抓住牛鼻子，捏拢十指，攥紧拳头，破一个性质最恶劣、影响最坏、群众反映最强烈的案子，从势上震住黑恶势力和犯罪嫌疑人的嚣张气焰，在黑网上捅开一个大窟窿。然后破其他案子，便势如破竹，迎刃而解了。"

常安深受启发，激动地说："我决定由近及远，先侦破发生在去年夏末秋初的那起影响极其恶劣的轮奸致死案。"

"那是块硬骨头啊！"窦建功感叹。

"如果啃下那块硬骨头，积累了经验，再破其他两起案件就不在话下了！"常安自信地说。在他眼里，警察面前没有啃不动的硬骨头。"可是，老同学，要啃下这块硬骨头，仅凭我一个新兵蛋子，单枪匹马，力不从心。必须有那么一两个得力干将，密切配合，才有把握取胜。"

窦建功悟透了老同学的心思，笑着说："你在打我的主意，想让我跟你一块去冒险？"

"知我者，建功也！"常安一拳打在他胸脯上，乐呵呵地说，"沧海横流，方显英雄本色。黑恶势力猖獗，正是你我的用武之地。现在枣林这边风平浪静，你吊儿郎当混几年，读研学的那一套就白瞎了，多可惜呀。"这话说到了窦建功的心坎上。

枣林镇是全县治安形势最好的乡镇。窦建功来枣林近3个月，每天除了到片上巡查一圈，为群众跑跑腿，办点事，便无啥事可干了，不免觉得空虚。人民警察的基本职责就是努力营造良好的社会治安环境，让老百姓获得更多的安全感、幸福感，生活得更踏实、更自在。他不希望自己所辖片区出大案，但老是这样平淡无奇，连个练摊儿的机会都没有，未免觉得寡淡无味。此刻，老同学请他去破大案，他喜出望外，满口答应下来，然后说："破获这样的大案，最好有3个人。"

常安胸有成竹地说："第三个人我已物色好，是岭北派出所的刑警李光荣。去年，他曾参与那起轮奸致死案的侦破，手里掌握着大量证据。可惜，关键时刻他被调离西堤。那起大案至今未破，目击证人惨遭迫害，李光荣心有不甘，千方百计寻找机会拨乱反正。"常安向窦建功介绍了李光荣的基本情况和那起案件的来龙去脉。但是，成立三人调查组需要县里批准。常安没有想到，机会很快就来了。

面对西堤社会治安的落后局面，县委副书记兼政法委书记孙东胜带领县公安局局长刘明一和刑警大队长胡福山多次来西堤调研，跟派出所所长王海涛研究后，决定尽快破获3起大案，打一场社会治安翻身仗，彻底摘掉西堤社会治安落后的帽子。常安趁他到西堤调研的机会，主动向他汇报了对3起命案的看法，并毛遂自荐，主动请缨。孙东胜喜出望外，暗忖：初生牛犊不怕虎。破获西堤的积案，希望兴许就在这位初出茅庐的年轻警官身上。他抱着赌一把的心态，激动地说："常安，马上提你当副所长，发生在柳林的3起命案由你牵头侦破，咋样？"

常安很感突然：西堤乡派出所的警察都是老资格，我来西堤不足3个月，凳子还没坐热，就当副所长，他们服吗？与其坐在副所长椅子上受气，不如扎扎实实破几个大案来得痛快。想到这里，他真诚地婉拒说："谢谢孙书记信任，让我牵头破案可以，副所长我不当。"

孙东胜通过常安的眼神读懂了他的心思，笑着答应说："那好，就由你牵头，侦破那几起命案！"

常安信心满满地回答："没有问题。不过，仅凭我一己之力……"

孙东胜明白他的意思，表态说："需要几个人？需要谁？需要什么器材，你尽管说。"

就这样，常安、李光荣、窦建功三人组成的专案组正式成立，并且拿到之前的全部卷宗。孙胜东叮嘱道："希望你解放思想，放开手脚，大胆干。我当你的后盾，静候你们的佳音啊！如果遇到困难和干扰，必要时可以直接向我报告。"

常安给孙书记敬礼，胸有成竹地说："谢谢书记支持和鼓励，我们保证按期完成任务！"

2

案件仅用三天时间便成功侦破。村支书邓福贵的儿子邓小林因为对柳小丫求爱不成，心怀怨恨，伙同社会青年麻起阳、索玉虎轮奸致柳小丫死亡。邓福贵利用其亲戚裙带关系，不仅让儿子邓小林免于制裁，还嫁祸冤枉他人。

柳林轮奸致死案的胜利告破，对于扭转南山县社会治安被动局面开了个好头。孙东胜十分激动，天刚亮，就来到城关分局，听取常安汇报。

听完汇报，他倍感震惊，没想到基层干部竟然成了黑恶势力的保护伞，一定要将这伙人绳之以法，裁之以纪，让他们付出应有的代价。

孙东胜向县委书记李光报告了西堤的问题。李光紧急召集县委常委会，研究决定，按法律程序，立即责成常安他们把整理好的卷宗报检察院，对所有犯罪嫌疑人坚决依法惩处。对贾成仁、王海涛、邓福贵和刘明一、胡福山这些渎职的干部实行"双规"，依照法定程序，撤销他们的党内职务和行政职务。常委会决定，由常安领衔，组织警力再接再厉，乘胜前进，侦破发生在西堤乡的另外两起大案。届时，县委县政府要给常安和窦建功、李光荣记功颁奖，召开庆功大会。

柳小丫一案真相大白，常安、李光荣、窦建功三人重回柳林村，给村民们一个答复。柳林村男女老少奔走相告，欢呼雀跃，敲锣打鼓，燃放鞭炮，像过年一样热闹。大家高呼常安是"当代包青天"，是柳林百姓的大救星。

常安动情地说："我不是大救星，是党给了我胆识和力量，是国家法律英明，是群众鼎力支持。柳林百姓相信法律，不惧邪恶，不畏权势，奋力抗争，据实举报，对柳小丫被害案的告破，做出了重要贡献。感谢乡亲们！"常安当众发誓，要乘胜追击，坚决破获影响恶劣的另外两起案件，不获全胜，绝不收兵。常安的表态，得到柳林村村民的热烈拥护，掌声经久不息。

孙胜东马上要去省委党校参加全面贯彻科学发展观理论培训班，时间三周。他特别提醒三人，虽然已经破获了影响最为恶劣的轮奸致死案，取得破网打伞的胜利，为侦破另外两起大案打下了坚实基础，但三起案件有着千丝万缕的联系，尚未抓获的犯罪嫌疑人必然要做垂死的挣扎。因此，一定要提高警惕，注意安全。这期间，如果遇到克服不了的困难，可以随时向他电话报告，由他协调解决。如有必要，他将立即返回，以确保两起案件圆满完成。常安和窦建功、李光荣深受鼓舞，表示坚决完成任务。

就在孙东胜去省委党校学习期间，他的大舅哥杨金贵突然失踪了。

第四章 🔪 金贵失踪

1

最早发现杨金贵失踪的是他外甥孙继海。

8年前的暑假，南山一中组织老教师去新疆旅游，杨金枝带回来一大堆新疆特产，让儿子给舅舅送些去。儿子孙继海是南山石化总公司设备器材科副科长，他说公司引进外资5亿美元，新上的石化项目工期很紧，县委书记亲自抓，一天也不能耽误。他忙得不可开交，没空去看舅舅。杨金枝不依，说：公司头头脑脑一大群，就忙着你这个小小副科长了吗？无奈，继海于8月7日傍晚，骑着摩托车去了老宅。见大门紧锁，院里不时传出牛有气无力的哞哞声。舅舅不在家，他手里虽然握着老宅大门上的钥匙，但没进门查看，径直去了姥爷家。

姥爷杨大中是妈妈的堂叔，中学退休教师。由于两家住得较远，姥爷年近八旬，平时很少来看望傻侄子。天色已晚，正常情况下，杨金贵上山放牛早该回家了。侄子现在还没回来，他感觉不正常，跟着外甥来到老宅。孙继海打开门，领姥爷一起走进老宅。院里地面上雨水冲刷过的痕迹清晰可辨，除了几行动物的爪印外，并没有杨金贵的足迹。显然，雨下过后杨金贵一直没回来。杨大中跟外甥去牛栏查看，两头牛卧在地上，瘦骨嶙峋，有气无力地冲他俩叫唤。槽里像水洗过一样干净。四五天没吃草料没喝水，两头牛快要撑不住了，他让孙继海去厨房打水饮牛。厨房里水缸是空的，锅敞着，有半锅水。继海把水舀到盆里，端到两头牛跟前，两头牛几口就把水喝干。姥爷抓些草料放在槽里，两头牛挣扎着站起来，狼吞虎咽地吃着，不时抬头哞叫，是道谢，还是诉说这几天的不幸遭遇，抑或呼唤主人归来？

杨大中心头不由得生出某种不祥的预感。他带着孙继海打听老宅四邻，都不知道杨金贵去了哪里，说七月初十傍晚下雨前看见杨金贵赶着两头牛回了老宅，以后再也没有看见他。农历七月初十是公历8月3日，如此算来，侄子至少4天没有回来了。两头牛是侄女婿给杨金贵买的，他很喜欢，白天上山放牛，傍晚赶着牛回家喂精饲料，时不时地跟牛唠嗑，就像城里人养的宠物狗，形影不离。他咋把牛锁在家里自己外出了呢？杨金贵没有亲戚朋友，他去哪里了呢？杨大中忐忑不安，叫孙继海赶快给妈妈打电话。

杨金枝听了儿子的诉说，惊愕不已，当即打电话向在省委党校学习的老公孙东胜通报了大哥失踪的消息。孙东胜吃惊地问：那夜雨那么大，他咋失踪了呀？

他嘱咐杨金枝不要着急，他争取明早赶回来，一块去派出所报警。

第二天一大早杨金枝跟儿子去了枣林派出所，孙东胜刚好赶到。所长景风光和副所长陈东来大感诧异，审视着一家三口焦虑不安的神情，谨慎地说："孙书记去省委党校学习，那么快就结束了呀？"

"还有一周结业。"孙东胜叹息说，"大舅哥失踪了，我专程赶回来。"

两位所长知道杨金贵严重智障，惊讶地问："金贵老哥失踪了，哪天的事儿呀？"

孙继海报告了发现舅舅失踪的经过。景、陈愕然。他们了解杨金贵，独身一人生活得很不易。杨金枝、孙东胜曾把他接到县城生活，他经常独自跑到大街上游逛回不了家。两口子下班后，顾不上休息，满大街小巷找他。县城老百姓知情后，无不夸赞杨金枝与她哥的兄妹情谊，夸赞孙东胜对待大舅哥胜过亲兄弟。杨金贵从小在大杨庄长大，熟悉周围环境，不管跑到哪里，都能自己回家。深感无奈的杨金枝只好把她哥送回老宅。杨金枝、孙东胜牵挂他，经常回老宅探望他，给他送米送面送吃送穿，还带些好吃的，像肉包、熟肉、烧鸡啥的，让他解馋，还给他留些零花钱。为了让哥哥吃上热饭，杨金枝手把手教会他下面条，烙面饼，煮大米稀饭，炒白菜萝卜。杨金贵无所事事，经常跑到山上去看人家放牛放羊。山里水美草肥，孙东胜同杨金枝商量，托人帮他买回两头鲁西大黄牛小牛犊交给大舅哥喂养。杨金贵干庄稼活不在行，养牛倒挺上心。天天上山放牛，哪里草好去哪放，傍晚回家再喂精饲料。两年多工夫，小牛犊长得膘肥体壮，村民们夸赞傻金贵养牛在行，也夸赞妹妹、妹夫有情有义。孙东胜、杨金枝对傻哥的关心照顾，在大杨庄家喻户晓，有口皆碑。景风光、陈东来做梦也没有想到，杨金贵竟然失踪4天没有回来，深感愧疚，向孙书记做检讨，说没照顾好金贵老哥，实在抱歉。

孙东胜说："检讨不必，金贵失踪不是警方的责任。"

孙东胜一家同两位所长研究了杨金贵失踪的各种可能和寻找办法，他表示要跟公安干警一起去找大舅哥。景风光婉拒，劝他抓紧返回省委党校，寻找老哥警方会尽力的，请孙书记放心。孙东胜表示感谢，说他最大的愿望是尽早把大舅哥找回来。景、陈异口同声表示，一定全力以赴，不留死角，力争在最短的时间内把杨金贵找回来。

孙东胜想去老宅看看，跟大杨庄乡亲见个面。景风光委婉地说，需要保护现场，建议孙书记暂时不要去老宅。

孙继海把钥匙抖得叮当响，说："钥匙在我手里，我跟姥爷进过老宅，地上留有俺俩的脚印。"然后把钥匙交给了景风光。

景风光掂掂钥匙，觉得重如千斤。他问孙继海："你舅舅自己有钥匙吗？"孙继海说："有，舅舅每天上山放牛都锁门。"

孙东胜苦涩地笑笑，说不去老宅可以，但想去大杨庄转转，看看乡亲们。然后，他给县委机关车队打电话，要求派车把他送回省城。

杨金枝问他是咋回来的，孙东胜说："室友是省城某区区委副书记张新城，是他派车送我回来的，到枣林后就让司机回去了。"

景风光陪孙东胜在大杨庄转了一圈，最后来到老宅门口，不少村民会聚在大槐树下谈论杨金贵失踪的事。孙东胜跟乡亲们打过招呼，说了一番感谢的话，就返回省城去了。临走时，嘱咐爱人千万别急，注意保重身体，叮嘱儿子陪好妈妈。

按照分工，副所长陈东来带领枣林派出所民警和大杨庄村民，联手搜遍方圆5里以内的所有村庄和山林，并没发现杨金贵的踪迹。夏日的太行山区，草丰林茂，偶有豹子出没。人们不禁往坏处想，担心杨金贵被豹子吃了。陈东来认为不可能，如果真的遭遇了豹子，至少应该留下衣物和骨头。陈东来的分析很有道理，却难以打消村民心头的忧虑。

景风光带领毛大鹏、李卫国进入老宅勘察现场。偌大的院子杂草丛生，草丛中有3条二尺宽的小径把堂屋门、西屋门和厨房门连成一个三角形，昭示着主人的生活轨迹：喂牛，睡觉，吃饭。单调乏味，冷清寂寞。小径上雨水冲刷的痕迹清晰可见，上面仅有孙继海和杨大中的脚印，唯独没有杨金贵的足迹。在门洞里发现有七八个不同的鞋印，其中两个新鲜脚印是孙继海和杨大中的，其余五六个脚印都沾有泥水，既有进门留下的，也有出门留下的，叠加在一起，难以区分。景风光和李、毛分析断定，雨夜有五六个人进出过老宅。景风光和李、毛仔细勘查四周墙壁，没有发现攀爬的痕迹，说明他们是从大门进入老宅的。

景风光查看几天来的天气情况。8月3日傍晚开始下大雨，4日上午雨停，以后几天再没下过雨。由此可以推定，那五六个人进出过老宅的时间是3日雨夜到4日天亮之前。

三人去堂屋勘查。

堂屋里光线昏暗，迎面墙上挂着家堂轴子。景风光多次来过老宅，每次都见家堂轴子在墙上挂着。他曾问过杨金枝，不过年不过节，为啥常年挂着那玩意儿。杨金枝说，家堂轴子是老祖宗留下的宝贝，挂在墙上不潮湿不发霉不遭虫蛀鼠咬。如果取下来让她哥保管，可能早就潮湿霉烂，被虫蛀鼠咬得不成样子了。

景、李、毛仔细勘查，发现方桌面和靠墙条几有擦拭过的痕迹，地面也被打扫过。尽管如此，许多蛛丝马迹还是没有逃过侦察员们的眼睛。

条几跟墙的缝隙间有根烧烤用的钢钎和一个啤酒罐易拉环。钢钎上残留着肉丝，呈灰绿色，闻闻，略带膻腥。无疑，有人在这里吃过烤串。景风光想，吃烤肉喝易拉罐啤酒，杨金贵绝不会生活得那么滋润。他嘱咐毛、李，凡是证据，一律拍照，详细记录，收进证据袋保存。李卫国在方桌面左前角发现一枚指纹，举着放大镜仔细辨认，是一枚左手拇指指纹和与之相连的半个手掌纹，桌棱上有 4 枚指纹，依次是食指、中指、无名指和小指指纹。他边比画边琢磨，推定有人右手拿抹布擦拭桌面，左手扶着桌面左前角，留下了这些指纹和掌纹，非常宝贵，仔细提取。然后，在右边太师椅扶手上发现了几枚与方桌角不同的指纹。两种不同的指纹，至少有一种不是杨金贵所留。景风光把手电光柱缓缓移向太师椅靠背，上边有根头发，闪着黝黑的光，长约 5 厘米，很粗壮，一端是剪痕，一端是发根。应该是男人的头发，但肯定不是杨金贵的，杨金贵常年留光头。当然也不是杨金枝的，她的头发烫过，不是直的，且比这根长很多。是孙书记的吗？孙书记留的是背头，又黑又亮。他回老宅看望大舅哥时习惯坐在这把椅子上，可他去省城学习有两周了，即使有根头发遗落在椅背上，也早该被杨金贵蹭掉了。那么，这根头发是孙继海的吗？他的发型是偏分，头发不短。他说由于工作忙，至少半个多月没来看望舅舅了。除了老宅的家人外，遗落在这把椅子上的头发，应该是雨夜来老宅那帮人的。这根头发里可能隐藏着某种鲜为人知的信息，景风光要求毛大鹏把它放进证据袋保存好。

他们在方桌下发现一截细小的鱼骨，左边椅子下有半支中华牌香烟。孙书记和杨金贵都不吸烟，半支中华牌香烟肯定是雨夜来老宅的人扔的。坐在左边椅子上的这位非富即贵，不是领导者，就是土豪。那么好的烟，为啥抽了半截就扔掉呢？这让侦察员们大惑不解。烟蒂上肯定留有吸烟者的 DNA，毛大鹏把半截香烟放进证据袋。

方桌下面虽然清扫过，但仔细勘查发现有 6 种鞋印：4 种男式皮鞋印，一种男式双星牌旅游鞋印，鞋底严重磨损，一种半高跟女式皮鞋印。所有鞋印下依稀可见泥渍的痕迹。这跟留在门洞里的鞋印相互印证，说明他们的确是冒雨进入老宅的。在景风光的印象中，杨金贵常年穿着双星牌旅游鞋，是妹妹给他买的。6种鞋印的分布情况表明，坐在两把太师椅上的男人身份最高。女人坐在方凳上，紧挨右边的太师椅，估计她跟坐这把椅子的男人关系密切。其他3个男人坐在一条长凳上。据此推断，8月3日雨夜，杨金贵冒雨打开大门将4男一女共5人迎进老宅，围桌一起吃喝过后，杨金贵跟他们一起走出老宅。是自愿还是被劫持，不得而知。

雨夜来老宅的4男一女是什么人？他们来自哪里？又去了哪里？来老宅的目的是什么？这些问号像一团乱麻，缠绕着三名刑警的脑仁，阵阵作痛。

他们踅进西间勘查。

西间空荡荡的，一块青石板上放着半袋面粉和少许大米。米袋底部有洞，撒漏在地的大米已经霉变，混杂着不少老鼠屎。面袋上爬满蛐子。西墙下的小橱柜里塞着几件男人衣服，衣服里裹着一个红色塑料袋，里面有24个捏扁的燕京牌空啤酒罐，23个易拉罐环；两个空饮料瓶和一个酸奶盒，一些烤肉钢钎和10双一次性筷子，其中4双没有解封；还有鸡骨头、鱼骨头和吃剩的鸡鸭鱼肉，3个肉包，几团擦拭过的餐巾纸，都已发霉，长出一层灰色菌丝。最下面有张购物小票，是富新县荷园超市的，购物时间是8月3日09：09，所购物品跟红色方便袋里残存的物品相符。富新是巫州市的县，距南山县一千多里。5个男女从富新冒雨来到老宅，肯定有交通工具，而且对老宅轻车熟路，显然是有目的而来。

勘查杨金贵的卧室，一铺土炕占去半间屋子，蚊帐垂挂着，被褥胡乱叠放着，没有打斗的痕迹。

厨房里宽大的灶台上有口大铁锅，水缸和锅里都没有水，从锅沿到锅底布满白色水垢，好像烧开过满满一锅水结下的。灶台上有一只碗一双筷子，上面落满苍蝇。灶膛里积满灰烬。灶台周围有两种皮鞋印，跟堂屋两把太师椅前的鞋印相同。他们来灶间干什么？是来打开水吗？毛大鹏用烧火棍扒出灶膛里的草木灰，没有发现异常。

西屋是牛栏，两头牛无神地瞪着警官们痛苦地哞叫不止。李卫国往石槽里添了些草料，两头牛争抢着舔食。他抚摸着牛头问："你们知道主人去哪里了吗？"牛只顾摇头哞叫。

陈东来副所长带人在外围调查，获得一条很有价值的信息。

七月初十深夜，大杨庄村民田七、李秀兰夫妻10个月大的儿子因受雷电惊吓，哭闹不止，咋哄也不睡。夫妻俩轮流抱着儿子在屋里溜达了大半宿，孩子终于睡着，这时雨还在下。他俩刚把孩子放到炕上，蓦然发现后窗外闪烁着贼亮的光，隐约听到隆隆的引擎声。深更半夜，雨那么大，街上水流成河，汽车咋开呀？田七鬼使神差地站在炕上，从后窗往外一看，有辆小汽车从屋后由西往东开过。好像是辆黑色越野车，但没看清车牌号。陈东来问田七是几点，他说不知道几点，估摸着天快亮了。陈东来去田七屋后勘查，一条东西路通过，宽不足20米，离屋墙根不到1米。往西不到百米是老宅，向东是汽车开出大杨庄的唯一出口。在大杨庄，拥有汽车的只有两家。杨金贵的堂弟即杨大中的儿子杨金宝，在县人社局当法制科科长，在县城居住生活，经常开着自己的马自达小汽车回家看望父母。有证据证实那晚他没有回来过。另一家是南山县城鑫发家电城老板辛起志，小轿车、越野车、皮卡车和跃进牌货车都有。有人见他那晚身穿雨衣骑着摩托车回来过。他把摩托车开进家里，接着出了家门，雨衣鼓鼓囊囊，好像揣着宝贝，急匆匆走出胡同，往老宅那边去了。时间大概是晚上9点半左右，可以断定，开越野车从田七屋后涉水路过的不是辛起志。除了他俩，孙书记也有一辆比亚迪私家车。他跟杨金枝来看望大舅哥时，基本都开这辆车。比亚迪底盘很低，那夜雨那么大，根本无法进出大杨庄，而且孙书记正在省委党校学习。孙继海没有小车，他来看望舅舅，有时骑摩托车，有时开公司的小轿车。那晚大雨倾盆，孙继海不可能来老宅看望舅舅。舅舅失踪，还是他报的案呢。陈东来以为，导致杨金贵失踪的，就是凌晨乘坐越野车涉水离开大杨庄的人。

侦察初步告一段落。四名警官把搜集到的证据和线索仔细梳理，形成几点共识：

8月3日，4男一女乘一辆越野车由富新县城冒雨来老宅吃喝后，带走了杨金贵。4男1女身份不详。

杨金贵一穷二白，最值钱的东西是两头牛。但牛没丢，说明4男1女绝非为财而来，其目的和动机不清。

4男1女是由大门和平进入老宅的，说明他们之中至少有一人跟杨金贵熟悉。这个人一头连着老宅，一头连着富新。查明此人的身份，便找到了解开杨金贵失踪之谜的钥匙。

综上，杨金贵失踪不同寻常，其背后可能隐藏着一桩不为人知的阴谋。因此，警方决定立案调查，查清杨金贵失踪真相，活要见人，死要见尸，给杨金枝和孙书记一个交代，向乡亲们交出一份完满的答卷。破案的重点之一，是尽快查明半夜三更能够叫开老宅大门的人的身份。

<h2>2</h2>

孙东胜从省委党校学习期满返回南山，所做的第一件事就是了解警方对大舅哥失踪案的调查情况。他没顾得上休息，就把景风光、陈东来邀到家里听取汇报，杨金枝、孙继海都在场。景、陈就老宅失踪案的勘查和取证情况作了详细汇报，同时讲述了警方的几点共识。

孙东胜强调说，由于大舅哥严重智障，他唯一的亲戚就是他家3口，除此之外，无论是在当地还是在富新，都没有亲戚朋友。那5个来自富新的男女，半夜三更冒雨能够顺利来大杨庄，和平进入老宅，说明他们当中至少有一人跟大舅哥熟悉。这个人是谁呢？当时我正在省委党校学习，不可能冒雨回来把大舅哥弄丢。金枝和儿子，都是大舅哥的亲人。他指着老婆、儿子责问："你们俩会干这种事儿吗？请直截了当回答我！"杨金枝、孙继海极力摇头否认。孙东胜神情凝重，语调悲怆地大声说：不管他是谁，无缘无故捉弄智障者，就是严重违法犯罪行为。至于富新，我倒有个大学同学叫祁卫东，听说是富新县一家私营稀土矿的老板，金枝也认识他。因为大学期间我们两个不和，毕业三十多年来，我和他从无来往。我两次做东组织老同学聚会，都邀请过他，他都没来。他肯定不认识大舅哥，也不知道老宅在哪里。他若有所思地问儿子："继海，你经常天南地北地采购设备器材，你可能去过富新吧，跟祁卫东有啥来往吗？"继海干脆地回答："没有。我连富新在哪里都不知道，更不认识你的同学祁卫东。"孙书记两手一摊，无奈地对景、陈两位说："看看，我们3口能够提供的信息就这些。大舅哥失踪六七天了，我们全家都为他的安危担忧。"孙书记不无困惑地自言自语："是不是哪个人对我有意见，为了发泄私愤，故意掳走大舅哥报复我？"

杨金枝茫然地看着他，轻轻摇头。儿子一脸不屑，不置可否。

孙东胜自问自答："也不对。如果确实有人发泄私愤报复我，写封匿名信捏造几个罪名，寄给上级纪委，效果不是更好吗？何必兴师动众，费神劳力，从富新冒雨开车跨市跨县来老宅弄走我大舅哥呢？"

景风光摇头断然否定："这种可能不存在。这5个男女中有一人对去老宅轻车熟路，跟杨金贵相熟。"

孙东胜看儿子一副事不关己的神情，问他："继海，你天南地北地跑，交往的人又多又杂，你跟谁说过老宅吗？"

孙继海不耐烦地说："爸，我跟人家说老宅干啥？老宅又不卖设备器材，没人想俺那个傻舅！"

杨金枝不悦，责备儿子："咋说话呀继海？一口一个傻舅的，你当了几天小科长，就嫌舅傻了？没良心，你多长时间没去老宅看舅舅了？"

孙继海毕业于石油大学石化工程设备专业，现在是南山石化总公司设备器材科科长。南山石化从科威特引进一个新项目，投资10亿美元，是富新县历年来引进外资最大的项目。县委书记亲自抓的项目进度，务必按合同约定的工期完成。为此，公司提拔孙继海为设备器材科科长，让他用其所长。孙继海深感责任重大，不是泡在工地上，就是亲自外出采购，跑遍除西藏外的所有省市区，十天半个月不回家。面对妈妈的训斥，他不无愧疚地认错说："对不起，是我不好，对舅舅关心不够。"

杨金枝看着景、陈，疑惑地说："俺哥失踪得很蹊跷。那5个男女为啥带着那么些食品去老宅请俺哥吃喝呀？真是不可思议。我怀疑里面有啥见不得人的名堂！"说到这里，她一手抚住额头。"哎呀，俺都不敢往深里想了。俺哥是俺唯一的亲人哪。"她不禁哽咽。

孙书记劝慰他："金枝，大舅哥不会有事儿的，警方一定能把他找回来。"

孙继海也劝："妈，俺舅他……他迟早会回来的。除了舅舅，我跟爸都是你的亲人呀。"

杨金枝泪眼婆娑。"你爷儿俩跟俺哥一样吗？手足之情，血浓于水……"她说着，竟号啕大哭起来，哭得浑身颤抖。

景、陈信誓旦旦地表示："大姐请相信，我们一定要把金贵老哥找回来。"

杨金枝擦着眼泪埋怨说："找，找，找，都六七天了，那5个人身份不清，他们把俺哥弄到哪里也不知道，俺哥生死不明，人海茫茫，你们去哪里找呀？"

陈东来对孙书记说："我们在现场搜集到的那张购物小票，购物地点是富新县城荷园超市，购物时间是 8 月 3 日 09：09。当天夜晚他们冒雨来到老宅。超市出口都有监控，肯定会留下购物者的影像。我们打算去富新县荷园超市调取监控，请富新县公安局协助查明那 5 个人的身份。这样，找到金贵大哥很有希望。"

杨金枝擦干眼泪，连声道谢，希望他赶快去富新。

孙书记说："从你们的侦查情况看，大舅哥失踪不是一桩简单的失踪案，我完全支持警方立案调查。人命关天，你们一定要抓紧时间，争分夺秒，争取在最短的时间内把大舅哥安全地找回来。"

景、陈响亮地回答："我们马上行动！"

孙书记自信地说道："我等你们的好消息，困难肯定不少，那 5 个人可能不是善茬，一定要注意安全。"

景风光表示："人民警察是人民的忠诚卫士，面对人民群众的疾苦，不可以有任何的麻木和懈怠。现代刑侦技术和手段越来越先进，找回金贵老哥不应该成为问题！我，陈东来，还有李卫国、毛大鹏，敢以党性向您保证，纵使前面有千难万险，也要把老哥找回来。"

孙东胜点头说："我相信！"

杨金枝强烈要求警方坚决把那 5 个人抓获归案，依法严惩。她把泡好的茶递给景风光和陈东来，"请喝茶。"

"谢谢。"景风光端起茶杯，轻啜一口，说声"好香"。然后，瞅着琥珀色透明液体中倒立在杯底的碧绿茶叶，像茂盛的树林，赞叹说，"上好的铁观音哪！"

孙东胜莞尔一笑，"老景对茶很有研究呀！"

景风光笑着摇头说："研究谈不上，察颜观色闻味而已。"他轻啜一口茶，详细询问了杨金贵的生活习惯——

杨金贵常年穿着双星牌旅游鞋，是杨金枝给他买的，42 码。生活很简单也很有规律，每天早晨八九点钟起床，吃几口简单的早饭，就带着干粮上山放牛，傍晚回家吃饭睡觉。他怕贼偷牛，每夜都按妹妹、妹夫的嘱咐给大门上闩上锁。半夜三更陌生人叫门，他绝对不开。他除了杨金枝一家三口，没有别的亲人朋友，更没有女人。堂叔杨大中年岁大了，和傻侄子平时来往不多。堂弟，就是杨大中的儿子杨金宝，在县城工作和生活，虽然经常回家看望父母，但跟傻堂哥几乎没有来往。杨金贵跟村民没有来往，不会有哪个乡亲半夜三更冒雨带着好酒好菜去老宅找他吃喝。中华牌香烟和燕京牌罐装啤酒，村民们大多没见过，村里有家小超市，根本不卖高档烟酒。杨金贵平时不喝酒，夏天酷热时偶尔喝点，也是从村里小卖部买的当地产的那种瓶装啤酒。给他易拉罐啤酒，他都不知咋打开。杨金贵一日三餐只在晚上炒个菜，说是炒，其实是煮，像白菜、萝卜、豆角这些，煮熟撒把盐就吃，很少有荤菜。杨金贵不吃羊肉。杨金枝两口子经常回老宅探望他，顺便带猪头肉、烧鸡等熟食给他解馋，但从不买烤串。有的村民说，孙东胜当上县委副书记后，有少数乡镇干部带着猪头肉、蒸包等熟食去老宅看望杨金贵。到底是哪些人，杨金贵一个也不认识，孙书记、杨金枝也不知道。他俩心里明白，这些人都有小企图，无非是希望得到孙书记的提拔和照顾，孙书记懒得搭理他们。杨金贵不吸烟，按家乡习俗，家里来了贵客，都让他在右手边那把椅子上落座。爹娘在世时，孙东胜也不例外。爹娘去世后，孙东胜去老宅仍习惯坐那把椅子，掉落一根头发在所难免。平时杨金贵放牛回家，也总依偎在那把椅子上发呆、打盹儿。即使椅子上有孙书记的头发，早该被他蹭掉了，景风光暗自断定那根头发应该是那5个人遗落的。他们不远千里，雨夜带着酒肉从富新冒雨跑到老宅吃喝，肯定别有图谋。

孙东胜质疑说："你们怀疑大舅哥失踪案背后可能隐藏着一桩大阴谋。大舅哥独居老宅，傻得连自己是谁、家住哪里都说不清楚，白道黑道，官场商场情场，谁都不认识，他懂什么阴谋呀？"

景风光不假思索地回答："他们担心是非不辨的金贵老哥把他们搞的阴谋说出去！"

孙东胜追问："可是，无论把傻大舅哥带到哪里，他仍会不知好歹不分场合到处乱说呀。"

景风光点头说："我们担心这伙人把金贵老哥带到一个很远很远的地方，比如千里之外的富新给……"

没等景风光说完，杨金枝的心就揪了起来，声音颤抖地说："景所长，你的意思是说那帮人把俺哥害了吗？"

景风光谨慎地回答："不是没有这种可能。"

杨金枝抹着眼泪大骂起来。

景风光安慰她："这只是一种推测，没有证据，不能把推测当现实，现实也许恰恰相反。我们一定尽最大努力，争取让老哥毫发无损地回来跟你们团聚。"

孙东胜悲戚地说："岳父临终前，特意交代我两件事，第一件事是一定要保管好家堂轴子，说那是老杨家的传家宝。岳父说，按照祖训，家堂轴子传男不传女，大舅哥呆傻，传给他不保险。我是老杨家的女婿，一个女婿半个儿，所以老人家决定把家堂轴子交给我，希望我多生儿子，至少有一个姓杨，这样一代一代传下去，保证他这一支香火永续不断。岳父还神秘兮兮地告诉我，家堂轴子上有老杨家的密码，谁破解了密码，谁就得到万贯家产。他特意嘱咐我，此事不可对人言。我从没把岳父的话当真。家堂轴子上除了列祖列宗密密麻麻的名字外，没发现有啥密码呀。岳父去世后，我没忘记他老人家的嘱托，担心虫蛀鼠咬霉烂，于是跟金枝商量，就把家堂轴子挂在墙上，一直保存到现在完好无损。第二件事是一定要照顾好大舅哥，不让他受委屈受欺侮。这件事我和金枝尽力了，但仍没做好。大舅哥究竟去了哪里，是死是活……唉，我对不起岳父大人呀。"他说着，浊泪潸然而下。

景风光表示："尽管目前我们尚不清楚那个雨夜老宅到底发生了什么，但凭着现有证据，依靠现代生物检测技术，完全可以从搜集到的遗留物上提取到那几个人的 DNA，不难确定他们的真实身份，叫他们插翅难飞。"

孙东胜、杨金枝表示要回老宅看看。

下午3点，在景、陈的陪同下，孙东胜、杨金枝走进老宅，沿着草丛中的三角形由堂屋、西屋、厨房的顺序，查看了一遍，最后指着灶膛前的一大堆草木灰问："这是咋回事呀？都是大舅哥做饭烧的灰吗？"

景风光汇报说："我们勘查现场时，发现灶膛里的草木灰堆得满满的。你看锅壁上的水垢。"景风光指着锅壁从上到下的水垢，"肯定烧过满满一锅水，而且反复烧了好长时间，才能烧成这样。起初，我们怀疑灶膛里有问题，可扒光灰仔细查看，并未发现棉布、塑料和动物肉骨烧焦的成分，没见什么异常。"

孙东胜乜斜着他，苦笑："你把灶膛当成火化炉了吧？"

景风光尴尬地摇头说："烧那么一大锅水，肯定有问题。问题在哪里，我们没有琢磨透。"

孙东胜心生疑窦。"大舅哥平时不洗澡，饮牛不用热水。那帮人来老宅为啥要烧那么一大锅水，这个谜你们一定要解开。"

"是。"景风光回答。

孙东胜瞅着大铁锅，双眉紧蹙，自言自语似的说："富新到老宅，千里之遥，四男一女，开越野车，带着酒肉，雨夜来老宅吃喝，吸中华牌香烟，烧一大锅水，大舅哥失踪，把这些问题串联起来，说明什么呢？"

景、陈互相看看，无从回答。

孙书记依然唠叨："这帮人鬼得很，他们故意选择电闪雷鸣、风雨交加的深夜来老宅，以为这样的鬼天气可以掩盖他们的罪恶，说明他们的反侦察意识很强。但是，要想人不知，除非己莫为。电闪雷鸣、风雨交加的黑夜可以掩盖一时，但不能掩盖长久，太阳终究是要出来的。他们的罪行迟早要暴露在大庭广众之下，绝对逃不掉法律的严厉制裁。"

根据孙书记的指示，陈东来带领毛大鹏和李卫国去富新县城荷园超市调查。令人失望的是，荷园超市那天的监控已被覆盖，不能复原。陈东来3人沮丧地返回南山，向孙书记做了汇报。孙书记气恼而又忧心忡忡地说："这也太巧合了吧？我们紧赶慢赶还是慢了半拍，看来，他们对警方的行踪掌握得十分准确。"

孙书记的话引起景、陈的警觉。陈东来要去富新县城查看监控录像，是在孙书记家里提出来的，并没向任何人透露。孙书记怀疑谁呢？他不会怀疑自己的爱人和儿子吧？不会，绝对不会！问题出在毛、李身上吗？也不会。他俩原本都是部队保卫干事，转业到枣林派出所后，依然保持着军人作风，工作一向认真扎实，口碑不错。他们跟孙书记一家无怨无仇，跟傻杨金贵更没结怨，没有理由干这种勾当。景、陈二人茫然无知，老宅失踪案的侦查遇到瓶颈。

3

第三天后，常安报告，3起大案均已告破，犯罪嫌疑人悉数抓获归案，共有9名，关押在城关公安分局。其中的首犯是邓小林。大家正连夜突审，争取三天之内全部结案。

孙东胜高兴地连声说好，指示常安不但要写好结案报告，还要认真总结好西堤大案频发、久侦不破的教训。他要专门听取汇报。

常安和窦建功、李光荣都是办案高手，任务全部按期完成。孙东胜把3人请到自己办公室听取汇报。

孙东胜对常安三人那么短时间内势如破竹地破获西堤积压多年的三起大案，喜出望外，对他们忠于法律，忠于职守，除恶务尽的大无畏精神钦佩不已，称赞他们是新时代的三剑客，常安是南山的神探。

常安感谢孙书记的鼓励，对"神探"之名明确拒绝。"我们仨都是普通人民警察，不是神探。破案不是算命，不靠灵感，不靠神机妙算……"他把话说了一半就打住了，觉得再往下说不免有点显摆，孙东胜却饶有兴趣地让他把话说完。常安谨慎地说："我们靠的是对人民的忠诚，对党的忠诚。人民警察永远是党和人民的忠诚卫士。"

孙东胜激动地为其鼓掌，"忠诚卫士面前没有破不了的案件！"

孙东胜向县委书记李光汇报后，向青川市政法委书记白杨、市公安局长管志义打电话报捷。白杨在电话里激动地宣布，南山县社会治安落后的帽子从此可以甩到太平洋去了。他和管志义指示一定要为三个年轻警官记功颁奖，提拔重用。

在李光主持的县委常委会上，孙东胜通报了常安三人一举破获西堤三起积案的基本情况，建议给常安荣记一等功，给窦建功和李光荣荣记二等功，并建议，提拔常安任县公安局刑警大队副大队长，窦建功任枣林派出所副所长，李光荣任西堤派出所副所长。建议县委县政府召开庆功大会，大力表彰和广泛宣传三剑客等有功人员的先进事迹，大力弘扬和扶持敢于同邪恶势力作斗争的社会正气。孙东胜还提出了全县警力大调整的建议和实施方案，希望提拔年轻干警，让他们在一线锻炼，有机会实现抱负。常委会一致同意孙东胜的建议，并作出相关决定。

庆功大会如期召开，县委书记李光作了重要讲话，称赞常安是南山县公安战线的新秀和标兵，要求全县各级公安干警认真向常安同志学习，秉公执法，立警为民，勇做人民利益的忠诚卫士，党和国家事业的忠诚捍卫者！县电视台播放了庆功大会实况，"神探"常安名声大振，成为南山县的风云人物。县委副书记兼政法委书记孙东胜也赢得不错的口碑，普遍赞赏他思想解放、慧眼识才，是富有开拓精神的好干部。

按照县委关于全县警力大调整的决定和实施方案，被调整人员务必在3天之内到任。枣林派出所被调整的三人，都是老宅失踪案的办案人员。其中56岁的景风光调任县保安公司总经理，享受正局级待遇，体现了县委对老同志的照顾。热爱刑侦工作的毛大鹏和李卫国调离枣林，去其他派出所任所长。留下来的陈东来由副转正，升任枣林派出所所长。失踪案的侦破全部落在陈东来一人肩上，他深感责任重大，也觉势单力薄，但他有股韧劲，从不服输，即使一个人也要把案子破了。为了培养年轻的刑侦队伍，他让入职不久的年轻警官高大友和宋立文做助手。他们不知疲倦地调查取证，夜以继日，废寝忘食。一天上午，有人打电话要陈东来立马去县城一趟，说有要事相商。陈东来对宋、高交代了几句注意事项，骑上警用摩托就往县城赶去。结果途中遭遇车祸身亡，他跟景风光获取的证据也随之不翼而飞。孙东胜闻讯后，在新任公安局长刘光军陪同下，赶到车祸现场，指示交警大队长李三江认真查清事故原因和责任，依法公正处理。然后指示刘光军把窦建功从西堤专案组调回枣林派出所上任，处理好陈东来的善后问题。窦建功觉得处理陈东来的善后问题，自己没有经验，不知从何处着手，希望上级领导指导帮助。孙书记理解他的难处，指示刘光军到枣林，集中精力把陈东来的善后事宜处理好。

几天后，交警大队做出了事故责任认定，陈东来系酒后驾驶摩托车，轧中心线行驶，车速过快，与迎面驶来的载重卡车相撞，造成车毁人亡，负事故主要责任，承担事故损失的70%。卡车司机费国开超载驾驶，精力不集中，观察不够，车速过快，避让迟缓，与迎面驶来的摩托车发生碰撞，负事故的次要责任，承担损失的30%。

对于这样的事故责任认定书，枣林派出所干警并不认可。陈东来从不喝酒，酒后驾驶从何说起？荒唐！大杨庄村主任李增山也不认可，从陈东来到老宅以来，从没见陈东来喝过酒。陈所长的爱人王丽更不认可，她天天带着儿子到局机关和各个单位上访，哭诉说丈夫是被诬陷的。她认为车祸是有人幕后策划的，意在破坏对杨金贵失踪案的侦察，她强烈要求县公检法介入，彻查车祸的来龙去脉，揪出凶手，将其绳之以法，为陈东来洗清不白之冤；不然，陈东来的遗体绝不能火化，派出所干警和大杨庄村民无不支持和声援王丽。

孙东胜感到焦头烂额，疲于应付，县委县政府机关正常工作秩序受到严重干扰。县委书记李光责令孙东胜对车祸重新组织调查，事故责任认定一定要符合实际，于法有据，公平合理，经得起历史和群众检验，做到当事双方满意、群众满意。为此，孙东胜把局长刘光军、交警大队长李三江和窦建功召集到一起，命令他们重新展开调查。三人不敢怠慢，打算从源头查起。

他们带着陈东来的手机，去电信营业大厅查询给他打电话的那个人的身份。结果，那张卡没有实名登记，只交过一次20元话费，持卡人究竟是谁，无从查起。这恰恰说明，车祸的确不同寻常。

李三江、窦建功调查肇事卡车司机。司机费国开是南山县宏运运输公司一队司机，巫州市富新县人。交警大队做出责任认定后，费国开觉得对不起死者，誓言今生再不开车跑运输，辞职回原籍了。临走时留下20万元，作为赔偿金，托一队队长转交给死者家属，并代他向死者家属道歉。刘局让户籍警打电话向富新警方查询，答复富新没有费国开这个人。拨打费国开留下的手机号，提示音一直无人接听。三个人分析认为，费国开可能是受雇于人制造了这起车祸，又感于心有愧，没有胆量说出真相，便辞职逃避。他留下20万元赔偿金，说明他良心没有泯灭。

去过车祸现场的高大友、宋立文向李、窦证实，车祸现场弥漫着浓烈的酒精味，陈东来的呕吐物中明显含有很浓的酒精成分。他俩知道陈东来从不喝酒，陈东来离开老宅时没有喝酒，他的呕吐物里咋有那么浓烈的酒精味呢？两人向勘查现场的交警求证，得到的答复是："你去问当事者本人。"窦建功知道陈东来从不喝酒，说他呕吐物中有浓烈的酒精味，他高度怀疑，问高、宋："你俩到达现场时，陈东来还在吗？"

"不在。勘查现场的交警说已被救护车拉走了。"

"你们见过呕吐物吗？"

"亲眼所见。"

"你们有啥证据说那是陈东来的呕吐物呢？"

"没有。"高、宋尴尬地对视着说，"是勘查现场的交警告诉我们的。"

李、窦马不停蹄地向勘查事故现场的两名交警郭来水和柴可福求证。他俩回忆说，警用摩托被撞出十米远，驾驶员摔倒在卡车和摩托车之间，没戴头盔，头部鲜血直流，呕吐物散发出浓烈的酒精味。经测试，属于醉酒驾驶。肇事卡车司机费国开拨打了120。救护车赶到后，随车医生为其测脉搏、呼吸、查看瞳孔后，说人没救了，然后抬上救护车就拉走了。经勘查行车轨迹显示，卡车和摩托车都属超速行驶，卡车偏右行驶，但左前轮仍轧中线；刹车痕迹很短，显系司机避让不及时。摩托车沿中线行驶，与卡车左侧相撞。据此断定，陈东来系酒后驾驶，轧中线行驶，没有避让，没戴安全帽，是造成这起惨烈交通事故的主要原因。

李、窦去县人民医院做了调查。急诊室接诊医生证实，救护车把陈东来送到急救室时，其主要生命体征如呼吸、心跳、脉搏、血压均已归零，颅骨明显塌陷，系遭遇猛烈撞击形成，伤者已经死亡，其口腔内含有浓烈的酒精味。

窦建功问医生："死者口腔中有很浓的酒精味，能证实他的确喝过酒吗？"

接诊医生摇摇头，谨慎地反问道："如果死者自己没有喝过酒，那么他嘴里的酒精味是从哪里来的呢？"医生上下打量着眼前的两位警察，"你们怀疑有人诬陷死者，故意往他嘴里灌酒吗？"

"不排除这种可能。"窦建功亮明自己的身份说，"死者是我的领导，滴酒不沾。他的同事都证实他离开现场去县城时没有喝酒，途中遭遇车祸后他嘴里怎么有酒精味呢？"

医生无奈地耸肩，两手一摊说："当然，人的胃不是酒精釜，不会造酒。"

对于医生的幽默，窦建功一点都感不到轻松。他自言自语："陈所长嘴里的酒精味到底是怎么回事呢？"

医生看着窦建功凝重的神态，帮他出主意说："死者遗体如果还没火化的话，法医解剖一下他的胃，完全可以证实他到底喝没喝酒。"

窦建功、李三江受到启发，向刘局提出建议，马上组织法医去火化厂解剖陈东来的胃。经法医解剖鉴定，陈东来的胃内容物不含酒精成分。至此，警方认定，陈东来遭遇车祸身亡，系被人陷害。

刘局和李、窦都怀疑，交警郭来水和柴可福可能收受了请托人的好处，有意把酒洒到现场和陈东来嘴里，故意造假，必须彻查。可是，刘局和李、窦再次找他俩调查时，他们说，当他俩赶到现场时，陈东来身上就有酒味，他的呕吐物散发出浓烈的酒精味。他们理直气壮地辩解说，现场勘查没有问题，事故责任认定书符合事实，符合法律。

刘局和李、窦认为，这里边的关键证人是卡车司机费国开。可现在费国开下落不明，导致调查走入死胡同。

为了做好陈东来家属的工作，消除社会不安，孙书记和刘光军、李三江、窦建功经过深入讨论，权衡利弊，对原来的事故认定结论进行重新评估，暂时认定陈东来不属于酒后驾驶，他和卡车司机费国开都超速轧线行驶，承担事故同等责任，各占50%。陈东来是执行公务过程中死亡的，认定他系因公殉职，评定为烈士，发放抚恤金50万元，每年给其爱人和儿子发放生活困难补助金5千元。王丽勉强接受，答应让陈东来入土为安。但仍坚持认为，那场车祸是人为策划的一个大阴谋。她希望警方不要放弃，继续调查，早日把车祸真相查个一清二楚，把公道还给陈东来。孙书记、刘局长答应，绝不放弃对费国开的追捕和调查，一定把幕后策划者绳之以法，把公平公正还给陈东来。

刘局长跟窦建功认为，陈东来遭遇车祸身亡和他跟景风光获取的重要证据不翼而飞存在必然联系。刚刚上任保安公司总经理不久的景风光深受陈东来遭遇车祸身亡的打击，突发患脑出血，经抢救虽然保住了生命，但右侧肢体瘫痪，行动严重受阻，严重失语，既不能说也不能写，生活不能自理。要彻底查清杨金贵失踪真相，困难重重。刘局长决定请毛大鹏、李卫国出山。出乎意料的是，毛、李二人都以工作忙离不开为借口明确拒绝，实质上是他俩对孙书记有怨言。大家都认为策划陈东来遭遇车祸身亡和策划杨金贵失踪是同一伙人所为，聪明的孙书记不会想不到，然而他却认可了交警大队重新做出的对陈东来和费国开各打五十大板的责任认定书，并用"因公殉职""评烈"和高额抚恤金、救济款把矛盾抹平，息事宁人。对此，李、毛二人实在不理解，他们不想成为第二个陈东来。刘局长并不勉强他俩，想听听他们的看法。毛、李没有直说，而是绕了个弯："警力大调整，对于全县来说很有必要，但具体到枣林，没有从实际出发，搞了'一刀切'，把直接参与失踪案调查的3名骨干一起调走，只留下一个陈东来。那么复杂的案子，一个人能担得起来吗？为啥不等结案后再让景风光和俺俩到任呢？陈东来是好样的，他一句牢骚没有，带领两个没有侦察经验的新手埋头苦干，非要把这桩离奇的失踪案破了不可。可他没干几天，就遭遇车祸身亡，他和景所长收集到的那些重要证据也不翼而飞。把这些现象串起来想想就能明白，车祸绝非偶然，幕后肯定有人策划，目的就是阻断对失踪案的调查。"

刘局长意识到，二位在怀疑孙书记。对此，他不置可否。

俩人又强调说："我们对那场车祸没有调查，按说是没有发言权的。以上仅是俺俩的推测，需要最终的调查结果来验证。我们希望俺俩的推测不成立。"

面对扑朔迷离的案情，刘局长感到束手无策。他以探讨的口气说："杨金贵失踪已经立案，不能轻易撤案。下一步应该怎样往下进行呢？"

毛大鹏沮丧地感叹说："参与破案的4个人，死的死，病的病，调离的调离，关键是当事人费国开逃跑了，证据也不翼而飞。失踪案被搅成了一潭浑水，第一步被人拦截，下一步从何谈起？没有下一步了呀！"

刘局长无奈地说："案子没破，人民警察总不能知难而退吧！"

李卫国两手一摊，感慨地说："进退两难，举步维艰哪。"

窦建功也有同感。作为人民警察，绝不能因为一时遇到困难就打退堂鼓，他说："办法总比困难多，越是困难越向前。"他感觉此时说出这句口号式的语言，苍白无力，不由得自嘲一笑。

毛大鹏看看刘局长和窦、李，谨慎地说："我建议暂时放一放，缓一缓。"

刘局长不解："咋放咋缓呀？"

毛大鹏胸有成竹地说："杨金贵失踪和陈东来遭遇车祸身亡两者之间存在着必然的联系，是同一伙人所为。他们的目的只有一个，就是千方百计地阻挠和破坏警方破案，以掩盖真相。我建议暂时放一放，仅是暂时，不是永远放弃。等到这潭浑水泥沙俱下，澄清以后，潜藏在水底的鱼龙就容易分辨了。到那时警方相机而动，出其不意地将潭底的恶龙一网打尽，便可收事半功倍之效。不然，在侦查目标不明朗的情况下，兴师动众，盲目行动，不但打草惊蛇，还可能自乱阵脚，结果是竹篮打水一场空。"

刘局长觉得毛大鹏说的很有道理，但是，杨金贵毕竟是孙书记的大舅哥呀，警方要放一放，孙书记同意吗？他踌躇不定，朝窦、李扬扬下巴："你俩觉得呢？"

窦建功说："我觉得大鹏所长的意见有道理，可以暂时放一放，但绝不是放弃，而是等待时机。"

刘局长表示赞成，说自己会向孙书记汇报，按孙书记的指示办。

孙书记同意暂时放一放。他强调："暂时放一放绝不是放弃，不是撤案，只是警方的一种策略。大舅哥智障，但残疾人的命也是命，一旦时机成熟，警方一定要立即行动，查明真相，活要见人，死要见尸。如果确与陈东来车祸案有牵连，就一鼓作气彻查车祸案，把公平公正还给陈东来。"说着说着，他语调低沉地讲述了岳父临终前对他的嘱咐，"现在家堂轴子还完好无损地挂在墙上，大舅哥却不见了，不把他找回来，叫我怎么告慰岳父大人的在天之灵呀？"说着，眼角溢出浑浊的泪水。刘光军、窦建功明确表态：不达目的，绝不罢休！

但没想到的是，这一放就是8年。人们早把杨金贵失踪案忘到九霄云外了，老宅却突然闹起鬼来，直把大杨庄闹得乌烟瘴气，人心惶惶。村民和群众相信杨金贵和一个身份不明的女人被害死在老宅，期盼警方早日破案，把杀害杨金贵和那个女人的嫌犯抓捕归案。

现在，"神探"常安终于出马了，村民们无不把查明杨金贵失踪真相的希望寄托在常安身上。

4

面对大杨庄乌烟瘴气、人心惶惶的局面，常安心情十分沉重，一桩失踪案拖了8年竟然毫无进展，老所长遭遇的车祸至今也不明不白。对此，他很是不解，但也不好怪罪前任。8年来，他由县公安局刑警大队副大队长一直干到县公安局局长，一年至少一半的时间在基层调研。升任公安局长3年来，每年至少来枣林调研两次，但没人向他反映杨金贵失踪的问题。是枣林的同志麻木了，还是有所顾忌，抑或是随着办案警员的进退把它给忘记了？不管是什么原因，归根结底是自己工作不深入，调查不细致，走马观花走了过场，以致发生了老宅闹鬼如此荒唐的怪事。

窦建功简要汇报了当年杨金贵失踪案和陈东来车祸身亡的情况后，常安大吃一惊，感到杨金贵失踪非同小可，不由深深自责："我这个局长失职呀，那么严重的人命案竟然毫无察觉！"

窦建功安慰，"杨金贵案发时，我们正忙于了结西堤的3起大案。陈所长遭遇车祸后局里才把我调回派出所，处理陈东来的善后。那时你还没到局里任职，责任不应由你负。"

"之后不久，我不是回到局里任职了吗？尽管只是刑警大队副大队长，能说一点责任没有吗？"

窦建功想说什么，常安把手扬在半空，不让他往下说，却反问他："那么些年了，我干到局长了，咱俩经常见面，你咋一次也没有跟我提过这桩失踪案呢？"

窦建功吞吞吐吐地说："孙书记和刘局长决定把这桩失踪案暂时放一放，放多长时间没定。两位领导不发话，我又没发现新线索，杨金贵的亲人也没提出重新调查的要求，所以我就没有向你汇报。"

常安不悦，严肃地说："案件就是命令，一条鲜活的生命在自己家里不明不白地人间蒸发了，这就是线索。哪个案件是等领导发话警方才开始行动的？"

窦建功哑口无言，常安与他对视着，等他说话。窦建功不无忧虑地说："这桩失踪案跟别的案件不一样。"

"不一样在哪里呀？"

"失踪者是孙书记的亲人。"窦建功嗫嚅，"当时他是县委副书记兼政法委书记，之后他的职务不断调整，现在已是青川市委副书记，即将召开的市九大他马上就要转正。我隐约感觉，杨金贵失踪案是个马蜂窝，没有孙书记的指示和命令，轻易戳不得。"

"轻易戳不得？"常安悟透了他的心思，故作不解地问他，"难道你也怕成为陈东来第二吗？"

"老所长死得很冤枉啊！"

常安认真地说："正因为陈东来死得冤枉，所以更不应该放弃，必须把那场车祸查个水落石出，这是人民警察的责任！"

窦建功没作任何解释，反问常安："那么些年，杨金贵失踪的事你一次也没听说过吗？"

常安想了想，说："听说过，共有两次。一次是我刚被提拔为副局长兼刑警大队长不久，我去孙书记家吃晚饭，杨大姐说起她哥哥失踪的事儿，希望我把她哥找回来。她刚说了两句，就被孙书记挡回去了。孙书记说：别提那些伤心事儿了，金枝，你哥失踪那么些年至今连个线索也没有，你叫常安去哪里找呀？常安是南山县的公安局长，不是咱的家丁。杨大姐就不说了。我以为是他们的家事，没有深问。第二次是最近，我来老宅的前三天，有人用手机给我打过一个电话，说杨金贵失踪那么些年警方不闻不问，是官官相护。他说了这一句就关机了。我对这句话既感好奇，又觉得很重要，就回拨过去，想了解他打电话的真实意图，结果无人接听。那个电话号码还在我的手机上存着。我始终没弄明白，杨金贵失踪咋扯上官官相护了呀？"

窦建功说："杨金贵失踪8年来，警方一直按兵不动。据此有人怀疑杨金贵失踪案可能牵扯到某位领导，警方不敢揭露，所以以为是官官相护。"

"胡扯！"常安骂了一句，问他，"村民、群众有这样的反映吗？"

"有。"窦建功说，"闹鬼者天天深夜骂当官的，老百姓不这样想才怪哩！"

常安摇头叹息，"看来，有人怀疑孙书记呀？"

"没人明说。"

"不明说不等于心里不这样想。"

"那是。"窦建功说，"在走访调查过程中，村民们普遍反映孙书记对待大舅哥如同亲兄弟，杨金贵失踪不会跟孙书记扯上关系。个别人私底下有这方面的议论和猜测，但没有证据，所以谁都没有勇气拿到台面上来说。"

"当年，毛大鹏和李卫国拒绝重新参与失踪案的调查，说不想成为第二个陈东来，也是这个意思吧？"

窦建功坦诚地说："我认为是这个意思，但他俩手里没有证据，所以建议暂时放一放。其实是缓兵之计，真实意图是放长线钓大鱼，等找到证据，或者被人揭露，或者嫌疑人暴露以后再算总账不晚。"

常安不相信杨金贵失踪与孙书记有关，更不相信他会害大舅哥。无论从哪个方面说，他都没有害大舅哥的理由和动机。杨大姐也不会！是孙继海吗？南山石化的一个小科长，也是当官的，可他有啥理由害自己的亲舅舅呢？常安苦思冥想，也琢磨不出个所以然来。

常安对毛大鹏、李卫国十分熟悉，他们工作一向认真负责。支持他们。当年他俩直接参与了失踪案的侦察和调查，对孙书记一家产生某些怀疑自有他们的道理。他想直接听听两位老刑警的意见，便亲自打电话把他们请到老宅。

放下电话，他觉得失踪案非常复杂，决定把李光荣请过来，加入专案组，下决心破获这桩拖了8年之久的失踪案。

5

毛大鹏、李卫国和李光荣几乎同时来到老宅，向常安报到。常安示意他们在方桌前落座。

一股强烈的狐臊味扑面而来，三人不禁掩鼻，目光在屋内搜寻着，发现西间摆放着两张折叠床，上面单薄的被褥干净整洁，毛大鹏诧异地问道："常局就在这里过夜呀！"

常安点头，"这里挺好的。"

见此情景，毛、李颇受鼓舞，看到了破获失踪案的希望。李卫国说："局长，我来跟你做伴吧。"

常安微笑婉拒："谢谢，有建功在就可以了。还有光荣，我把他调过来，跟我们一块，把失踪案给破了。"

毛、李异口同声："如有需要，我们随时听命，保证随叫随到！"

常安朝二位竖起大拇指，开门见山地说："近日老宅闹鬼，你们肯定都听说过了，把大杨庄搞得乌烟瘴气，鸡犬不宁。为了解决闹鬼问题，建功同志已在老宅住了三四宿。我是昨天过来的，夜里闹鬼时，我和建功一起查获了闹鬼的道具——一部旧手机。在西南角那棵大榆树上的老鸹窝里获取的，肯定是闹鬼者放的。估计他在老宅不止放了这一部，我已派人带着手机去县电信营业厅查询有关信息去了。根据闹鬼时哭诉的内容，我和建功分析认为，老宅闹鬼的根源在于杨金贵失踪。当年大鹏和卫国曾跟两位老所长一起调查过那起失踪案，并且获取了不少宝贵的证据。可惜，陈东来遭遇车祸身亡后，那些证据也不翼而飞了，失踪案从此没有了下文。这怎么中呢？树欲静而风不止。8年后的今天，老宅突然闹起鬼来。闹鬼者传递出一个重要信息，当年老宅有一男一女被某个当官的杀害。是真是假必须调查清楚，依靠证据作出判断。今天，把两位老同志请来，就是希望你俩认真回顾一下当年侦查失踪案的有关情况，包括已经取得的重要证据，等等，还有对陈东来遭遇车祸不幸身亡的看法，帮助我们梳理一下。希望二位放开思想，畅所欲言。失踪案8年未破，今天不问责任人是谁，只是深入了解情况。我是下定了决心的，老宅失踪案不论牵扯到谁，不论他的官职有多高、权力有多大，我都要义无反顾，一查到底。我们是人民警察，忠诚的人民卫士，肩负着打击犯罪、保护人民生命财产不受侵犯的职责。职责神圣，不容亵渎，不容敷衍，不容退缩！"

常安的开场白，目的明确，态度坚决，信念坚定，大鹏、卫国深受鼓舞，原有的顾虑很快打消，感慨道："杨金贵失踪案一放就放了8年，终于等来个闹鬼者。我们同意常局的分析，闹鬼者的确给警方传递了一条重要信息，在8年前的今天，这里发生过一起严重的谋杀案，有一男一女命丧老宅！"然后，他们俩敞开心扉，直抒己见，你一言我一语地还原了当年案情的调查情况及自己的见解和分析。

"杨金贵傻，但从来都是白天上山放牛。为防牛被盗，夜里都要关门上锁，除非妹妹一家三口，谁也叫不开老宅大门。杨金枝和孙书记始终认可这一点，但是，8年前的8月3日雨夜，来自富新的四男一女却正常进入老宅，而且跟杨金贵一起吃喝，然后杨金贵就失踪了。这表明，那五个男女中至少有一人对来大杨庄轻车熟路，对老宅情况了如指掌，跟杨金贵也相当熟悉。他们到底是谁呢？警方感到迷惑不解，孙书记和杨金枝也提供不出任何线索，而且十分肯定，杨金贵除了孙东胜一家三口，没有一个熟人。即使堂叔杨大中和堂弟杨金宝深夜叫门，杨金贵也不开，因为平时两家基本没有来往。所以，半夜三更带人去老宅吃喝的就是孙东胜家里的人。

孙书记结束省委党校学习任务返回南山，第一时间请景、陈去他家做了汇报，杨金枝、孙继海都在场。汇报完后，陈东来决定带俺俩去富新县城荷园超市查监控。我们三个人的行踪除了孙书记一家三口知道外，我们没有告诉任何人，可我们赶到超市时，监控视频统统抹掉了。这也太巧合了吧？我们只好无功而返。尽管如此，根据搜集到的其他证据，景、陈两位老所长对查明杨金贵失踪真相仍信心十足。这时，按照县委决定，开展全县大调整，四个参与调查失踪案的老家伙一下子调走了仨，极大削弱了侦察力量。陈东来仍不服输，带着两个从未搞过刑事侦察的新手高大友和宋立文继续办案；可是，三天后，陈东来就遭遇车祸身亡了。这是偶然的巧合吗？谁信呀？孙书记是政法委书记，分管公安，杨金贵是他大舅哥，他为啥不发话暂缓调走参战干警呢？大家都知道孙书记从不以权压法，难道暂缓调走景风光和俺俩就是徇私情吗？不会吧？老百姓是通情达理的人，大杨庄村民一直都关心杨金贵的死活呢。更令人不解的是，陈东来遭遇车祸后，他跟景风光搜集到的所有证据都不翼而飞了。

当陈东来带领俺俩从富新无功而返时，孙书记强烈质疑：看来，有人给那五个男女通风报信，泄露了警方的行踪！是谁呀？孙书记大概不会怀疑他的老婆、儿子吧，那么，他怀疑谁呢？这个不查清，我们两个跳到黄河也洗不清。所以，刘光军局长要俺俩重回老宅办案时，我们两个都没有接受，我们不想成为第二个陈东来。8年了，是时候破获这起诡异的失踪案了！我们相信常局一定能够说到做到，破获此案，一切都会大白于天下。"

常安明确表示："我没有证据否定老宅曾经发生过一男一女被害的凶杀案，更觉得杨金贵失踪案扑朔迷离，而且已经严重影响到大杨庄全体村民的正常生活。所以，失踪案不能再拖了，必须抓紧破获，刻不容缓。案件到了我手上，一切依事实为依据，以法律为准绳，绝不存在官官相护的问题。"

毛、李点头，表示信任，然后毛大鹏说："恕我直言，常局。"

常安右手一翻："请讲。"

毛大鹏说："这些年来，特别是你提副局和局长以来，人们无不把查明杨金贵失踪案的希望寄托到你身上。既然常局是神探，最该在杨金贵失踪案上大显身手。可是，你却始终按兵不动。于是，有人包括我在内，自然怀疑你在搞官官相护那一套。因为你是孙书记一手提拔起来的干部，他对你无论是政治上还是生活上，一向关怀备至，包括你的婚姻问题都是孙书记亲自帮你解决的。你自然要维护孙书记喽。"

常安抬手打断他："也就是说，人们怀疑杨金贵失踪与孙书记有关？"

毛大鹏直言不讳地回答："是的。我跟卫国同志也有这方面的怀疑，但俺俩没有证据。"

常安一笑，不置可否。此时，他觉得做任何辩解都是多余的，查清杨金贵失踪真相后，一切就都明白了，事实胜于雄辩。他朝二位扬扬下巴，示意大胆接着往下讲。

毛大鹏看一眼李卫国，李卫国轻咳一声说："根据闹鬼时被害女人哭诉的内容，我们推测，她可能是某位官员的情人，肚里怀上了那位当官的娃儿，一旦暴露，当官的就会身败名裂。为了保住自己的官职和前途，那位当官的便把她骗到老宅残忍地杀害，同时把目击者杨金贵也除掉了，以为这样就神不知鬼不觉了，可以安然无恙，继续升官发财了。可怜的杨金贵成了殉葬者，随之便出现了杨金贵失踪之谜。但是，要想人不知，除非己莫为，人在做，天在看。这位官员的罪恶行径终究没有瞒过有心人的眼睛，这位有心人就是闹鬼者。他手里可能握有这位当官的涉嫌杀人的证据，眼睁睁地看着他泰然自若地混迹于官场，心有不甘，却又忌惮他的权势，便采用这种匪夷所思的方式，通过闹鬼把他的腐败和杀人行径悉数抖搂在光天化日之下。闹鬼者甚至可能是那个雨夜进入老宅的五人中的一个，他目睹了杀害男女的全过程，是知情人。所以，如果查明闹鬼者的身份，查明杨金贵失踪案就有了捷径。"

毛大鹏说："我们希望我们的怀疑不成立，孙书记与杨金贵失踪确实毫无关系，因为他一向视大舅哥为亲兄弟，对他的照顾无微不至。从南山到青川，各级干部和人民群众普遍认为孙书记清正廉洁，不会在外边搞女人。因此，孙书记没有理由杀害大舅哥。除了他之外，半夜三更能够正常进入老宅，知道陈东来和俺俩去富新荷园超市取证的，就是他儿子孙继海。他是南山石化设备器材科科长，采购设备器材跑遍全国，富新石化设备器材厂说不定是南山石化的供货商，他也许在外边养了女人。但是，他不过是企业的小科长，不可能把手伸到公安内部，制造出置陈东来于死地的车祸，更不可能操控交警编造出那份十分荒谬可笑的责任认定书。操纵这一切的，不会是个小伙子，应该是个工于心计、老谋深算的家伙。"

显然，毛、李二位怀疑的目光盯在孙书记跟他儿子身上。对此，常安难以接受，却也没有证据推翻他俩的猜测。他心里翻江倒海，双眉不由得蹙起几道悬针纹。他问："当年勘查现场时，有没有发现杀人痕迹？"

"没有。"李卫国回答，"那时我们谁都没想到在老宅有一男一女被害。"

常安琢磨着说："如果确有一男一女被害死在老宅，那总该留下蛛丝马迹吧！两具遗体无论埋在哪个角落，总有刨挖的痕迹，当年景、陈两位所长和你俩都没发现，现在我和建功也没发现，那么两具遗体藏在哪里呢？"

"关于两名被害者的遗体，有两种可能。"毛大鹏说，"一种可能是被那五个男女随车拉走了，第二种可能是埋在老宅一个鲜为人知的地方。"

"鲜为人知的地方？"常安惊异地追问。

毛大鹏说："日本鬼子入侵中国后，有两个禽兽不如的日本兵闯进老宅轮奸了老宅的大小姐，被老爷撞了个满怀，当即抄起日本鬼子竖在墙根的枪把两个畜牲给刺死了，随即命人把两具尸体藏了起来。日本鬼子小队长闯进老宅要人，结果是无功而返。这两个日本鬼子的尸体到底藏在哪里，至今没人能说清。杨金贵的老爷爷、老奶奶是投井自尽死的，二老的遗体葬在哪里，至今也是个谜。现在那一男一女的遗体是否跟两位老人的遗骸藏在同一个地方呀？当年，孙书记曾对景、陈说他岳父临终时曾嘱咐他，家堂轴子上有老宅密码，如能破解密码，就能得到祖宗留下来的万贯家产。孙书记对这种故弄玄虚的东西不感兴趣，所以至今不知老宅密码是什么。难道来老宅的五个男女破解了老宅密码，把两具遗体藏在一个不为人知的地方了？比如地道，或者那口井？杨金枝生得晚，她不知道地道和井在哪里。杨金贵的堂叔杨大中不在老宅出生长大，当然也不知道老宅到底有没有地道和井。"

进驻老宅后，常安反复观察过家堂轴子，连背面都看过，并没发现什么密码。听了毛大鹏的说法，他站起来，再次查看家堂轴子，看了下面看反面，依然没有发现异常。他感到沮丧，小心翼翼地放平家堂轴子，感叹道："案情太复杂了。"然后问他俩对陈东来遭遇车祸身亡的看法。

毛大鹏说："俺俩认为，陈东来是被人暗算身亡的，关键看四点：一是陈东来是被人借故调到去县城的途中遭遇车祸身亡的。他身亡以后那人至今不露面，他的电话也始终停机。这正常吗？二是陈东来什么情况下都不喝酒，这是众所周知的事实。法医检测他的胃内容物证实他的确没有饮酒，而交警大队出具的事故责任认定书却说他是醉酒驾驶，要他负主要责任。多么荒唐！三是肇事的大卡车司机费国开人间蒸发了，临走时他留下 20 万元赔偿金。暂不追究他是不是真心实意向死者赔偿，问题是他一下子拿出现金 20 万元就很值得怀疑。我认为，费国开是受雇于人充当凶手的，这 20 万元就是雇主给他的一部分报酬。四是陈东来遭遇车祸身亡的同时，他和景所长搜集到的宝贵证据也不翼而飞，这不很值得深思吗？综合以上四点，可以肯定，致陈东来死亡的车祸是有人故意策划的！"

毛、李两位始终保持着军人的本色和作风，反映问题开门见山，语言犀利，直击要害，一针见血，常安不禁鼓起掌来。尔后，常安让他俩继续讲，把话讲透。

毛、李对视片刻，李卫国说："今天来老宅，见堂堂的县公安局长为了破案，住在如此简陋的房间里，透风撒气，野獾出没，狐臊味刺鼻，俺俩受到很大触动，看到了局长'不破楼兰终不还'的决心和气概。我们相信常局说到做到，用实际行动改变人们对局长的误解。"

常安明白，他所说的人们的误解就是指官官相护。他诚恳地感谢两位老同志的批评和帮助，说："在杨金贵失踪问题上，我的确有些麻木，这与跟孙书记的良好关系有关。我已经下定决心，一定要查明杨金贵失踪和陈东来车祸身亡的真相，无论是否与孙书记有关，都矢志不渝，坚定不移；不然，忠诚二字便无从谈起。要查明两个真相，并不容易，风险很大，希望继续得到二位的大力支持和帮助！"

毛、李异口同声地回答："随时听从常局调遣，保证来之能战，战之能胜！"

6

送走李卫国、毛大鹏，常安觉得有些累，跟建功、光荣打声招呼，便躺到折叠床上闭目养神，不由得开始思考被害男女的遗体到底藏匿在何处。他说休息，其实是想静下心来反思和梳理自己跟孙书记的关系，仔细检查有没有违规的地方。

平心而论，他自己的进步跟孙书记的赏识密不可分。他从警时间不长，就跟窦、李在西堤打了个漂亮仗，一举破获三起积案，使他名声大振。常安得到孙书记的赏识和重用，职务连连高升，6年工夫就从刑警大队副大队长升任县公安局局长，的确是火箭速度。孙书记经常提醒他，人民警察这一光荣且神圣的职责，是党和人民赋予的，不是哪个人的恩赐，必须十分珍惜，要像爱护自己的眼睛一样珍惜它，容不得任何玷污。孙书记特别向他交代，无论什么人，包括他的家人在内，凡打着他的旗号找他牟取私利的，一律红灯。8年来，常安始终兢兢业业，秉公执法，没有出现一次冤假错案。南山县的发案率、破案率和社会治安始终走在全省前列。孙书记觉得自己没有看错人，有意将他培养成全县公安战线的标兵。为此，他自己说到做到，从不给常安出难题，要求给自己办私事。杨金贵失踪时，常安正在做西堤三起大案的收尾工作。他被提拔为县公安局刑警大队副大队长后，孙书记从没向他下达找回大舅哥的指令。想到这里，常安觉得愧对孙书记。失踪者不仅是孙书记的大舅哥，也是他辖区内的一名普通公民。智障人的生命，与健康人的生命是等价的，都应受到社会的尊重和法律的保护。常安没有做到这一点，偶尔听说也没深究，表现得有些冷漠，他深感内疚。孙书记并未计较，依然在工作上关心他、支持他，即使在生活上，孙书记和杨大姐也是处处关心照顾他。常安年复一年，大部分时间都在基层和现场，经常回来得很晚，机关食堂早已关门，他便在地摊上填饱肚子，习以为常。管理科长得知后，特意向他表达歉意，明确表示，局长不论回来多晚，随时都有热饭热菜。常安觉得，偶尔照顾一次可以，经常这样，影响炊事员休息，也不利于廉政建设。他回来晚了依旧在地摊上解决温饱问题，悄然将关照他的窗口关闭。吃够了地摊，就回宿舍煮方便面充饥。都说快乐的单身汉，他却丝毫体验不到快乐在哪里，倒是尝尽了单身汉的艰辛。他盼望早日建立起温馨的小家庭，不论下班早晚，到家就有人问候，就有热菜热汤侍候。同龄人的儿子都上幼儿园了，他却一直单身，披星戴月地忙碌一天，下班回到简陋的宿舍，茕茕孑立，孤灯只影，没有一点温馨可言，有时累得连袜子和脚都懒得洗，倒头便睡。这样的生活状态终于让孙书记得知，他特意电话嘱咐他，晚了就去他家吃饭，千万不能拿健康当儿戏。常安婉拒，热情大方的杨金枝却隔三差五地约他回家吃饭，变着法儿地给他改善生活。有时孙书记家来了客人，还特邀他作陪。对于孙书记夫妇的关心，常安十分感激，想谢绝都不可能。他视孙书记、杨大姐为亲人，甚至把孙书记的家当成了自己的家。孙东胜夫妇十分关心他的婚事，承诺给他张罗个好媳妇，说："你成了家，我们就不用操那么多心喽。"

孙书记、杨大姐把他的婚姻问题放在心上，积极张罗，把县人民医院护士长郑小雪介绍给了他。

郑小雪的父母是南山一中的郑少如老师和傅蓉花老师。郑老师曾是孙东胜夫妇的高中班主任。郑老师教语文，傅老师教数学，都给他俩授过课。郑老师为有孙东胜这样出类拔萃的优秀学生而骄傲，经常对人炫耀："我教了一辈子书，当了二十多年班主任，送走的学生中，县处以上干部出过几个，但进步最快，最有发展前途的就属孙东胜。我相信，将来地厅级、省部级都有他的椅子坐！"郑老师的女儿小雪比常安小两岁，长得很漂亮，一直没有解决婚姻问题。父母多次提醒，她说不慌，缘分到了，自然水到渠成。那年，她收看县委县政府召开的表彰奖励破获西堤大案有功人员大会实况转播时，被电视屏幕上常安光彩照人的形象所吸引，不禁怦然心动；但忧虑常安兴许早有家室，便没跟人提及，只在心里默默把常安视为生命中的另一半。孙东胜夫妇俩去看望郑老师时，说要把常安介绍给小雪。小雪喜出望外，眨动着妩媚的眼睛，腼腆地笑着说："谢谢叔叔阿姨。"孙东胜一看有戏，喜不自禁地说："小雪，你的喜酒我跟你杨阿姨喝定了。"杨金枝乐呵呵地吟诵了几句古诗："问世间情为何物，直教人生死相许。"小雪则以"愿得一心人，白首不相离"作答。于是，一桩美满婚姻就顺理成章地结成了。从此以后，孙东胜、杨金枝不再为常安的吃饭问题操心了。常安不忘孙书记夫妇俩的恩情，努力工作，以出色的工作实绩报答孙书记。

最近，有人对他提及杨金贵失踪的问题。他因事去青川时，特意拜访孙书记了解详情，打算组织警力重新调查，回应群众的关切。孙书记表示感谢，希望他查明大舅哥失踪和陈东来车祸身亡的真相，把这两笔拖了8年之久的糊涂账算清楚，把公正还给受害者，还给社会，把犯罪嫌疑人绳之以法，以告慰老岳父的在天之灵。从孙书记的态度看，杨金贵失踪跟他应该没有关系。

常安认为杨金贵失踪和陈东来车祸身亡，并不能完全排除人们对孙书记和他儿子的怀疑，不仅部分村民群众认为闹鬼者痛骂的那个当官的就是孙书记，而且毛、李两位干了一辈子刑警的老同志也这么认为。对毛、李合乎情理、合乎逻辑的分析和推测，他无从否认。常安深感困惑，他深入反思自己：是否让个人感情遮住了双眼？通常情况下，如果甲乙两人感情很深，那么在对方眼里什么都是优点和长处，即便缺点也是优点。如果两人是仇人，那么在对方眼里便一无是处，一叶障目，不识泰山。不正常的个人感情往往是遮挡耳目的那片叶子。一般来说，感情是维系人与人之间正常关系的润滑剂，但如果失去理智，感情偏离了正常轨道，便成为破坏人与人之间正常关系的腐蚀剂。他偶尔听到有人议论他跟孙书记走得太近，说他是孙书记的人，他并没在意。今天，反思到这里，他感到忐忑不安，翻身而起，迫不及待地向李光荣、窦建功求证。

窦、李推心置腹，谈了自己的看法。他们说，"在通常情况下，上下级之间保持正常的个人感情，是允许的。你是单身汉、工作狂，无暇顾及自己的生活，饱一顿饿一顿，不利于健康，不利于工作。孙东胜作为顶头上司，关心照顾你的工作和生活，包括你的婚姻，都在情理之中；但如果他以关心为名，刻意笼络你的感情，希望在关键时刻能够得到你的回报，帮他排忧解难，甚至帮他牟取私利，那就很值得警惕。有人反映你跟孙书记走得太近，无非是担心你把持不住犯了错误。至今我们并没听说你借助职权为孙书记牟取私利的实例和证据，一致觉得你在处理个人感情和工作关系问题上，在公与私之间，在工作纪律、办事原则等方面，都是小葱拌豆腐——一清二白。"他俩建议，跟孙书记之间的关系要把握好一个度，任何时候都不要过度。

常安对两位战友的坦诚和直率表示感谢，嘱咐二位，下一步的调查一定不要先入为主，不能感情用事，要重证据，靠事实说话。不论那个当官的是谁，都要勇往直前，绝不退缩。说着，他跟两位战友的手搭在一起，宣誓似的说："永远做人民的忠诚卫士！"

第五章

四部手机

1

老宅堂屋里，宋、高向常安汇报了去县电信营业大厅查询的情况。

经查，那个手机除了拨打过波导手机外，还拨打过尾号为 4114、4171 和 4417 这三个手机号，时间集中在 3 月 19 日至 4 月 17 日，3 月 19 日之前没有拨打任何电话。3 月 19 日到 21 日 3 天，轮番拨打过四个号码，白天夜晚都打过，无规律可循。从 3 月 22 日至 4 月 17 日每夜 0 点前后，4117 号总要拨打 4 个号码中的一个，偶尔拨打两个，每个号只拨打一次，每次都不超过 90 秒，而这 25 个夜晚老宅都闹鬼。3 月 22 日是第一次闹鬼的时间。4 月 17 日是常安和窦建功查获 4771 号手机的第二天，往后再没拨打过这 4 个号。这证明，4771、4114、4171 和 4417 号手机就是安放在老宅的闹鬼道具。3 月 19 日至 21 日这 3 天，是闹鬼者用手机做闹鬼试验的时间。从 4 月 17 日往后，4771 号波导手机虽然始终开着，但再没闹鬼，说明闹鬼者已经察觉道具被警方查获。他怕暴露自己，不敢再闹鬼。这说明，闹鬼者很可能生活在大杨庄，至少跟大杨庄存在某种联系。

常安肯定了俩人的工作，要他们立即拨打 4114、4171 和 4417 三个号，把另外三部手机全部查获。

窦建功担忧会引起村民惊慌。

"不会。"常安说，"白天噪声大，手机闹鬼村民一般不会听到。"

四人来到院里。高大友用自己的手机先拨打 4114 号，随即从烟囱里传出哭骂声。宋立文爬上房顶，冲到烟囱前，撸起衣袖，从烟囱里摸出一部旧手机，扔给窦建功。

常安下令："继续！"

高大友又拨打 4171 号，鬼哭狼嚎从屋脊中间响起。宋立文循声跑过去揭开一片瓦，手到擒来，把手机扔给窦建功。

接着，高大友又拨打 4417 号，宋立文循声从西屋房顶瓦下拿到了第三部旧手机。

院墙外，几个路过的村民驻足观看，发现了宋立文举着的小物件，小声议论：

"警察厉害呀，弄探测仪一探，管教魔鬼显出原形，无处藏身，无路可逃！"

"局长是神探，妖魔鬼怪都逃不出他的火眼金睛！"

"……"

宋立文朝他们挥挥手:"没啥事,都忙去吧,乡亲们。"

四位警官回到堂屋。常安把四部手机摆在方桌上,欣喜地朝高、宋竖起大拇指:"任务完成得不错!"然后问他俩,"4117号手机机主的身份查明了吗?"

高、宋汇报说,电信营业厅营业员告知,4117号和其他4张卡都是在地摊上销售的,没有实名登记。4117号机主只预交过一次话费200元,交费人姓名叫吴明子。去县公安局户籍科查询得知,全县有俩人叫吴明子,一个是年仅3岁的小男孩,一个是已去世3年的69岁的老汉。他俩判断,吴明子是个假名。高大友手里有张鑫发家电城销售部王经理的名片,上面有4个电话号码,都是137开头,尾号分别是4115、4116、4118、4119,唯独没有4117。他以为这个手机号应该就在家电城。俩人脱掉警服,身着衬衫,以普通顾客身份,在家电城溜达了一圈,3次悄悄拨打4117号手机,都被告知关机。俩人仍不甘心,假借选购家电的名义跟销售人员要了张名片,跟高大友手里那张一模一样。他故作惊讶地问销售人员:"4个手机号,中间断开个4117。4117不是你们的电话吗?"销售人员说不是,4张卡是分两次购买的,第一次买了前边的两个号,过了一天又买了后边两个号,4117号卡不在他们店。高大友怀疑4117号机主是鑫发家电城老板辛起志,俩人又返回电信营业大厅求助。营业员告知,4117号使用的是县城5号基站。5号基站覆盖的范围内,除了鑫发家电城,还有一中、财政局、县科委、人社局、明星超市、3个居民小区、4所小学、县技校,及许多临街店铺居民住户。同时告知,手机停用时无法定位。

两个人对没有查清闹鬼者身份感到沮丧。

常安说:"我们查获了全部道具,这只是万里长征刚刚迈出了第一步。杨金贵失踪真相不明是闹鬼的根源。所以,尽管查获了闹鬼的全部道具,但杨金贵失踪真相不明,乡亲们夜里仍睡不踏实。由于时间久远,要解开杨金贵失踪之谜,并非易事,但是,天下无难事,只怕有心人。我以为,闹鬼者的目的不是给大杨庄村民添乱,而是向警方报信,即8年前某个当官的曾经在老宅杀死过一男一女,他手里可能掌握着重要证据。所以,只要下决心找到这位闹鬼者,查明杨金贵失踪真相就指日可待。要达到这个目的,必须发动群众,所以我打算召开一次村民大会,用查获的4部旧手机当众演示闹鬼,把闹鬼原理告诉村民群众,引导村民群众积极提供线索，尽快找到闹鬼者。同时，请市县有关专家对村民群众进行一次破除迷信、崇尚科学的科普宣传教育活动，引导村民群众相信科学，破除迷信，自觉驱逐心中的魔鬼，把精力转移到争抢农时，搞好春季农业生产上来。”

大家都同意常局长的意见。高大友提出："杨金贵失踪 8 年，现在说彻查失踪真相，谈何容易？在这个问题上，希望领导谨言慎行！"

常安感到诧异，眉间不禁隆起悬针纹，不容置疑地说："越是不易，我们越是要下决心一查到底，绝不能知难而退，畏缩不前。警察办案，没有哪个是易如反掌的！知难而进，迎难而上，才是人民警察应有的气质和作风！"

常安话音刚落，他的手机铃声响了。常安疑惑着瞅了一眼，是个陌生号码，把手机举到耳边，轻声发出一个字："喂……"

"啊，你好。"是个女人的声音，"请问是南山县公安局常局长吗？"话语彬彬有礼，温柔可人。

"我是常安。"常安如实回答，"请问你是哪位？"

"一大早打扰你，对不起呀。我是市电视台记者于慧。"

"市电视台记者？于慧？"常安第一次听说这个名字，暗忖：这位女记者肯定是冲老宅闹鬼来的。记者的嗅觉一向十分灵敏。他不失礼地反问："我不认识你呀？请问有何贵干？"

"咯咯……"女记者轻声笑着说，"我是市电视台社会新闻部记者，听说大杨庄老宅闹鬼已经有些日子了，闹得全村人心惶惶，鸡犬不宁。欣闻神探局长亲赴老宅调查，相信闹鬼真相不久就可大白于天下。我打算赶过去采访你，可以吗？局长同志！"

常安大吃一惊：消息好快呀？是谁把我来大杨庄的消息捅给记者的？都说记者的神经特别敏感，善于捕风捉影，果然如此。我来大杨庄才两天多，哪有真相可言呀？常安思索着应对之策，反问："你想采访哪方面内容？"

"关于老宅闹鬼事件的真相。"

"对不起！对你所谓的真相，我暂时一无所知，不方便接受采访。"常安委婉地拒绝她。"我纠正一下你的说法，老宅闹鬼确有其事，但构不成事件。请不要动辄用事件这类敏感的词眼，好吗？记者同志！"

女记者咯咯地笑。"好的，我立马纠正。常局是神探，几年来，你火眼金睛，明察秋毫，逢案必破，名副其实。所以呢，我相信，不用多长时间，常局长定能把老宅闹鬼案查个水落石出。我希望第一时间得到常局长查明的真相。"

在常安眼里，当记者的不仅很执着，而且很刁钻，可以说是见缝插针，无孔不入，热衷于追求新闻的轰动效应。这位女记者奉迎中带有讥讽，常安颇觉不爽，对着手机答复她："待老宅闹鬼真相查清楚后，警方将择机召开新闻发布会，统一向社会发布。届时，各路记者均可出席。"常安也玩了一把刁钻，说，"出席新闻发布会的条件是，在这之前，不经警方同意，绝不能擅自在媒体上捕风捉影，说三道四。"

女记者当然明白常局的警告，答应说"可以"。然后又央求说，"在这之前，难道一点消息也不能给我们透露一下吗？"

"不能。"常安斩钉截铁地回答，"局长也不能违反办案纪律。"

常安刚想挂掉手机，女记者却不肯罢休，对他说："据说老宅是市委孙副书记爱人的家，失踪者是孙副书记的大舅哥。根据老宅闹鬼哭诉的内容，有人以为孙副书记的大舅哥可能被某个当官的杀害了。是这样吗？"

记者把失踪案跟孙书记挂钩，常安十分厌恶。他决定回绝记者的提问，十分严肃地说："查明真相之前，我什么也不知道。请记者女士不要道听途说，妄加揣测，不负责任地把失踪问题跟市委领导挂钩。"然后挂掉手机，苦笑着对大家说："看到了吧，有的记者像苍蝇一样，哪有臭味就往哪里飞。"接着，手机铃声又响起来。他看了一眼，是孙东胜打过来的。

"您好孙书记，我是常安。"

"常安呀，听说你去老宅了。闹鬼问题查得怎么样，有眉目了吗？"

常安暗叹：消息好快呀！他刚来老宅一天多孙书记就知道了，是谁告诉他的呢？常安嘴里的孙书记其实是青川市委副书记。之前他任南山县委书记时，常安喊孙书记习惯了，现在加个"副"字觉得别扭。他对着手机，习惯成自然地报告说："孙书记，我刚来老宅不满两天，调查才开始，暂时还没有眉目。"

"哦。"孙书记说，"我刚读到一篇文章，是《青川日报》记者写的，内容就是老宅闹鬼问题。建议你马上过来，我想听听你对这篇文章的见解，咋样？"

"现在我正听取枣林派出所的汇报，明天一早我赶过去可以吗？"

孙书记迟疑着回答："可以吧。明天上午8点，我在办公室等你！"

傍晚的阳光透过破旧的窗户照进屋里。暗淡的光线中，尘埃飞扬，肆意翻滚，包围着他，随时要将他淹没。他下意识地挥手驱赶，纷飞的尘埃打着旋儿在他眼前狂飞乱舞，像是故意跟他玩猫捉老鼠的游戏。他不安地想：记者张口闭口把老宅闹鬼、杨金贵失踪跟孙书记联系在一起，目的何在？他来南山调查处理闹鬼问题不是孙书记指派的，孙书记却催得很紧。记者的猜测、毛大鹏李卫国的见解、大杨庄村民的众说纷纭，让他真伪难辨。谣言止于真相，而真相只有一个。他无权封堵记者的嘴，剥夺记者手中的笔。他唯一能够做的，就是抓紧工作，尽快查清闹鬼和失踪的真相。想到这里，他嘱咐大家："切记，在老宅闹鬼和杨金贵失踪真相查明之前，未经允许，任何人不准擅自对外发布有关消息，包括上级领导、同事、亲朋好友和各路记者在内。待闹鬼和失踪真相查清后，如有必要，须报经县政法委领导批准，统一向社会发布消息。谁擅自行动，把消息捅给领导、记者，向社会公开，将依法依纪追责，严肃处理！"

窦建功、李光荣和高大友、宋立文齐声回答："明白！"

接着，常安就召开村民大会事宜做了安排。时间：明天傍晚7点；地点：老宅门前大槐树下；与会人员：全体村民；会议内容：当众演示用手机闹鬼，戳穿闹鬼把戏。请青川大学社会学专家秦教授和牛庄诊所牛大夫有针对性地进行一次通俗易懂的科普宣传教育。把由大仙押到现场，让她当众交代装神弄鬼活活打死李宝昌老娘欺骗钱财的罪行，从反面对村民群众进行一次破除迷信的教育。明天上午，他去青川向孙书记汇报工作，听取指示，然后去青川大学请秦教授。建功和光荣跟李增山商定召开村民大会有关事宜，动员全村男女老少都要到会。窦建功去请牛大夫。高、宋二位找村里电工拉线接电，大槐树上装只五百瓦大灯泡，老宅堂屋装只一百瓦灯泡。另外弄三个大笼子，把白獾和4只獾崽装进笼子，再捉只刺猬来，供秦教授做演示用。以上务必认真落实好，不得有误。"我跟建功、光荣晚上住在老宅，查不清杨金贵失踪真相绝不撤出老宅。白天高、宋在老宅值班，24小时不离人。要密切观察周围动向，发现异常及时报告，确保警方调查工作顺利开展。"

2

次日8点，常安准时到达孙东胜办公室。孙书记正在埋头修改即将提交市第九次党代会审议的政治报告。

常安向孙书记问好，孙东胜没抬头，拍拍手下的文稿。"党代会文件非常重要，马虎不得，必须抓紧修改好。"说着，左手扔给常安一期刊物，神情冷峻地命令说："抓紧看看记者晓明写的通讯，看完谈谈读后感。"然后责备说，"都21世纪了，大杨庄竟然出现闹鬼这种怪事！"

常安惊异地接过刊物一看，是最新一期《社情动态》。

《社情动态》是青川市政法委主办的内部刊物，一月一期，辟有"社情动态""今日说法""民声民意""政策解读""案例剖析""他山之石"等栏目，阅读范围视内容而定，通常下发至市县乡镇党政领导和科局以上干部阅读，上报省政法委。按惯例，每期印出大样后，先呈送市委副书记兼政法委书记孙东胜审阅，最后由他把关同意后正式出版，上报下发。今天孙东胜让他看的是第4期大样。常安翻到《青川日报》记者晓明写的通讯《一桩失踪案引发的大恐慌》。题目右上角画着一个大大的"？"，下面是个"孙"字和签发日期。他一目十行地读完，对孙书记说："我来的目的就是向你汇报老宅闹鬼问题。"

孙东胜昨晚读了晓明的通讯，吃惊不小，感到问题非常严重。在九大即将开幕前夕，刊登这样一篇文章，肯定会产生负面效应。他放下笔，要常安谈谈读后感。

常安开门见山："这篇通讯所反映的情况跟大杨庄目前的状况基本相符。作者对当地党政警的批评尖刻了点，但整体上看并没有原则性出入。记者晓明看问题很深刻，可以说是一语中的。"

"一语中的？"孙书记诧异地问，"看来你是赞成文章的观点喽？"

"是的。"

"为什么？"孙书记不悦，狐疑地问他。

常安从容不迫地说："表面上看，大杨庄乌烟瘴气的混乱局面是老宅闹鬼造成的，但往深里分析，杨金贵失踪真相不明才是症结所在。"

孙书记表情严肃，脖子僵直，脑袋一动不动。"失踪已经8年，大杨庄一直平安无事，为啥现在突然闹鬼呀？"

"因为……"常安有点结巴地说，"可能与九大即将选举新一届领导班子有关。"

"哦。"孙东胜惊讶地说，"你的意思是说，闹鬼者是冲着我来的喽？"

"不排除这种可能。"

孙东胜严肃地说："上次我跟你说过，有人怀疑杨金贵失踪跟我有关，果然让我说中了。身正不怕影子歪，真相迟早会证明少数人对我的怀疑是站不住脚的。九大的胜利召开是青川市七百多万人民政治生活中的头等大事，九大选谁不选谁，由党代表决定。所以，不论闹鬼者针对谁，必将严重干扰和破坏九大的胜利召开，必须严肃对待，尽快抓获闹鬼者，依纪依法严肃处理，绝不姑息。"

"我们已经查获了闹鬼道具。"常安把老掉牙的波导手机摆到孙书记面前，"闹鬼者在老宅安放了4部旧手机，深更半夜操纵手机鬼哭狼嚎。我们查获了4部手机，老宅暂时不会闹鬼了。请书记放心！"

孙东胜问他下一步打算怎么办，常安如实做了回答。孙东胜强调说："当务之急是切实解决好闹鬼问题，以免干扰市九大的胜利召开。你们专案组进住老宅两天，就查获了闹鬼道具，值得肯定。但必须指出，大杨庄乱成这个样子，你这个公安局长有不可推卸的责任，反映出你敏感性不高，反应迟钝，必须认真吸取教训，把社会稳定大局放在首位，坚决采取有效措施，努力消除影响社会安定和谐的消极因素，确保青川市党的九大胜利召开！"

"我一定加倍努力，切实做好维稳工作。"

"好。"孙东胜点头说，"金贵失踪8年，至今杳无音讯，警方确实负有重要责任。我重复一遍上次的意见，金贵失踪真相和车祸真相都不能再拖下去了，必须下决心查清，活要见人，死要见尸，给所有关心这两件事的人们一个交代。既然你已经向村民群众作出承诺，那么无论调查工作有多难，都必须做到有诺必践。闹鬼者跑到老宅骂当官的，致使少数人对我产生猜疑。我虽然是你的领导，但为了避嫌，一定尊重警方独立办案，希望你千万不要感情用事，要放开手脚，大胆调查，以法律为准绳，以事实为依据，作出合理的、能够经得起历史和人民群众检验的结论。"

常安点头表示："请孙书记相信，我一定会忠于法律，忠于职守，让失踪真相和车祸真相大白于天下。"

"闹鬼者跑到老宅骂当官的。"孙东胜忧心忡忡地说，"据此，老百姓认为他们骂的是我或者我儿子，我可以理解；但究竟是不是，需要证据证明，取证工作理所当然由你们公安去做。孙继海年纪轻轻，跟你是同龄人，是南山石化设备器材科科长，一年到头到处跑，接触的人员又多又杂，可以说是三教九流吧。他毕竟年轻，社会经验不足，又争强好胜，说不定有人看中他有个有权有势的爸爸，就利用他纵容他做坏事。所以，如果查出事情跟孙继海有关，你也不要手软。常安同志，我这话你可要记好喽，孙书记某年某月某日某时某分在什么场合对你说了这句话。真要到了那个分儿上，你常安必须实事求是，依法办案，把两起案子办成铁案。不然，如果你感情用事，徇私枉法，把失踪案和车祸案办成人情案，那么到头来，你不但救不了孙继海，连你自己和我都得搭上，最终落得个身败名裂、遗臭万年的下场。"

常安回答："我记住了。"

孙东胜建议，为了确保市九大胜利召开，在失踪案和车祸案真相查清之前，记者晓明的文章暂不发表。

"同意。"常安说，"这事我和杜秘书去跟李总编沟通，建议把晓明的文章从第4期上暂时撤销，待公安查明事实真相后再发表。"

"可以。"孙书记嘱咐他，"一定要把工作做好，尽量不要让李总编产生误会。"

"好的。"常安答应着转身离去。他一只脚刚迈出门，又被孙东胜叫住："你等等，我还有几句话要跟你说。"

常安坐回到原来的沙发上。孙东胜躬身，抚着他的肩头说："我来青川快两年了，身兼政法委书记，跟市局处以上干部打交道不少，对他们的情况也算了如指掌。我的感觉是，百十名处级干警，像你常安那样有勇有谋，破案神速的凤毛麟角。青川是个有着七百万人口的大城市，维稳和社会治安任务很重，很需要像你这样的人才。你在南山干了八年，该挪挪窝了。所以，等九大闭幕后，我打算给你提供个更大的施展才华的平台，把你调到青川，任副局长兼刑警支队长。你要有这个思想准备。"

常安连连摆手，表示不愿离开南山。

孙东胜脸一板，严肃地说："到时服从组织决定！"

经跟李总编沟通，同意撤销晓明的文章。常安用电话向孙书记汇报了跟李总编沟通的结果，孙书记表示满意。

在回南山的路上，常安琢磨，孙书记对查清两起案件态度坚定，是真实意思还是"烟雾弹"？此时他承诺九大闭幕后要把他提拔到市局，用心何在？是否企图重演一出类似南山警力大调整那样的戏码？常安在是和不是之间琢磨来琢磨去，始终不能确定。他觉得不必刻意花费心思寻找答案，就按已有的思路去做，在查明杨金贵失踪真相中找出正确答案。

3

"当，当……"傍晚，蓦然响起的钟声打破了小山村的宁静，村民群众惶恐不安。钟声来自老宅门前的大槐树，那里一直挂着一口大铁钟。自从生产队解散以来，近40年没有敲响过。今晚大铁钟突然响起，有人以为是老宅幽灵撞响的，赶忙关门闭户。接着，大喇叭里传来村主任李增山的喊话声："各位村民请注意，各位村民请注意，今晚7点半召开全体村民大会，请务必按时到会，地点是老宅门前大槐树下。凡按时到会者，每人奖励5个枣林老面大馍。早到早得，迟到不得。"

枣林老面馍是南山县历史悠久的传统面食，劲道香甜，远近闻名。老百姓能吃上枣林老面馍，深感荣幸和福气。村民群众听了村主任的喊话，似乎忘了老宅闹鬼的事，迟疑着走出家门，小心翼翼地来到老宅门前。

大槐树上吊着一个大灯泡，灯光把周围照得如同白昼。

树下放着3个大笸箩，上面盖着雪白的棉被，高高耸起，在白炽灯光下冒着缕缕热气，枣林老面馍特有的香气弥漫开来。到会村民吵嚷着要领老面馍，李增山要他们先去老宅堂屋会计刘树仁那里签到，说散会时发老面馍，每人5个。

有的村民看着老宅大门打怵："老宅有鬼，把刘会计叫出来签到。"

李增山呵斥："公安局长、派出所长，还有从市里请来的专家和牛大夫都在里边。人家不怕鬼，就你怕呀？怕鬼别吃老面馍！"

村民们感到很无奈，受老面馍的诱惑，只好壮起胆子，走进老宅。

娃儿们在贼亮的电灯下追逐嬉闹，他们生来没见过那么亮的电灯。

签过到的村民群众席地而坐，望着电灯上面老槐树张牙舞爪的虬枝出神。

传说，杨家老祖宗建成老宅之初，就栽种了这棵槐树，经历多次改朝换代和数不清的兵连祸结，老杨家的日子多次大起大落，人口也随之增减，如今只剩下这个空荡荡的老宅子。这棵大槐树历经无数风雨雷电的击打和战乱的摧残，依然枝繁叶茂。自20世纪50年代起，大杨庄生产队队部就设在老宅西屋，大队在老槐树上挂起了这口大铁钟，大槐树下成了社员开会议事的场所。钟声是指挥社员生产劳动的号角，生产队长手握敲钟大权，也握住了社员的命运。谁对钟声置若罔闻，就被扣工分，少分粮棉。民以食为天，为了填饱肚子，没有哪个社员敢于违拗钟声。直到20世纪80年代，公社解体，生产队解散，土地分包到户，社员改叫村民了，吊在老槐树上的这口大铁钟终于成了"哑巴"，村民群众获得解放，有了自由劳动、自主种植和自由支配时间的权利，命运回到了自己手里。如今，李增山把大铁钟砸得山响，村民们很不情愿地走出家门，聚拢到大槐树下，一边小心翼翼地提防着鬼魅随时出没，一边猜测着会议的内容。大家期盼会议快快结束，早点吃上老面馍。

一直挨到8点，李增山宣布："现在开会！"嘱咐大人管好娃儿们，不要乱跑乱叫，随手掀开盖在大笸箩上的棉被一角，露出大白馍，做广告似的宣布："这是刚从枣林镇老面馍坊买回来的老面大馍馍，货真价实，香甜可口。散会后一人领5个，早退的，捣乱会场秩序的，一个也不给！"

会场安静下来。李增山首先把常安介绍给大家："这位是咱南山县公安局常局长，年轻有为，是大名鼎鼎的神探，没有破不了的案子。神探局长来大杨庄替咱捉鬼，是父老乡亲的福气呀，鼓掌欢迎！"李增山带头用力鼓掌，响应者寥寥无几，掌声零落，参差不齐，喊喊喳喳的议论声此起彼伏。

常安站在灯光下，一身得体的警服显得精神又威风。他理解乡亲们的情绪，恭恭敬敬地举手向与会者敬了个礼，问声父老乡亲好。顿时，热烈的掌声响起。

等会场静下来后，他开门见山愧疚地说："大杨庄村民杨金贵失踪8年，至今生死未卜，结果导致老宅闹鬼，谣言四起，迷信泛滥，搞得大杨庄乌烟瘴气，人心惶惶，一片混乱，问题相当严重啊！在老宅闹鬼问题上，我们反应迟钝，行动迟缓，处理不及时，让大家受惊了，很抱歉啊乡亲们！在此，我向大杨庄父老乡亲作深刻检讨，向杨金贵的家人作深刻检讨。"他说着，脱帽，向乡亲们深深鞠一躬。"我愿意接受大家的批评。"然后戴正帽子，"我这次是来捉鬼的。现在，我郑重宣布，鬼已经捉到了。"他把查获的4部手机举到电灯下，逐一展示着说，"鬼就在这4个小盒子里。"

乡亲们纷纷伸长脖子，目光齐刷刷地聚焦在四只小盒子上，骚动不安，七嘴八舌。

"啊，镇妖宝盒呀，鬼被镇在宝盒里了，怪不得夜里不闹鬼了呢。"

"厉害呀神探局长，鬼都敢捉，厉害，厉害！"

"……"

常安示意大家安静，举着四个旧手机，咯咯地笑着说："这个呀，其实不是啥镇妖宝盒，是四部老掉牙的破手机，是我们在老宅的大榆树上、房顶上、烟囱里搜出来的，是闹鬼者闹鬼的道具！"

村民们迷惑不解。"用手机闹鬼？谁有那么大本事呀？"

常安犀利的目光扫视着会场，说："带手机来的请举手。"

先后有七八个人迟疑着举起手，都是年轻人。

他指着坐在辛从善身旁的一位年轻人说："就你吧，我报号，你拨打，让大伙见识一下是如何闹鬼的。咋样？"

年轻人迟疑地回答："中。"

常安郑重其事地嘱咐大家："大伙听到鬼哭狼嚎千万不要怕。世上没有鬼，是捣鬼者用手机闹的鬼把戏。"

村民们目不转睛地盯着常安手里的破手机，会场上鸦雀无声。

常安高高举起一部手机，招呼那位年轻人："来吧，朋友，现在开始，我报数，你拨号。"

年轻人拨完号，常安手里的手机随即传出男女的哭号，跟深夜听到的鬼哭狼嚎一样。顿时，会场像炸了一样，叫喊声、咒骂声不绝于耳。

"鬼来了！"有人吓得站起身拔腿就跑。

李增山厉声呵斥："起啥哄呀你？胆小鬼！老面馍不要了？"

想跑的人一听有老面馍，怯怯地返回原处坐下。

常安关掉手机，笑着说："老乡，不要怕，没有鬼，是捣乱者搞的鬼。"他耐心地向大家解释闹鬼者利用手机闹鬼的原理，村民们对他的解释将信将疑。

常安举起另一部手机，报出手机卡号，让一个年轻人拨打。旋即，一对男女的哭号传来，撕心裂肺，悲戚瘆人。常安关闭手机，哭喊声戛然而止。

有的村民大骂："哪个王八蛋啊，弄破手机吓唬大家，强烈要求公安把他抓起来枪毙！"

"这家伙用手机吓唬老百姓，肯定是捣鼓手机的高手呗。"

有人开玩笑似的质疑："那个喊冤叫屈的男人是杨金贵，那个女的是谁呀？是傻金贵的相好吧？"

有人不以为然，反驳说："杨金贵傻瓜一个，哪个女人跟他好呀？"

有人反驳说："傻了吧你，杨金贵不是有个厉害的妹夫吗？跟傻金贵相好不吃亏！"

"……"

听了这些议论和牢骚，常安感到村民群众相信那对男女哭诉的内容是真的，而且怀疑那个当官的是孙书记。

常安不能容忍大家毫无根据地议论下去。他摆着手大声说："好了，乡亲们，由于时间所限，暂时讨论到这里吧，有话会后再说。我就住在老宅，欢迎大家来老宅交流意见，反映问题，帮助警方调查杨金贵失踪和闹鬼真相。"

会场渐渐安静下来。常安摇着破手机说："闹鬼者安放在老宅用来闹鬼的四部旧手机现已全部被查获，今后老宅深更半夜不会闹鬼了，乡亲们可以睡个安稳觉了。这说明，世上没有鬼。来老宅闹鬼的人，警方分析，其目的不是故意吓唬乡亲们。他的真实意图是通过闹鬼这种形式告诉大家，特别是警方，老宅曾经发生过一起谋杀案，有一男一女被害。男的可能是杨金贵，女的身份暂时不清。希望乡亲们积极向警方提供帮助，尽快破案。田家仁、李宝昌两位同志，不怕鬼神，勇敢地夜闯老宅捉鬼，为民除害，他们的行动值得肯定。两个人为此都受了伤，绝不是鬼神伤害的，是自己不小心从墙头上摔下来所致。他们两家的悲惨遭遇，与鬼神没有直接关系。希望大家解放思想，破除迷信，相信科学，把精力转移到搞好春季农业生产上来，千万不要误了农时。只有把农业生产搞上去，把饭碗端在自己手里，才能确保衣食无忧。"然后，他下令把由大仙带到会场。

宋立文、高大友把由大仙押到电灯下。她低垂着头，战战兢兢，吞吞吐吐地交代了以治病为名活活打死李老太、骗取李二狗钱财的罪行，然后倏地朝自己脸上抽了三巴掌，哭号着说："俺，俺，俺……把生意搞砸了呀……"

窦建功厉声斥责："你装神弄鬼，草菅人命，骗取钱财！"

由大仙身不由己，筛糠似的抖成一团，一句话也说不出。

村民们义愤填膺地呼喊：

"枪毙由大仙！"

"血债要用血来还！"

"……"

常安怒斥道："由大仙活活打死李老太，手段残忍，涉嫌故意杀人罪，性质恶劣，恶贯满盈。警方一定要把她行骗害人的全部犯罪事实一一查清，交由检察机关起诉到法庭审判，严惩不贷。"接着，他请秦教授和牛大夫先后进行科普宣传教育。

高大友、宋立文从老宅门洞搬出一大两小3个铁笼子，放到灯光下。大铁笼子里是只白獾，一个小笼子里有4只小白獾，另一个小笼子里装着1只刺猬。

秦教授让李增山把电灯关掉，在獾的皮毛上演示了摩擦起火。挤住刺猬的脚，演示了类似娃娃哭号的叫声，然后开灯，深入浅出地向村民介绍了獾的生活习性、白獾的成因，以及獾、狐狸等野生动物眼睛发出的蓝光。秦教授说，獾这种动物一般生活在山野，有时也像黄鼠狼、刺猬和蛇等野生动物一样，出没于村寨院落；但绝对成不了精，变不成神仙。野生动物成精，只有像《西游记》那样的神话故事里才有，现实当中绝对没有，因为它违背科学。说杨金贵的老祖宗受到千年狐仙指点和护佑，才定居于此，发达起来，那只是个传说。如果千年狐仙真有降妖除魔、搭救困厄的本事，那杨金贵失踪8年，狐仙并没有把他护送回老宅嘛！

秦教授风趣幽默的讲解，把村民们逗笑了。

接着，牛大夫联系大杨庄实际，给村民们讲解了破除迷信、防病治病的常识。他感慨道："在科学很不发达的古代，人们对许多无法解释的自然和社会现象统统归结为鬼神的主宰，所以鬼文化在我国一度十分发达，流传两千多年，至今仍有市场。其实，世上没有鬼，有人以为有鬼，那是鬼文化在他头脑中残存的反应。疑心生暗鬼这句话，说的就是这个道理。由于刘老太始终相信杨金贵的阴魂还在，所以路过老宅门口时精神高度紧张，头脑里不由就幻化出杨金贵的形象，以为是杨金贵的阴魂，一时受到惊吓，倒地而亡。临终前，她跟李主任说滴着血，可出手救助刘老太的人谁也没见地上有血。刘老太看见的血，是大脑里幻化出来的，现实当中并不存在。田家仁、李宝昌两位老兄夜闯老宅捉鬼，精神可嘉；但他俩脑袋里残留着鬼文化，不是彻底唯物主义者，所以半夜三更骑在墙头上，又是敲铁棍，又是大声吆喝，想把鬼吓跑。就像有人走夜路时唱歌、吸烟一样，那是给自己壮胆。两位老兄一闹腾，结果惊动了白獾，蹿上墙头逃跑，把两位捉鬼英雄吓得摔到墙下，李宝昌手里的铁棍砸得田家仁的胳膊脱了臼，田家仁手里的菜刀则划破了李宝昌的头，真是巧她爹碰着巧她娘——巧大劲儿了。说他俩是被鬼打伤的，进而说他们两家的不幸遭遇是遭到了杨金贵阴魂的报复。这哪跟哪呀？杨金贵生死未卜，哪来的阴魂呀？动不动就说是被杨金贵的阴魂缠身，正好给由大仙这样的害人精钻了空子，治死你的人还骗走你的钱。乡亲们长点儿心眼吧，动动脑筋，千万不要再上神婆子的当了呀！刚才常局长已经给大家演示过了，老宅闹鬼是有人捣鬼，捣鬼的目的就是揭露杨金贵失踪背后隐藏着一桩一男一女被害的谋杀案。不信，大家可以等着瞧。我相信，神探局长一出马，杨金贵失踪真相终究会大白于天下，大家都应该有这个信心。"

牛大夫的讲话，引起会场上一片热烈的掌声。

常安佩服牛大夫是个很有魅力的宣传好手。村民群众热烈的掌声，是送给牛大夫的，也是送给他的，是对他的信任、激励和鞭策。他热血沸腾，暗自发誓，绝不能让村民群众失望。想到这里，他大声说："乡亲们，我不是神探，仅是一名人民警察。杨金贵失踪真相不明，是老宅闹鬼的根源，而揭开杨金贵失踪真相，是人民警察的职责使然。希望乡亲们积极向警方提供线索，反映问题，大胆举报，力求早日揭开杨金贵失踪真相，把公平正义还给杨金贵。同时，我也奉劝闹鬼者，我们理解你的出发点不坏，但你闹鬼的方式方法不好，无意中伤害了大杨庄父老乡亲，已经涉嫌违法犯罪。所以，我希望你勇敢地站出来，把证据提供给警方，协助警方查清杨金贵失踪的真相，彻底揭露8年前发生在老宅的那起谋杀案。这样，大杨庄的乡亲是会原谅你的，警方也会谅解你。"最后，他举起右拳，郑重向村民们承诺："不查明杨金贵失踪真相，我常安绝不撤出老宅。"

会场再次响起热烈的掌声，响彻全村，经久不息。

村民大会开得很成功。散会后，常安觉得有些累，但任务紧迫，宋立文、高大友在杨金贵失踪问题上意见又出现不统一，甚至针锋相对。为啥这样，他没悟透。因此，他想再次听听他俩的意见，掌握他俩争执的症结所在。

4

常安跟窦、李和高、宋围桌而坐，说明真实意图，希望高、宋敞开思想，实事求是，怎么想的就怎么说。

高、宋的意见相左，但既无新意，也无证据，都按照自己的想法推理、判断。高大友的主观色彩很浓，相较而言，宋立文的意见比较客观。高大友认为，老宅闹鬼就是对着市九大来的，目的是阻挠孙东胜转正。宋立文并不认可，他认为，老宅闹鬼的起因是杨金贵失踪真相不明，即使不召开九大，只要杨金贵失踪真相不明，捣乱者照样闹鬼。常安觉得，他俩的认识都有合理的部分，但高大友的意见情绪化太浓，而宋立文的认识比较客观，更接近事件的本质。

窦建功曾经介绍过，高、宋都是杨金贵失踪的前一年入警的。宋立文毕业于省警官学院社会治安专业，本科学历。高大友毕业于省警察职业学院，学的也是社会治安专业，大专学历。宋立文是分配派遣入警的，而职业学院毕业的高大友按双向选择原则，是经考试合格录用的。高大友的爸爸在南山一中当校长，是杨金枝的上司。为使儿子尽快就业，他借杨金枝在家休病假之机，上门探望她，在跟孙东胜的闲聊中，不显山不露水，恰到好处地把话题扯到儿子就业问题上，请孙书记操心在公安战线给儿子谋个差使。那年晚秋，恰逢公安公开招聘公务员，高大友如愿以偿，成为枣林派出所的一名合同制警察，试用期一年。派出所让他做大杨庄片区的片警，试用期满，考核合格，高大友继续留在大杨庄片区当片警，一直干到今天。他虽然对刑侦外行，但对大杨庄片区社会治安情况可以说是了如指掌。警力大调整后，陈东来一人承担起杨金贵失踪案的重担，感到力不从心。派出所缺少刑侦力量，陈东来从培养新人的角度出发，就让宋立文、高大友参与到失踪案的侦办工作中来。宋立文有自知之明，知道自己的短板是什么，一方面向书本学习刑侦基本知识，另一方面在实践中注意观察，认真学习基本技能，不懂就问，虚心向陈东来请教，说话留有余地。高大友不同，学习浅尝辄止，自以为是，表现得有些盛气凌人，不善于倾听别人意见。在闹鬼问题上，高大友始终怀疑辛起志，理由有四：一是他跟孙书记年轻时为争夺杨金枝，不可开交。结果孙胜辛败，而且是一败涂地，身败名裂。对此，辛起志当然耿耿于怀，千方百计地寻机报复孙书记。眼看市九大就要开幕了，辛起志就用闹鬼这种极其卑鄙的手段造谣中伤孙书记，企图阻挠孙书记由副转正。二是辛起志经营家电多年，熟悉手机原理，把手机铃声更换成闹鬼声对于他来说是小菜一碟。甭说在大杨庄，即使在枣林，在南山县，恐怕也找不出第二个人。三是他走南闯北采购家电，跟富新的人勾结起来陷害孙书记，不是没有可能。四是杨金贵失踪后，辛起志的老爹表现得特别活跃，动不动就跟村民群众讲老宅故事，完全是幸灾乐祸，有所影射。

对于高大友的分析，宋立文并不认可。他认为聪明的辛起志绝不会毫不顾及已有的名声，时隔三十多年再重复曾经的失败。他相信确有人在老宅被害，被害女人可能是某位官员的情人，她怀上了当官的娃儿，一旦暴露，当官的势必身败名裂。为了保住自己的仕途，当官的便将情妇骗到千里之外的老宅残忍杀害，同时把目击者杨金贵也除掉。这位官员对大杨庄和老宅非常熟悉，他选择雨夜从富新窜到老宅杀人，以为电闪雷鸣、风雨交加可以掩盖自己的罪行。他自以为做得神不知鬼不觉，可以安然无恙，可惜他错了。他的犯罪行径终究没有瞒过有心人的眼睛，这位有心人就是闹鬼者。闹鬼者掌握着证据，但又忌惮他，便用闹鬼这种匪夷所思的方式，把他的罪恶抖搂在光天化日之下。两个被害者的遗体当时之所以没有被发现，是因为景、陈和毛、李只把精力放在杨金贵失踪上，根本没往杀人这方面想。8年了，时至今日，两名被害者的遗体很可能早被杀人凶手转移走了，或者藏匿在老宅某个不为人知的地方。

李光荣打断他："这很有可能。铁锅与灶台间的缝隙没用泥抹严，灶膛里堆满了灰，大铁锅里好像烧开过满满一锅水。我怀疑灶台下面有问题。"

宋立文说："不错，景所长也有这方面的质疑。孙书记笑着说：你老景怀疑灶膛是火化炉吗？孙书记嘴里突然蹦出火化炉这个词，景、陈俩人都感诧异，准备打开灶膛查看一番，但没来得及行动，景、毛、李三位干将就被调走了，随后陈东来也遭遇车祸身亡。接二连三的打击，杨金贵失踪案就此搁浅了。"

常安觉得，宋立文的说法跟毛、李的意见互为印证，合乎逻辑，可信度高。但高大友却坚决反对，并且激烈地予以反驳，说宋立文凭空想象，捏造事实，纯是无稽之谈，等等，一口气给宋立文扣上一大堆吓人的帽子。窦建功严词批评他："讨论问题要平起平坐，各抒己见，可以不同意别人的意见，但要尊重别人说话的权利。要以理服人，绝不能用大帽子压人。"

高大友梗着脖子质问窦建功："你身为所长，强行打断我，尊重我说话的权利了吗？"

高大友表现得如此强势，常安很是不解。哪里来的底气呀？他没有理会，转而问宋立文："陈东来遭遇车祸身亡，你怎么看？"

宋立文平心静气地说："陈所长的车祸非常邪乎。众所周知，陈所长滴酒不沾，交警大队却认定他是酒后驾驶，要他承担事故的主要责任，太荒唐了！后来虽然做了部分改正，以评烈、抚恤的方法平息了王丽的不满，但并未触及根本问题。那个打电话把陈所长钓出去的人到底是谁，那起车祸到底是谁策划指使的，这些问题不搞清楚，人们当然不服。"

常安点头。"我们这次也要把车祸真相查清楚。"

宋立文拍掌说："人心所向啊！"

高大友乜斜着他："就你会拍。"

窦建功再次批评他："有话好好说，乱扣帽子解决不了问题。"

这时，常安的手机铃声响了，是个陌生号码，没等他问是哪位，对方就自报家门："我是《青川日报》新闻部记者晓明，我有个问题需要常安局长明确回答我，你有什么权力从《社情动态》上撤掉我的稿子？"

常安感到突然，停顿一下说："晓明同志，你写的通讯我读过了，基本符合事实，见解很深刻。我正在老宅调查失踪真相，等查明真相后，打算特邀你写一篇长篇通讯，公开发表在《青川日报》上，那样影响力会更大。你看咋样？"

常安的回答大概出乎晓明的预料。他琢磨一番后说："查明真相？那得要多久呀？"

常安没有回答他，而是说："明天我去参加市九大，你是优秀记者，那么重要的会议，想必你肯定到会采访，到时我专门拜访请教你，就老宅闹鬼问题跟你磋商。"

"不必了，常局长。"晓明冷冷地说，"你是青川公安战线的一颗新星，希望你不要成为鹰犬，玷污了人民警察的形象和声誉。"说完就挂了电话。

常安被骂得无言以对，看着手机发呆。晓明写的那篇通讯的素材可能是闹鬼者提供的，他手里可能握有杨金贵失踪的直接证据。令常安不解的是，晓明为什么不把文章投给发行量很大的《青川日报》发表，却投给发行量很少的内部期刊呢？难道杨金贵失踪案真与孙书记有关？常安无心听高、宋争论下去，便命令似的说：“好了，今天就讨论到这里。”大家觉得突然，面面相觑。

高、宋离去后，常安对窦、李说：“杨金贵失踪和陈东来遭遇的车祸，非常复杂，并不排除可能跟孙书记及其家人有关。要查明真相，比起破获西堤三起大案，要艰巨得多。我已经对村民群众做出承诺，有诺必践，是人民警察职责的应有之义，不可儿戏。因此，我们要分秒必争，每一步都要扎扎实实，谨慎求证，把证据打牢做实，丝毫不得马虎。如果证据确实指向孙书记，那么我们必须按程序来，该请示就请示，该报告就报告，不可自作主张。同时，必须严格保密，仅限我们三个知道。对别人，包括高、宋和我们的上级领导，轻易不要提及孙书记的名字。”

窦、李异口同声地回答：“明白！”

常安就下一步的工作做了安排：“明天下午我去青川出席九大预备会议。老宅闹鬼，高大友怀疑与辛起志有关。明天上午，你俩陪我去拜访辛起志的老爹辛从善，通过聊天摸清辛从善的底数。我去参加九大期间，你俩围绕杨金贵失踪和老宅闹鬼问题展开广泛深入调查，注重收集证据和线索。老宅务必 24 小时有人值班，如有来访者反映情况，提供线索，至少有人接待，你俩至少有一人参加。”

“同意。”窦建功提醒说，“杨金贵失踪后和闹鬼以来，辛老头的确表现得十分活跃，张口闭口都是老宅幽灵。我以为他可能知道一些与失踪有关的线索，想跟他了解一下。他一口回绝了，说啥也不知道，跟村民纯是聊着玩儿，没啥目的。所以，他可能会拒绝我们。”

常安笑着说：“我们登门拜访，专门听他讲老宅故事嘛，他未必不乐意。”

第六章　老宅故事

1

第二天上午，窦、李陪同常安来到辛从善家大门前。窦建功前去敲门，被常安制止。他的目光被门上贴的春联所吸引，上联是：天增日月人增寿；下联是：春满乾坤福满楼。由于时间久了，红纸褪成白色，毛笔字更显突出。喜欢书法的常安点评说："字写得有些功夫呀！"

"这是辛从善自己写的。"窦建功说，"现在自己动手写春联的不多了。过年，娶媳妇，都是去集上买印刷品，规整、漂亮、省事。"他说着，敲响了大门。

"要说，还是自己动手写有味道。"常安评论道。

这时，大门打开一道缝，露出辛从善的半张脸，一只小眼睛瞅着门外三位警察，似笑非笑："这里是辛宅，三位领导找错门了吧？"

旧时说某宅，通常是对他人的尊称。国君赐给皇亲国舅、封疆大吏和有功之臣的宅院，往往称某宅。有些地主豪绅也将自己的豪宅称作某宅。辛从善是个普通农民，称自己家为辛宅，不免有些迂腐。

窦建功一笑："没找错门，常局长是专门来拜访你的，辛大伯。"

县公安局长亲自登门拜访，辛从善不知是吉是凶，一双绿豆似的小眼骨碌碌转着，狡黠地笑着说："夜猫子进宅，无事不来。局长屈尊来拜访我一个糟老头子，肯定有啥大事儿吧？"他挡在门口说，试探的口气里含着戒备。话一出口，他意识到将局长比作夜猫子有些欠妥，忙改口说："领导进宅，有事才来，老夫欢迎。"

"哦呵。"常安以不介意的口气，故作斯文地说，"听说辛大伯对老宅历史了解甚多，装着一肚子老宅故事。今天上午，我和两位所长特意登门拜访，听大伯讲老宅故事。不知肯赏光否？"

辛从善受宠若惊，把门打开，笑出一脸灿烂。"局长光临寒舍，老夫岂有不赏光之理呀？"随即将人请进家门，引进堂屋，让三位在简易沙发上落座。

平板电视机里正播放豫剧《孙安动本》。辛从善说："这个孙安，很有股为民请命的骨气呀！"说完拿起遥控器，关掉电视，满脸堆笑，"啊，常局长光临寒舍，蓬荜生辉，老朽不胜荣幸！"

常安笑着说："大伯不必客气。我们不请自来，多有打扰，请多包涵。"

辛从善笑盈盈地说："哪里哪里，局长光临，是老夫的福气哩，岂敢说打扰。"辛老头瘦削的面颊上刻满皱纹，一双绿豆小眼深陷其中，目光一闪一闪，精明中透着几分诡谲和狡黠。

常安问声大伯身体好，辛老头点头说："还可以吧，到俺这把年岁，阎王爷不叫，就算福分不浅哪！"一双小眼里射出灼灼的光，直落在常安脸上。"常局长年轻有为，是闻名的神探，来大杨庄替百姓捉鬼，甚幸甚幸。"

常安记住了窦建功的提醒，原本不打算主动提及捉鬼的话题，没想到辛从善先自提及，便借坡下驴问他："大伯对老宅闹鬼怎么看？"

辛从善直言不讳地说："老宅是鬼宅，闹鬼没啥不正常。"

这样的回答让常安很感意外。"正常吗？把大杨庄闹得乌烟瘴气，人心惶惶，这算正常吗？"

辛从善没有正面回答，发牢骚说："有人怀疑老宅闹鬼是俺儿搞的，这不胡扯吗？说这话的人压根没安好心，是想挑拨俺儿跟孙书记的关系，加害俺儿。俺敢打包票，俺儿跟老宅闹鬼一点儿关系也没有。"他把胸脯拍得啪啪作响。

是此地无银三百两？还是真情表白？在没有取得充分证据的情况下，常安表态说："老宅闹鬼，不论是谁搞的，警方都要以证据说话。大伯是大杨庄的老人，阅历深，明事理，晚辈愿意听听老人家的见解。"

辛从善摆手说："局长、所长都是领导，切莫以晚辈自称。老朽死脑筋，许多事看不明白，哪有啥见解可言？唯愿神探和所长们早日查清闹鬼真相，逮住闹鬼者，绳之以法，还大杨庄以宁静。"

看这文拽的，怪不得村民送他绰号"弯弯绕"哩。常安从他的话语中感觉到，他迫切要求警方查清闹鬼真相的目的之一，是希望尽快洗清他儿子的嫌疑。常安略略笑着说："大伯的愿望跟警方不谋而合，所以我们特意来拜访你，听取你的意见。希望听到您老人家的真心话。"

常安把话说到这个分上，辛从善再无拒绝的理由，不无欣喜地说："局长、所长光临寒舍倾听老夫意见，机会难得，俺当然要说心里话。"然后拿出一包石林牌香烟，抽出3支，让警官们吸烟。

仨人摆手谢绝："我们不吸烟。"

辛从善的手微微颤抖着，把两支塞进烟盒，一支放在嘴上，点燃，猛吸几口，吐着烟圈，思思量量，沉吟说："以老夫之见，这老宅闹鬼，就是有人故意捣乱。目的嘛，自然是败坏孙书记的名声。目前，为青川市九大即将召开造势的宣传铺天盖地，老百姓都知道孙书记将在九大上由副转正。有人可能不甘心，所以就出此下策，跑到老宅装神弄鬼，假扮一男一女，深更半夜大骂当官的。骂谁呀？嘿嘿，明摆着是骂孙书记嘛！"辛从善说到义愤处，不禁挥动起拳头。三位警官默默点头，辛从善接着说："从哭骂的内容看，被害男人是孙书记的大舅哥杨金贵，女的是谁不清楚，她应该是某个官员的情人；但要说孙书记是凶手，反正我不信！"对于辛从善的见解，常安三人都感意外，以为他说的不是心里话。辛从善却言之凿凿，如数家珍般述说了孙东胜对待傻大舅哥无微不至的关怀，"孙书记对大舅哥的关心，大杨庄村民看在眼里，记在心里，有目共睹。俺没有一点儿理由怀疑孙书记。"

李光荣问："辛大伯，闹鬼者叫骂的如果不是孙书记，还能是谁呢？"

辛从善想当然地回答说："自打老杨家的女婿当上县委副书记后，来老宅探望杨金贵的人可不算少。有从县城来的，也有下边的乡镇干部和村长书记，或者做企业的。这些人给傻金贵带些烧鸡、猪头肉、小笼蒸包等吃的东西，有的塞给他一两百块钱。他们来看杨金贵，都是做给孙书记看的；但杨金贵一个也不认识，他就是认吃，经常跟村民说脱骨扒鸡又香又烂，猪头肉咬一口满嘴流油，小笼蒸包包一个肉丸，等等。这些人钱花了，孙书记并没有给他们提职或者其他好处，难免心生忌恨，就趁着夜色跑到老宅装神弄鬼，影射孙书记。"

"嗯，不排除这种可能。"常安表示赞成。

辛从善咳嗽几声，欣赏着袅袅青烟，叹息说："由于俺儿起志年轻时跟孙书记闹过别扭，就有人怀疑老宅闹鬼是俺儿搞的。有证据吗？拿出证据说话好不好呀？"说完，他把烟啪地扔到地上，脚踩上去狠狠拧了几下。

"纯属诬蔑。"辛从善的责骂，明显是冲着警方来的。

窦建功实话实说："的确有人这样怀疑过。"

辛从善问："你们警察也怀疑是俺儿搞的吗？"

窦建功坦然回答："警察办案，向来以证据为依据。"

辛从善又点上一支烟，狠吸几口，边咳嗽边说："俺儿过去跟孙书记闹过矛盾，这是事实；但现在俺儿是南山县有名的私营企业家，县政协副主席，市政协常委，是南山县的名人，来之不易。俺儿懂得珍惜，他不会翻腾三十年前那些陈谷子烂芝麻，绝对不会了。哲学家有句名言，聪明人绝不会在同一个地方摔倒两次。这个道理，俺儿他懂。"

常安点头说："辛老板是个聪明人，相信他绝不会重蹈覆辙。"

辛从善进一步解释说："过去那档子事，主要错在俺儿，俺儿都认；但细究起来，杨金枝也有错在先。她跟俺儿好上了，海誓山盟永不变心，可最终她却背叛了俺儿。你们领导评评，作为一个有自尊心的男人，心爱的女人被别人夺走了，咋不着急上火呢？俺这样说，绝非是无原则地袒护起志。冲动是魔鬼，起志的错误就在于过于冲动，做了不该做的事。还好，多亏孙书记胸怀大度，没把俺儿送上法庭；要不然，如果孙书记报复他，俺儿本事再大，也坐不到县政协副主席的椅子上去呀，想成为私营企业家怕是连门也没有。从这个角度说，俺们十分感谢孙书记，咋会弄这种歪点子报复他呢？"

三位警官都觉得他讲的在理。常安说："警方没有证据证明闹鬼者是辛起志。"

"谢谢。"辛从善说，"当年起志跟孙书记那页不愉快早该翻过去了，希望大家永远忘掉那一页。"

常安三人点头默认。当年，因为恋爱问题，辛起志跟孙东胜闹得沸沸扬扬，无人不知。现在要大家完全忘记，并不现实。

2

孙东胜、辛起志的矛盾起因于跟杨金枝之间的恋爱纠葛。

当年，他们仨是南山一中高中同班同学。杨金枝面容姣好，一头秀发衬托着俏丽的五官，阳光妩媚，高挑的身材罩一身可体的粗布衣裙，彰显出清水出芙蓉的内秀和韵致。她热情大方，彬彬有礼，一颦一笑、举手投足间无不透着大家闺秀的高雅气质和教养。一入学她就吸引了不少男生的眼球，高二高三的学哥们称她为校花，有事没事跟她套近乎。同班男生也当仁不让，争先恐后向她献殷勤，以求打动她的芳心。

对此，杨金枝都无动于衷。她一向以为，学生守则是学生行为的最高准则和法律，学生守则明文规定学生不准谈恋爱。她对男生们的甜言蜜语和殷勤举动始终保持高度警惕。孙东胜对学生守则却并不在意。他1.8米的个头，修剪着十分整洁的寸头，面庞酷似影视明星周润发，一举一动无不展现着男子汉的青春阳刚之气。他很聪明，学习刻苦，成绩在全年级名列前茅，女生们无不刮目相看。孙东胜暗恋杨金枝，他经常要些小伎俩，借着与杨金枝交流学习心得，不显山不露水地表达爱意，或者向她请教所谓难题，就像2+3=5那么简单。聪明的杨金枝窥透了他的心思，经常以"我不会"为由拒绝他。

同班同学辛起志也很喜欢杨金枝。他俩是同村，从小学到高中都在同班，相互知根知底，熟悉得如同兄妹。读高中必须住校，每个周末回家一次。从县城到大杨庄60里路，杨金枝一人骑车来回，她娘不放心，特意嘱咐辛起志照顾好杨金枝。辛起志满口答应。每个周末，辛起志都与杨金枝骑车同行。一路上两个年轻人海阔天空，学习的快乐和烦恼，理想和前途，社会见闻，生活趣事，古今中外，无所不聊。有时聊居里夫妇的事业和爱情，交流读小说《男人的一半是女人》《初吻》的体会和心得。两个人的内心都有了爱的萌芽。

高中毕业后，孙东胜、辛起志都对杨金枝明确表达了爱意。面对两个优秀的男生，她反复权衡，举棋不定，决定听从天意的裁决。她悄悄拿出1元硬币，连抛10次，按照自己的设定，结果辛起志胜出。于是，杨金枝接受了辛起志的爱意。

高考结束后，他们三个都金榜题名。辛起志被暨南大学传媒学院录取。孙东胜和杨金枝同被天津大学录取，孙东胜在化学化工学院，杨金枝在汉语言文学学院。孙东胜看到了机会，暗下决心，一定要把失去的爱情夺回来。辛起志却多了一份忧虑，天南地北，担心时间一长，刚刚赢得的爱情会消散殆尽。为了留住杨金枝的心，入学前，辛起志送给她一部崭新的NOKIA手机。那时，拥有手机的人凤毛麟角。杨金枝爱不释手，两个年轻人怀着对第一次的向往和神秘感，品尝了禁果。杨金枝羞赧地向辛起志表示，今生今世永远不会背叛他。辛起志对她发誓，今生今世只爱杨金枝一个人，海枯石烂不变心。

课余时间和周末，同在天津大学求学的孙东胜和杨金枝，经常结伴游玩。校园草坪上，树林花圃间，美丽的敬业湖畔，留下了两个年轻人手拉手、肩并肩的倩影。周末，孙东胜带杨金枝一起观赏海河两岸夜景，游览津门十景，品尝狗不理包子，吃耳朵眼炸糕，或在酒吧相对而坐，一聊就是大半天。当然，大都是孙东胜买单。孙东胜的热情大方和甜言蜜语征服了杨金枝的心，她爱的天平渐渐向孙东胜倾斜。杨金枝给辛起志打电话的次数越来越少，辛起志从遥远的南方打来电话，她也经常不接。辛起志敏感地意识到他和杨金枝的爱情出现了危机，趁五一长假，从珠江湾畔直飞海河之滨，在美轮美奂的敬业湖畔求是亭下发现了杨金枝和孙东胜的身影。杨金枝正小鸟依人般依偎在孙东胜怀里撒娇，目睹此景，辛起志不禁妒火中烧，牙咬得咯咯作响，恨不得扑上去把孙东胜揍扁。冲动是魔鬼，他努力控制自己，躲进小树林，朝敬业湖大喊："杨金枝！"喊声惊醒了杨金枝。她挣脱孙东胜，循声跑进小树林，找到辛起志，对他表白了思念之情。辛起志鄙视着她，冷冷地提醒她，不要忘记自己的承诺和誓言。杨金枝连说对不起，表示永不变心。辛起志原谅了她，劝她悬崖勒马，今后不再跟孙东胜来往。杨金枝答应了他，但远在南方的辛起志，纵有千里眼也难以窥见杨金枝的生活轨迹。她的心早已归属孙东胜，毕业前夕，她和孙东胜定下终身。

大学毕业后，他们三个都回到南山。孙东胜去县化肥厂做技术员，辛起志被县电视台录用为记者，杨金枝去县一中当老师。辛起志办完报到手续，就去一中找杨金枝，张开双臂拥抱她，却被冷冷地拒绝了。至此，他才明白，他跟杨金枝的爱情已经走到了尽头。他气急败坏，当众羞辱杨金枝。杨金枝无情地骂他恬不知耻、流氓无赖，发誓道："我今生今世不想见到你。"

深感绝望的辛起志明白，问题的根源在于孙东胜。他恨孙东胜，决心报复孙东胜，打断他的腿，让忘恩负义的杨金枝跟个残疾男人过一辈子。

一个周末的晚上，辛起志趁孙东胜、杨金枝去县电影院看电影《泰坦尼克号》的机会，手握砖头尾随他俩走进一条昏暗的小胡同，猛地朝孙东胜的头上砸去。孙东胜闻声回头一看，砖头正好砸到他的前额上，一阵眩晕，摔倒在地。杨金枝大喊一声"杀人啦"，辛起志慌不择路，被一中的老师逮了个正着，被扭送至派出所。

孙东胜倒在地上，头破血流，呻吟不止。杨金枝立即拨打120，救护车将他送到医院抢救。医生检查后确认，前额左侧发际有一道长长的口子，只伤及皮肉，没有骨折，诊断为脑震荡，为他处理好伤口后，让他住院观察。

在派出所，辛起志向民警如实交代了殴打孙东胜的因由，他愤怒地说："夺妻之仇，岂能不报？"民警嬉笑着说："你是电视台记者，大道理无须多说，你跟杨金枝没有结婚，不存在夺妻一说。杨金枝有选择爱情的自由和权利，他人无权干涉。你要弄死孙东胜，是要偿命的！"辛起志狂妄地叫嚷："为我心爱的女人，枪毙也值！"

经法医鉴定，孙东胜受轻微伤，依法应追究辛起志的刑事责任。

杨金枝骂他是咎由自取，活该。孙东胜勉强坐起来笑着说："起志为爱出气，可以理解。我们毕竟同学三年，应该原谅他。我去派出所向警察求情，放了老同学。"杨金枝坚决不同意，说辛起志犯的是故意伤害罪，证据确凿，离故意杀人罪只有一步之遥，就该把他送进牢房关几年。

孙东胜轻描淡写地说："哪有那么严重呀！我不过受了点皮肉伤，这是爱的代价，用不着追究他的刑事责任。古人说，福兮祸所伏。我大难不死，必有后福！"他咯咯笑着开导杨金枝，"我们同学3年，是缘分，应该珍惜。三年结下寒窗友，一生不忘同学情嘛。如果因为他打了我就把同学友谊葬送掉，那太小家子气了，同学情谊不应该那么廉价。我们都刚刚参加工作，不能因为那么点小事给他留下前科，耽误他一辈子前程。"

孙东胜提前办理了出院手续，在杨金枝的陪同下，径直去了派出所，请求所长原谅辛起志，不要追究他的刑事责任。所长为他的宽宏大量所感动，说他的意见可以考虑，不仅要看被害人是否愿意谅解，更要看犯罪嫌疑人的认错态度，二者缺一不可。孙东胜不假思索地答应可以谅解他，并写了一份谅解书，请求派出所放人。然后，把谅解书复印件送给县委组织部、宣传部和电视台领导。各部门领导无不为孙东胜宽宏大量的胸襟所感动，由衷地赞赏他不计前嫌、宽人严己的高尚品格。

辛起志回到电视台后，台领导跟他进行了一次长谈，严肃地批评了他的错误。他完全接受，决心改正，保证不再重犯，还特意去化肥厂当众向孙东胜赔礼道歉。根据他的认错态度，台领导决定将他留用两年。

两年之后，根据省委指示，南山县委领导班子需要补充一名有文化有知识且具有开拓进取精神的年轻干部。经过市委考察，提拔孙东胜任县委副书记兼政法委书记。

辛起志也像换了一个人，工作特别积极，把在大学学到的专业知识全部用到电视广播事业上，从设备的更新、使用和维修，到节目制作、编排和播出，都无师自通，得心应手，任劳任怨，不知疲倦，领导和同事好评如潮。不到一年，留用处分就被撤销，两年后加入了党组织，提升为副台长。

后来，孙东胜任常务副县长，县电视台播出了他下乡考察麦田管理的新闻。当天夜里，网上曝出一段题目叫作"县领导笑看淫荡狗"的视频。画面上，孙东胜指着两只交配的野狗开怀大笑。内容低俗，不堪入目。当夜的点击量高达38万人次，众口一词，讥笑孙副县长是流氓。第二天一上班，县委书记李光得知此事，简直气炸了肺。用如此卑鄙下流的手段抹黑县委副书记兼常务副县长，是对县委领导班子的恶意污辱和公然抵毁。岂能容忍？他当即召来孙东胜质询此事。一直被蒙在鼓里的孙东胜深感自己的人格受到莫大侮辱，矢口否认，认为视频画面是恶意PS出来的，强烈要求县纪委迅速查清视频的来龙去脉，查获制作发布者，将其绳之以法，还他以清白。

李光十分重视，当即指令县纪委和公安局负责人开展调查。很快查明，不雅视频是辛起志恶意剪辑出来并发布在网上的。县委领导深感震惊，严肃批评辛起志的卑鄙行径，认为他道德败坏，屡教不改，利用职务之便打击报复他人，党纪国法不容。一致表示坚决开除辛起志的党籍和公职，把他清除出新闻队伍，责令他在8小时之内撤销网上的不雅视频，公开作出深刻检讨，向孙东胜同志赔礼道歉，然后移交司法机关依法处理。李光征求孙东胜的意见，孙东胜表示，辛起志的错误严重，性质恶劣，开除他的党籍和公职，将其清理出新闻队伍，他完全赞成；但建议给他留条出路，不要移送司法机关。只要他真正认识到自己的严重错误，诚恳接受组织处理，决心悔改，可以在县属企业给他安排个职务，给他留条生活出路，以体现县委对他的关心和照顾。

常委们为孙东胜的坦荡胸怀所感动，原则上同意孙东胜的意见，安排他到县属企业当工人，但绝不能让他当干部。

辛起志表示接受县委决定，感谢县委领导的关心和照顾。他不打算去企业，决定自谋职业。不久，他在县城租了一间门头房，搞了个家电专卖店。辛起志白手起家，凭着自己的聪明才智，发挥所学之长，艰苦创业三年，他的家电专卖店生意红火起来，大赚了一笔。接着在县城繁华地段经营起一家鑫发家电城，很快成为南山县私营企业的标杆。又过了三年，成为南山首富的辛起志当选为县政协副主席、青川市政协常委。

辛从善很不情愿地回顾着儿子大起大落的经历，最后，不无自豪地说："论级别，俺儿是个县处级。俺经常嘱咐他要珍惜来之不易的成就和荣誉，一门心思干事创业。今后不论遇到什么挫折，不要动辄就跟过去的那些不愉快挂钩。俺儿做到了，没想到，现在又有人把他跟老宅闹鬼扯到一起。"

窦建功说："杨金贵失踪的那天晚上，有人看见辛起志冒雨骑着摩托回来过。把摩托车推进家门，转身去了老宅那边。可有这事儿？"

辛从善看着从鼻子里冒出来的青烟，想了想，恍然大悟似的说："噢？那晚起志的确回来过，但他没去老宅，而是去了他姨夫家。"他猛吸几口烟，大口大口地吐着烟圈，似乎要将胸中积压已久的块垒吐个干净。"起志他姨夫叫田庆寿，跟老宅斜对门。田庆寿患腰椎间盘突出多年，久治不愈。他从广告上得知有种治疗腰椎间盘突出的电子治疗仪效果不错，就叫俺儿给他买一台。俺儿觉得那个广告夸大宣传，效果并不好，所以他的店里一般不进这种货。田庆寿天天催得紧，以为起志担心他不给钱故意不给他买。起志经多方联系，终于进了一台。那天傍晚，起志骑上摩托赶紧回来送给他。不巧，半路上突然下起大雨，晚上九点多钟才到家，他都淋成了落汤鸡。那天大雨一宿未停，起志发起高烧。第二天一大早，他公司来车把他直接送进县医院，住了三天才好。这可有病历做证哩。现在田庆寿虽然家破人亡了，那台治疗仪不会埋进坟墓里吧？他家房子一直空着，估计那台治疗仪可能还在炕上放着哩，希望警察去他家找找。俺绝对不会说假话！"

聊至此，常安和窦、李觉得辛从善的态度坦诚可信，可以洗清人们对他儿子的怀疑。常安说："我们相信精明的辛老板对取得的名利地位一定会倍加珍惜，绝不会好了疮疤忘了痛，在同一个问题上再犯错误。"

辛从善吃了颗定心丸，瘦削的脸庞乐开了花，两只小眼眯成一道缝，缝隙里渗出泪水，稀疏的胡须一抖一抖，咯咯笑着说："神探英明，所长英明，多谢多谢！"说着，离开座位，扑通双膝跪地，磕头道谢。

常安一把拉住他。"大伯，警察不兴这个。如果你能为杨金贵失踪和老宅闹鬼提供线索，就是最好的感谢。"

辛从善坐下，应允道："有需要老夫的地方，俺定当竭诚相助，不遗余力。"

常安说："刚才听大伯的意思，你是相信某个当官的在老宅杀害了一男一女；可是，大伯平时跟乡亲们讲老宅故事，说杨金贵是被老宅幽灵掳走了。明摆着前后矛盾呀。"

辛从善一笑，开始弯弯绕："说矛盾也不矛盾，说不矛盾还真矛盾。说当官的在老宅杀害了两个人，是闹鬼者说的，俺没那么说。杨金贵失踪8年生死未卜。老宅三百多年来，兴衰起落，鬼魂麇集，幽灵出没，所以俺觉得杨金贵失踪与老宅幽灵有关。"

常安也笑。"愿闻其详，但请大伯细细讲来，晚辈洗耳恭听。"

辛从善觉得常安年纪轻轻，拽起文来并不在读过私塾的他之下，不敢小觑。他琢磨不透常局的真实意图，盲目给不信鬼神的警察讲老宅故事，担心入其彀中，便想拒绝，但又觉得不妥。刚刚作过承诺，话说出口又不算数，岂不是打自己的脸吗？他实在绕不过去了，于是说："故事都是老辈传下来的，不知真假。讲得不妥，请各位领导赐教斧正。"

常安说："不必计较，但讲无妨。"

辛从善点上一支烟，喷吐着烟圈，慢条斯理地讲起老宅故事。

3

老宅故事就是大杨庄的历史。

300多年前，这里没有村庄，只有一条深涧，叫阴阳涧，嵌于两座大山之间，南北长约有10里，东西宽不足1里，像根盲肠，进得去出不来。诡异的是，阴阳涧虽不宽，却经常是东边下雨西边晴，阴阳涧的名字由此而来。据老一辈的人说，阴阳涧不论春夏秋冬、阴晴雨雪，总是阴风飕飕，黑云滚滚，雾霭弥漫，遮天蔽日，阴森恐怖。凡擅闯或误入阴阳涧者，不分人畜鸟兽，无一生还。所以，阴阳涧也叫死亡谷、魔鬼沟。

清初崇德年间，杨金贵的老祖宗杨继业（非北宋抗金英雄杨家将里的杨继业），从河北直隶真定府携妻小五口，逃难来到阴阳涧。杨继业见这里草木茂盛，十分僻静，想在此安顿下来。他携妻小往阴阳涧深处走了不过百十步，眼前蓦然黑雾蒸腾，凉气袭人，颇有几分阴森。他甚感惊讶，踌躇不前。此时，一只白狐出没于草丛中。杨继业并没在意，壮起胆子挈妇将雏继续往深里走。那白狐来到他前面，倏然站立起来，俨然一身着白色长衫的老者：鹤发童颜，长髯飘飘，手持一杖，朝他吟吟笑道："看你家老小五口风尘仆仆，疲惫不堪，擅闯阴阳涧，不像本地人吧？尔等何故逃亡至此？"

杨继业蒙了。老者咋知道俺从外地逃亡而来？莫非遇到狐仙了不成？他想着，双膝跪地，说："老伯所言极是。俺本直隶真定人氏，年迈父母遭人诬陷，双双遇害；可那仇人并不就此罢手，与官府勾结，扬言要把俺全家斩尽杀绝。俺被逼无奈，便携妻小逃难至此，惊扰了老伯，乞望谅解。俺老的老，小的小，走投无路，无依无靠，诚望老伯开恩，为俺指一条生路。"

老者轻抚长髯："蒙难之人不必多礼，快快请起。"他问杨继业，"尔等可知此为何地？"

杨继业缓缓站起，作揖道："晚辈初来乍到，全然不知，诚望老伯指教。"

老者诡谲一笑："此乃阴阳涧也。"

杨继业一听这名字，顿时毛骨悚然，妻小骇然，紧紧依偎于他。

老者呵呵大笑说："有俺在此，不必惊惧。"说过这话，他指指山涧深处，"这阴阳涧原本土肥水美，气候温润，草木茂盛，不失为一方风水宝地。北宋年间，金兵犯宋。徽宗、钦宗爷儿俩整日沉湎于声色犬马，不理朝政，近奸佞，远忠良，大宋国每况愈下。面对野蛮彪悍的金兵，缺乏训练的宋军粮草匮乏，畏葸不前，节节败退。金兵一路杀来，所向披靡，如入无人之境。宋军丢盔弃甲，溃不成军，纷纷逃进阴阳涧。金兵穷追不舍，霎时阴风四起，黑云翻滚，电闪雷鸣，飞沙走石，裹挟着鹅卵大的冰雹倾泻而下，把宋军砸得死伤无数，金军也损兵折将大半。阴阳涧尸横遍地，血流成河。未几天晴，宋、金士兵暴尸于骄阳之下，腐臭熏天，瘴气笼罩，经久不散。入夜辄闻鬼哭狼嚎，声达十里之外，不绝于耳。周围百姓战战兢兢，诅咒说这是苍天对腐败无能的北宋朝廷的惩罚，也是对暴虐无羁的金兵的报应。从此，凡误入阴阳涧者，无论人畜鸟兽，皆倒毙而亡，无一生还。于是，阴阳涧便成了死亡谷、白骨涧、魔鬼沟。请问先生，你家老小敢留居于此耶？"

杨继业听得战战兢兢，惶恐无措，不敢作答。

老者用手杖指向不远处："先生请看，阴阳涧白骨累累，皆为宋、金官兵所遗。"

杨继业顺老者所指望去，目之所及，果然白骨累累，遂向天呼号："呜呼，老天爷真要绝俺老杨家生路吗？"

老者趋前，劝慰道："尔等不必如此绝望。今日得遇在下，算你万幸。吾予你指条活路，如何？"

杨继业将信将疑，壮起胆子说："恕晚辈冒失，敢问老伯何方人氏？"

老者说："实不相瞒，翁乃狐仙也，于那昆仑修行千年，得遇天师指点，终成正果，经年游走于世间，搭救天下受冤蒙难之人。俺已陪你家老小奔波数日，一路观察，知你并非歹人，便暗中为你保驾护航，有心帮你择一宜居之地！"

杨继业听罢，万分感激，倏然匍匐在地，连磕三个响头："万望老伯指点，俺杨继业将世代报答老伯搭救之恩。"

白胡子老头一听杨继业三字，愕然问道："你莫非是北宋抗金英雄杨继业再世？"

杨继业回答："实不相瞒，俺乃平民之后，岂敢冒名顶替，辱没杨门虎将英名？"

老者见他如此诚实，便说："此地虽妖气笼罩，阴霾重重，却也是一方肥美之地。你若有心久居于此，其实不难，只需在这阴阳涧修建石塔一座，将游荡于此的冤魂鬼妖镇于塔下，便可保永世太平。如此，你家老少躬耕于此，可获五谷丰登、家业兴旺之利，护佑附近百姓共享太平，功德无量。"

"多谢老伯搭救之恩！"杨继业连连叩首。"可是，老伯，搭建石塔，需众多工匠劳役。此地荒无人烟，白骨累累，谁敢来此助俺……"

"莫愁。"狐仙截住他，笑着说，"有银两即可。"

杨继业原是枣强县望族大户，生意兴隆，家道富有，本就不缺银两。虽被官府查抄，但他携妻儿出逃时银两总还带出一些，估计建座石塔不成问题。他打开行囊，取出褡裢，捧一把银元宝，恭奉给狐仙："这些够否，老伯？"

老者看着他手里白花花的银元宝，笃信他是个诚实之人，摇头笑曰："勿需那么多。"伸出两根手指，从杨继业手里捏起一枚最小的元宝，说道："诚意无价，一枚足矣。"说完，扬手将银元宝抛向空中，在半空划出一道彩虹，飞架在阴阳涧上。旋即，朝涧口一指，喊声："镇妖塔在此！"

杨继业顺势看去，瞬间便有一座石塔矗立于涧口崖下，巍峨壮观。他惊得目瞪口呆，却见老者将手杖举过头顶，抡得呼呼作响，口中念念有词。随即黑云骤起，遮天蔽日，刮起巨大的龙卷风，呜呜作响，以摧枯拉朽之势，沿阴阳涧横扫而过，裹挟着累累白骨，旋转着移向镇妖塔。杨继业和妻小紧抱在一起，只见那漏斗状的龙卷风呼呼地打着旋儿，呼啸着钻进镇妖塔，眨眼间，阴阳涧风平浪静，云消雾散，阳光灿烂，林茂草丰，野花盛开，鸟语花香，蜂飞蝶舞，一派旖旎风光。杨继业惊得瞠目结舌，半晌才想起感谢老伯，可老伯早已无影无踪。

辛从善讲得绘声绘色，三名警官聚精会神，听得入迷。窦建功在枣林干了七八年所长，偶尔听老百姓提到镇妖塔，但从没见过，也不知道塔的来历，甚至连阴阳沟这个怪异的名字都没听说过。

辛从善说，现在的大杨沟就是过去的阴阳涧。田家仁车毁人亡的那个西豁口，就是传说中的阴阳沟口。从阴阳沟口往西走几步，就是镇妖塔坐落的位置。后来镇妖塔倒掉了，没有了，只剩一堆砾石，从来没人动过。

常安饶有兴趣地问道："镇妖塔是什么年代倒掉的？"

辛从善说："是日本鬼子炸掉的！嗯哼，除了日本鬼子，谁敢啊？如果镇妖塔留到现在，说不定大杨庄成了旅游景点呢。"辛从善自得地笑着，点上一支烟，吸几口，吐着烟圈，接着往下讲——

杨继业见阴阳涧的累累白骨尽收塔下，从内心深处对千年狐仙充满敬意，默默感谢狐仙的搭救之恩。他来到镇妖塔下，只见乌黑的石门两侧镌刻着一副对联。上联是：镇妖降魔澄寰宇；下联是：伏鬼安魂廓乾坤。眉批是：梅山在此。

杨继业用力推开石门，迎面是口巨大的石棺，棺盖上雕有一尊少年石像，嘴阔鼻挺，浓眉如帚，双目如炬，一手持剑，一手擒蛟，昂然屹立，威风凛凛，不可一世。身旁有七尊相貌诡异、丑陋狰狞的护卫雕塑，或奔跑，或跳跃，或呐喊，或厮杀……杨继业审视着一尊一尊雕塑，联想着写有梅山在此的楹联，不禁想起小时候爷爷讲的李冰父子斗犀斩蛟为民除害和二郎神降妖除魔的故事。原来石棺上雕的正是二郎神和梅山七圣。梅山七圣原本是助桀为虐、残害生灵的妖怪，被为民除害的二郎神降伏后，修成正果，成了降妖伏魔的英雄。千年狐仙竟把这般神灵从南方请到太行山下镇守石棺，用心何其良苦。他甚感欣慰，有那么多神灵镇守石棺，妖魔鬼怪休想兴风作浪。他心里渐渐踏实下来，便择一向阳处，自造石屋两间，安顿好妻小，开荒造田，精耕细作。阴阳涧土肥水美，风调雨顺，稼禾苗壮，连年丰收。他家犹如生活在世外桃源一般，日子过得倒也滋润。

时光荏苒，转眼便是 5 年。阴阳涧年年太平，五谷丰登。杨继业坚信千年狐仙的话，阴阳涧的确是块风水宝地，适宜久居。遂雇请工匠建起一座宅院，这就是当初的老宅。杨继业继承祖传的兴业之道，雇请劳力开垦良田千亩，广种粮棉瓜果，带领儿孙兴办贸易，贩运粮棉干果药材，家底越积越厚。顺治末、康熙初，年过花甲的杨继业将原有的宅院扩建成了三进大院，并建起一座两层楼房。老宅人丁兴旺，生活富有。杨继业 85 岁时，五世同堂，全家 30 来口人，穿的是绫罗绸缎，吃的是山珍海味，出则车马代步，入由家丁侍奉。杨继业富甲一方，成了太行首富，方圆百里，无不艳羡。远近逃荒要饭的、逃债避难的，从四面八方聚拢过来，或投奔杨继业做长工、短工，或自己开荒种田饲养牲畜，杨继业并不排斥，还尽力帮扶。阴阳涧处处呈现一派兴旺景象。杨继业临终时叮嘱儿孙，世代不忘千年狐仙恩德，富则兼济天下，共享太平，为富不仁缺德，见困不帮无义，行善积德，扶危济困，和睦乡邻，诚信为本，忠孝传家远，道德济世长……

杨继业过世后，儿孙们不忘祖训，从不挤兑来阴阳涧定居的乡亲，还尽力帮扶，出资修路搭桥，兴修水利，与乡亲们共享。老杨家声名远播，来阴阳涧过日子的人越聚越多，杨张郇田王，刘祁门曹辛，李赵迟孙苟……十六七个姓氏上百口子人聚拢，繁衍成村。昔日神出鬼没荒无人烟的死亡谷如今人丁兴旺，一派生机，俨然世外桃源。南山县令闻听此事，暗中派人前来探察，所传果然不虚。县令发话，从即日起，阴阳涧人家，不论种田经商，一律照章纳税。凡抗税不缴者，按大清律例，严惩不贷。为强化管理，县令指定那里叫阴阳村。村民们嫌村名晦气，便撺掇老杨家出面，求县令赐个好听的村名，以求吉祥。

康熙四十年，老杨家掌门人已经传到第三代。他带人赶着三辆马车，满载税粮，浩浩荡荡驶进县衙。县太爷见这阵势，喜不自禁，悉数收下税粮，特意召见了老杨家三世祖。三世祖趁机送上银票一张、皮袍一件，请求赐个村名。县令笑逐颜开，摇头晃脑地说："既然你姓杨，是阴阳村的创始人，把宋代以来无人敢闯的阴阳涧开垦成万亩良田，荫及乡邻，功德无量。如此，阴阳村就叫大杨庄吧，阴阳涧亦改称大杨谷，如何？"

县太爷金口玉言，三世祖欣然接受。

大杨庄人口不足 300，老杨家只有一户，村名却占了个大字，杨与祥谐音，寓意吉祥如意，发扬光大。大杨庄、大杨谷，村名、地名都吉祥，全村各姓人家皆大欢喜，无不对老杨家感恩戴德。

俗话说，三十年河东，三十年河西。

从清崇德年间到清末，由二郎神率梅山七圣镇守，大杨庄平平安安过了将近300年，人口繁衍到500多人。清末，慈禧听政，朝廷腐败，革新者被砍头的砍头，逃亡的逃亡。朝野动荡不安，全国一片混乱，民不聊生。老宅的日子也每况愈下，似乎走到了尽头。

民国初年，"城头变幻大王旗"，老宅倒霉的日子接踵而至。

先是军阀混战，土匪猖獗，兵匪不断袭扰老宅，将老杨家财富掠去大半。不久，直系军阀吴佩孚先后发动直皖战争和直奉战争，所到之处，无不拉丁充军，抢劫财物，草菅人命，生灵涂炭。他的部队路过大杨谷时，见镇妖塔巍峨壮观，石棺上的雕塑似人非人，似妖非妖，以为石棺里一定藏着不少宝贝，便想当一回"摸金校尉"，打开石棺盗宝。可任凭士兵们使出吃奶的力气，硬是没有撬动分毫，棺盖四周缝隙咻咻直冒黑烟，士兵们吓得纷纷逃散。有人不死心，想把石棺炸开，这事传到吴佩孚的耳朵里。这个吴佩孚坏事做绝，但不好色，不纳妾，不嫖娼，不贪财，饱读四书五经，崇尚孔孟之道，崇拜关羽、岳飞，重视保护文物古迹。他得知部下要炸开石棺窃财，严令制止，保住了镇妖塔；但吴大帅毕竟是军阀，抢劫抓丁是家常便饭。他的部下闯进老宅抢劫一番，又抓走了老杨家兄弟7人中的6个，结果都有去无回。原本人丁兴旺的老宅，骤然冷落下来。

老宅更大的劫难发生在日本鬼子打进中原以后。

日本侵略者有个恶毒至极的理念：要灭掉中国，首先要灭绝中华文化，征服中国民心，然后才可把辽阔的中华疆土并入日本版图。于是，日本侵略者所到之处，在用枪炮奴役中国人民的同时，还千方百计地想挖断中国文化的根。凡中国历朝历代的遗存古迹，见啥抢啥，肆意破坏文物古迹的罪恶行径比比皆是。有个叫渡边桥太郎的军曹带着几个鬼子来到大杨谷，扬言要炸掉镇妖塔。老杨家从7世到10世老少爷们儿共有8人，个个都是血性汉子。他们谨记祖宗教诲，誓死保护镇妖塔，不容小鬼子靠近半步。渡边桥太郎下令鬼子兵把带头护塔的九世祖杨林川捆绑起来，吊在树上，拿刺刀顶着他的脖子，逼他下令撤走护塔乡亲；要不然，就把他和乡亲统统杀掉。杨林川死不相让，日本鬼子当场残忍地杀害了他的四个亲人和三个护塔村民。杨林川眼睁睁地看着亲人和乡亲们尸横塔下，血流遍地，怒不可遏，恨不得把小鬼子一个个咬死。可是，他的手脚被结结实实地捆绑着，丝毫动弹不得。他心想，小鬼子心狠手辣，杀人如麻，说得出做得到，硬抗并非上策，那样会有更多无辜的乡亲被害，留得青山在，不怕没柴烧；君子报仇，十年不晚，当下最要紧的是保护好乡亲，日后再和小鬼子算账。想到这一层，他动员护塔乡亲撤离，小鬼子这才放了他。日本鬼子把炸药包放在镇妖塔下，轰隆一声巨响，镇妖塔轰然倒塌，石棺盖冲天而起，飞到十几丈高处，然后突然向鬼子兵砸去，当场把七个小鬼子砸成肉饼，血肉四溅。村民们感叹：报应啊，一命抵一命，活该。爆炸声响后，一团黑烟从石棺冒出，遮天蔽日，半天不散。没被炸死的小鬼子哇啦哇啦大叫着冲进黑烟，去抢掠石棺里的宝贝。他们往石棺里一瞧，哪有啥宝贝，层层叠叠全是森森白骨。小鬼子们气急败坏，叽里呱啦大骂杨林川欺骗皇军。渡边桥太郎挥舞着刺刀追杀杨林川，可没走几步，连同他身后的小鬼子们都齐刷刷倒地而亡。这是梅山七圣替天行道，对恶贯满盈的小鬼子们的报应啊。乡亲们见日本鬼子死了一大片，一个活口没留，异口同声地呼喊：苍天有眼，感谢神灵。

面对如此下场，驻守枣林的日军小队长小野龟塚岂肯善罢甘休？他恼羞成怒，亲率10个鬼子兵气势汹汹地来大杨庄扫荡，扬言要把大杨庄烧光杀绝。那天正午，两个鬼子兵溜进老宅后院，见有个十七八岁的大小姐如花似玉，正在石榴树下赏花。俩小鬼子顿时眼睛都绿了，哇啦哇啦叫着，像饿狼捕食般扑了上去，把大小姐摁倒在石榴树下轮奸了。这最为野蛮的一幕被杨林川撞见了，猪狗不如的小鬼子竟在光天化日之下糟蹋令爱，岂能容忍？他怒火中烧，大步流星冲上去，抄起日本鬼子立在墙根的上着刺刀的长枪，猛地朝小鬼子狠狠刺去。第一刀刺死了站在一旁淫笑的小鬼子，第二刀刺死了另一个小鬼子。可惜，愤怒至极的杨林川用力过猛，刺死第二个小鬼子的同时，刺刀也刺进大小姐的胸膛，结果大小姐跟小鬼子同归于尽。大小姐死得好惨，这下杨林川傻眼了。他把小鬼子的尸体拖到一边，扑通跪到闺女身旁，号啕大哭。

老宅的人闻声赶过去一看，顿时明白了个八九分。杨林川的儿子杨树桐把衣服盖在妹妹尸体上，劝爹别哭，说：日本鬼子死在咱家，鬼子队长万一找上门来，绝不会善罢甘休。老爷子一听在理，赶忙擦干眼泪，下令把小鬼子的两具尸体藏起来，嘱咐大家如果东洋鬼子来找人，由他出面应付。谁敢向小鬼子透露半个字，就拿他的命祭奠大小姐。

他的话音刚落，小野龟塚带人闯进老宅，见老太爷伏在闺女尸体上哭得死去活来，不问青红皂白，朝他狠踢一脚，叽里呱啦向他要人。杨林川倏地站起来，瞪着猩红的眼睛，一把揪住小野龟塚前襟，指着闺女血淋淋的尸体，骂道："操你祖宗八辈小鬼子，糟蹋俺闺女，猪狗不如啊！还俺闺女，该死的小鬼子……"杨林川哭喊着用力猛地一搡，毫无防备的小野龟塚摔倒在尸体上，脸上沾满血污。小野龟塚颜面尽失，一骨碌爬起来，抹了抹脸上的血污，雪白的手套染成暗红色。他气急败坏，暴跳如雷，歇斯底里，哇啦哇啦直叫。随从的士兵一拥而上，把杨林川打倒在地。小野龟塚一脚踩住杨林川的脖颈，恶狠狠地问他把两个皇军弄到哪里去了。杨林川毫不示弱，死死抱住小野龟塚的腿不放，拼命大喊："俩小鬼子糟蹋俺闺女后逃跑了。日你奶奶小野龟塚，还俺闺女呀！"他喊叫着，倏地朝小野龟塚的脚腕狠狠啃了一口。小野塚龟痛得嗷嗷直叫，猛地挣脱杨林川，又踹了他一脚，手朝随行的士兵一挥，歇斯底里地大喊："哈呀咿，放火的干活，统统地烧掉！"随行鬼子当即点燃几捆棒子秸，扔上二楼前廊，熊熊烈焰吞噬了老宅漂亮的两层楼，随后扬长而去。老宅男女老少齐上阵，扑灭了大火，拆除了烧毁的二楼，把一层改建成平房，这就是现在老宅的堂屋。从此，老杨家的日子每况愈下。两个小鬼子的尸体究竟藏在哪里，无人知晓，到现在仍然是个谜。有人猜测杨林川把小鬼子的两具尸体埋在石榴树底下做了肥料；也有人说老宅早年间曾经挖过地道，小鬼子两具尸体可能藏在地道里。众说纷纭，莫衷一是。

老宅过去有口井。杨金贵他老爷爷、老奶奶曾经跳井自尽，遗体也是没人见到过。老祖宗的两具遗体到底放在哪里，到现在也没人说得清。

辛老头边讲边感慨："在大杨庄像我这把年岁的，还有杨大中，那会儿我们还是八九岁的娃，从没进过老宅，井呀地道啥的，仅仅听说过，谁也没见过，具体位置在哪里，都说不清。杨金贵失踪8年，倒也平安无事。现在老宅突然闹起鬼来，哭号说他被当官的杀害了，被害的还有个女的。两具尸体弄到哪里去了呀？总得留下点儿蛛丝马迹吧。可当年两位老所长把老宅查了个底朝天，丝毫没有发现被挖掘掩埋的痕迹。太怪了呀！"他说着，又点燃一支烟，吐着烟圈说，"俺知道你们不信鬼神，但俺信。老宅前前后后死了好几个人，有老杨家的人，有俩小鬼子，还有日本鬼子炸毁镇妖塔后跑出来的妖魔鬼怪，那么些鬼魂碰面，不闹鬼才怪哩！"

李光荣不禁问他："杨大中是老宅的后人，他应该知道井和地道在哪里吧？"

辛老头把香烟从嘴上拿开，不屑地说："大概从杨大中他爷爷辈上，就被撵出老宅了。他对老宅的了解，并不比我们这些外姓人多多少。"

"此话怎讲？"常安对这个问题颇感兴趣，诧异地问。

"这个呀，都怪杨大中他老爷爷不会过日子！"辛老头不屑地说，把吸了半截的烟扔到地上，踩在脚下，叹息说——

老杨家九世祖杨林川有两个儿子，老大杨树桐，老二杨树枫。面对国难家仇，老大杨树桐主动帮他爹出谋划策，积极寻找渡过难关的生路，日夜操劳。老二杨树枫则牢骚满腹，颓废堕落，不思过家之道，整日以吃喝嫖赌为乐，反而埋怨他爹软弱无能，向日本鬼子妥协，给大杨庄带来了灾难。杨林川岂能容忍，斥责教训他。他竟厚颜无耻地顶撞他爹，说人生有酒须尽欢，莫使金樽空对月，中国都快灭亡了，哪有好日子过。他将祖上置办的 1000 亩良田赌输了 260 亩，还偷偷摸摸地睡三姨娘。家门不幸，杨林川岂容这等辱没祖宗的孽种，一怒之下，命家丁把老二绑了，吊在梁上乱棍打死。三姨太落了个臭名，羞愤难当，投井自尽。杨林川颜面尽失，无地自容，也上吊自杀了。至此，老杨家就剩下杨树桐一个继承人了。昔日人丁兴旺、富甲一方的老宅，转眼间就衰败下去了。

十世祖杨树桐是杨金贵的曾祖父。他不甘心眼睁睁地看着老宅的日子没落下去，想竭力挽救。要振兴老宅，首先得有人，于是，正值壮年的杨树桐大老婆小老婆地连续娶了 4 房，一连生了四男六女。他把全部希望寄托在四个儿子身上，分别起名叫杨元开、杨元泰、杨元光、杨元安。

眼瞅着 4 个儿子长大成人，杨树桐看到了光复老宅昔日辉煌的希望。可在日本鬼子铁蹄的蹂躏之下，国将不国，儿子再多，家何以兴？

经过八年抗战，中国人民终于战胜了侵略者，赶走了日本鬼子，老百姓以为可以过安稳日子了。可是，国民党又挑起内战，到处抓兵抢粮。民国三十五年春，一股国军闯进老宅搜刮粮食钱财。杨树桐的四个儿子奋力阻拦，拼命反抗。国军在鬼子面前是软蛋，在共产党面前是怂包，欺负手无寸铁的老百姓可是说杀就杀，毫不手软。面对老杨家十一世四兄弟的拼命抵抗，国军恼羞成怒，拔出枪嘣嘣就是儿梭子，当场要了老三、老四的命，老大杨元开和老二杨元泰也受了伤，国军抢完金银财宝、粮食物资扬长而去。杨家从此一蹶不振。

当然，瘦死的骆驼比马大。杨树桐活到80多岁，已是风烛残年，便折腾折腾家底，新建了一处宅院，然后将全部家产一分为二，让俩儿子抓阄分家。老大杨元开抓到老宅，老二杨元泰抓到新宅。从此，杨元泰带着妻小搬出老宅。杨树桐弥留之际，反复嘱咐两个儿子："时刻牢记孔怀之亲，手足之情，血浓于水，阅墙御侮，同心协力，勤俭持家，勤劳致富，传祖宗之血脉，固祖宗之根基，扬祖宗之家风，靠双手过出好日子，光宗耀祖。如此，吾九泉之下，可得安息。"说完，就一命归西，撒手人寰。

解放战争中，太行山区炮声隆隆，战火连连。老二杨元泰深感迷惑和无望，早把老爹的嘱咐抛到九霄云外，整日沉湎于吃喝嫖赌，挥霍无度，很快坐吃山空，折腾光老爹遗留的家产，家徒四壁，一穷二白了。而老大杨元开谨记老爹教诲，勤俭持家，冒着战火精耕细作，兴办贸易，以诚为本，童叟无欺，日子越过越红火。解放后，一穷二白的杨元泰被划为贫农成分，成了革命力量；杨金贵的老爷爷杨元开被划成地主成分，成了革命的对象。弟兄俩分道扬镳，成了两大营垒中水火不容的对手。真所谓时势无常啊！后来就是杨元开夫妻俩跳井的事了，不过当时人们去井里打捞一通，也没有捞到。之后，儿子杨连升把井填埋了。有人怀疑杨连升把二老的遗体藏在了传说中的地道里，可地道在哪里，人们把老宅搜了个遍，也没找到。有人猜测地道出口离镇妖塔不远，建议去那里寻找，来个倒查。话虽那么说，自打镇妖塔被日本鬼子炸掉后，那片废墟没人敢动过，谁也不敢贸然去动废墟上的一石一瓦。直到现在，杨元开两口子的老骨头到底藏在哪里，始终是个谜。后来，分到老宅后院的贫农日子富裕了，其中一户早已搬离老宅另建了新院，没有搬走的那户便扒掉老房盖起新房。地基挖得好深，却没发现地道和井。老宅确实诡异莫测。六十年代的时候，杨连升两口子喝老鼠药，双双归西了。家里剩下儿子杨大国和儿媳妇，还有孙子杨金贵。杨大国夫妻俩挨整，儿童时期的杨金贵为了保护父亲，被人打成了傻子。

十一届三中全会后，中国社会发生了翻天覆地的变化，不讲阶级成分了，杨大国大难不死，绝处逢生，终于看到了希望。可他残病在身，实在无力改变自己的命运，只好成天守着个痴呆儿子苦笑。他原本指望儿子杨金贵娶上个媳妇，传宗接代，让他的这支血脉重新兴旺起来，可谁家肯把闺女嫁给一个大傻瓜呀？他极度绝望，临终前拉着老伴的手感叹：老天爷不公平，要绝俺杨大国的后了啊！然后嘱咐老婆子把杨大中喊来，说两家要和好。堂兄弟俩抱头痛哭，老泪纵横。杨大国浑身颤栗，抽搐不止，一口气没上来，一命呜呼了。

讲到这里，辛老头不禁叹息说："富贵在天，生死有命。这就是杨大国的命！"

常安和窦、李唏嘘不已。

常安问他："杨大国死时，杨金枝和孙书记结婚了吗？"

辛从善想了想说："他俩结没结婚俺不记得了，反正孙书记已经和金枝好上了，俩人经常成双结对地出入老宅。传说杨大国临死前向女婿口授过啥秘密呢！"

"秘密？"常安估计辛从善说的可能是所谓的老宅密码，"哪方面的秘密呀？"

辛从善摇头说："不知道。我要知道就不是秘密了。"

窦建功感慨道："老宅确实有不少怪异之处。辛大爷经常跟乡亲们讲老宅幽灵，说杨金贵是被老宅幽灵所害。可闹鬼时，一男一女喊冤叫屈，明明说他们是被某个当官的所害。他们为啥不提老宅幽灵呢？"

辛从善摇头说："信仰不同，结论当然不同喽。"

"信仰不同？"窦建功问。

"嗯，是的。"辛老头一副高深莫测的样子，"古人说，道不同，不相为谋。这个没啥好解释的。"

窦建功还想追问什么，常安以手制止，他要辛从善继续往下说。辛从善两只手一摊，眨巴着绿豆小眼说："老宅故事俺说完了，查清杨金贵失踪真相，缉拿闹鬼者是警察的事儿。俺等着你们的好消息哩。"他说话阴阳怪气的，明显对警方持怀疑态度。

第七章

记者之死

1

在青川大礼堂签到处，孙书记见到了来报到的常安，关切地询问他解决老宅闹鬼问题有何进展。常安回答："暂时没有进展。"

孙书记提醒他："关键是要尽快把闹鬼者抓获归案，他手里肯定有证据。拿到证据，查明失踪真相就少走不少弯路。"

常安同意孙书记的意见。他说："我估计记者晓明可能知道闹鬼者是谁。"

孙书记明白他的意思，告诉他，晓明去胡河县调查采访扶贫经验去了。

"去胡河县？"常安失望地说，"晓明是名牌记者，像九大那么重要的会议，应该安排他驻会采访呀。"

孙书记告诉他，"报道好九大固然十分重要。在我国，从上到下，报道像九大这样的重要会议，有某种比较固定的模式，写好新闻稿并非难事，但总结好扶贫经验就不一样了，扶贫是前无古人的伟大事业。按中央要求，今年扶贫任务十分艰巨，是攻坚战。胡河县是全省最贫困的县，现已整体脱贫。因此，挖掘、总结好胡河经验，对推动全省乃至全国开展扶贫工作具有十分重要的指导意义。省委杜书记来胡河视察扶贫工作时，充分肯定胡河的做法和经验，希望在全省加以宣传推广，因此必须认真总结好。为此，市委决定，由宣传部王副部长带领一个写作组去胡河采访总结，晓明由我点将。总结这么重要的经验，优秀新闻写手不能缺席。九大闭幕后，市委打算在胡河召开一次扶贫现场观摩和经验交流会，邀请省市有关领导和专家到会指导，专题探讨总结推广胡河经验。所以，必须事先把功课做好。晓明是最合适的人选之一。"

常安点头表示认可，同时暗暗质疑：胡河是离青川最远的县，孙书记亲自点将派晓明去胡河，莫不是担心九大期间他捅啥娄子吧？几天来，常安的思绪始终在杨金贵失踪与孙书记有无关系之间游弋。

办完签到手续，常安来到青川广场，拿出手机，打给晓明。晓明在电话里连讽带刺地说了他一通。他没做任何解释，也没反驳，说："你那篇通讯一语中的，老宅闹鬼的根源的确在于杨金贵失踪真相不明。我决心彻查，很需要你的帮助和支持。我想，向你提供老宅闹鬼情况的人可能是杨金贵失踪案的知情者，希望你把他的身份告诉我，我打算去拜访他。"

晓明迟疑了半天，终于说："你去南山县人社局法制科找杨金宝吧，真相在他手里。"没等常安道谢，就挂机了。

在连续三年县政府机关党工委年终表彰先进工作者的通报上，常安都看到过杨金宝的名字。他来大杨庄后，知道杨金宝是杨大中的儿子，杨金枝的堂弟。晓明提到杨金宝，常安不禁诧异：杨金宝身为法制科长，知法懂法，如果他手里果真掌握着堂哥失踪真相，当年为啥不直接向警方举报，却要等到8年后向记者反映呢？"他在广场上踱着步，手机铃声响了，是孙书记打过来的。刚刚见过孙书记，他还有啥话要说吗？常安把手机贴到耳朵上，问声孙书记好。孙东胜说杨大姐请他回家吃晚饭。

即使是"鸿门宴"，他也没有理由拒绝，答应说："好，我一定去。"

2

常安如约而至。

杨金枝紧紧握住他的手，激动地说："常局可是稀客呀，至少半年没回家吃饭了吧？"

常安不无歉意地说："你跟孙书记搬到青川后，我的确来得少了。我成天瞎忙，半年多没来看望大姐了，实在抱歉。大姐身体还好吧？"

"我呀，身体还是那样。"杨金枝依然握住他的手不放。"听堂叔说你在老宅住了一宿，就不闹鬼了。神探真神呀！你在村民大会上公开承诺不查明俺哥失踪真相，就不撤出老宅。我举双手赞成，坚决支持。俺盼望早一天把俺哥找回来。"她说得热泪盈眶，用力摇着常安的手问他，"现在有线索了吗？"

常安说："不急。8年了，时过境迁，物是人非，查清真相需要时间。"

杨金枝泪眼蒙胧地朝他笑。"俺相信常局一定能够说到做到！"

常安表示："我们会努力的。"

孙书记提醒爱人："金枝呀，常安轻易不来，别站着说话呀。"他看看表，对常安说，"今晚要开预备会议。咱们直接去餐厅，边吃边聊，咋样？"

常安点头："可以。"他跟着孙书记步入餐厅，坐在餐桌旁，不禁问，"就咱仨呀？继海呢？"

孙东胜手一挥，"他呀，住在南山石化，个把月不回家吃顿饭。"然后又说，"为了开好九大，我每天忙得精疲力竭，简直不知今夕何夕。杨大姐想你，知道你是党代表，嘱咐我带你回家吃顿饭，跟她聊聊天。"他说着，顺手提过来一箱燕京牌啤酒，拿出两罐放到常安面前，自己面前也放两罐，很随意地说，"因为今晚开会，所以咱俩一人两罐，小酌一下。可以吧？"

常安把酒推开。"书记你喝，放松放松。我以水代酒陪你。"

孙书记笑着劝他："喝点儿嘛，啤酒不醉人。"他扫视着桌上的菜，"你杨大姐让厨师回去休息，亲手为你做了几道菜。来吧，喝点啤酒，尝尝你杨大姐的厨艺进步了没有？"

"品尝大姐的厨艺，就更不能喝酒了。"常安把啤酒罐一推，咯咯笑着说，"不然，味蕾叫酒一泡，再好的厨艺也品尝不出来。"

孙书记和杨金枝相视而笑。孙东胜说："好吧，我尊重你的选择。警察不喝酒，的确是个好习惯。"

常安见机会来了，感慨地说："原来枣林派出所老所长陈东来出于职业需要，从警几十年滴酒不沾。可是，他遭遇车祸身亡后，交警大队认定他是酒后驾驶摩托，要他承担事故责任的70%。虽然后经重新调查，事故责任由他跟卡车司机对半分，人们仍觉不公平，对那份责任认定书仍难以认可。"

"这我理解。"孙东胜举起啤酒罐，跟常安的水杯碰到一起，发出一声不和谐的撞击声。"希望你把那起车祸跟大舅哥失踪真相一并调查清楚，回应社会的关切。来，喝酒，祝你成功！"他一仰脖，喝光了一罐啤酒，然后举箸招呼常安夹菜。

孙书记夹起一块鸡肉，扔进嘴里咀嚼半天没有咽下。常安夹了几根蒜苔炒肉丝，慢慢咀嚼，看着孙书记的吃相发笑。孙书记把没嚼烂的鸡肉从嘴里拖出来，放到桌上，埋怨道："金枝呀，辣子鸡欠火候。"

杨金枝歉意地一笑："是吗？那就吃别的嘛。蒜苔炒肉丝、虾仁炒黄瓜、海米扒油菜……都是下酒好菜。"

孙东胜又喝了口酒说："老宅已经不闹鬼了，说明你工作很有成效，但是不能就此止步，必须把失踪真相和车祸真相统统调查清楚，不留一点儿后遗症，兑现对村民群众的承诺。你是县公安局长，你对村民群众的承诺，就是对党的承诺，绝对不可儿戏。"孙书记的话掷地有声。

常安认真地说："我决心已定，不兑现承诺就脱警服，脱了警服也绝不放弃。"

"好！"孙书记为他叫好，"这才是常安！"

杨金枝笑着赞赏说："常安从来没有办过让孙书记丢面子的事儿。"

杨大姐的这句话，让常安一时摸不着头脑。他夹起一片黄瓜，愣愣地看着她，半天没有放进嘴里。

杨金枝明白常安的心思，解释说："俺哥失踪后，孙书记一直背着黑锅呢。"

"背着黑锅？"常安不由一惊，"孙书记背啥黑锅呀？"

杨金枝把虾仁炒黄瓜推到常安跟前，"鸡不烂，吃这个，把虾仁都吃了，还有爆炒腰花，哪样可口吃哪样。"

常安眼睛盯着杨金枝，希望她给出答案。

杨金枝平静地说："当年警方没有查清俺哥失踪和陈东来的车祸真相，孙书记一时束手无策，就接受了刘光军局长的建议，放一放再说，于是有人怀疑这两件事可能与老孙有关，警方不敢查，搞官官相护。老孙偶尔听到些议论，但不好出面解释。如果那样做，势必越抹越黑。"

孙东胜抬手制止。"别说那些陈谷子烂芝麻的事儿了。这几年市委和省委组织部几次考察干部，有人反映过这个问题，但并没影响对我的信任和使用，所以我并没把它放在心上。现在老宅闹鬼，如果有人再翻腾那档子事，我希望你下决心把两个真相都查清楚，免得叫人说闲话。尽管没有直接影响我，我总不能把黑锅背到死吧？"

常安暗自揣摩孙书记的话：莫不是此地无银三百两？是危机感的一种心理反应，但孙书记说那话时，却是一副轻描淡写的神情。常安一时琢磨不透孙书记的真实心情，把筷子攥在手里，明确表示："人民警察说话一定算数，对村民群众的承诺一定兑现。"

"好。"孙东胜说完，一口气把一罐啤酒喝干，把空罐往桌子上一放，兴奋地说，"祝你成功！"

此时，餐厅的挂钟响了七下。

孙书记命令似的说："8点钟准时召开主席团会议，你是主席团成员，咱们抓紧吃饭。"他用筷子指着桌上的菜，"多吃菜，虾仁、排骨、鱼……你自己夹，喜欢吃啥夹啥。"

"好，我自己来。"他三下五除二，把一小碗米饭吃光，把碗轻轻放到桌子上。"好了，我吃饱了。"

孙东胜一推饭碗，看着表说："我也吃饱了，离开会还有半个钟头，咱们马上走。"

这时，杨金枝嘱咐常安，一定要把失踪真相查明，把凶手抓捕归案，送上法庭审判。

常安说："杨大姐放心，我一定调查清楚，给你和孙书记一个圆满的交代。"说完，他跟孙东胜一起出了门。

3

第二天上午十时，青川市九大胜利开幕。孙东胜代表市委作政治报告，主题鲜明，重点突出，符合青川实际，把今后五年乃至更长时间内青川市的政治、经济、文化和民生等方面的发展前景一一展现在代表们眼前，具有很强的前瞻性和时代感，深刻精辟，鼓舞人心，几次被雷鸣般的掌声打断。代表们个个精神振奋，欢欣鼓舞，有理由相信，在九大选出的新市委领导下，青川市今后五年发展的宏伟蓝图一定会变成现实。当晚，是代表们自由活动的时间，常安决定去拜访老书记李光，看望王阿姨。

他来到老书记家，李光右手拄着拐杖，左手牵着他，并排坐进客厅沙发里，大声招呼夫人王淑芬："老王，贵客来了。"

李光在南山县干了七年县委书记。县委班子换届时，他积极推荐孙东胜接任。他卸任后，在市政协副主席的位子上干了几年，去年因患脑出血住了半年院，命是保住了，思路也算清晰，语言障碍不是很明显，但左侧肢体运动受阻，走路离不开拐杖。常安登门拜访，老领导像见到久违的亲人一样高兴。

王淑芬来到客厅，笑盈盈地说："九大代表、公安局常局长光临，欢迎欢迎。"

常安迎上去，握住她的手，连声问好。

王淑芬摇着他的手，嗔怪道："你是局长，别喊阿姨，喊俺老王就中。"

李光和王淑芬的年龄比常安的父母大不少。常安恭敬地说："我当局长也是晚辈，应该喊您阿姨。"

王淑芬板着脸说："啥应该不应该呀，你是领导，我应该喊你常局长。"

"不用客气，王阿姨。我是晚辈，喊我常安就中。"

"那不中！"王淑芬认真地说，"无论啥时候，也得有个上下级之分嘛。你是领导，哪能喊名字呀？"

"喊名字亲切。"常安说，"而且这是在家里。"

王淑芬说："既然如此，今天我就喊你常安？"

"很好。"常安答应。

"领导干部说话都不能随便。在这方面，你们孙书记做得就不错。"他兴奋地笑着，示意老伴陪常安坐下。"我刚从广场上遛弯回来。哎哟，广场上人可不少，大家对九大的胜利召开无不欢欣鼓舞，尤其对孙东胜所作的政治报告，老百姓是赞不绝口呀。相信在新一届市委领导下，青川的明天一定会更加美好，老百姓的生活一定会上一个新台阶。"

"是那样。"常安朝他点头应和着。

李光不无自豪地说："当年你们孙书记慧眼识才，大胆提拔重用你，现在看来是提拔对了呀，孙书记见了我就夸你。这些年你干得着实不赖，你知道吗？当时在县委常委会上讨论东胜的提议时，委员们都很犹豫，不是认为你不中，而是觉得你太年轻，从警几年就当局长，下边那些老资格服气吗？担心叫你当局长，压不住啊！是东胜力排众议，坚持把你提拔到局长这个重要位置上来的。东胜调到市委后，仍然关心你，担心你有啥闪失。九大后东胜由副变正，你工作上遇到什么过不去的坎儿，就去找他，他有办法帮你爬坡过坎，渡过难关。"老书记的话里既有对常安的关心，更有对孙东胜的信任。

王淑芬原来是南山县人民医院妇产科主任，是小雪的领导。她关切地问常安："小雪好吗？你俩早该有宝宝了吧？"

常安腼腆地笑着说："快了。"

"快了？"王淑芬笑着问他，"小雪怀孕几个月了？"

"有8个月了吧。"

王淑芬埋怨道："都8个月了，你还到处跑，不在家好好伺候小雪？"

"岳父、岳母伺候她。"常安不无愧疚地说，"我实在抽不出身。"

王淑芬眼一横："你岳父岳母快80了吧？那么大岁数能照顾得了吗？女人生孩子是个大关口，千万不要有什么闪失。"她抓住常安的手不放，好像怕他跑了。

李光说："你岳父岳母当年都是优秀老师。过去我几次出席教师节活动，多次见过他俩，人们称他俩是老师队伍里的并蒂莲。喏，我跟'并蒂莲'的合影还在那里摆着呢。"他指着书橱说。

王淑芬走过去把相框拿过来交到常安手里。常安仔细端详着老书记跟岳父岳母的合影，都风度翩翩，光彩照人，比现在可要年轻多了，不禁问老书记："这张合影至少有十年了吧？"

李光说："正好十年，你还没来南山。你岳父岳母教学经验丰富，爱生如子，桃李满天下。他们教出的学生，县处以上官员不在少数，有的都升到了省部级。要我说，其中最优秀的还是孙东胜。在仕途上，今后他上升的空间很大。"李光说着，自豪感溢于言表。稍停了一会儿，他又扯九大："孙书记是第九届市委书记候选人，你是九大代表，拜托你一定替我投他一票。孙东胜当选市委书记实至名归，当之无愧呀！"

王淑芬插话："还有我的一票！"

常安点头："好的。"

李光感叹："我和老伴儿都是土生土长的南山县人。我从18岁参加革命，在太行山打鬼子，淮海战役打老蒋，然后一路南下，一直打到广西，最后返回南山，前前后后在南山革命了40年。退休后定居在青川，心仍在南山，故土难离呀！我热爱南山那片热土，无时无刻不牵挂着南山的一山一水、一草一木，牵挂着南山的父老乡亲。退休时市委组织部长跟我谈话，问我有什么要求。我有啥要求？琢磨了半天，只提了一条，就是希望回南山安度晚年。组织部长说：你的心情可以理解，但是……哈哈，我一听这个但是，立马明白了组织上不同意我回南山，便打断他：你别说但是，组织上如果有困难，全当我什么要求也没有，怎么安排，我怎么服从。"

常安不禁竖起大拇指点赞："老领导不给组织出难题，高风亮节。"

李光摇头说："谈不上高风亮节，作为一名老共产党员，原本就不应该给组织出难题嘛。要说，青川市干休所条件比县城好，一家一座小洋楼，上下二层，两百多平，楼前有小花园，依山傍水，环境优美，空气新鲜，是颐养天年的好住所。组织上把我安置在青川，养尊处优，是照顾我，我有啥不满意的呀？只是在感情上我觉得自己仍属于南山，要是在南山，天天可以跟父老乡亲见面，听见家乡的风声雨声和鸡鸣狗叫，就心里舒服。哈哈！"老书记眼里闪着泪光。

常安宽慰他："南山和青川一样，都日新月异，老百姓的日子越过越好。老领导关心南山，想念南山的父老乡亲，是人之常情。我觉得组织上把你安排在青川休息，主要是为你的健康着想。中国社会是人情社会，你和王阿姨都是土生土长的南山人。从南山走出来的干部，属你资格老、职务高。你如果回南山休息，你的亲戚朋友、老部下老同事，以及亲朋好友的亲朋好友，老部下老同事的老部下老同事，每天前来探望拜访，络绎不绝，求你帮忙办事的肯定不在少数，你能招架得过来吗？如果老领导整天忙于迎来送往，势必弄得精疲力竭，对健康极为不利。我觉得组织上从这方面考虑不同意你回南山休养，是有道理的。南山离青川不远，你想南山了，随时可以回去看看，我负责派车接送招待你，可以吗？老领导！"

"那敢情好。"李光用拐杖点点地板，不无失落地说，"我离开南山5年，只回去过一次，怕给县委领导添乱，打扰他们工作呀。嘿嘿，看我现在这个样子，想回去也难喽。"

常安说："老领导哪天回南山，给我打电话，我来接你。"

"谢谢。"

李光历数着南山县和青川市几年来的巨变，感慨道："市九大将选出以孙东胜为书记的新一届市委领导班子，他施展拳脚的黄金时代到来喽。我相信，今后5年，青川市的现代化建设将是百尺竿头，更上一层楼。"常安想说什么，没等张嘴，李光接着说，"俗话说，好花还得绿叶扶。孙东胜再能，一个人的力量毕竟有限。新市委的总体部署和设计，需要分解到各行各业去落实。你呢，作为一个县的公安局长，必须紧紧围绕市委的总体工作部署开展，全力抓好落实，以实际行动报答孙书记对你的培养和信任，任何时候都不能做出对不起孙书记的事情！"李光的话听起来很有原则，常安却感到好像有所指，一时又弄不清到底指什么，有点丈二和尚摸不着头脑。

王淑芬说："老李呀，你现在不是领导了，还跟在位似的，嘱咐这嘱咐那的，磨叨不磨叨呵。"

王淑芬的话给了常安机会。他说："王阿姨，这是老领导对我的关心和爱护，对现代化建设的关心和期待。这样提醒我很重要，不是磨叨。"

李光突然问："常安，南山县大杨庄老宅闹鬼是咋回事？这世上哪有鬼呀？我看是有人故意捣鬼吧？老宅是孙东胜岳父家的旧宅子，在市九大召开前夕，捣乱者跑到老宅闹鬼，大骂当官的，明摆着是针对孙书记。"

消息传得真广呀，重病在身，足不出户的老书记都知道了，常安内心不由生出一种紧迫感。

王淑芬愤然插话说："俺当医生的从不信鬼神。人死如灯灭，灯火灭了，只剩下一把骨灰。哪有鬼魂呀？"

李光说："大杨庄如果真像记者写的那样，你公安局长可要好好查查，绝不能无动于衷，让大杨庄继续乱下去。我看，捣鬼者的动机不纯，晓明写这篇文章的动机也有问题。"

常安说："世上没有鬼神，不容置疑。我已入驻老宅，虽然尚未查明闹鬼者是谁，但基本弄明白了闹鬼的目的和动机就是提醒警方，8年前老宅曾发生过一起命案，而这起命案与杨金贵失踪有关。"

"不会那么简单吧？"李光眉头皱起，"在九大开幕前夕跑到老宅闹鬼，矛头分明就是对着孙书记来的。他妄图通过制造舆论，混淆视听，把孙书记挡在新一届市委领导班子门外。"

常安早已想到了这一层，问老书记："老书记的意思是说，闹鬼者以为杨金贵失踪跟孙书记有关，是这样吗？"

李光没有正面回答他，却反问道："警方不是正在调查吗？你认为孙东胜跟杨金贵失踪有没有关系？"

常安机械地笑着说："老宅闹鬼，拿8年前杨金贵失踪说事。我对那桩失踪案的来龙去脉并不是很清楚。"

李光理解常安的心情。他叹息着讲述了当年杨金贵失踪的有关情况后，感慨道："杨金贵是你们孙书记的大舅哥，严重智障。按说，他失踪没啥大惊小怪的，可他是县政法委书记的亲戚呀，枣林派出所当然不敢怠慢，全力以赴四处搜寻查找，最终没有找到。当时恰巧遇上全县警力大调整，这是南山县公安战线的大事。县委要求每个公安干警必须服从大局，接受调整，谁也不能搞特殊。参与失踪案调查的老所长景风光快60岁了，在基层干了一辈子，任劳任怨。县委应该照顾一下嘛，就任命他为县保安公司总经理，副局级单位，享受正局级待遇，这是好事呀。可到职不久，他就中风了，虽然抢救过来了，但跟植物人差不多，整个人都废了，而接任他出任所长的陈东来则遭遇车祸身亡。那么多巧事碰到一块儿了，于是乎某些闲得无聊的人就瞎琢磨，甚至散布流言蜚语，话里话外影射孙东胜。"老书记越说越激动，用拐杖杵着地板，"这不是胡扯吗？哼，有人总希望天下大乱哪，好像天下大乱对他有啥好处似的。孙东胜如实向县委和县纪委报告了大舅哥失踪的问题，希望有关部门查清真相，帮他找回大舅哥。省市两级组织部门几次考核干部时，孙书记都如实报告过他大舅哥失踪的问题，考察组认真地调查过此事，最终拿不出一点儿证据证明杨金贵失踪可能跟孙东胜有关，因此并没影响对孙东胜的提拔和使用。你们孙书记始终觉得大舅哥失踪得不明不白是个问题，默默承受着别人的误会。他离开南山去青川任职前，据说跟新任县委书记着重谈过此事，说一旦有线索，希望查清杨金贵失踪真相，给他和金枝及关心这件事的人们一个交代，他不希望背着这个黑锅过一辈子。遗憾的是，到现在也没有一个明确的说法。你们孙书记一向对党忠诚，襟怀坦白，他没有任何动机伤害自己的大舅哥。这里有个令人不解的关键问题是，陈东来遭遇车祸身亡后，警方搜集的那些重要证据不翼而飞了。有人由此产生怀疑可以理解，对此我也有怀疑，觉得有人做了手脚；但怀疑不是证据，不能根据某些怀疑作有罪推定，影响他的进步。老宅闹鬼和记者晓明的文章又拿8年前的失踪案说事，孙东胜在电话里跟我诉苦，说实在不愿再背那个黑锅。我理解孙书记的苦衷，希望你彻查失踪案和车祸真相，下大力廓清大杨庄的混乱局面，把平安和谐还给村民，把犯罪嫌疑人绳之以法。闹鬼者就是颗老鼠屎，可别让它把青川的大好局面给污染了。"老书记说得嘴角泛起白沫，脸上青筋暴起，越说越激动。"你们孙书记的为人谁不知道，他不但深爱着他的妻子，还爱屋及乌，对大舅哥比自己的亲兄弟还亲。说他害他，谁信啊？"他放下拐杖，拍着常安的手臂，语重心长地叮嘱他："你是公安局长，是人民警察，政治上一定要敏感，不忘初心，不辱使命。"

常安觉得老书记说得在理，内心深处对孙东胜的疑虑消去了大半。要孙东胜自证清白，并不现实，必须用杨金贵失踪和陈东来遭遇车祸身亡的真相来证明孙东胜是清白无辜的，这个责任他必须责无旁贷地扛起来。他明确地对老领导表示：

"我已经对大杨庄父老乡亲作出郑重承诺，不查清杨金贵失踪真相，我常安就把警服脱在大杨庄。"

李光为他喝彩，"后生可畏，我相信你一定说到做到。"

常安看着老书记，有点困惑地说："时隔 8 年，没有证据，重新彻查，并非易事。我想，闹鬼者也许是杨金贵失踪的知情人，找到他，就找到了破解失踪之谜的钥匙。"

李光质疑道："如果闹鬼的目的是要揭露杨金贵失踪真相，那么，闹鬼者当时为啥不直接向公安举报，何苦要等到 8 年以后跑到老宅装神弄鬼吓唬老百姓呢？大杨庄村民群众可被他害苦了！"他微低着头，双手扶住拐杖，目光沿着拐杖上下游弋，似乎答案就在拐杖上，但手杖无言。

客厅的落地钟响了 10 下。

常安来看望老书记，目的之一就是听听老领导对杨金贵失踪问题的看法。没想到，常安尚未开口，老领导倒主动说起，观点明确，以为那桩失踪案跟孙东胜毫无关系。老书记信任自己的接班人，可以理解，但时移事易，物是人非，人是不断变化的，孙书记会不会变坏呢？

常安看着落地钟，说："老书记，王阿姨，你们该休息了。祝你们健康长寿！"便起身告辞。

李光拉住他的手，再次嘱咐："记住，一定要替我和王阿姨投孙东胜一票。"

常安点头说："记住了，老书记。"

4

青川市党的九大胜利闭幕，孙东胜当选为第九届青川市委书记。

常安来到青川广场上，给窦建功打电话，要他跟李光荣开车来青川，一块去胡河县拜访《青川日报》记者晓明。

他打完电话，就传来一个噩耗：晓明死了。

常安顿感惊讶，他对晓明略知一二：三十岁刚满的小伙子，新闻专业硕士研究生毕业，阳光豁达，性格开朗，入职 4 年来，采写了上百篇重大新闻稿件，多篇被评为省市优秀稿件，连续两年被评为青川市新闻战线标兵，是《青川日报》

新闻部的台柱子，咋突然死了呢？他去报社求证，得到的答复是：晓明的确死了，死在胡河县。他进而问是怎么死的，报社人员三缄其口，噤若寒蝉，均以"不知道""无可奉告"作答，清一色的官腔。常安更加怀疑，决定前往胡河探个究竟。

常安在广场上游荡着，不由得想起陈东来的死，担心晓明可能也是被害死的，进而联想到孙书记，一种恐惧感再次袭上心头，不寒而栗。

窦建功把警车停在青川宾馆门前，给常安打了个电话。常安小跑几步，钻进后排，命令说："去胡河！"

坐在副驾驶位上的李光荣从后视镜里发现常安神情抑郁，心事重重，谨慎地说："祝贺九大胜利闭幕。"

常安表情木然地说："哦，胜利闭幕。"

窦建功也察觉常安不悦，对着后视镜问："你见到晓明了吗？"

常安拍打着前座后背，悲痛而又气恼地说："晓明死了，死在胡河。"

窦、李大吃一惊，异口同声地问："死在胡河？他没采访报道九大呀？"

常安冲着后视镜咆哮："有人逼他去胡河送死。"

窦、李倍感震惊。

常安表情严肃凝重，惶恐不安。经与老书记李光交谈，他基本排除了杨金贵失踪可能与孙书记有关的嫌疑，而晓明的死讯将刚被排除掉的忧虑重新拉了回来。他目光冷峻，盯着后视镜里两位战友惊愕的面孔，讲述着自己的推测：晓明是报社新闻部的台柱子，驻会采访九大是当然的人选，孙书记却钦点他去离青川市最远的胡河县采访调查扶贫经验。采访调查组由市委宣传部王副部长带队，九大刚闭幕就传来年轻记者晓明的死讯。是命运跟我们开玩笑，还是有人为了阻止我们跟这位记者见面故意制造了一出人间悲剧呀？

李光荣听明白了常安的忧虑所在，惊诧地说："晓明莫不是第二个陈东来吧？"

常安不置可否，感叹说："也许我考虑不周，操之过急，过早地泄露了要见晓明的打算，结果酿成了悲剧。看来，策划杨金贵失踪和将陈东来置于死地的人已经感到末日来临，正在做垂死的挣扎。我们绝不能放过他！"

窦建功按响喇叭，表示赞成。

李光荣问："九大期间常局要见记者晓明，你都跟谁讲过呀？"

"会务组。"常安不耐烦地回答，"还有孙书记。"

"哦——"李、窦异口同声地感叹着，表达了自己的惊讶。

常安说："我向九大会务组报到后，给晓明打电话说要去拜访他，他拒绝了，让我去南山县人社局找杨金宝，说杨金贵失踪真相握在他手里。"

窦建功惊得目瞪口呆。对于杨金宝，窦建功比较了解，杨金枝是他堂姐。人们认为，杨金宝能够成为县人社局一名公务员，并顺利当上科长，都是堂姐夫的功劳。按理说，杨金宝应该感谢堂姐夫，怎么会用闹鬼这种匪夷所思的方式影射堂姐夫呢？他手里究竟掌握着什么重要证据，又是出于什么动机呢？窦建功大惑不解。

常安扶着副驾驶椅背，沮丧地哀叹："我原本打算去胡河拜访晓明，了解与杨金贵失踪有关的证据，没想到他竟死在胡河。我们这次竟成了告别之行，太遗憾了。"

窦建功将警车停在胡河县扶贫办门前。

青川市公安局刑警大队长刘超正在扶贫办跟县公安局和扶贫办有关人员研究案情，见常安来到，颇觉意外。他把常安一行领到隔壁，常安说明来意。刘超告诉他，晓明的遗体是在一座小型水库里发现的。经调查，晓明昨天傍晚调研回来，一人骑自行车行走在水库大坝，突遭袭击，颅脑受伤，跌落水库淹亡。经法医勘验鉴定，属于他杀。当时天色已晚，朦朦胧胧下着小雨。凶手穿着雨衣，骑摩托车从后边追上晓明，手持一棒状物品朝他头上猛击，晓明随即跌落水库。大坝行人稀少，没有目击证人。监控离得太远，摄像质量太差，凶手体貌特征和衣着无法辨认。两名水库安全巡查员骑电动车沿大坝巡查，发现有人淹亡，随即报警。监控显示，这时离晓明遇袭落水已过了45分钟。目前，警方尚未确定凶手身份，其作案动机无从谈起。

常安很感失望。他谨慎地向刘超讲述了晓明投给《社情动态》的文章被撤销一事，强调仅供参考，需要严格保密。刘超感到惊讶，感谢常安提供的重要信息，说一旦查明凶手身份和作案动机，第一时间通报常局长。他说，已在第一时间向孙书记报告了晓明的死讯。孙书记明确指示，警方要全力以赴抓紧破案，把杀人凶手绳之以法。

常安和窦、李谢过，离开胡河，由李光荣驾驶警车向南山驶去。

5

一路上，常安对两位战友简要通报了孙东胜请他回家吃饭和老书记李光对孙东胜的评价，感觉杨金贵失踪与孙东胜无关，然后痛苦地说："可是，把撤销晓明的稿子、九大开幕之际孙书记派他去胡河采访与他被害联系起来，实在不能排除孙书记的嫌疑；但杨金贵失踪的那天夜里，孙书记正在千里之外的省委党校学习。晓明遇害时，孙书记正在主持召开九大。这是孙书记不在场的证明。"

李光荣质疑："可以雇凶杀人，不用亲自出面；但说孙书记与这两件事有关，都是猜测，没有证据。关键是要找到证据。"

"我们找晓明的目的，就是找证据。"常安对着后视镜说。

窦建功说："我建议回南山后，第一时间就去拜访杨金宝。"

常安正是这样想的。他努力把思绪拉回来，问窦、李这几天调查可有什么新线索。李光荣说有，其中有价值的有两条，但仍然没有证据。常安要他俩说说看。

李光荣汇报说：一条是据村民反映，闹鬼者骂的当官的除了孙东胜，也可能是他儿子孙继海和去老宅探望杨金贵的那些小官。

常安不屑地说："小官们不大可能。从杨金贵失踪，到策划那场车祸，盗走证据，再到晓明被害，一环扣一环，肯定有个相当高明的操盘手在操控和指使，手都伸到我们公安内部至少是交警内部来了，那些小官没有本事也没有胆量做这些。至于孙继海，倒是不能排除，在南山石化上下，都称他公子。他可能觉得有个当官的爸罩着，胆子大得很，有恃无恐嘛。第二条呢？"

"第二条是有人猜测杨金贵可能被他儿子接走了。"

"他儿子？"常安惊愕地问，"杨金贵终身未娶，哪里来的儿子？"

"杨金贵曾经跟一个寡妇好过。"李光荣说，"那个寡妇给他生过一个儿子，论年龄，大概有三十多岁了吧。"

常安觉得这倒不是不可能，迫不及待地说："讲，从头讲起，讲详细点儿。"

李光荣要窦建功讲，说他掌握的情况比较细。窦建功停车，跟李光荣对换了位置。窦建功讲道——

三十五六年前，大杨庄有个村民叫曹根生，他媳妇叫宋杏花，两个人育有一子叫曹太平。曹太平6岁时，曹根生突患重病不治身亡。曹根生是独苗，他死了，年迈的爹娘体弱多病，一家老小三代四口的生活重担全部落在28岁的宋杏花身上。当时公社还在，在生产队干好干坏干多干少一个样。宋杏花天天出工，混的工分刚够一家人吃饭。后来，公社解体，土地分田到户成了责任田，粮食打多打少成了自己的事，宋杏花再像过去那样糊弄，一家人就得喝西北风。宋杏花全家分了5亩多地，她累死累活、披星戴月地干，收成还是比人家少了一大截儿。女人种地，咋干也比不上男人。改革开放后，政策活了，男劳力除了种地还喂猪养羊，种果树种蘑菇，走南闯北摆摊做生意，经济收入比在生产队活泛多了。可宋杏花呢？她没啥一技之长，一家老少四口吃喝花销就靠地里打的那点儿粮食粒子，咋也玩不转呀。宋杏花盼望有个男人帮帮她，寡妇门前是非多，封闭在太行山深处的大杨庄村民，旧观念浓厚，哪个男人也不肯主动帮她，免得乡亲们嚼舌头。年轻的宋杏花，身段匀称，脸蛋漂亮，能说会道，走起路来屁股一扭一扭，身材火辣，吸引了不少汉子的眼球。男人贪婪的目光让宋杏花开了窍，她要把自己的身体当作资源。于是，在年轻力壮的男人面前，她故意抛媚眼，主动跟人家打招呼，恰到好处地开几句荤玩笑，直把男人撩得神魂颠倒，有那胆大的终于跟她做成好事。然而，这些男人都猴精猴精的，他们信誓旦旦，承诺帮她干这干那。可是，享受了她的身体后，没一个兑现承诺的。宋杏花哑巴吃黄连，有苦说不出，直骂：这些臭男人，没有一个好东西！宋杏花的丑闻很快传到公公婆婆的耳朵里，老两口指桑骂槐地数落她。宋杏花拒不承认，反而狡辩说公公婆婆胳膊肘儿朝外拐，偏听偏信欺负她，丑化自家人，扬言要带太平嫁人。

自打儿子死后，老两口最担心的就是儿媳带着孙子嫁人，那样老曹家就绝户了。为了拢住宋杏花，老两口忍气吞声迁就她，面对风言风语，装聋作哑。宋杏花吃过几个男人的亏以后，渐渐变得聪明起来，哪个男人想要她的身子，必须先付出代价，帮她干活，给点钱物。不然，就休想闻到一点儿腥。男人们小算盘打得啪啪作响，都想做无本生意。为图一时快乐，付出成本甚至身败名裂的赔本买卖，谁都不屑去做。无奈，宋杏花开始打杨金贵的主意。

杨金贵的责任田和宋杏花的责任田地挨地，杨金贵经常跟着他娘下地干活。他手脚笨拙，但有一身傻力气和一副热心肠，帮人干活肯卖力气，从不讲价钱，不要报酬。细活干不好，许多粗活，像刨地、拔草、打药、收割、运粮送肥这些都能干。金贵的娘也是个热心肠，自己的活干完了，见宋杏花那边的活还没干完，就嘱咐儿子："天色还早，帮你根生婶干完再回家。"论辈分，杨金贵喊宋杏花婶子。杨金贵乐呵呵地应着，隔三差五地帮宋杏花一起干地里的活。

那年夏收，宋杏花的麦子还没收割，突然，黑云从天边涌上来，电闪雷鸣，大雨眼看要过来了，宋杏花急得团团转。杨金贵的麦子收割完了，他娘要他去帮婶子割麦子。年轻力壮的杨金贵，把布衫一脱，腰一哈，笨拙地挥舞着镰刀，一会儿割倒一大片。宋杏花看他浑身肌肉油光发亮，显现着男子汉的健硕和强壮，不由得暗叹：作为女人，能跟这样强壮的男人相拥，也是福分。

不知不觉间，麦子割完了。大风把黑云吹得不见踪影，半个太阳托在山顶上，余辉把大地照得一片橘黄。宋杏花汗流浃背，撩起衣襟擦拭脸上的汗水，白花花的皮肤露出来，在夕阳的辉映下，鲜亮诱人。傻金贵第一次近距离看女人的身子，两眼愣愣地盯着，嘿嘿傻笑。宋杏花见他笑得那么开心，故意撩起衣襟扇凉，金贵一下子抱住宋杏花。宋杏花并不躲闪，她的举动瞬间激活了杨金贵沉睡了多年的荷尔蒙，他热血偾张，顺势把她放到麦堆上。一对男女，天作帐，地当床，烈火干柴在天地间恣意燃烧。太阳羞得躲在群峰后面，西边天际烧成殷红一片。此后，宋杏花动辄叫杨金贵帮她干地里的活。金贵娘虽有察觉，但可怜儿子，便睁一只眼闭一只眼，由着他。半年之后，宋杏花怀孕了。

在太行山区农村，寡妇不守妇道，怀上野种，有辱门风，是奇耻大辱。公公婆婆眼看儿媳的肚子一天一天隆起，要将其扫地出门。可是，撵走宋杏花，孙子也留不下。老两口便天天让她干重活，诸如往地里挑肥，搬石头垒地堰，抱着磨棍推磨推碾……想把她肚里的娃弄掉。宋杏花毫不含糊，叫干啥干啥，折腾来折腾去，肚里的孩子不但没有掉下来，反而长得飞快。老两口见来硬的不中，就来软的，觍着脸好言好语劝她："媳妇呀，去医院把肚里的野种打掉吧。杨金贵是个大傻瓜，你跟他生的娃照样是个大傻瓜。傻金贵他娘带着个傻儿子，吃苦受累，一辈子没享福，这你都看见了。你可不能那样呀？"宋杏花反唇相讥："吃苦受累俺愿意。杨金贵小时候聪明伶俐，人见人爱，后来是被坏人打傻了。这个你俩应该比俺明白。"几句话把老两口噎得翻白眼。当年殴打杨金贵，公爹是最积极的一个。老两口被儿媳揭了短，羞愧难当，老泪纵横，叹息道："报应啊！"

眼看杏花要坐月子了，老两口不允许她把野种生在家里。婆婆厚着脸皮去求杨金贵的娘："金贵跟俺家杏花好上了，现在不是新社会吗？她和金贵两厢情愿，俺不说啥。这不，杏花眼看就要生了，俺寻思着该把杏花接过来，把你的孙子生在老宅。是这个理儿吧，金贵娘？"

金贵娘巴不得有个孙子呢，满口答应下来。宋杏花的婆婆把她送到老宅，第五天就生了个白胖小子，那小模样长得跟小时候的杨金贵一模一样。金贵娘喜不自胜，按老杨家的辈分，给孙子起了个名字叫杨太安。满月后，按约定，金贵娘要把宋杏花送回曹家，把孙子留在老宅。儿子是娘身上掉下来的肉，宋杏花哪里舍得？她要带儿子一块回曹家。金贵娘说："你公公婆婆不认这个孙子。"宋杏花说："俺的儿子俺认，老东西不认拉倒。"她抱着儿子太安大摇大摆地回到了曹家。公公婆婆嫌弃的话一句不敢说，忍气吞声接纳了刚刚满月的野种，改名叫曹太安。

常安听了，不由生疑。"建功，这是真的吗？咋听着像你编造的故事呢。"

窦建功笑笑说："都是真的。老乡们聊起来，比我说的要生动，就跟亲眼所见一样。"

警车平稳地行驶在高速路上，两边盛夏的景色一掠而过。

"以后呢？"常安对着后视镜问。

窦建功说：小太安就像春天刚出土的嫩芽，在阳光雨露滋润下蹭蹭地长，越长越像小时候的杨金贵。四方大脸，五官端正，两只水汪汪的大眼睛，忽闪忽闪，炯炯有神，小嘴说出话来乖巧喜人，连走路的姿势都像杨金贵。金贵娘见了乐得合不拢嘴，老远就呵呵笑着，哈腰张开双臂喊他："太安——叫奶奶抱！"小太安甜甜地叫着"奶奶"扑进她的怀里。金贵娘就像喝了蜜糖，紧紧搂着小太安，在他脸上亲不够。小太安特别喜欢杨金贵，见了他就让他抱。傻金贵嘴里淌着哈喇子说："太安乖，喊亲爹！"小太安伸出小手擦着他下巴上的哈喇子，甜甜地喊："亲爹。"杨金贵答应："哎——乖儿子……再……再叫一个！"小太安又叫一声："爹。"像布谷的叫声，清脆响亮。杨金贵大声答应着："哎——"村民们窃笑说："看这爷儿俩，毕竟是一家人哪！"

曹太安从小学开始，年年都是班上的学习尖子。同时，风言风语也越来越多地灌进他的耳朵里。小伙伴凑到一起玩，时不时地讥笑他是野种。他渐渐懂得野种的含义，感到尊严受辱，回家问他娘是咋回事。宋杏花哄他："太安听话，别喊那个傻瓜爹。"小太安争辩说："傻金贵是俺亲爹，那个奶奶是俺亲奶奶。"宋杏花啪地一巴掌打在小太安脸上，训斥他："记住，你爹叫曹根生，你叫曹太安，你不姓杨，姓曹，傻金贵不是你爹。"小太安第一次挨娘的打，哪里受得了，哇哇哭着跑进老宅，对傻爹和奶奶诉说冤屈。金贵娘一听急了，俺的孙子岂容你宋杏花随便打骂？她风风火火跑到曹家找宋杏花评理，斥责她："今后再敢动俺孙子一根指头，俺就撕烂你。"宋杏花哑巴吃黄连，关上房门呜呜地哭。

在大杨庄，傻金贵最没有地位和尊严，任人欺侮，任人捉弄，任人使唤，是大伙的开心果。谁伤心了郁闷了劳累了就逗他耍他，用廉价的快乐取代心中的不快。尽管这样的快乐短暂且不道德，村民却从中获得了心灵上的慰藉和解脱，乐此不疲。杨金贵只是乐呵呵地傻笑，从不厌烦和拒绝，似乎被人捉弄是一种莫大的享受。小太安却看不下去，一边张开双臂护住杨金贵，一边吼叫着阻止大伙："不准欺负俺爹！"大人们不好说啥，娃儿们却哄堂大笑："噢——噢——太安的爹，是个大傻瓜！"

小太安从人们鄙视的眼神和讥笑中，感受到极大的歧视、侮辱和伤害。他把这些都归罪于他娘，回家骂他娘不要脸。宋杏花岂容儿子斥骂，再次打了他一巴掌，呵斥道："以后再胡说八道，娘就撕烂你的嘴。"小太安委屈地号啕大哭，跺着脚争辩："娘才胡说八道哩。曹根生死了好多年，俺不是他儿子，他不是俺爹。俺爹是杨金贵。"

宋杏花被儿子堵得张口结舌，无地自容，泪水像决了堤的河水滂沱而下，边哭边号："俺命好苦呀，根生呵根生，叫俺跟你去吧，呜呜呜……"小太安没有劝慰他娘，反而变本加厉地指责他娘，有时还动手打她。曹太安从小学到初中，学习优秀，却找不到快乐和幸福，整日在同学们的白眼和讥笑声里煎熬。他曾暗下决心，努力学习，念完高中上大学，远走高飞，离开娘，离开让他伤心的大杨庄。"

面对儿子没完没了的羞辱和打骂，宋杏花终于忍受不了，把绳子往梁上一搭，结束了自己的生命。16岁的曹太安傻了眼，既怕哥哥揍他，更怕公安抓他，连夜逃离了家乡。据说，临走时去老宅看过杨金贵，跪在他面前说："爹，你儿子要去外边闯荡世界，等挣了钱以后，俺一定回来接你去过城里人的幸福生活。"

至今二十来年了，曹太安再没回过大杨庄。他到底去了哪里？干什么？无人知晓。杨金贵失踪后，有人猜测，他可能被他儿子悄悄接走了。

常安沉思一会儿，说："这个猜测有道理。"接着又否定说，"老宅闹鬼时，那对男女明明哭诉说被某个当官的杀害了。这两种说法明显矛盾，二者相较，我相信闹鬼者传达的信息可信度更大。"

李光荣驾驶着警车，颇感困惑地说："失踪案扑朔迷离，错综复杂，老百姓众说纷纭。看来，抓紧找到闹鬼者，才有可能找到失踪案的突破口。"

前方的标识牌提示，离南山县城还有 15 千米。常安嘱咐李光荣："车到南山后，直接去人社局找杨金宝。"

"好的。"李光荣回答后，窦建功的手机响了，是宋立文打来的，他说在老宅院里捡到一封信，是写给常局长的。

"寄信人是谁？信是从哪里寄出的？"窦建功问。

宋立文回答："信封上写的寄信地址是阴曹地府阎王殿，没有寄信人名字，没贴邮票，没盖邮戳，应该是写信人直接送过来的。"

窦建功惊讶得张大嘴巴，回身向常局汇报。常局愕然，"告诉立文，信不要拆，我马上回去处理。"

常安命令李光荣，暂不去人社局，直接回大杨庄。

第八章　🔪　阎王来信

1

常安回到老宅，宋立文把"阎王来信"交给他，说是上厕所时无意间在旁边的草丛里发现的，捡起来一看是阴曹地府阎王殿的来信，感觉很不一般，接着电话报告了窦所长。

常安接过阎王来信，沉甸甸的，捏捏，硬邦邦的，信封里像装着铁片、石片之类。翻来覆去地看，信封很普通，邮局、文具店和地摊均有销售，没贴邮票，没盖邮戳。收信人地址一栏空着，收信人一栏写着：

常安局長親啟

寄信人一栏写着：

陰曹地府閻王殿

下面没填写邮政编码。

字是用钢笔写的，黑蓝色，繁体字，比较规整，没有刻意模仿伪装。从笔顺上看，应该是成年人写的。

常安困惑地摇摇头。他判断，信是直接扔到院里来的，写信人可能就是大杨庄村民。常安不禁一笑："是何方神仙呀？搬出那么些繁体字，装哪门子老秀才？"

他用剪刀剪开信封，戴上手套，掏出里面的东西一看，一张普通的红色方格稿纸包着一片极薄的石片。石片一面刻着一行字，下面刻画了一个大大的双层圆圈：

楊金貴宋杏花為官家所害屍體埋在老宅裏

◎

落款是"閻王爺"。

另一面啥也没写没画。

常安大惑不解，反复琢磨，渐渐明白：阎王爷把表达的内容刻画在石头上，分明是"石话石说"——信上那句话是大实话；那个双层大圆圈不是句号，应该是辛从善所说的那口井，或者地窖、地道入口之类；落款"阎王爷"当然是写信人故弄玄虚。根据阎王爷来信披露的信息，的确有一男一女在老宅被当官的杀害，男的是杨金贵，女的是宋杏花，两具遗体就在那口井里，或者地窖、地道里。

常安非常惊讶：这个宋杏花应该不是杨金贵以前那个寡妇吧，名字怎么是一样的？很早之前不就上吊了吗？他有些糊涂，然后瞅着石片上的双层大圆圈，不由得想起孙书记的岳父临终前说的老宅密码：石片上的圆圈跟老宅密码是一回事吗？让他甚感诡异的还是这个阎王爷，如果他是老宅凶杀案的知情人，那么他为什么不直接向警方举报，却费尽心机，非要写封阎王来信向警方传递信息呢？他反复观察石片上的字，是用尖锐工具刻画的，应繁尽繁，虽然不甚工整，却也规范有力，绝非小孩或者文化程度低微的普通村民所为。他又想起晓明的电话，难道阎王爷和闹鬼者是同一个人，就是杨金宝？他苦思冥想，想得脑仁发痛。他把石片连同信封轻轻放在桌子上，嘱咐大家："都看看吧，阎王爷给我们出了道哑谜。"

窦、李和高、宋将目光齐刷刷地聚焦在阎王来信上，轮流拿起石片看了正面看反面，无不一头雾水。高大友骂道："唯恐天下不乱，假扮阎王爷，搞这种恶作剧，纯粹是添乱。"

常安不悦。他说："这不是恶作剧，也不是添乱，是给我们提供重要证据！"

李光荣赞成常局的意见："阎王爷提供的信息非常重要，是给我们指路。"

高大友说："看这些繁体字，我觉着阎王来信是辛从善写的。"

常安问他："证据呢？"

高大友理直气壮地说："现在会写繁体字的，除了辛从善，大杨庄挑不出第二个。他家门口贴的春联是他自己写的，都是繁体字。"

常安见过那副春联："天增日月人增壽，春满乾坤福满樓。"上下联 14 个字中有 3 个是繁体字。他说："春联是用毛笔写的，跟阎王来信信封上的钢笔字和刻画在石片上的字没有可比性。"

高大友说："辛从善过去当过生产队会计，账册都是用钢笔写的。"

窦建功说："生产队解散三四十年了，辛从善写的老账册还在吗？"

高大友说："生产队解散后，按规定，老账册不能销毁。我估计可能在现任会计刘树仁手里。"

常安叫他去找刘树仁，把旧账册一块带来。

趁这个空档，常安去厕所旁察看发现阎王来信的地方。那里离墙不远，应该是从墙外扔进来的，信封里装着石片，从外边扔过墙头很容易。

不一会儿，高大友跟刘树仁分别提着一捆旧账册来到老宅。

2

常安示意把账册放到方桌上,直截了当地问刘树仁:"大杨庄谁会写繁体字?"

刘树仁一时丈二和尚摸不着头脑,琢磨着回答:"现在会写繁体字的人不多。在大杨庄,除了杨大中、辛从善两位老先生和大学中文系毕业的杨金枝会写繁体字外,平时经常写繁体字的就属杨金宝!"

杨金宝?难道阎王来信是杨金宝写的?

常安激动又兴奋,问刘树仁:"你跟杨金宝熟吗?"

刘树仁眼睛一亮,说:"熟呀,俺俩是发小。现在,金宝是县人社局法制科科长,我们俩是最好的朋友。"

常安点头。"当法制科长并不需要写繁体字呀。"

刘树仁说:"他的业余爱好是书法。练书法,都写繁体字。他说,写繁体字是书法艺术的内在要求。"

"他练的是毛笔书法还是硬笔书法?"

"都练,而且写得都不错。"刘树仁颇为骄傲地说,"金宝回家看望父母,有时带回书法作品让我指正。论书法我是大外行,哪有资格指正呀?"

常安看着他,犀利的目光像黑暗中的一束强光,照见了苦苦寻找的目标,喜出望外地把阎王来信的信封递给他,"刘会计,你看这字是不是杨金宝写的?"

刘树仁接过信封,仔细看了看。他诧异地皱起眉头说:"字有点儿像,蓝黑墨水,钢笔字。金宝练硬笔书法也用蓝黑墨水。"

"你再看看这个。"常安把方格稿纸包裹着的石片递给他。

刘树仁小心翼翼地打开红色方格稿纸,上面没有字。他仔细端详石片,默读着刻在上面的 18 个字,惊愕地看着常安。"太吓人了,局长,杨金贵真被害了吗?还有个女人?这个当官的是谁呀?"

常安示意他不要惊慌,问他刻在石片上的字像不像杨金宝刻画的。

刘树仁环顾左右,迟疑地说:"这……俺可不敢乱说。"

常安理解他的顾虑,扯了个理由把高、宋支走,然后介绍说:"老宅闹鬼哭诉有一男一女被害,阎王来信也这么说。人命关天,作为警察,我们绝不能袖手旁观,坐视不管。无论杀害一男一女的人是谁,我们都必须查个水落石出!"他把李光荣介绍给刘树仁。

刘树仁惊喜地说："你们是传闻中的'三剑客'呀，俺相信你们仨一定能办到！"

"谢谢！我们很需要你的支持和帮助。"

刘树仁掂着石片说："刻画在石片上的字，笔画生硬呆板，不太像金宝写的，但包石片的稿纸跟金宝用的那种一模一样。"他把那张红格稿纸抖得哗哗响。"他送给我的硬笔书法作品，不少就是写在这种稿纸上的。"

常安质疑："练习书法，不是有专用纸吗？"

刘树仁摇头解释说："书法专用纸不便宜，金宝很少用。他练毛笔书法用旧报纸，练硬笔书法就用普通稿纸。他说，善书不择毫，也不择纸。"

常安笑了，目光盯着他。"你手头有他用这种稿纸写的硬笔书法吗？如果有，拿来看看可以吗？"

刘树仁说："当然可以。"

刘树仁小跑着回家拿来杨金宝的 13 幅书法作品，其中 8 幅毛笔书法作品，是用廉价宣纸写的；5 幅钢笔书法作品，是用红色方格稿纸写的。常安逐一欣赏，连称："好字，好字！"然后和窦、李一起比对两种红色方格稿纸，每页左下角都印着算式：15×20=300，表明每页可写 300 个字；右下角印着一组数字：44-16。这是稿纸的代码，类似人的身份证。据此可以追溯承印稿纸的厂家，以及印刷日期、纸质、印刷数量和销售渠道、纸张生产厂家等基本信息。比对的结果，显示两种稿纸一模一样。

常安喜出望外，"踏破铁鞋无觅处，得来全不费工夫。可以肯定，'阎王爷'就是杨金宝。"

常安打算马上去县城会见杨金宝。刘树仁告诉他，杨金宝去省劳动培训中心参加劳动法规学习培训班去了，时间三周。

"你咋知道的？"

刘树仁说："金宝昨天回来看望父母，临走时跟我打了个招呼，说三周后再见。"

"他昨天什么时候走的？"常安问道。

"昨天傍晚，说今天一早去省城。"

常安想到，阎王来信应该是昨天傍晚扔进老宅的。他谢过刘树仁，继续跟他聊杨金宝。

刘树仁跟杨金宝同岁，今年都是35岁。俩人从小光着屁股一起长大，情同手足。两个人一起上小学，直到高中毕业，同班12年。杨金宝的各科成绩都很优秀，期末考试在全班名列前5，年级名列前20。金宝学习好，不仅因为聪明，与家庭影响也有关系。他爹杨大中是村里第一个大学毕业生，当了一辈子教书匠，没做过官，但月月有工资，现在退休金每个月六七千元，生活水平除了辛从善谁都比不了。辛从善靠儿子，杨大中靠自己，幸福是靠刻苦读书挣来的。农民脸朝黄土背朝天，受苦受累种一年地，收入不如他一个月的退休金多。杨金宝耳濡目染，自然懂得"书中自有黄金屋"，知识改变命运的道理，所以学习一向刻苦。农村孩子，不读书没有出路。

窦建功插话："万般皆下品，唯有读书高！"

刘树仁笑了笑。"高中毕业后，金宝考取了西北大学社会管理学院人力资源管理系。大学毕业后，赶上全市统一公开招聘公务员，他抓住机遇，报名应聘，被南山县人社局录用。金宝专业对口，工作认真，深得局领导赏识和信任，干了5年就升任人力调配科副科长，后来改任法制科副科长，去年升任科长。"

常安说："杨金宝被顺利录用为公务员，以后连连升职，除了他自己的努力之外，跟他堂姐夫应该也有关系吧？"

刘树仁摇头否认："可以说一点关系也没有。"他语气很重，不以为然。

李光荣说："不是说'朝中有人好做官，背靠大树好乘凉'吗？"

"对自古以来官场的潜规则，金宝一向不以为意。"刘树仁手指捏得咔咔作响。"俺曾和他聊过这个问题，你有大学文凭，又有堂姐夫做靠山，前途无量呀！孙书记官运亨通，你当小舅子的肯定也水涨船高。他批驳说，从我应聘成为公务员那天起，走到现在，与堂姐夫一毛钱关系也没有！人啊，路咋走，走多远，全靠自己。过去老一辈人逃荒，十来岁就独自闯关中，拖根打狗棍，披个麻袋片，闯荡半辈子，有的成了关中的富商巨贾。靠谁呀？不是全靠自己吗？现在社会进步了，不用逃荒要饭了，孩子从小完全靠父母供养，念完中学、大学还啃老，能走远吗？找靠山，往往靠不住，既不能抵达远方，也找不到诗。求人不如求己，最可靠的是自己。他还引用《国际歌》歌词：'从来就没有什么救世主，也不靠神仙皇帝。要创造人类的幸福，全靠我们自己。'说这是真理。他讨厌那种动辄找靠山、拉大旗作虎皮的作派。自己的事自己做主，从不找堂姐夫。他说，工作靠别人，提职找靠山，就像走路拄拐棍，肯定走不好，也走不远。"

常安赞赏杨金宝的个性和骨气，他要刘树仁谈谈对杨金宝的评价。

"特立独行，独立思考，既不人云亦云随波逐流，也不随心所欲信口开河。"刘树仁胸有成竹地说，好像对杨金宝研究透了。

"刘会计，杨金宝跟堂姐两口子的关系咋样？"常安问道。

"一般吧。"刘树仁说，"刚才我说过，金宝在县人社局工作，不指望堂姐夫护着。按他自己的说法，他和堂姐夫各走各的路，互不干涉。"

常安觉得，杨金宝的话很耐人寻味，不由得感慨："杨金宝的性格很不一般！"

刘树仁摇头说："我琢磨，不仅是性格问题，可能跟他参加工作后的经历和祖上的恩怨有关。"

"此话怎讲？"常安问他。

刘树仁举例说："9年前国庆节期间，金宝带着新婚的媳妇去旅游，走的时候欢天喜地，旅游回来后却闷闷不乐。我估计，旅游期间可能遇到啥不开心的事了。我应邀去喝他的喜酒时，曾跟他媳妇聊过这件事。他媳妇笑而不答，劝我喝酒。到底啥事，到现在我仍一概不知。这是一。"

"那二呢？"李光荣好奇地问他。

"可能跟他家祖上的恩怨有关。"刘树仁讲述了杨金贵和杨金宝祖上的恩恩怨怨，跟辛从善讲述的出入不大。杨金贵失踪后，杨金宝回家时基本上不闻不问，看起来很冷淡，有的村民以为金宝仍对祖辈的恩怨耿耿于怀。由于杨金宝跟他堂姐夫不怎么来往，他爹杨大中没少批评他，骂金宝是一根筋，有靠山不知用。杨金宝每次都把他爹的话顶回去，说：他是他，我是我；他走他的路，我过我的桥。"

常安甚感诧异，觉得杨金宝对他堂姐夫抱有很深的成见。他问刘树仁对阎王来信怎么看，刘树仁说："仅凭稿纸相同不能认定'阎王爷'就是杨金宝，工厂承印的同一批次稿纸各地市场可能都有销售。另外，即使是金宝，经查证，如果他揭发的问题属实，他就立大功了呀，应该受到表彰奖励。"

李光荣问他："杨金宝懂法，他完全可以实名举报嘛，为什么非要给常局写这样一封阎王来信呢？"

刘树仁想当然地说：“杨金贵失踪后，公安虽然查过，但最终却不了了之，参与调查的老所长也遭遇车祸身亡，证据也不翼而飞。这忒令人费解了，有人说是官官相护。这种议论，金宝不可能听不到。他可能担心即使举报了，警方也不会查，所以他忍了七八年，终于采取了这种看似荒诞的方法，趁常局长来调查失踪案的机会，写了这封阎王来信。我觉得，他无非是趁机给警方加加温，希望一查到底，这是他对常局长的信任。”

“问题并非那么简单吧？”常安进而说，“阎王来信写的那句话，你觉得是事实吗？”

刘树仁挠挠头皮说：“我觉得可能是事实。”

“那么，被害的宋杏花是谁？跟以前那个寡妇不是一个人吧？当官的又是何许人也？两具尸体究竟埋在哪里？当年，景、陈两位老所长和毛大鹏、李卫国勘查现场时，并没有发现老宅有人被害的痕迹呀。”

面对常安的追问，刘树仁感到措手不及，有点答非所问：“阎王来信跟老宅闹鬼者哭诉的内容相近，所以我认为两者所说都属实，并非凭空捏造。失踪案没办完，就把办案人员调走了，陈东来也出事了。如果他们办下去，不一定发现不了杀人痕迹。两个人，无论埋在哪里，不留下点痕迹是不可能的。”

常安默默点头，他觉得刘会计是个会动脑筋的人。他问：“你认为闹鬼时骂的那个人是谁？”

刘树仁斗胆说：“如果不是孙书记，就是孙继海。当时孙继海是南山石化的科长，在老百姓眼里，企业小科长也是当官的。”然后，他又说，“杨金贵失踪的时候，南山石化有个女会计也失踪了。杨金宝跟俺说，那个女会计也叫宋杏花，跟阎王来信说的是不是一个人，我不知道。不过，名字倒是跟杨太安他娘重名，但是年纪相差很多，应该就是单纯重名。”

“嗯？”常安不禁一愣，然后目光投向窦和李，“二位知道这事儿吗？”

窦、李摇头说不知，“当时咱仨都在西堤。”

常安理解。他问刘树仁：“那位失踪的女会计后来找到没有？”

“不知道。”

常安问他：“你对孙继海印象如何？”

刘树仁说：“我对他不熟，听说他现在是南山石化的副总。职工群众私下里不喊他职务，而是喊他孙公子。"

"啊哈！"常安和窦、李会心一笑。

刘树仁冷静地说："虽然有人把怀疑的目光投向孙继海，但是杨金贵失踪和陈东来遭遇车祸身亡以致证据不翼而飞，一路操作下来，严丝合缝，我觉得他没那么大能量和本事。"

常安和窦、李明白，刘树仁也怀疑杨金贵失踪跟孙书记有关，他们都不置可否。这时，李增山风风火火跑到老宅，着急地喊叫："常局长，出大事了，成兴旺的儿媳领着他孙子出走 3 天了，还没回来。"

常安惊愕地站起来，要他慢慢说。

李增山手抚胸口，上气不接下气地说："三天前，有个算卦的指点他儿媳，说她有血光之灾，让她赶快躲出去，躲得越远越好。她带上儿子就走了，躲到哪里去没跟成兴旺说，到现在娘儿俩还没回来……"

常安感到事态严重，谢过刘树仁后，向窦、李使了个眼色，跟着李增山大步流星地向成兴旺家赶去。

第九章

血光之灾

1

常安和窦、李赶到成兴旺家时，成兴旺正跪在院子里，一把鼻涕一把泪地向老天爷祷告："老天爷呀，求求你保佑俺家小英和小宝吧，保佑娘儿俩早点儿平安回来……"

李增山扶起他，轻声说："成大爷，县公安常局长跟窦所长、李所长来看你，有啥难处好好跟领导们说，领导们会帮你。"

成兴旺的脊背佝偻得像根豆芽菜，像拉风箱似的喘息着，转向跪倒在常安面前，哭求说："局长呀，快救救俺儿媳和孙子呀……"

窦建功扶他站稳，对他说："你儿媳和孙子遇到啥难处了，慢慢跟局长说。"他扶成老汉回到屋里，让他坐在椅子上，椅子发出咯吱咯吱的刺耳声。

昏暗的屋子脏乱不堪，一张破方桌上布满灰尘，上面放着半盆粥、几个干裂的粗面馍、一大碗炒萝卜条和没洗的碗筷。

常安和窦、李各自搬只方凳，坐在他面前，听他诉说儿媳和孙子出走的经过。

前天下午，儿媳纪小英去接放学的孙子成小宝回家，半路上被一个白胡子老头拦住，一惊一乍地对她说：大妹子，大事不好了。一句没头没脑的话把小英吓蒙了。那个老头瘦高个，尖嘴猴腮，留着一撮山羊胡，身穿灰白大褂，手里举着一块白布幌子，上面写着两行字："欲知前世今生事，请问神算张半仙。"没等俺家小英问啥大事不好了，那老头神秘兮兮地说：大妹子印堂发黑，面色晦暗，三天之内，必有血光之灾。纪小英哪懂啥叫血光之灾，张半仙煞有介事地解释说："你们大杨庄傻金贵就是遭遇了血光之灾，到现在有七八个年头了吧？哎呦天哪，他永远回不来了。八年前，他上山放牛时跟俺相遇，好心提醒他三天之内必有血光之灾，要他赶快躲得远远的。傻金贵不知好歹呀，不听，结果呢，三天不到人就没了。他有个当官的妹夫，全县公安都归他管。他妹夫动员全县警察到处搜寻，兴师动众，结果咋样？家里家外，村里村外，山上山下，像篦头发似的篦了一遍，连个人影也没看着。嘿嘿，老宅是鬼宅，血光之灾的根儿就在老宅。公安抓坏人内行，拿鬼魂就一点办法也没有喽。哎呦，这不，血光之灾又找上你了，了不得呀大妹子！"俺家小英被吓傻了，惊慌失措，不知咋办好。张半仙说："莫急大妹子，办法倒有一个，你只要照着去做，俺保你三天之内平安无事。"小英怕上当受骗，半信半疑，问：是啥法，得花不少钱吧？张半仙说："分文不取。"小英不信，张半仙说："救人一命，胜造七级浮屠。上天赋予俺的使命就是普度众生，为芸芸众生消灾禳祸！"纪小英一听分文不取，谨防上当受骗的心理防线瞬间瓦解，向他索求躲避血灾的方法。张半仙诡秘地说："简单得很，就是四个字：远走高飞。带上你儿子赶快走，躲得越远越好，躲3天再回来，就平安无事了。"他特意嘱咐小英，你跟儿子躲到哪里，为啥躲，对谁都不能说，连你的亲人也不能说；不然，一说破，你就是躲到天边也不灵了，血光之灾很快就降临到你全家人的头上，谁也救不了。俺家小英一个妇道人家，没有见过啥大世面，就相信了。她慌里慌张回到家，跟俺说了这事，饭都没吃，领着孙子小宝就走了。娘儿俩到底去了哪里，俺一点都不知道。到这都第三天了，小英娘儿俩仍没回来，俺托人四处打听，亲戚朋友都说没见过小英和小宝。小英从没出过远门，走时天快黑了，带着小宝躲到哪里去了呀，连个信儿都没有。俺琢磨是不是去富新找爱中去了，就托小英的娘家给爱中打电话，一直没人接听。成老汉越想越怕。

富新？8年前那个雨夜来老宅吃喝的四男一女就是从富新来的。常安问成兴旺："你儿子在富新干什么工作？"

"哪有啥工作？"成兴旺沮丧地说，"在富新县城收废品。俺岁数大了，需要爱中照顾，不同意他跑那么远收废品。儿子说富新县经济飞速发展，富新人富得流油，扔的垃圾多，档次高，像酒瓶子、易拉罐、塑料瓶子、包装盒，比咱南山高一个档次，又多又便宜。有些崭新的衣服穿一两次就扔。像八月十五的月饼，春节的冻肉冻鱼啥的吃不了，盒都没拆就扔。许多人家的废纸壳子、酒瓶子，不要钱就让收废品的直接拿走。哪像咱南山，一截铁丝头、一张旧报纸都攒着卖钱。在富新，收一天废品赚的钱比在南山干四五天还要多。哎呀，南山、富新，一个老天爷管着，差别咋那么大呀？南山不是亲娘养的哟！富新好归好，就是离家太远。如果爱中在南山收破烂，有事电话打不通，求人骑摩托车一上午就打个来回。富新就不中了，回家一趟没有一天不中。俺求人一遍一遍地给他打电话，始终没人接。唉，出啥大事了吗？"成老汉说着，失声痛哭。

李增山告诉常安，80多岁的成兴旺浑身是病，老伴去世多年，爱中是独子，常年在富新收废品，家里的日子，成老汉的吃喝拉撒，全靠小英。小英真要有个三长两短……

常安扬手制止，一种不祥之感袭上心头。他安抚着成老汉，问他成爱中住在富新县城哪里。他说不知道，擦把眼泪哀怨地说："八成是爱中那张嘴惹祸了。"

这话让常安感到莫名其妙。

李增山说："爱中爱说好道，嘴上没有把门的，满嘴跑火车。小英出走的前一天，他回来看他老爹时，对村里人说在富新一个高档小区看见杨金贵了，有个漂亮女人陪着他。这话谁信呀？杨金贵都没了七八年了，他有啥本事跑到富新住进高档小区？哪个漂亮女人愿意陪着他？村民笑话他是活见鬼了。第二天一早爱中回富新，下午他媳妇纪小英去学校接儿子回家的路上，就碰上了这事。"

三位警官甚感诧异。闹鬼者和阎王爷都说杨金贵被害了，成爱中却在富新见到了他。常安宁肯相信他还活着，随之强烈意识到张半仙是有目的而来。他担心成爱中两口子跟儿子遭遇不测。

救助成爱中一家三口，刻不容缓，必须立即行动，绝不能让血光之灾降临在无辜的三个人头上。他当场跟窦、李商量了一番，决定立即动身去富新。他们详细询问了纪小英娘儿俩出走时的穿着打扮。成兴旺想了想，说："俺老眼昏花，没仔细看。小英好像穿着碎花上衣和浅灰色带条纹的裤子，拎着一件花格外套，一早一晚冷呵。小宝戴着一顶小黄帽，穿着枣林二小的校服，脖子上系着红领巾。"然后补充说："高警察跟俺全家都熟，爱中跟他说过见到杨金贵的事。"

常安随即问窦建功："高大友跟你汇报过吗？"

"没有。"

常安遗憾地摇摇头，向成兴旺要来纪小英母子俩的身份证和仅有的几张照片，拜托李增山照顾好成老汉，带着窦、李离开了成家。

2

在枣林派出所，常安询问别克警用越野车的车况和高大友的驾驶技术，窦建功回答说都没问题，随时可以出发。常安下令："高大友开车，马上去富新。你，光荣，咱仨都去。派一人去老宅跟宋立文一起值班，24小时不离人。"

"好！"窦建功早已察觉常局对高大友不太满意，犹豫着说，"高大友他……"

常安明白他的顾虑所在，明确地说："他认识纪小英母子俩，救人要紧。"

窦建功通知高大友备车，指令副所长刘金龙去老宅跟宋立文值班。

纪小英远走高飞，最大可能是去富新投靠丈夫成爱中。在女人心目中，只有丈夫才是自己最安全最可靠的守护神。去富新，枣林镇是必经之地。常安跟窦、李调看了枣林镇各路口的监控，却没有发现纪小英母子的身影。

"也许娘儿俩到达枣林镇之前，就搭乘了某种交通工具。"李光荣说。

常安、窦建功茅塞顿开。他们扩大监控录像范围，果然有了新发现：那晚8点10分，一辆悬挂 E86351 号车牌的黑色越野车从去大杨庄方向的路口开进枣林镇。光线模糊，看不清车的品牌。8点12分，越野车停在枣林广场西侧超市门前。在广场灯的照射下，隐约可见那是一辆日产黑色尼桑越野车。驾驶员是个三十五六岁的男人，国字脸，寸头。车一停下，从副驾驶座位上跳下一个五十多岁的男人，径直跑进超市。一位中年妇女，打开右后车门，探出半个身子前后张望，面部正好占据整个监控画面。她长相俊俏，留着一头黑亮的齐耳短发，左眉梢似乎有颗黑痣。左后车窗玻璃上，依稀印着一件方格花衬衫和留着齐耳短发的脑袋。二十多分钟后，那个男人提着一个大大的白色购物袋从超市出来，里面装满物品，迅速钻进汽车。8点32分，越野车开出枣林，向南山县城方向驶去。

根据成兴旺的描述，常安推断，左后车窗上的女人就是纪小英。

窦建功招呼高大友辨认。他对着监控录像审视了半天，谨慎地说，仅仅根据侧面脸庞难以确定她是不是纪小英。

常安用凌厉的目光盯着他："你到底认不认识纪小英？"

"认识。"高大友理直气壮地说，"成爱中一家老少四口我都认识。大杨庄大约 260 口人，除了新娶进门的媳妇和学龄前的娃儿，我基本上都认识。"

"再仔细看看那个女人的头。"常安语调不高，却不失威严。

高大友难为情地回答："花格衬衫像，仅凭侧脸我不敢确定。"

"成爱中曾对你说他在富新见过杨金贵，有这事儿吗？"

面对常局的质疑，高大友不敢隐瞒。"是有这回事。闹鬼者说他死了，村民们都这么认为。成爱中满嘴跑火车，十句话有八句半靠不住。所以对于他说的话我没当真，也没向所长汇报。杨金贵是个大傻瓜，一穷二白，有啥资格去千里之外的富新县城高档小区居住呀？"

高大友如此不屑，常安批评他说："成爱中十句话有八句半靠不住，至少还有一句半是可信的嘛。他说见过杨金贵，兴许就在那一句半当中。作为人民警察，在人命关天的大事上，不能把他的话当成耳旁风。"

"明白。"高大友说。

窦建功在交通网查阅，E86351 号牌是富新县政府车队一辆黑色别克轿车的车牌。显然，黑色日产尼桑越野车悬挂的是套牌，纪小英母子被骗去了富新。

成爱中反馈给乡亲们的信息，无疑对当年掳走杨金贵的犯罪嫌疑人是个严重威胁。张半仙把纪小英母子骗到富新，很可能是以她娘儿俩为诱饵钓出成爱中，杀人灭口。常安深深地为成爱中一家三口的安全担忧。他的心提到了嗓子眼上，太阳穴的血管狂跳不止，感觉随时都可迸裂。他下令直奔富新，追踪悬挂 E86351 号牌的日产黑色尼桑越野车，救助纪小英母子。他严令窦、李、高三位，从现在开始，把手机关掉，途中不准擅自跟外界联系，不能透露警方的行程和位置，时刻注意安全，随时做好应对突发事件的思想准备，绝不能让陈东来的悲剧重演。

"明白！"三人齐声回答。

3

警车疾驶在夜色中，很快到达荆林县城。荆林县交警大队调取有关时段的监控发现，那辆悬挂 E86351 号牌的日产黑色尼桑越野车由南山方向驶入荆林县城，但没有发现它驶离荆林县城，却有一辆悬挂 A54117 号牌的日产黑色尼桑越野车驶上了开往沙原县城方向的高速公路。

A54117？是省城的车牌。

常安一行仔细比对监控截图上越野车前挡风玻璃上的年检凭证，认定这就是枣林监控上的那辆黑色尼桑越野车。嫌犯在荆林县城更换了号牌，正好说明他们心里有鬼。

"继续追击！"常安命令道。

警车很快开进沙原县城。经沙原县警方查实，悬挂 A54117 号牌的日产黑色尼桑越野车昨日凌晨绕过沙原县城，向富新方向驶去。

一丝倦意袭来，高大友不禁打了个哈欠。常安嘱咐高大友："累了就换人，千万不能打瞌睡。"

"是。"高大友说。他紧握方向盘，警车风驰电掣行驶在高速公路上，雪亮的车灯如两把利剑，在暗如墨海的夏夜里辟开一条通道。路两旁的各种标识牌一闪而过，像溅落的流星。时间已是凌晨 4 点，已经行驶了 350 公里。"再走 150 公里就到富新。"高大友提醒说。

常安见窦、李仰靠在坐椅上，似睡非睡。他提醒二位："注意，已经进入富新地界，离犯罪嫌疑人的老巢越来越近。都振作起来，密切观察前方动向，随时应对各种不测，绝不能给犯罪嫌疑人可乘之机。"

窦、李搓了几把脸，目光警惕地在前方和左右搜巡着。坐在副驾驶的李光荣感叹："常局，我有个预感，成爱中一家三口，凶多吉少。"

常安对着后视镜"哦"了一声，心急如焚。后视镜里，他的表情看似波澜不惊，其实内心早已掀起惊涛骇浪。常安发现高大友上下眼皮开始打架，命令李光荣换下高大友，叫高大友休息。

窦建功下车坐进副驾驶，高大友去后排跟常局并肩而坐。常安关照他说："后排打瞌睡安全。"高大友歉意地说："我……有点儿犯困。"他说着，打了个长长的哈欠。常安要他抓紧闭闭眼，"到富新后可能没有时间休息，等待我们的将是一场殊死的战斗。"

"明白。"高大友仰躺在靠背上，闭目养神。过去，他从未如此近距离接触常安，所听到的不是对他的赞扬声，就是他跟孙书记关系多么铁的议论，通过这几天的近距离接触，感觉并非像传说的那样：在杨金贵失踪问题上，他对孙书记怀有疑心。

警车平稳地行驶着。东方天际微现橘红色，四野寂寥无声，路旁的标识牌标明，离富新还有 30 公里。常安的心脏剧烈悸动，离富新越近，他越担心成爱中一家三口的安危。他令李光荣加速，恨不得一下子飞到富新县城，救出成爱中一家。

常安望向车窗外，富新县城鳞次栉比的高楼大厦的轮廓朦朦胧胧衬托在晨曦里，像海市蜃楼，显出几分诡异。突然，有个农村老太太，从隔离网破损处钻进来，趔趔趄趄地冲上公路中央，手里摇着一根树枝，朝警车呼喊："警察同志，快救人哪！俺儿得急病了，帮帮俺吧，警察同志！"

呼喊声打破了黎明的宁静。

家里有病人，老太太跑到高速公路上拦车呼救，而且知道车里坐着警察，不合常理。李光荣意识到可能有人故意制造事端，乘机对警方下手，他请示常安加速冲过去。

常安扬手制止："不能硬冲，那样会伤害老太太。停车，看看情况再说。"然后嘱咐大家，"提高警惕，注意安全，万不得已，不要轻易开枪。"

李光荣急踩刹车，警车吱吱叫着停在老太太跟前。这时，突然从隔离网破损处钻进3条大汉，俩人手里提着刀，一人手里握把手枪，蹿上公路，朝老太太猛撞一下。老太太猝不及防，一下趴倒在警车的引擎盖上，脸上淌出鲜血。

"公安撞人啦！"大汉们恶声喊叫。

果然来者不善，常安嘱咐李光荣不要熄火，随时准备起步驶离。他跟窦建功、高大友跳下车，强行将3位大汉和老太太隔开。常安一个眼神，窦建功心领神会，一把抱起老太太，把她塞进警车。常安朝高大友一挥手，俩人以迅雷不及掩耳之势夺过歹徒手里的枪，三拳两脚把歹徒们打倒在地，然后迅速钻进警车，驶离现场。那帮歹徒被警察风驰电掣般的反应速度和干净利索的拳脚功夫给镇住了，惊慌失措地从地上爬起来，朝远去的警车叫骂。

李光荣加大油门，警车箭也似的驶出五六公里。警官们紧绷的神经渐渐松弛下来。常安说："这帮亡命之徒的背后肯定有高人指点，一场你死我活的斗争已经拉开帷幕，我们必须处处小心。"

老太太惊魂未定，呆呆地坐在常安和高大友中间骂着粗话："这些死孩子，把俺扔给警察，该死的混蛋玩意儿。"

常安指示高大友用纸巾把老太太脸上的血迹擦拭干净。他仔细观察，老太太脸上没有伤口，血是从鼻孔流出来的，于是关切地问她痛不痛。老太太摇头回答："不疼不疼，鼻子碰破了，没啥事。"

常安暗示窦建功打开录音笔。他问老太太："你家有啥病人啊，跑到高速公路上拦警车？"

"俺……"老太太不敢直视常安，低头嗫嚅，"俺家……没啥病人。"

"那你为啥跑到高速公路上拦车？这样做非常危险！"

老太太骂道："是那三个孩子逼俺这么做的。"

"哦？"常安冷笑着问她，"你咋知道车里坐着警察？"

老太太说："是那仨孩子跟俺说的。"

看来，那仨孩子有些来头。常安不动声色地问老太太："你骂的那三个人是谁？他们为啥逼你拦警车？"

"那仨孩子，俺儿认识。"老太太依然骂骂咧咧。看得出，她心里怀有极大的怨气和愤怒。"俺儿说，俺要是拦下公安的车，就奖励俺1000块钱。"

警官们哑然失笑。常安说："为了1000块钱，连命都不要了吗？"

老太太两手一摊，委屈地说："俺怕跟他爹一样，叫汽车撞死，所以俺不愿拦警察的车。可俺儿非叫俺那样做，说警察不撞人，你往高速路上一站，1000块钱就到手啦，怕啥呀？俺想想也是，1000块钱，俺跟俺儿一年也存不了那些钱呀。"

常安斥责："你儿子拿老娘的命换1000块钱，是个不孝子。"

老太太说："俺山里人穷，俺儿手里没钱，拿啥尽孝呀？俺儿叫俺那么干，就是尽孝哩。"

事到如今，老太太还袒护儿子，警官们为她的愚昧哭笑不得。

常安询问老太太的个人信息，得知老太太叫信明花，63岁，家住富新县东洼乡吴店村。她儿子叫吴良新，35岁，跟她生活在一起，靠种地过日子。吴良新没啥手艺，出去打工，巧式活不会干，扛水泥、搬沙子这种出大力气挣钱少的粗拉活干不了，吃喝穿全靠种几亩地，混一年是一年。老太太大倒苦水说："俺命苦呀，7年前，俺老头被汽车撞死了，就在这条公路上，那时不是高速公路。人家司机赔俺10万块，俺儿嫌少。公安说俺老头横过马路是违规在先，要承担七成责任，赔10万不算少。唉，俺老百姓，就是一分不赔也没办法啊！"她说着，用衣袖擦擦眼角。

窦建功对着后视镜说："10万元不少，像刚才你跑到高速公路上拦警车，已经涉嫌妨碍警方执行公务犯罪。如果撞死你，不但不会赔偿，还要重罚你儿子，懂吗老人家？刚才我们把你塞进警车，是为了保护你，不然，那几个年轻人绝不会轻饶你。"

老太太战战兢兢，似懂非懂。

常安再次询问那三个坏小子是谁，老太太吞吞吐吐地交代说："那三个坏小子，一个叫牛保田，一个陈大山，另一个叫……他不是俺庄的，是西李村的，姓李，大名俺说不上来，俺良新喊他李狗子。牛保田、陈大山都是俺庄的，他们仨要俺傻儿逼俺上公路拦公安的车。俺儿不识好歹，逼着俺那样做，说我那么大年纪，公安不会咋着我。所以，俺就……哎呀老天爷，俺真老糊涂了，咋干那么丢人现眼的事儿呀？"说着，干号起来，俩手拍得"啪啪"响。

常安认定老太太老实巴交，胆小怕事，说的都是实话。尽管如此，他还是严厉地追问她："老太太，你知道你犯的啥罪吗？"

老太太一听，惊得眼球都僵住了，像死鱼眼，一动不动，倏地朝自己脸上抽一巴掌，颤抖着说："俺，俺，俺咋犯罪了呀？"浑浊的泪水蒙住了她的眼睛，"良新这个遭天杀的，可把老娘害苦了！呜呜……"

摊上这么一个不讲孝道不成器的儿子，老太太够可怜的。常安不忍心看她伤心痛哭，耐心地启发她："大娘，你确实已经涉嫌犯罪，犯了多大罪，能判几年，不是公安说了算，得交法庭审判；但有一条，你只要如实交代，老实认罪，就能得到法律的宽容，我们可以不把你起诉到法庭。你听明白了吗，大娘？"

老太太毕恭毕敬地点头说："嗯，听明白了。俺发誓，保证说实话，俺刚才说的句句是实话。如有半句假话，俺就叫汽车轧死！"

常安向窗外望去，公路两旁丘陵起伏，被夏日的新装涂成层层新绿。警车驶抵富新城郊。

"先填饱肚子再进城。"常安说。

李光荣把警车停在一家早餐铺前。

常安下车后，习惯性地观察周围环境，蓦地发现饭铺前电线杆上贴着一则《认尸启事》。走近一看，上面写着：5月9日上午，警方在县城西郊一口枯井里发现三具尸体，两男一女（附照片），成年男女 30 ~ 40 岁，男童 10 岁左右。望其亲属前来认尸，望相识者和知情人及时向公安机关提供有关信息。下面印有 3 名死者的头像，3 张脸都严重变形，满面血污，痛苦不堪的表情凝固在脸上，惨不忍睹……下边的落款是富新县公安局刑警大队。

常安顿感大事不妙，嘴唇剧烈抖动着，大声招呼："大友，快来辨认一下，这 3 名被害者是成爱中、纪小英和成小宝吗？建功、光荣，你俩也过来辨认一下。"

高大友几乎把脸贴到《认尸启事》上，看了半天，回头谨慎地说："面容血肉模糊，严重变形，不易辨认。被害男孩校服上有'枣林二小'四个字，"他指着男孩校服上的字对常安说，"据此可以断定这个男孩就是成小宝，进而可以推断，两名被害成年男女应是成爱中和纪小英夫妇。"

窦建功、李光荣拿着成爱中和妻儿的合影仔细对照，基本确认，3名被害者就是成爱中、纪小英和儿子成小宝。

常安沮丧地呻吟道："我们来晚了！"然后咬牙切齿地骂道，"这帮畜牲，心狠手辣，草菅人命，连妇女儿童都不放过。"他拍照后揭下《认尸启事》，命令道，"立即去富新县公安局，抓紧救出杨金贵，确保他的安全。"

窦建功沉吟说："他也许……"

"没有也许。"常安跳上驾驶座，窦建功坐在副驾驶，李、高去后排坐在老太太两边。警车箭一般直奔富新县城而去，几个人早把饥饿抛到九霄云外去了。

4

还不到上班高峰，富新县城大街上的大车小辆已如过江之鲫，把宽阔的马路塞得满满当当。街道两旁的高楼大厦鳞次栉比，直插云霄。商场、酒楼、歌厅、舞厅和夜总会星罗棋布，玻璃幕墙和五彩缤纷的大型广告牌反射着五彩朝辉，无不彰显着稀土之城的富有和显赫。常安读大四时曾来富新城关镇派出所实习3个月，留存在他脑子里的印象是肮脏和破烂，如今简直是天壤之别。他由衷地赞叹改革开放的巨大魅力，也为在富有的背后发生如此惨绝人寰的命案深感困惑和悲哀。

常安一行来到富新县公安局刑警大队，刑警大队队长尚成功一眼认出常安和窦建功，喊声"老同学"，向前迎去，惊喜地跟他俩拥抱在一起。简短寒暄后，尚成功把常安介绍给局长和洪烈，常安把窦建功、李光荣介绍给他。

和洪烈握住常安的手，目光扫视着窦建功和李光荣，惊喜地说："南山神探三剑客，久闻大名呀，百闻不如一见。你们仨那么年轻，那么有朝气，那么有勇有谋，胆识过人，老和我佩服佩服！"他笑得浑身的肉直哆嗦。

常安笑笑说："和局过奖，我不是神探，我们仨也不是三剑客，只是志同道合一起办案的战友而已。"

"志同道合好啊！"和洪烈赞赏说。在8年前的全省公安局长会议上，刚上任不久的省公安厅厅长邴之公高调表彰了常安等3位年轻刑警一举破获南山县西堤乡三起久侦不破的重大恶性案件，改写了南山县连续多年社会治安落后的历史，使南山县一跃成为全省社会治安先进县，当地群众夸赞常安是"神探"，常、窦、李是"三剑客"。邴厅长号召全省公安都要向常安同志学习，提出"无限忠诚，有勇有谋，秉公执法就是战斗力"的观点，呼吁全省公安系统各级领导要进一步解放思想，大胆提拔和重用忠于人民忠于党且有勇有谋的年轻干部，努力把全省公安队伍打造成一支政治可靠、无限忠诚、刚正不阿、敢打胜仗的生力军！和洪烈激动地说："邴厅长的讲话高屋建瓴，很有号召力。从省里开会回来后，结合富新县的实际情况，我按邴厅长深化改革的思路，提出了在全县公安起用年轻干部的建议，力争在局和各派出所领导成员中，35岁以下年轻干部要占50%，局长年龄不要超过50岁。可惜，我的建议没有得到县委支持。理由嘛，说富新集中了全国的稀土大矿，经济体量大，投资开矿者和庞大的工人队伍来自全国各地，社会治安形势复杂严峻，因此公安队伍的改革必须循序渐进，不宜操之过急。结果呢？循序渐进了七年多，我这个老头子占着局长的茅坑没有挪动半步。唉，蹲的时间太久，腿脚都麻了，屁股也长痔疮了，我恨不得明天就让年轻人接我的班。"老局长的牢骚引得常安忍俊不禁，尽管他不明白和局长何以牢骚满腹。和洪烈羡慕南山有支年轻的公安队伍，感慨道："南山的领导开明呀！"

尚成功跟常安和窦建功是同学，虽然不在一个班，但彼此相熟。

和洪烈指着对面的沙发椅，让客人入座。他审视着一张张布满倦容和沉痛神色的面孔，揣度着他们此行的目的，暗想：肯定不是来旅游的，兴许与枯井惨案有关。未及询问，常安便把《认尸启事》亮在他面前，开门见山地说："我们是为这起凶杀案来的。"然后说明了三位被害者的基本情况和被害原因。

和洪烈激动地说："你们简直是及时雨，我们熬了个通宵，不知道被害人身份，始终没有理出头绪，弄得焦头烂额。你们来到富新，明确了遇害者身份，破案就有希望了。"

常安沉痛地说："可惜我们来晚了，要是早来一天，惨案也许不会发生。"

和局不禁问："南山到富新有千里之遥，《认尸启事》昨天下午才贴出去，你们咋那么快就得到消息了？"

常安讲述了今早发现《认尸启事》的经过后，说："这是一场谋杀。"

和局愕然，脸僵住了。"谋杀？他们从南山就谋划好了？"

常安说："参与谋杀案的犯罪嫌疑人，南山有，富新也有。"他从手机里调出一段枣林的监控视频递给尚队长，"纪小英母子就是被这几个人骗到富新来的。"

尚队长仔细辨认后说："手提购物袋从超市出来的这位是牙山稀土矿老板祁卫东，左眉稍有颗黑痣的女人是他的情妇史惠梅，司机是祁老板的干儿子杨太安。"

和局问："他们跑那么远把纪小英母子弄到富新，就是为了把成爱中一家杀害吗？"

常安讲述了纪小英母子被骗到富新的过程，明确回答："基本可以这样认定。"

"基本？"和局疑惑地问。

"是的，基本。"常安说，"因为我们还没有证据。为了救助纪小英母子，我们一路追踪而来，发现他们在沙县更换过车牌，这就很不正常。"

"哦。"和局点头说，"有道理，祁卫东、史惠梅和杨太安可能都涉嫌杀人犯罪。"

常安愤怒地说："太残忍了，连十岁的孩子都不放过。"

窦建功悄声对尚成功说："路上我们抓获了一个犯罪嫌疑人，是个老太太，在车上关着哩，请安排人抓紧审讯。"

和局闻听，诧异地问："老太太也跟枯井凶杀案有关吗？"

常安说："应该无关。"他介绍了路上遭遇袭击的情况，"这伙人袭警，跟成爱中一家遇害肯定有关联。"

和局惊得嘴巴张成"O"形，"这伙歹徒明目张胆地袭警，疯狂至极！"

常安不屑地说："这伙人对我们的行程一清二楚，肯定是受人指使和操纵。"

和局惊叹："幕后策划指使者在南山，他们的手伸得够长的。你们有怀疑目标吗？"

"没有。"他看着三位同事，"这位幕后策划者高深莫测，心狠手辣，绝非等闲之辈。他能把手伸向富新，说明富新有他的同谋。"他示意窦建功把录音笔交给尚队长，"凌晨，发生在公路上的那一幕分明是个陷阱，因此，我们没有贸然追捕那三个大汉。途中，我们对老太太进行了初步审问，她提供了三位袭警者的基本信息。"

和局指示尚队长："事不宜迟，抓紧安排人审问老太太。"

"是！"尚队长答应着，转身离去。

和局看了一眼表，关切地问常安："你们赶了一夜路，还没吃早饭吧？"

"没有。"常安据实回答，"本打算在城郊早点摊上填饱肚子，还没坐下，就发现早点摊前的柱子上张贴着这张《认尸启事》。抓捕杀人嫌犯，十万火急，所以就……"

和局被南山同事忘我的工作精神所感动："案情再急，也不能饿着肚子工作嘛。"他招呼民警小林马上去管理科为他们安排早餐。

常安连忙说："犯罪嫌疑人十分猖獗，为了杀人灭口，杀掉了成爱中一家，肯定对杨金贵也不会放过。逝者已矣，当务之急是必须尽快找到杨金贵，把他保护起来。十万火急呀和局，我们少吃一顿饭不会饿死。"

和洪烈感到震惊，"杨金贵不是个傻瓜吗？"

常安说："正因为杨金贵傻，口无遮拦，留着他对犯罪嫌疑人必然是个严重威胁。"

和洪烈惊得瞠目结舌，他踱到常安面前，跟他商量说："你们是我们的客人，让客人饿着肚子工作，太不像话了吧？这么着，我安排小林去买几个肉夹馍、几碗豆腐脑，你们边吃，我们边研究案情，同时，我安排户籍科抓紧查询杨金贵的有关信息，磨刀不误砍柴工，可以吧？"

和局考虑得周全，常安连声道谢。

5

常安一行一边吃着早餐，一边听取尚成功汇报成爱中一家被害的情况。

成爱中和他妻儿的遗体是放羊的苏老汉 5 月 9 日上午从一口枯井里发现的，枯井在富新城西郊。井是 1958 年大兴水利时打的，用来浇灌农田。改革开放后，富新县发现了储量丰富的有色金属矿和稀土矿，于是，国有的、集体的和私有的矿井如雨后春笋般在富新大地上冒出来，有色金属矿产公司和稀土矿产公司的牌子随处可见。农村劳动力迅速流入各种矿产公司，六七十岁的老人和妇女成了耕种土地的主力军。有的农户干脆撂荒，举家搬到矿区。外地来富新开矿打工的人口急速增加，吃穿住行就医上学等方面的需求跟着水涨船高，促进了富新第三产业和房地产业的大发展，城郊大片农田被占。发现成爱中一家遗体的枯井在撂荒多年的农田里，杂草丛生，垃圾遍地。枯井被垃圾填埋得很浅了。5月9日上午，苏老汉赶着一群羊在那里放牧，一只小羊掉进枯井，老汉用手机喊来儿子下井救小羊。他儿子跳下井，觉得脚下软乎乎的，像踩到一堆肉。他抱起小羊，用脚踢踢下面的垃圾，赫然露出一个人头，可把他吓坏了。一个20岁出头的大小伙子，顿时四肢发软，抱着小羊瘫软下去，压得小羊咩咩直叫。老汉惊慌失措，对着井底大声喊儿子。儿子瘫在井底，失魂落魄，仰脸看着爹，面黄如蜡，瞪着眼张着嘴，一句话也说不出。老汉以为儿子突然得了啥大病，赶忙打电话叫来村长。村长招呼人救出他儿子和小羊，见井底有尸体，村长立即报警。警察从井底打捞出三具尸体，上边是一具成年女尸，下边是一具成年男尸和一具男童尸体。男童脖子上系着红领巾，校服上依稀可见"枣林二小"四字。经法医勘验，成年男子和男孩头部均系钝器击打，致颅骨骨折死亡。成年女子头部有被击打的痕迹，颈部有掐痕，胸部有明显抓痕，下身赤裸，被性侵过。三位被害者均系他杀，没有从死者衣物里发现现金、存折和能够证明身份的任何证件。枯井附近有汽车轮胎轧过的痕迹，是四轮长安面包车留下的。面包车到了这里又原路返回，应该是运送三名被害人的运输工具。从现场留下的足迹看，犯罪嫌疑人有两名。在汽车折返处新生的绿草上沾有血污，有块沾有血污的石头和两只白线手套、一条女式裤子和一件粉底碎花内裤；还有呕吐物，弥漫着浓烈的酒精味，包含尚未消化的鱼、虾、鸡肉、牛肉、烤鸭、腰花、金针菇、蒜薹和水饺等。如此丰盛的饭菜，是酒店厨师的厨艺。从消化程度看，三个人遇害时间大约在晚饭后的午夜。法医从呕吐物里检出很浓的迷药成分，从受害女子的阴道里提取到精液。经县公安局刑事技术鉴定中心快速检验鉴定，确认三名被害者是一对夫妻和他们的儿子。儿子大约十岁，是枣林二小学生；精液里提取出两个男人的DNA。刑警初步断定了他们的身份和被害过程：三个人来自农村，身份卑微，在某个酒局喝了掺有高浓度迷药的酒和饮料，迷醉后被犯罪嫌疑人用面包车拉到现场，先杀害了成年男人和男童，把他俩扔进枯井，然后将女人轮奸、杀害，扔进枯井。带血的石头是作案工具，作案凶手和杀人动机不详。

富新警方觉得这是一桩非常棘手的谋杀案，正为无法查清被害人身份而焦头烂额。这时，常安一行雪中送炭，为破获这起震惊富新全县的凶杀大案提供了思路。

枯井惨案发现后，富新警方成立了以和局长为组长、尚队长为副组长的专案组。现在，富新、南山互通情报后，和局长感到案情重大而复杂，两地警方必须联手，同心破案。因此，他提议把南山同人吸收进专案组，建议常安为组长，尚成功为副组长。常安同意南山的同志加入专案组，但坚持组长仍由和局长担当，他跟尚队长并列为副组长。

和洪烈斟酌再三，不无歉意地说，由于自己年龄大，身体不灵便，深入一线调查深感力不从心，但考虑到南山的同志对富新情况不熟，就仍由他当组长，常安和尚成功为副组长。他当组长，只挂帅不出征，给专案组当当参谋，出出点子，上请下达，协调各方，做好保障服务工作。像勘查现场，深入一线调研取证等具体工作，由常局长和尚队长全面负责。他强调，专案组成员必须自觉服从统一领导和指挥，两地警方密切配合，同心协力，拧成一股绳，确保大案尽快告破。他提醒大家："杀红了眼的暴徒什么事都干得出来。我们在明处，他们在暗处时刻都注视着警方的一举一动。所以，专案组每个成员要特别注意自身安全，南山的同志人生地不熟，更要注意做好自我保护。"

这时，户籍科来报告说，经查询，富新县域共有 7 个杨金贵，但没有一个居住在县城高档小区，都不是傻瓜，年龄与南山的杨金贵也明显不符。户籍科长说，富新外来人口很多，有的住在富新县城，但户口没迁来。所以，并不完全排除杨金贵生活在某个小区的可能性。

常安说："成爱中一家的遭遇证实，他生前在富新某个小区的确见到过杨金贵，现在也许改了名字。"

和局长喘着粗气骂道："犯罪嫌疑人老奸巨猾，很可能压根就没给杨金贵上户口。"他命令各派出所，迅速对各新建小区开展一次拉网式排查，查查有没有叫杨金贵的业主，男性，五十五岁左右，痴呆。如有，立即报告，不得有误。

这通干净利索、准确无误的部署，让常安领略到一个老警察雷厉风行的工作作风，十分佩服。他建议兵分两路，一路请富新警方一名同志引路，带他和窦、李去县城各高档住宅小区查访，尽快把杨金贵解救出来；另一路由尚队长带领专案组成员抓紧排查杀害成爱中一家三口的嫌疑人线索，尽快将其抓捕归案。

和局长赞成，高兴地说无论哪一路的调查有了结果，整个案件的侦破必将势如破竹。

第十章　解救金贵

1

在富新公安局户籍数据库里没有查到杨金贵的信息，却查到了杨太安的信息。杨太安36岁，是牙山稀土矿司机，现住富新县城金星小区3号楼1单元502室。

常安仁人不免质疑：这个杨太安是杨金贵跟宋杏花所生的儿子吗？8年前是他把傻爹接到富新来的吗？如果是的话，找到杨太安，不就找到杨金贵了吗？常安决定先去金星小区见见杨太安。

常安亲自驾车，在导航的指引下，很快来到金星小区门口。还没下车，常安就接到尚队电话，说今晨5点，有个菜农从牙山开着"三蹦子"进城卖菜，路过盘山公路时，发现一辆越野车在崖下燃烧。菜农报警，交警赶到现场勘查发现，方向盘下卡着一具烧焦的尸体，死者前额有个类似弹孔的洞。交警怀疑司机头部遭枪击后越野车失控坠崖而亡，认为是一起凶杀案，便向刑警大队报案。出于刑警的敏感，尚队下意识地怀疑这起凶杀案可能跟成爱中一家被害有关，所以打电话给常安，建议他一起去越野车坠崖现场勘查。

常安接完电话，询问小区门卫杨太安是否住在这里。门卫说是，他凌晨开车出去没有回来。常安问杨太安开的什么车，门卫说是辆黑色尼桑越野车，车牌号码是E86351。顿时，一种不详的预感袭上常安心头。他无心深问详情，掉头去了越野车坠崖现场。

那是一段由富新县城通往牙山稀土矿区的盘山公路，左侧是大山，右侧是深达20多米的悬崖。越野车坠崖后燃起的大火已被交警扑灭，烧得仅剩一个空架子，仍冒着缕缕黑烟。这是一辆日产尼桑越野车，残存的漆片证实，车身是黑色的。后面挂着车牌，号码烧得无法辨认；前面的车牌缺失，在15米外的草丛里找到，号码正是E86351。

E86351！黑色尼桑越野车！在枣林镇劫走纪小英母子的就是这辆车，杨太安肯定跟成爱中一家三口被害有关。现在，在两地警方马不停蹄地追查凶手之际，杨太安坠崖身亡，这又是一起杀人灭口案，制造这起车祸的凶手是谁呢？

常安仔细勘查现场，惨不忍睹：司机被卡在方向盘下，烧得蜷缩成一团，面目全非。被烧焦的额头左侧有个洞，往外渗着血水。从洞的边缘分析，是被子弹射中的。右耳后也有个洞，是子弹穿出所致。副驾驶坐垫被烧得只剩弹簧。在弹簧下有一枚弹头，是从 64 式手枪里射出来的。显然，司机头部遭枪击在先，越野车坠崖在后。

在越野车后备箱里，发现了 3 副车牌，号码是 A54117、B66186 和 E55688，显然都是假冒套牌。这辆车在枣林挂的车牌是 E86351，经过沙县更换成 A54117。勘查现场的交警证实，这辆车的车主是牙山稀土矿矿主祁卫东，注册的车牌号是 E55688。一辆车备有 4 副车牌，用意肯定有问题。常安更加怀疑，祁卫东与这起杀人案脱不了干系。

死者衣物已经化为灰烬。常安从驾驶室储物盒里发现了驾驶证、身份证和行车执照，已被炙烤得严重扭曲，文字残缺不全。把驾驶证和身份证上的文字拼凑起来，可以确认司机名叫杨太安，男，其他信息不全。

勘查过程中，常安脑海里的诸多问号不断地被拉直，惊讶地对尚成功说："7 日傍晚，纪小英母子从枣林镇上了这辆越野车，开车的是杨太安，车上还有祁卫东和史惠梅。前天夜里，成爱中一家三口被害。昨天，我们连夜赶来富新，今晨太安开车途中突遭枪击坠崖身亡。这无疑说明，杨太安与成爱中一家三口被害密切关联，杀害杨太安的目的就是灭口。显然，这是一起惨绝人寰的谋杀案，祁卫东、史惠梅都脱不了干系。"

尚队默然点头，介绍了杨太安的基本情况。

杨太安原来是牙山稀土矿的一名打工仔，开了几年挖掘机，对汽车产生了浓厚兴趣，用打工攒下的几万块钱买了一台旧北京吉普，有空就去荒场上练。车辆出点毛病也是自己捣鼓，不但开车是高手，修车也很内行。随着富新稀土矿的大发展，来富新跑运输的大卡车、正规出租车、黑的士、私家小汽车、党政机关和厂矿企业的大车小辆，都成倍增加，许多司机并没经过正规培训，无照驾驶屡见不鲜，各种交通事故频发。为了减少交通事故，县交警大队不仅严把驾驶证发放关，严查无证驾驶和违章驾驶，还和县交通部门联手，搞了一个汽车驾驶大比武，包括交通规则知识竞赛和驾驶技能比赛。比赛结果，名不见经传的杨太安斩获全县轿车驾驶第一名，获奖金 10 万元，成了富新的名人。比赛一结束，矿主祁卫东就把杨太安调到自己身边做他的专职司机。杨太安机智灵活，对祁老板言听计从，从无三心二意，为祁老板办了许多私密事，都办得十分圆满。祁老板称心如意，于是认他做了干儿子。

常安受到启发。他说："因为这层关系，杨太安可能掌握了祁老板太多的秘密，其中有些秘密可能跟南山老宅有着千丝万缕的联系。"

尚队接茬说，"南山神探来到富新，祁老板预感大祸临头，便来了个丢车保帅。"

常安、尚队反复勘验死者的枪口，认为是近距离射击所致。俩人仔细观察四周环境和地形地貌，认为射击者只有隐蔽在公路旁，等越野车驶近时突然朝司机开枪射击，才能保证一枪射中头颅。常安和尚队沿汽车坠崖滚落的痕迹攀援而上，在半坡上发现一部手机。常安用这部手机拨打自己的手机，它的号码立马显示在自己的手机上。打开它的电话号码簿，上面有祁卫东的电话号码，还有几个未接电话，都是一个备注为张二江的人打给他的。从成爱中被害的第二天到杨太安遇害，不到三天时间，张二江给他拨打好几遍，他一次也没接听。常安琢磨，其中必有蹊跷。他试着回拨过去，对方骂骂咧咧："喂，苏老板吗？事办成都三天了，酬金咋一分没见到呀？说话不算数了吗？120万如果打了水漂，俺一定去告你，大不了来个鱼死网破，俺死了，也绝不叫你活着。"

手机是杨太安的，张二江却称他苏老板，并以威胁的口气索要酬金120万元。常安当即意识到杨太安跟张二江肯定做了一笔非法交易。为了弄清底细，常安决定将计就计，引蛇出洞，便学着当地的口音，呵呵一笑说："莫急，张老弟。俺苏某诚信第一，说到做到。我抓紧筹钱，争取今晚9点前把钱送到你手上，具体时间、地点由你定。不过张老弟，钱万一凑不够，你让我一点中不？100万，咋样？"

"那不中。少一个子儿也不中！"张二江一口回绝。"苏老板不是自称诚信第一嘛，现在大街小巷到处贴着《认尸启事》，你肯定看到了。俺俩替你干掉三个人，这可是掉脑袋的活呀。活俺干完了，你想变卦，报酬缩水，没门！酬金120万，如果少一个子儿，俺跟李怀中就去公安自首，叫你陪着俺俩一起吃枪子！"

常安明白，张二江和李怀中干掉的三个人，肯定是成爱中一家。他对着手机故意战战兢兢地说："别自首呀张老弟。你俩……要那么些钱，不是图个享受吗？你自首了，命没了，享受个屁呀！小肚鸡肠呀你，想死就去自首好了，俺不拦挡你，千万别扯上俺，俺可没活够。"

"不想跟俺一块死，就全额付钱！"张二江命令似的号叫。"120万，少一个子儿也不中。俺再说一遍，少一个子儿，我俩就去自首，拉上你做个垫背的。"

常安求饶说："好好好，今晚9点前俺把钱如数交到你手上。"

张二江说："银行下午5点下班，把钱打到我卡上就中！"

"张老弟脑子进水了呀，"常安对着手机不屑地笑着说，"想问题太幼稚了吧！"

"太幼稚？"张二江不解，"凭啥那么说俺？"

常安讥笑说："你呀，穷光蛋一个，跟银行打交道太少了，对银行的规矩看来是一窍不通。"

张二江不耐烦地嚷嚷："啥规矩不规矩的，不就是存钱取钱嘛，存多少取多少，储户说了算。你别跟俺打马虎眼？"

常安小声地说："张老弟有所不知，为了防止电信诈骗，现在银行规定，一次转账几万块钱，柜台营业员必须问清来龙去脉，打款的人必须实名登记。俺一下子打给你120万，营业员肯定生疑，万一察觉有猫腻，一个电话就能把警察招来。柜台下面有报警电话，直通公安，按一下就中。俺通过银行给你打那么一大笔钱，不是自投罗网吗？所以呀张老弟，这笔钱绝对不能走银行。"

"那……"张二江觉得在理，嗫嚅了半天，一时拿不出主意。

常安嘿嘿一笑，奚落他说："哎呀，看来张老弟确实没见过大世面。俺琢磨，一下子给你120万，你真不知道咋花呢！"

张二江觉得失了面子，对着手机吼："俺的钱咋花关你屁事，今晚9点前一定如数把钱交到俺手上，少一个子儿也不中；不然，俺就去报警！"

常安对着手机假装求饶："别别别，千万别冲动张老弟。咱俩的命都只有一个，报了警后悔就晚了。我保证，今晚9点前把120万一分不少地亲自交给你。具体交接时间、地点由你定，请你提前一小时告诉我。"

"好吧，一言为定，不见不散！"听口气，张二江有点儿小得意。

常安回一句："一言为定，不见不散！"

打完电话，常安跟尚成功合计说："今晚9点，咱们将计就计，引蛇出洞，趁交钱的时机，把张二江及其同伙一网打尽。张二江见过杨太安和他开的车，为麻痹张二江，准备一辆跟坠崖烧毁的黑色尼桑越野车同型号同颜色的越野车，挂上A54117车牌，再准备一套跟杨太安所穿同款式同颜色的服装，今晚我开车给他送钱。你带人潜伏在附近，快速抓捕。"

在杨太安的手机图库里，常安发现了他和窦建功、李光荣、高大友的肖像，收藏时间是 5 月 9 日 21 时。此时，他们仨正在赶往富新的路上。看来，他们仨一抬脚，南山就有人把警方的行程通报给了富新。常安等人惊诧不已。

杨太安是个司机，跟常安一行素不相识，什么人那么快把他们的肖像传送给他？常安联想到公路上歹徒拦截的一幕，觉得传递信息者的目的就是阻挠他们的富新之行。想到这里，他把他们的肖像出示给尚成功。

尚成功看过，惊讶地说："把你们的肖像传到富新的人，对你们的行程了如指掌，不把他抓获归案，你们，不只你们，也包括我们在内，就时刻处在危险之中，我们千万不能麻痹大意。"

常安点头赞成，把手机装进证据袋，和尚成功继续搜索，直达公路路面，把散落的毛巾、软垫、太阳镜、水杯、杂志等物品悉数收进物证袋。最后，俩人在路对面的荆棘丛中发现一枚弹壳和几个脚印。弹壳与在越野车坐垫下发现的弹头型号匹配，脚印是一个女人留下的。根据脚印判断，这个女人就是杀手。

常安感叹："有人事先让女杀手潜伏到这里，然后扯个理由把杨太安调出来，等他驾车路过这里时，女杀手一枪要了他的命。"俩人进一步勘查发现，荆棘丛边有两道雅马哈摩托车前后轮印痕，两边留有一个男人的脚印，与女人脚印叠压在一起。女人两只脚印深浅不一，她的左腿可能有点跛，驾驶雅马哈摩托车的男人应该是女杀手的同伙。

女枪手是谁？尚队琢磨，祁卫东的情妇史惠梅脚有点跛，她的枪法很准，素有"神枪手"之称，能让杨太安一枪毙命。她要射杀杨太安，除非得到祁老板的授意；否则，即使给她十个胆，她也不敢擅自射杀老板的干儿子。由此推测，祁老板与成爱中一家三口被害绝对脱不了干系。

常安觉得尚队的推测十分合理，祁老板的确值得怀疑，当年制造杨金贵失踪案的始作俑者很可能也是祁卫东。他问尚成功，"富新县城有家荷园超市吗？"

尚队说："东方家园对面就是荷园超市，祁卫东就居住在东方家园。"

踏破铁鞋无觅处，得来全不费工夫，常安有一种拨云见日的轻松感，终于锁定了侦察方向。"为什么是富新？"这个困扰警方 8 年的谜团，终于快揭开了。

常安看一眼表，对尚队说："杨金贵正处在高度的危险之中，救助杨金贵，刻不容缓，必须争分夺秒。这里的所有侦查任务由你完成，我们仨马上去寻找杨金贵，晚上 8 点钟之前，务必做好给张二江送钱的准备，机不可失。"

尚成功郑重回答："明白，保证完成任务！"

2

治安警刘小东带领常安等三人一个小区一个小区地走访调查，紧跑慢赶查了一天，始终没有查到杨金贵的任何信息。

傍晚，富新县城华灯初上。常安忧心忡忡，拖着疲倦的脚步，来到天龙小区，向门卫出示了警官证和《认尸启事》，讲明来意。

年轻的保安认识刘小东，他仔细辨认《认尸启事》上的照片，惊愕地说："这个男人很像经常来小区收购废品的破烂王。"

"破烂王？他叫什么名字？"窦建功迫不及待地问。

年轻保安右手食指轻轻敲击着太阳穴，"嗯，他姓成，叫……成爱中。"

警官们喜出望外。

年轻保安叫刘大伟，他热情地把警官们请进安保室，给每人端上一杯热水，详细讲述起成爱中来小区收购废品的有关情况。

在天龙小区居住的，大都是矿厂的老板们。成爱中一周来小区收两三次废品，前前后后有三四年了，保安都知道他是南山县人。他收购废品价格合理，不要秤杆，童叟无欺，业主们都信任他，习惯性地喊他"破烂王"，也有喊他成老板的。成爱中是个热心人，哪户人家有搬搬抬抬的重活，招呼一声就到，分文不取，而且手脚干净，不偷不摸，业主们都愿意把废品卖给他。他和保安混得挺熟，有话爱跟保安唠。四天前的傍晚，成爱中接到媳妇的电话，说带儿子连夜来富新。他刚从老家回来，就问：家里出啥事了吗？他媳妇说：甭问啥事，俺到了你就知道了。保安们和他开玩笑说：你在家住的时间太短，嫂子跟你没亲热够呗！他笑得大嘴咧到耳根子。接完电话后，他就拉着一车废品走了。他住在县城郊区，具体位置说不清，好像叫张庄窑场。从那以后，他再也没来小区收废品。

"谁能想到出这事儿呀。"刘大伟抖着《认尸启事》，心痛地说，"多好的人哪，老实巴交的。"

常安问他："成爱中回家时说，他在某小区见到了老乡杨金贵，是个男的，五十多岁，智障，见了人就知道傻笑，哈喇子顺着下巴淌得老长。天龙小区有这么个人吗？"

　　刘大伟不假思索地回答："有呵，不叫杨金贵，叫祁卫平。"

　　"祁卫平？"常安疑窦顿生，"不对吧？杨金贵咋成祁卫平了呢？"

　　刘大伟说："成爱中倒是说过，祁卫平就是他的老乡杨金贵。"

　　"杨金贵为什么改名叫祁卫平？"常安追问，"杨金贵是怎么住进天龙小区的？他来这个小区住了几年了？"

　　"这个，俺说不上来。"刘大伟面对常安一连串的追问，一个劲儿地摇头，"俺来小区干保安才两年，你问的这些，物业部赵经理兴许知道。"

　　"赵经理在吗？"常安以征询的口吻说，"小刘同志，如果方便的话，请向赵经理通报一下，我们要见见他。"

　　"没问题。"刘大伟痛快地说，很快叫来赵经理。

　　刘小东认识赵经理，他把常安介绍给他，常安主动向赵经理出示了警官证。赵经理笑着摆手说："刘警官在，不会有假。"他没有查验常安的证件，热情地向常安提供了有关成爱中和祁卫东的重要信息。

　　半月前，小区有户人家卖旧冰箱，成爱中进小区往外扛，偶然与祁卫平碰了个面对面。他说祁卫平跟他是同村，都是南山县枣林镇人。祁卫平原名叫杨金贵，儿时聪明伶俐，因出身不好，被打成了傻瓜，乡亲们喊他傻金贵。8年前他失踪了，公安和乡亲四处寻找，结果是活不见人，死不见尸，乡亲们以为他早就不在人世了，没想到"破烂王"在天龙小区见到了他。他乡遇故知是人生的大喜事儿，成爱中把肩上的旧冰箱放到地上，迎上去抱住祁卫平，喊他："金贵叔！"祁卫平也认出了成爱中，冲他呵呵傻笑，说要回老宅，老宅是他家。思乡之情人皆有之，傻瓜也不例外。祁卫平只说了一句话，就被他爱人给拽回家了。成爱中把冰箱扛出小区，对保安说了自己的奇遇。保安告诉他，那人叫祁卫平，不叫杨金贵，是牙山矿董事长祁卫东的哥哥，先天痴呆，终生未娶，一直跟着爹娘生活。爹娘去世后，祁卫东牵挂哥哥，就在天龙小区买了幢120平方米的房子，是6号楼4单元6楼601室，把他从老家接过来，给他找了个媳妇伺候他。他媳妇叫史惠梅，原来是牙山矿职工，和祁老板关系密切。保安怀疑成爱中认错了人，成爱中犟得很，一口咬定他就是失踪8年的老乡杨金贵！

常安疑心重重，是真是假，必须亲眼见见才能分得清。他请保安把祁卫平请到警卫室，让他见一见。

赵经理说："史惠梅绝对不同意他来见警察，除了祁老板和老板的司机杨太安，谁都不让见。"

"为什么？"常安问。

"不知道。"赵经理说，"这是史惠梅立下的规矩，物业必须尊重业主的隐私。"

刘小东也心生疑窦，对赵经理说："我陪着南山的同行去他家探望祁卫平，这样总可以吧？"

赵经理无奈地答应说："你们试试吧。"然后，他抬头看看墙上的挂钟，提醒刘警官，"抓紧时间，晚了史惠梅就不开门了，警察叫门也不开。"他举例说，上次人口普查，片警带人连续三个晚上登门收集数据，史惠梅始终没开门。人口普查需要逐门逐户核查有关信息，来早了许多业主没下班，所以安排在晚上入户调查。普查人员明明听到她家开着电视，史惠梅就是不开门，说已经睡了，要他们第二天早点儿来。警察朝室内喊："人口普查，一会儿就中，不耽误你休息。"史惠梅冲门外喊："你们已经影响我们休息了。人口普查也不能扰民啊。"普查人员无奈，只好一次一次地跑腿。"

常安对赵经理说声谢谢，决定碰碰运气。

3

由刘小东引路，常安一行很快找到6号楼4单元6楼601室。刘警官按响了门铃，不一会儿，厚重的防盗门打开一道缝，露出一只瞪圆的眼睛和半张嘴，是只左眼，眉梢上有颗黑痣。站在刘警官身后的常安看见那颗黑痣，不由得一惊：枣林镇监控里就是这张脸。

那只左眼警觉地审视着门外的警官，她虽然认识刘警官，但不认识常安等三人，半张嘴问道："你们找谁？"左眼射出来的，是敌意和警觉的目光。

常安驱前一步，用力倏地猛推防盗门，防盗链没挂，门被推开了。他一只脚跨进门槛，亮出警官证："我们是警察，昨天巫州市发生了一起恶性入户抢劫杀人案，市局通报，两名嫌犯已经逃往富新县城，可能藏匿在某居民小区，命令立即在全城大搜查，逐门逐户，一家不落，请你配合！"

女人想把门关上，已不可能。她横在半开的门前，拒绝警察进门检查。常安强力进门，后边跟着窦建功和李光荣。常安站在她面前，与她对视着，把她的形象印到脑海里：约一米七的身材，国字脸，齐耳短发，大眼睛，左眉梢有颗黑痣，四十多岁，衣着光洁时髦，胸部饱满，浑身散发着浓烈的香水味。令常安惊诧不解的是，女人如此时髦，怎么可能嫁给傻金贵做媳妇呢？其中必有猫腻。此时，女人发牢骚："警察是夜猫子呀，那么晚了还来骚扰，让老百姓休息不？"

常安故作歉意地微笑说："对不起呀大嫂，上级命令必须执行，请您配合。"他语气坚定，不容置疑。说着，径直进到客厅，同事们紧随其后。

史惠梅敌视着各位警察。

"你家几口人？"常安大义凛然地站在她面前问。

"两口。"史惠梅回答。

"都是谁？"

"俺和老公。"

"报上姓名！"

"俺叫史惠梅，俺老公叫祁卫平。"

"年龄？"

"俺42，老公48。"

她一口一个老公，语气并不自然。

常安命令似地说："请把你们的户口本、身份证和结婚证拿来，喊来你老公，我们要一一核对，必须人证相符。"

户口本？身份证？结婚证？必须人证相符？史惠梅像突遭寒风袭击，身子不由得战栗，半天，惶恐不安地说："警察同志，很不凑巧呵，俺老公回老家了，昨天他堂弟刚把他接走。户口本是他放的，在哪里俺不知道……"

她正说着，祁卫平从房间里走出来，嘿嘿笑着说："俺没……回老家……俺……老家在大杨庄……老宅……"他下巴上淌着哈喇子，"嘿嘿……俺……要回老宅！"

没错，他就是杨金贵！

史惠梅惊恐地怒视着他，呵斥道："谁叫你出来呀大傻瓜，滚回去，这里没有你的事儿。"

常安迅速打开手机图库，调出杨金贵的照片，眼前的男人果然是他们要找的杨金贵。他既惊讶，又惊喜：杨金贵还活着，成爱中没有说假话！

常安护住他，从手机调出杨金枝的照片给他看，"这个人你认识吗，金贵哥？"

杨金贵看着手机上的图片发愣，"嘿嘿……俺……认识……她……是俺妹妹……金枝！"说着，哈喇子从下巴滴落到地上。

常安进一步确认他就是失踪8年的杨金贵。

常安意识到，当着史惠梅的面，杨金贵戳穿了真相，他再待在这里，随时都有生命危险。常安决定立即把他带走，可史惠梅挡在面前，强行把他带走可能给他带来伤害。常安同杨金贵攀谈着，制造带离他的机会。史惠梅似乎悟到了这一点，一步跨到杨金贵面前，把他跟常安隔开，怒斥杨金贵："你哪有妹妹呀，大傻瓜！再胡说八道，看我不撕烂你的嘴！"说着，伸手朝杨金贵的嘴抓去。

李光荣倏地挡开她的手，呵斥她："实施家暴，虐待智障人是违法犯罪行为，国法不容。"

史惠梅阴笑道："他是俺老公，俺不让他胡说八道咋成家暴了呀？"尔后转身对着常安，两手叉腰，两眼圆瞪，暴跳如雷，"你都看见了，俺动老公一个指头了吗？睁眼说假话，你们也配做警察！深更半夜，闯入民宅，欺负俺一个女人，我看你们是没安好心。"看似理直气壮，其实难掩内心的惶恐。

常安冷峻地看着她，不为所动。

史惠梅歇斯底里，手指大门，恶声驱赶他们，"你们走吧，俺跟老公不欢迎你们。不走，俺就报警了！"

刘警官用犀利的目光盯着她，"警方依法执行公务，无须报警。"

史惠梅见来硬的不中，收起虚假作派，软了下来，抽噎着向警察诉苦："警察同志呀，俺老公原来是干建筑的，4年前从脚手架上摔下来，脑部受伤，成了傻瓜。他傻乎乎的知道啥呀，连自己的名字都不知道，却胡说自己有个妹妹……呜呜……俺命好苦啊！"她顿时泣不成声，哭得很伤心。

常安不留情面地揭露说："收起你那套鬼把戏吧，别表演了，史惠梅！你老公不叫祁卫平，叫杨金贵，他的妹妹叫杨金枝！"

杨金贵胆怯地躲避着史惠梅，目光依然盯在常安的手机上，结结巴巴地说：

"俺……妹妹金枝……是俺亲妹妹……俺是她亲哥哥……俺叫杨金贵，不叫祁卫平！"说着，他不由得哭起来，"呜呜……俺……想俺金枝妹妹呀！"

"啪！"史惠梅在他脸上狠狠抽了一巴掌，杨金贵趔趄几步差点摔倒。李光荣扶住他，怒斥史惠梅："这不是家暴是什么？侵犯人权，法理不容。"

杨金贵战战兢兢地躲避到李光荣和窦建功中间，拖着哭腔乞求："俺要回家……大杨庄……老宅……找俺金枝妹妹……呜呜……俺要上山放牛！"

史惠梅扬起手臂又要打他，被窦建功拦下。窦建功严肃地谴责她："史惠梅，我警告你，你如此粗暴地虐待智障者，是严重的违法犯罪行为，必将受到法律的制裁！"

史惠梅狡辩道："他是俺老公，老婆打老公不犯法。"

常安命令说："史惠梅，不准对智障人施暴，你如此粗暴地伤害虐待残疾人，我们将依法带走你。"

史惠梅被镇住了，换上一副笑脸，"好好好，俺听你的，今后不打傻瓜老公了。"

常安威严地命令她把户口本、身份证、结婚证拿出来。

"俺去找，你等着。"史惠梅转身走进一个房间。她走路有点跛，左腿有毛病。常安给窦建功递个眼色，窦建功跟在史惠梅身后进入房间。史惠梅厌恶地瞪着窦建功："这是俺的卧室，你们男人不能进。"

窦建功呵斥："别啰唆，我们在依法执行公务，快把证件都拿出来。"

趁此机会，李光荣将杨金贵带离 601 室。

史惠梅在卧室内，背对着窦建功，拨打手机。

窦建功冷不丁一把夺走她的手机，喝令："不准打电话，快拿证件。"他看一眼手机屏，上面显示的姓名是祁卫东。

史惠梅埋怨说："手机是俺的私人物品，你凭啥抢俺手机？"

窦建功不予理会，催她快拿证件。史惠梅支支吾吾地说证件忘记放哪儿了，很不自然地转身倚靠在床头柜前。她的举动没有逃过窦建功的眼睛，窦建功一把扯开史惠梅，顺手打开床头柜抽屉，拿到了用橡皮筋捆绑在一起的证件：户口本、身份证和结婚证。

史惠梅歇斯底里："不经允许，随便翻找私人物品，侵犯人权，俺要告你！"

窦建功不理她，退出房间，史惠梅砰地把房门关上。窦建功把证件交给常安，常安逐一翻看。身份证和结婚证上的头像是史惠梅和杨金贵，但名字却是史惠梅和祁卫平，显然都是伪造的，户口本也是伪造的。窦建功把史惠梅刚才打电话给祁卫东的事告诉常安，常安判断，把杨金贵劫持到富新，成爱中一家遇害，都跟祁卫东有很大关系，不宜在此纠缠，必须尽快撤离。想到这里，常安朝史惠梅的房间喊："证件都是假的，祁卫平也是假的，人和证件我们要一齐带走。"

闻言，史惠梅冲出房间，大叫："你们非法侵入民宅，是假警察。"她重新查验常安一行的证件，发现他们来自南山，蛮横地大喊："你们南山警察没有权力来富新抄家抓人。我抗议，我绝不放你们走！"说着就去反锁防盗门。窦建功站在门口，像座铁塔，史惠梅无法将门关上。

刘小东呵斥："史惠梅，请放聪明点，现在是富新、南山两地警方联合执法，你若耍横，我们将以妨碍警方执行公务罪把你铐起来带走。"

常安说："不错，我们是南山县公安局的，依法解救杨金贵，任何人无权阻拦。"

史惠梅的目光在室内搜索着，见杨金贵不在了，斥责说："哪来的解救之说，分明是劫持人质。"然后朝门口大吼，"卫平，回来，他们是假警察。"

常安反唇相讥："杨金贵是南山县人，是8年前被劫持到富新来的，他不是祁卫平。"

史惠梅强词夺理，泼妇般叫嚷："你们警察仗势欺人，血口喷人。俺老公不姓杨，姓祁，叫祁卫平，是祁老板的哥哥。"

常安不再理会，反问她："前天，你去过南山县枣林镇吗？"

史惠梅回答："去过呀，咋了？难道枣林镇是禁区，老百姓去不得吗？"

"你跟谁去的？"

"跟祁老板，他的司机杨太安开的车。"

史惠梅一点都没隐瞒，她痛快的回答大大出乎常安的意料。

"富新到枣林一千多里，祁老板亲自出马，有啥要事要办吗？"

史惠梅说："这是商业秘密，不经祁老板同意，不得泄露。"

常安问她："从枣林回来时，车上还是你们仨吗？"

"不。我们做了一件助人为乐的好事，顺道把纪小英母子俩带到富新。"史惠梅坦然说。

"助人为乐的好事？"

"是呀。"史惠梅说，"傍晚，我们要往回赶的时候，一个女人带着她儿子问我们去富新咋走。天那么晚了，没有公交了，母子俩咋去富新呀？我是女人，最理解女人的难处。我们的越野车再坐两个人没有问题，决定帮帮这对可怜的母子，就让她俩上了车。她对我们千恩万谢，告诉我她叫纪小英，有急事要去南外环张庄窑场找她老公。俺问她啥急事必须晚上去富新，她说家务事。次日清晨，我们把她娘儿俩送到南外环张庄路口。"

"后来呢？"

"后来她跟儿子去窑场找她老公了呀。"史惠梅理直气壮地回答。

"再后来呢？"

"再后来？那俺就不知道了。"

常安告诉她，那对母子和她老公都被杀害了，祁老板的司机杨太安也被杀害了，责问她："这些，难道你都不知道吗？"

"啥？那么些人一下子都被杀害了？"史惠梅故做惊讶地大声说，"这是啥时的事呀？好好的咋都被杀害了呢？你们警察赶快去抓凶手呀。"

常安犀利的目光逼视着她："他们被害，你应该知道。"

史惠梅两手一摊，争辩说："你们怀疑是俺把他们杀害的吧？俺做好事还做出罪来了咋的？你们警察血口喷人，栽赃诬陷好人，不得好死。"

常安对史惠梅的诅咒不以为意。他说："凶手我们很快就会抓到，他们绝对逃不出法律的制裁。"说完，他朝同事一挥手，带着杨金贵冲出 601 室。

史惠梅愣在门口，失魂落魄，看着他们进入电梯，咬牙切齿地骂："该死的警察。"然后"咣"地一声关上防盗门，跌跌撞撞回到客厅，拿起手机，向祁卫东哭诉了南山警察带走杨金贵的经过。

祁卫东在电话里哀叹："神探常安，来者不善，善者不来呀。"他告诉史惠梅，南山警方就是冲着他来的。他要她立即回自己的家，他赶过去一起研究对策。

4

刑警大队会议室，和局听取了常安的汇报，连声赞赏说："欲使其灭亡，先让其疯狂。常局敲山震虎，一下子打乱了犯罪嫌疑人的阵脚，这招高呀！"

然后，尚成功汇报了杨太安被害案的侦查情况。

和洪烈提醒大家，祁卫东、史惠梅现在就像热锅上的蚂蚁，走投无路，必然要做垂死的挣扎。所以，一定要密切注视他俩的动向，抓紧取证，尽快把他们抓捕归案。

"明白！"常安、尚成功异口同声地回答。

接着，尚队汇报了成爱中一家被害的侦查情况。5月8日深夜，前邨村35岁的女村民由小娥七岁的儿子突患疾病，疼得直打滚。村医诊断说是急性阑尾炎，必须立即去县医院诊治。由小娥的老公在矿上打工，离家很远，深更半夜回家不方便，于是决定自己蹬着三轮车连夜送儿子去县医院。夜里乌黑一片，伸手不见五指，她蹬着三轮车路过县城西郊后邨村那口枯井附近时，见右前方有个黑魆魆的影子立着，四四方方，闪着幽幽的光，像一口上了油漆的棺材。她隐约听到女人痛苦低沉的呻吟，顿感毛骨悚然。乡亲们说枯井是鬼井，深更半夜经常听到男女的鬼哭狼嚎。由小娥心里直发毛，拼命蹬着三轮车往前赶。当靠近那个四四方方的黑影时，瞪大眼睛仔细一看，不是棺材，好像是辆面包车，女人的呻吟声是从车下传来的。她吓得心脏狂跳，但救儿心切，咬牙猛蹬三轮车，飞一样逃离现场，一口气蹬到县医院。这时，她儿子已经昏迷。医生检查后说，她儿子阑尾已严重穿孔，诱发腹膜炎，必须立即手术。医生埋怨她送晚了，如果再延误半个钟头，孩子就没命了。由小娥战战兢兢，上气不接下气地说："多亏枯井闹鬼催俺，要不然俺儿真没命了。"

医生责备她："都什么年代了，还信鬼神？看把孩子耽误的。"

她顾不上解释，在手术告知单上签了字，目送儿子被推进手术室。

次日早晨，由小娥看着刚刚醒过来的儿子，心里的一块石头终于落了地。她不仅感谢医生，还默默感谢鬼井的神灵。要不然，她绝不会骑那么快，说不定真把儿子耽误了呢。她去一楼大厅交费时，看到墙上贴着一则《认尸启事》，凑近仔细看了看，有三个人在枯井旁被害，其中还有一个女的，她断定深夜那个痛苦呻吟的女人就是被害人。缴完费，她立即打电话向刑警大队报了案。尚队带人赶到医院时，由小娥自责说，"俺路过枯井附近时听到了女人痛苦的呻吟声，以为是鬼，没及时报案。要是及时报案的话，三个受害人很可能有救，哎呀，俺……

当时……简直让儿子急糊涂了。"

尚成功由衷地感谢她，劝她不必自责，问她看清那辆面包车的品牌、颜色和号牌没有，由小娥遗憾地说："没有，当时俺让鬼吓破胆了，啥也顾不得。"

经现场勘验，作案的是两个人，作案车辆是一辆长安面包车。从三名被害者的胃内容物看，他们最后一顿饭是在饭店吃的。所以，找到这辆面包车或者饭店，就找到了侦破此案的突破口。

5月8日凌晨4时20分，悬挂A54117号牌的黑色尼桑越野车开进离县城5公里的三堡镇。5时从三堡镇开出，车牌既不是A54117，也不是E86351，而是B66186，开车的是史惠梅。史惠梅驾车绕过半个县城，驶上通往牙山的公路，离开监控区。6时许，越野车从牙山方向返回，驶上南外环路，车牌仍是B66186，但司机却换成了杨太安。车沿南外环路行驶到张庄路口停下，从车上下来两个人，正是纪小英和她的儿子成小宝。车牌和司机换来换去，无非是要迷惑警方。纪小英对杨太安说了句什么，然后牵着儿子朝张庄窑场走去。越野车沿外环路围绕县城转了一圈，最后往牙山方向驶去，离开监控区。

录像显示，5月8日傍晚6点半，日产黑色尼桑越野车从张庄路口拐进张庄窑场，20分钟后开出张庄，直奔县城。开车的仍是杨太安，但车牌却换成了A54117。7点20分，越野车停在前进大街仙客来大酒店门前一辆银灰色长安面包车旁，车牌号是E38745。两位男青年从面包车里钻出来，与刚下车的杨太安交谈了几句。杨太安招呼成爱中和纪小英、成小宝下车，把一家三口介绍给两位男青年。然后，杨太安跟两位男青年引领成爱中一家进入大酒店。晚8点半，杨太安开车离开大酒店。晚11点，成爱中一家三口被两个男青年背出大酒店，塞进面包车。随即，面包车离开大酒店，向城外驶去。

仙客来大酒店大堂值班经理和门童、餐厅服务生证实，8日晚有6位客人在2楼213室就餐。其中先到的两位男青年是同乘一辆银灰色长安面包车来的，车牌号是E38745。两人都留着寸头，胳膊上刺着青，一个矮胖，肥脐脐的圆脸，表情冷酷；一个瘦削，长着一张瓦刀脸，言谈中露出几分狡猾，一看都不是善茬。菜是他俩事先点好的，有红烧鲈鱼、盐水虾、特色炒鸡、烤鸭、风味茄子、烤串等，摆了一桌子，最后吃的水饺。酒水和饮料是他俩带来的，瓦刀脸结的账。服务生从电脑里打印出一份账单存根交给尚队长。另外4个人是同乘一辆尼桑越野车来的，黑色，车牌号是 A54117。男司机 30 多岁，1.7 米的个头，长方形的脸庞，表情憨厚，跟他一起来的是一对夫妻和他们的儿子。那对夫妻大概不到 40 岁，他们的儿子约 10 岁。从穿戴看，他们来自农村，听口音不是本地人。男孩穿着校服，上面有"枣林二小"几个字，脖子上系着红领巾。枣林是哪里，服务生不知道。司机喊那男的成哥，喊那女的嫂子，喊小男孩小宝。看那股亲热劲，他们好像是亲戚。两位男青年喊尼桑车司机苏老板。喝酒喝到 8 点半，苏老板说有事先走了，交代两个男青年一定要把老乡招待好。两个男青年看起来很豪爽，殷勤地劝那对夫妻喝酒，不断地跟他们碰杯，哄小男孩猛喝饮料，看着有点不怀好意。吃喝到 11 点，姓成的两口子和小宝都被灌醉了，像堆烂泥，趴到桌子上，不省人事。两个男青年把他们扛下楼，塞进面包车拉走了。"大人喝酒能喝醉，小孩喝饮料咋也醉成那样呢？俺看两个男青年很不地道，说不定在饮料里掺了啥东西。"女服务生说。尚成功要那晚的酒瓶饮料瓶，服务生说两个男青年都是小气鬼，临走时把空酒瓶和饮料瓶划拉到一个大塑料袋里带走了。

显然，两个男青年带走空酒瓶、饮料瓶的目的是消灭罪证。岂不知，张二江留给杨太安的电话号码露出了破绽，让猎人抓住了狐狸尾巴。

听完汇报，和局极为震惊。他努力控制着自己震怒的情绪，赞赏专案组工作效率高，为破获系列杀人案开了个好头。他问下一步如何进展，常安汇报了跟尚队研究的智取杀人凶手张二江及其同伙的方案。和局充分肯定，指示一定要乘胜追击，务求全胜。

在和局的印象里，私企老板祁卫东劣迹斑斑，根本不是好东西。

祁卫东是富新县和巫州市的著名企业家、县政协副主席、巫州市政协常委。他的私营牙山稀土矿是富新县的利税大户，是挂牌保护的重点民营企业，历任县委书记和县长都将祁卫东视为财神爷。在每年的经济工作会议和政法会议上，县委领导都不厌其烦地强调，公安部门要自觉为挂牌保护企业保驾护航，排忧解难。所以，如果不经县里批准，擅自调查祁卫东，就是冒天下之大不韪。干了一辈子公安的和洪烈对这位财神爷历来不屑，在他看来，祁卫东之所以把企业做大做强，除了他自己曾经奋斗过以外，很大程度上与县里不适当地吹捧和扶持有关。祁卫东拉大旗作虎皮，欺上瞒下，从社会上招募了一批地痞流氓，仗势排斥和欺凌周边同行，明目张胆地霸占和侵吞国有矿产资源。周边群众骂声不绝，县里却充耳不闻，视而不见。和洪烈的前任曾多次向县里直陈祁卫东的斑斑劣迹和违规违法经营问题，但一向以上缴利税多寡论英雄的县委都当了耳旁风，最终让"不识时务"的前任提前退休。祁卫东恶习依旧，根本不把县公安局放在眼里，堂堂的县公安局局长和洪烈总有一种被祁卫东骑在头上的感觉，被压迫得简直喘不出气来。他忍气吞声，不敢主动捅祁卫东的马蜂窝。他干了一辈子警察，再熬一年半载就退休了。他要保持晚节，光荣退休，不能因为祁卫东的问题背个处分退休。他希望天降神灵，扳倒祁卫东，替他出出这口憋了多年的窝囊气。常安就是从天而降的神灵，和局大喜过望，他斟酌再三，决定先斩后奏，放手让南山同人去调查。他郑重表态："祁卫东、史惠梅涉嫌犯罪，必须一查到底，绝不能姑息。注意，一定要把证据坐实，把证据链打造完整，一环也不能少。"他宣布，"在案情公布之前，要严格保密，任何人无权擅自泄露案情。这是办案纪律，参案人员都要严格遵守。对私自泄露案情，给嫌疑对象通风报信者，我将依法依纪严惩不贷，绝不姑息。"

对于祁卫东和史惠梅，和局知根知底。"物以类聚，人以群分，这俩人是一丘之貉！"和局说完，笑得肚腩颤动，活像一尊弥勒佛。笑过后，他得意地说："他们两个人的事儿，不光牙山矿职工，社会上许多人都知道。如果让牙山派出所所长左丘明讲，简直活灵活现，引人入胜，跟说评书一般。"

李光荣惊喜地说："左丘明是我的同班同学，抽空一定去拜访他，听他讲讲祁老板的故事。"

为了确保杨金贵的安全，常安跟尚队商定，派南山的高大友和富新的孙重山两名警官负责照料杨金贵。常安认真严肃地向他俩交代了注意事项，必须做到24小时不离开杨金贵；不准对外透露杨金贵的暂时住所；不经和局、尚队和他同意，不得接受任何人的调查采访。希望二位互相帮助，互相督促，确保杨金贵的安全。高、孙满口答应："保证万无一失。"

和局再次提醒常安和尚队："张二江和李怀中是亡命之徒，看到《认尸启事》以后，自然明白随时可能被警察抓获。他们犹如惊弓之鸟，绝不会坐以待毙，必然负隅顽抗，想方设法对抗警方的抓捕。你们虽然抓住了狐狸尾巴，逼急了它会反咬你一口。今晚抓捕张二江及其同伙，争取智取，同时做好武力抓捕的思想准备，在确保自身安全的前提下，圆满完成抓捕任务。"

第十一章　智擒凶犯

1

常安和尚队认真落实智擒张二江及其同伙的措施：一辆黑色尼桑越野车到位，悬挂 A54117 号车牌；后备箱里堆放着 4 个装满从银行借来的一百万点钞券的红色塑料袋；驾驶座上有一套跟杨太安生前所穿服装款式相同的半新服装……至此，可以说是万事俱备，只欠东风了。

下午 6 时，张二江打来电话，交款时间定在晚上 8 点，交款地点另行通知，这家伙够狡猾的。张二江没有明说交款地点在哪里，说明他胆怯得很。常局、尚队和专案组成员深入分析抓捕过程中可能出现的意外，研究了需要采取的应对措施。

7 点 20 分，张二江打来电话，要杨太安直接把钱送到他的烧烤店。他如数收到酬金后，要请他的客，跟他结拜把兄弟。

常安笑着道谢，故意说："俺单枪匹马把那么一大笔钱送到你店里，估计张老弟这辈子见都没见过。你要是雇几个凶手把钱给抢喽，俺的损失就大了。"

张二江咯咯笑着说："苏老板多心了，俺张二江雇人抢你的钱，俺的命还要不要了？没了命，要钱有啥用啊？"

常安逗他说："现在社会上，要钱不要命的人还少吗？"

"俺是要命也要钱！"张二江说，"放心吧苏老板，上次你来俺小店吃烤串时看见了，平时店里没有多少吃客，熬半宿来 30 个喝酒吃串的就烧高香了。"

"俺看你买卖挺火的！"常安故意挑衅说，"不用说 30 个人，就是你跟李怀中，俺一个也不是对手呀。"

张二江讥讽他："苏老板小心过度了吧？"

"必须安全第一。"常安决定死死缠住他，小声地对他说，"大意失荆州。俺带着 120 万现金一人出行，不小心中吗？"

张二江要给他吃颗定心丸，发誓说："今晚俺不卖烤串，店里只有三个人伺候你，可以吧？"

"三个人不少呀！"常安谨小慎微地说，"哪三个人呀？"

张二江不耐烦地说："俺跟李怀中，还有俺老婆，你都见过的。"

"俺就信你一回。"常安故意迟疑着说，"俺还开黑色尼桑越野车去，车牌号是 A54117，仙客来大酒店门前你见过。你把你的面包车停在烧烤店前，8 点整，俺准时把越野车停在面包车旁。注意，如果车牌号不是 A54117，那就不是俺，车里可能有警察。现在警方正紧锣密鼓地到处查找杀害成爱中一家的凶手呢，警察的嗅觉比狗都灵。所以，必须小心小心再小心；不然，俺、你和李怀中，还有你老婆，都得掉脑袋。"

张二江警觉地问："交钱的事儿，苏老板跟别人说过吗？"

"张老弟脑袋进水了呀，这事儿能跟别人说吗？"

"那……既然那样，别人咋会知道？"

常安嘿嘿笑着说："120 万，俺从银行分 3 次共提取了 60 万，又跟好几个朋友借了 60 万。俺自以为做得天衣无缝，滴水不漏。可是俗话说得好，没有不透风的墙，防人之心不可无。那么一大笔钱，小心无多呀！"

张二江佩服道："考虑问题真细致！"

常安说："不细致不中呀张老弟，你跟李怀中干掉那仨，打了个漂亮仗，没露破绽。今晚送钱，也得打个漂亮仗，才算真正大功告成。"他小声地说，"张老弟，你再给俺发个定位。"

张二江有点怀疑，问："你不是来过俺店吗？这才几天啊，就忘了吗？"

常安说："今晚不一样，我带着那么些钱，必须万无一失。发个准确位置保险一点。"

张二江觉得苏老板说得在理，给他发了定位。俩人相约八点碰头。

"今晚 8 点，钱准时送到。俺把车停在你的面包车旁边，一按喇叭，你就立即出来拿钱。"

"好哩。"张二江得意地说，"今晚 8 点，不见不散。"

放下电话，常安对尚队说："张二江除了安排李怀中和他老婆接钱，不会叫别人参加。当然，即使这样，我们也绝不能轻敌。"为了保证行动成功，常安要求尚队和光荣各带 4 位同志，着便装带枪提前 10 分钟潜伏到张二江烧烤店附近；窦建功潜伏在面包车后排座位下。"如果时间允许，可先派一人假扮顾客去吃烧烤，探个虚实，如有异常，立马报告。张二江带人出来接钱时，我按两声喇叭，你们两组人马迅速包抄，将三个人拿下。如遇反抗，开枪示警，尽量不伤害他们。"

常安看一眼手表，喊声出发，两组身着便装的参战人员分乘两辆悬挂地方号牌的越野车，箭一般驶出刑警队大院。

常安站在大门口，望着消失在熙来攘往车流中的两辆越野车，微笑着自言自语："好戏即将上演。"然后，他让窦建功潜伏在后座，自己穿上那套跟杨太安穿着类似的服装，按张二江发来的位置图，驾车向烧烤店驶去。

2

天渐渐黑下来。

张二江烧烤店前，一片寂静。一盏60瓦的灯泡，漫射出昏暗的光，昆虫们乱飞乱撞。门前左侧停着一辆银灰色长安面包车，E38745号车牌闪着幽幽的光，右侧柱子上挂着一块硬纸板，上面写着八个大字：店内装修，暂停营业。一个30多岁的妇女，不时出门张望，窥视门前的动静，焦躁不安地挥动着手臂，驱赶眼前乱飞乱撞的昆虫，她是张二江的媳妇刘秀兰。

常安驾车从烧烤店前来回走了两趟，没有发现异常，给尚队和光荣发送了只有两个字的信息："照常。"

潜伏在附近的尚队、光荣静静等待着常安的喇叭声。

8点整，常安把车停在面包车右侧，隔着前窗玻璃朝店内瞅了一眼，随即按了两声喇叭。张二江、李怀中、刘秀兰闻声从店内鱼贯而出，疾步跑到越野车左前方，喜滋滋地喊声："苏老板好！"

常安摇下窗玻璃，脸往后一扬："钱在后边。"

三人争先恐后涌向后备箱。张二江伸手掀后备箱盖，锁着，没掀开，朝常安吼："苏老板，快打开。"

常安不慌不忙地下车："别急。"

这时，张二江、李怀中不约而同地发现司机不是苏老板，顿时惊得目瞪口呆，结结巴巴地责问常安："你，你不是苏老板！"撂下这句话就往村外跑。

常安朝他们喊："往哪里跑呀？钱不要啦？"

张二江停下脚步回身问："你是……"

"苏老板叫俺来送钱。"常安说着，不慌不忙打开后备箱，提出一兜钱，朝他们晃晃。"这钱，你们不要俺要。"

三人看见钱，疾步返回，饿虎扑食般扑向后备箱。这时，窦建功倏地跳下车，举枪大喝一声："举起手来，蹲下，不许动！"

张二江、李怀中和刘秀兰被吓蒙了，正不知所措，尚队和光荣带人以迅雷不及掩耳之势包抄过来，干净利索地把三人铐了起来，塞进越野车。

路过的群众看见这一幕，惊愕又好奇地驻足围观。

张二江挣扎出半截身子大喊："歹徒抢钱啦，快报警抓歹徒啊！"

常安拿出警官证，展示给围观群众："我们是警察，张二江他们仨是杀人嫌犯。"

围观群众大惊失色，七嘴八舌地议论。

张二江歇斯底里："他们不是警察，乡亲们千万别信，快抓歹徒！。"

尚队把他的头推进车里："叫唤啥呀，我们是警察。"说着也亮出警官证。

张二江极力争辩："凭啥说俺杀人了呀？你们肯定抓错人了，俺要去告你们。"

常安不屑地笑着说："我们有确凿的证据证明，杀害成爱中一家的就是你张二江和李怀中，你老婆涉嫌纵容包庇罪犯。"

张二江失魂落魄，像霜打的茄子，低头哭号："苏老板把我们骗了呀。"

刘秀兰嘤嘤啜泣："俺的个娘哟……你们凭啥抓俺呀……他俩杀人……俺可啥也没干……俺冤枉死了。"

李怀中号啕大骂："杀害成爱中是苏老板的主意啊。"

此时，隐蔽在不远处的两辆警车鸣着警笛开过来，停在越野车旁。

常安喝止三名嫌犯："别号了，有话到公安局说去。"他令窦建功把三名犯罪嫌疑人分别安排到三辆车上，然后鸣着警笛，向县城驶去。

张二江烧烤店前，留下一片唾骂声……

3

富新县公安局刑警大队审讯室里，警方连夜突审犯罪嫌疑人张二江、李怀中和刘秀兰。

审讯席上，从左至右，坐着李光荣、尚成功、常安和窦建功。他们身着笔挺的警服，目光如炬，直视着坐在对面审讯椅上的张二江。

张二江战战兢兢，极力低垂着头，恨不得钻进自己的胸膛。常安向尚成功递个眼色，尚成功会意，喝令："张二江，抬起头来看看我们！"

张二江迫不得已，缓缓抬起头，目光无神。

尚成功朝常安伸伸手，"你认识这位吗？"

张二江觑了常安一眼，身子一抖，惶恐地回答："他，他是骗俺的苏老板。"接着改口，"不不不，他不是苏老板，是警察。他冒充了苏老板。"

尚成功哑然失笑，"他的确不是苏老板，他是成爱中的家乡南山县公安局常局长，是专程来富新抓你们的。"

"唔，俺，俺明白了。"张二江结结巴巴地说，"常局长早来三天就好了，那样……俺，俺就不会杀人，就不会被抓到这里来了。"

"胡说！"尚成功呵斥道，"你杀人，与警察来富新早晚没有任何关系。"

张二江哆哆嗦嗦地说："是，是。"额头上豆粒大的汗珠直往下掉。

尚成功喝令："老实交代自己的罪行吧，从头到尾，一五一十地交代清楚。"

张二江低头沉默不语，暗中盘算该不该交代，该交代到啥程度。

从被抓的那一刻起，他就打算跟警察死磕到底，想到杀人肯定是死罪，但如果认罪态度好，主动举报他人，兴许被判个死缓。那样，命就能保住，好死不如赖活着，只要有一线希望，也要努力争取，绝不能轻易放弃，硬扛，肯定是死路一条。思忖至此，他举起腕上的手铐猛击额头，"俺交代，俺都交代！"

尚成功大声制止，窦建功疾步跨过去，抓住他的手，命令说："老实交代，才有出路！"

他机械地看着窦建功，不禁问道："俺还有出路？"

"有！"窦建功点头说，"关键看你的态度。"

张二江嘴角一翘，露出一丝难得的微笑，连连点头。"俺一定彻底交代，不但交代俺自己，还要揭发苏老板和李怀中。"

"好！"尚成功说，算是对他的鼓励。

张二江用衣袖擦擦脸上的泪水，额头上隆起一个大包，血印清晰可见。他一五一十地交代——

俺和媳妇刘秀兰在城北开了家二江烧烤店，起早贪黑、披星戴月，累得浑身剥掉一层皮，忙活一年也剩不下仨瓜俩枣。老爹患肺癌三年去世，债台高筑，不知道猴年马月才能还清，上门讨债的络绎不绝，愁得俺媳妇头发一绺一绺地往下掉。俺天天盼着发个大财，彻底摆脱吃了上顿愁下顿的困境，跟老婆好好享受一番人生。

5月6日，俺熬到夜里11点，正准备收摊，一辆越野车停在摊前，司机三十五六岁，径直走进俺店里，坐在最里边的一张桌子旁，要了200个烤串和4瓶啤酒，要俺陪他一块吃喝。俺怕被讹着，没答应。那人四下瞅瞅，没见别的客人，说就俺一位，你忙啥。他掏出3张百元大钞，拍到桌子上说：今晚俺请你张老板的客，赏脸不？俺一下愣住了。开烧烤店6年，还没见过那么大方的客人哩！反客为主，要俺陪他吃串喝酒，可真是大闺女上轿头一回哩。客人竟知道俺姓张，俺觉得这家伙来头不小，不敢怠慢，赔着笑脸说，顾客是上帝，有话您尽管说，俺愿为您效劳。客人说，俺就一个要求，陪俺一块吃烤串喝啤酒！他命令俺在对面坐下，递给俺一把烤串和一瓶啤酒。俺谨慎地接过烤串和啤酒，等他吩咐。他直视着俺，目光倒也和善，开口就问："张老板卖烧烤，从早到晚辛辛苦苦干一年，肯定挣不少钱吧？"一句恭维的话，俺不知他葫芦里卖的啥药，只好实话实说："挣个仨瓜俩枣的，日常开销不宽裕。"他举着啤酒瓶跟俺碰一下，咕嘟咕嘟一口气喝下半瓶，神秘兮兮地说："有个大买卖，可以叫你一夜暴富，不知张老板想不想干？"发大财，一夜暴富，多诱人的字眼呀，没人跟钱有仇，俺当然动心，问是啥大买卖。他神秘一笑，说："甭管啥买卖，无本生意，做成后保你稳赚90万元，给个利索话，干不干张老板？"俺老爹患肺癌三年，去世后留下一屁股债。俺跟老婆正为还债发愁，一笔买卖就稳赚90万元，而且是无本生意，这位贵客简直是财神爷呀，俺当然想干，但怕上当受骗，没敢贸然答应他。俺跑到烤炉前悄悄跟媳妇商量，媳妇一听就乐了，"好事呀，一笔买卖就叫咱脱贫致富，凭啥不干？"我嘱咐媳妇，把桌上的烤串和啤酒撤走，重新烤纯羊肉，肥的一片不要，啤酒上易拉罐，燕山、青岛都中！俺回到桌前，客人问俺到底干还是不干。这时，俺媳妇麻利地把纯羊肉烤串和青岛牌易拉罐啤酒送上桌。俺拉开易拉罐，递给客人，自己也打开一罐，与他碰一下，一口气喝完，问他啥大买卖能挣那些钱。客人前后左右瞅瞅没人，说："帮我除掉一个人。"他说这话时，原本和善的面孔顿时变得狰狞和残忍，吓得俺半天没有回过神来，心跳到嗓子眼。俺咕咚咕咚喝完一罐啤酒，把跳到嗓子眼的心压下去，问他除掉谁，杀了人俺的脑袋不也得搬家呀！客人嚼着烤串，诡秘地笑着说："天知地知，你知我知，杀人灭迹，神不知鬼不觉，你大赚一笔，叫花子变成大富翁，还能保住自己的脑袋安然无恙，那就叫本事。俺看你有这个本事，才来找你的嘛。你张老板不吃不喝，烟熏火燎，一辈子才挣几个钱哪，到了不还是个穷光蛋吗？"俺心有余悸："这活，风险太大！"客人脸一板，说："风险越大，收益越高。没有风险白送你90万元呀，张老弟啥时见过天上掉馅饼？现如今凡是发大财的，哪个不是心狠手辣？像你这样，除了烟熏火燎地烤串，即便用死猫烂狗冒充羊肉，啤酒兑水卖，坑蒙拐骗，能挣几个钱？老话说是无毒不丈夫，现在说是不黑难发财。"俺佩服这位客人讲的话有道理，想探听一下他的根底，跟他碰着杯问他贵姓，咋个称呼。他撸一片烤肉细嚼慢咽，说："鄙人姓苏，喊我苏老板好了。"接着向俺传授生意经，"好买卖有的是，就看你能否抓住机遇。机可遇而不可求，舍不得孩子套不住狼，就是这个道理。俺开车围着县城转了好几圈，最后选中了你张老板，这就是天意吧。老天叫你发大财，馅饼掉下来你却不敢伸手接，显然违背了天意，活该你一辈子受穷！"说完，他咕嘟咕嘟喝光一罐啤酒，把空罐往桌上一撴，站起来就走。俺不想失去这个发财的大好机会，于是拦住他，拍着胸脯答应他俺干，问他要杀谁。苏老板拿话激俺说，张老弟可要想好喽，这可是一笔掉脑袋的买卖，世上没有卖后悔药的。俺发誓说："绝不后悔，杀谁？报上名来吧，怕死永远是穷鬼。""好！"苏老板重新坐下，"给个账号吧，俺先给你打订金10万，你收到订金后俺再告诉你要杀谁。先付报酬再干活，苏某向来不玩虚的。"俺叫媳妇拿来农行存折，交给他："把钱打到存折上就中。"苏老板瞅瞅存折，上面只有103元7角钱，嗤之以鼻："一百多块钱还当老板啊，如果福布斯排行榜发布世界最穷老板的话，首穷非张老板莫属！"面对苏老板的讥笑和羞辱，俺感到羞愧难当，无地自容。苏老板打开手机，输入俺的账号，然后把存折还给俺，要俺明早去银行查订金，到账后回个话。然后，他跟俺交换了手机号码，就走了。俺站在店门口，目送着这位"财神爷"开车离去。他开的是辆黑色尼桑越野车，挂的是省城的车牌，号码是A54117。是真是假，是福是祸，俺跟媳妇反反复复地讨论了一宿，既喜又怕。俺狠下心说："是福不是祸，是祸躲不过。这年头，撑死胆大的，饿死胆小的，连订金100万啊，路过不能错过，俺干！"老婆鼓励俺："这才像个爷们！"第二天一大早，俺去银行一查，折上果然进账10万元。苏老板说话算数，值得信赖。

手起刀落，就成了百万富翁，这笔无本生意一定要做好。俺走出银行，给苏老板打电话，苏老板约俺中午 12 点去东关大街郑记家常菜馆面谈。俺开着俺的银灰色长安面包车，准时到达郑记家常菜馆。苏老板的车已经停在门口，我在一个小包间找到他，他已点好 4 个菜，一个汤和两碗米饭。他对俺说："咱开车不喝酒，边吃饭边谈生意，谈完就走。"他交代说，明晚 7 点半，去仙客来大酒店接受任务，需要干掉三个人，一男一女和一个男娃。俺琢磨这是一家人，苏老板肯定跟这家人有不共戴天之仇。俺感觉双手直哆嗦，想打退堂鼓，但是那样，心狠手辣的苏老板肯定不会饶过俺。上贼船容易下贼船难哪！俺强装胆大，跟他讨价还价：杀一个 90 万，杀三个得 270 万。苏老板脸一横，说："你愿干就干，不愿干拉倒。重赏之下必有勇夫，天底下两条腿的蛤蟆难找，两条腿的人一抓一大把。"他要俺把订金退给他。唉呀，烤熟的鸭子飞了，那心情，要多难受有多难受。俺再三央求增加酬金，他咬咬牙说："好，再加 30 万，让你纯挣 120 万，转眼就成大富翁。"他说事成之后再付钱。俺说中，希望事成之后三天之内一次付清。苏老板答应事成之后第三天，一次性支付酬金 120 万元。俺一个人一次干掉三个人，难度太大，想找个帮手。苏老板说可以，但必须可靠，不能让他把咱俩给出卖了。俺提出再增加酬金 50 万元，苏老板一口回绝，说："你嫌钱少不愿干拉倒，120万元不少了，这钱咋分，不是由你说了算，张老板。"苏老板的话让俺开了窍：120 万元不必平分！俺想到了好友李怀中。李怀中是李沟村人，也是穷光蛋一个，他白天打个盹儿都做发财梦。俺去他家跟他说，咱俩一块干掉 3 个人可以各得报酬 20 万元。他一听 20 万元，两眼放光，毫不犹豫地当即答应跟俺一块干。

按照约定，第二天傍晚 7 点半，俺开着面包车拉着李怀中到达仙客来大酒店门前。刚停好车，苏老板开着他的黑色尼桑越野车也来了，他带来一男一女和一个男娃。经苏老板介绍得知，他们是一对夫妻和可爱的儿子。多美满的一家人啊，俺平白无故地结束他们的生命，老天爷能饶俺吗？俺本想跟他们仨握手寒暄，手没伸出去就直打哆嗦，赶快插进裤兜掩饰过去。那一刻，俺想打退堂鼓，不想干这笔伤天害理的生意，但事已至此，已经无路可退。退了，俺就可能成为苏老板的刀下鬼。俺强装笑脸，陪着成爱中一家，跟苏老板一起上到二楼进入 213 房间入座。

那桌饭菜是苏老板预订好的，十分丰盛，鸡鱼肉肘、时令海鲜，应有尽有。

酒和饮料是他带进来的，都掺了迷药。他亲自给那对夫妻和男娃满上酒和饮料，一转身悄悄拿起另一瓶白酒给他自己和俺俩斟满，举起酒杯，说了句"有缘千里来相会，缘分都在酒杯中"，与大家碰在一起，吱溜一声喝完，将酒杯倒悬，说："先干为敬！"真诚得像故交，大家都一口喝干一杯酒。他把一杯饮料送到男娃嘴边，亲切地说："果粒橙，甜的，放开肚皮喝个够。"男娃接过饮料，双手捧杯，咕嘟咕嘟喝下半杯，看着妈妈说："甜，好喝！"女人连声向苏老板道谢。苏老板起箸带领大家吃菜，然后自干一杯，对成爱中夫妇俩歉意地说他有要事，失陪失陪，嘱咐俺跟怀中一定要把老乡招待好，老乡吃饱喝足后，由我把他们送回住处。成爱中夫妻俩连声道谢。

苏老板离去后，俺跟怀中轮番向成爱中夫妻俩敬酒让菜，一家三口很尽兴。将近11点钟，一家三口都醉得不省人事。俺扛起成爱中，李怀中一手抱住那个女人，一手抱住男娃，下楼塞进面包车。然后，李怀中返回213房间，把吃剩的饭菜和所有酒瓶饮料瓶装进塑料袋带回到车上。俺开车，按照李怀中的指引，直奔西郊垃圾场枯井而去，枯井是李怀中事先物色好的。夜深人静，伸手不见五指，面包车停在离枯井10米远的土路上，俺俩把昏迷不醒的一家人从车上抱下来，放在路边。俺打开车灯，想找块石头赶紧把他们砸死扔进枯井，免得被人发觉。李怀中阻拦，厚颜无耻地说，先砸死爷儿俩，然后跟女人快活一下。他搬起一块大石头，狠狠地朝成爱中的额头砸去。成爱中一声没吭，就被砸死了，俺很害怕。他指着男娃，催俺使劲砸。俺眼一闭，把一块大石头狠狠砸在男娃头上……然后，李怀中把女人下身脱光，奸污了她。接着，俺，俺也……唉！

张二江突然抬起双臂，用手铐猛地撞自己的额头，鲜血直流，边撞边骂："俺不是人，俺猪狗不如啊！"

李光荣向前制止，递给他几张抽拉纸擦拭额头，怒斥道："你和李怀中轮奸妇女，故意杀人，人性丧尽，的确不配做人！"喝令他继续交代。

他把带有血汗的抽拉纸攥在手里，继续交代——

俺俩轮奸了她，又用石头砸死了她，是李怀中砸的。这时，有人骑着三轮车匆匆路过，好在没有发现俺俩。要不然，被砸死的可能不止成爱中一家。最后，俺拖着成爱中，李怀中一手拖一个，把这一家三口扔进枯井里，又把那两块大石头砸下去，上面盖上垃圾，俺俩就走了。

张二江交代完，再次用手铐撞击额头，想以此博取警察的同情和怜悯。常安怒不可遏地质问他："你没有老婆、孩子和父母姐妹吗？"

张二江胆怯地说："有，俺有。"

常安追问道："如果犯罪分子奸污杀害你老婆、孩子和姐妹呢？"

张二江张口结舌地说："俺，俺错了。俺对不起他们和……他们的亲人，俺该死。"

"继续交代！"

"是。"张二江继续交代——

俺开车拉着李怀中回到烧烤店，已经一点多了。老婆一看是俺好朋友来了，又给烤了两百个串。俺俩连碰三杯，庆贺旗开得胜。老婆一听，高兴得不得了，连声说咱两家的苦日子可熬到头了，苏老板就是咱们的"财神爷"。男人干的事，俺不喜欢老婆插嘴，于是嘱咐她去弄两碗水饺吃，把她支走。李怀中小声说，希望3天之内拿到酬金。俺说苏老板就是那样答应的，没有问题。俺反复嘱咐他此事万万不可泄露，至死不与外人言。他朝俺老婆的背影扬扬下巴，说："嫂子呢，她不知道吗？"俺说："除你嫂子以外，任何女人都不能告诉！"他问为啥，俺说："天底下最不可靠的就是女人的嘴。女人有空就钻到娘们堆里谝啦，一谝啦就露了底。咱俩干的是人命关天的大事，你永远不能跟老婆说，就是睡着了说梦话也不能说。要是你两口子走漏风声，俺张二江可不客气，在公安局抓俺之前，先让你两口子去见阎王。"李怀中发誓，至死不对别人透露半个字。

事成以后过了3天，苏老板一直没有支付报酬。俺多次打电话他都不接，担心他欺骗俺。俺痛恨自己是个傻瓜蛋，连苏老板在哪个单位干啥工作都不知道，就替他卖命。收人钱财，替人消灾，俺替他消了灾，他却不支付俺报酬。俺绝不能白干，就一个劲儿地打他的手机，终于打通了，可俺做梦也没想到接电话的是警察，给俺送钱的是公安局长。苏老板把俺给卖了，俺却浑然不知。俺跟李怀中杀人犯罪，都是苏老板策划指使，重金诱骗，到头来却是空头支票一张。唉，俺被抓，被判，被枪毙，罪有应得。那个苏老板更是罪该万死，枪毙他一百回也不算多。俺想钱想疯了，满脑子除了钱，没有别的东西了。虽说俺不懂多少法，但杀人偿命这个千古不变的老理俺是懂得的。

常安示意尚成功向他出示仙客来大酒店门前的监控截图，指着跟他握手的人，问他："这个人是谁？"

张二江肯定地说："苏老板，他身边那辆挂着 A54117 车牌的尼桑越野车是他的。"

常安不屑地一笑："他不姓苏，姓杨。他不是老板，是个开车的司机，现已遭人枪杀身亡。估计是为了灭口，下一步要灭口的就是你张二江和李怀中。"

张二江战栗不已。"连苏老板都敢杀，这家伙可够狠的，幸亏……"他闭嘴不说了。

常安看透了他的心思，替他说出了后面的话："幸亏你俩被我们抓到刑警队来了，是吗？"

"嗯……"张二江意识到了自己的无耻，咬牙切齿地骂，"苏老板是个大骗子，死了活该，死有余辜。"然后沮丧地大叫，"他死了，俺的钱全打水漂了！"

警官们忍俊不禁。尚成功说："他压根就没打算给你那么些钱，那 10 万块钱的订金不过是诱饵，依法必须予以没收，上缴国库。"

张二江悔恨地骂自己："唉，俺真贱，10 万块就把俺的命卖了。"

常安指着监控截图："其他人你都认识吗？"

张二江点头说："都认识。"他一一指认了李怀中和成爱中一家，然后说："俺实在对不起成爱中一家人。人家跟俺不认不识，没怨没仇，俺俩把他们活活杀了，作孽啊！"

4

常安示意把张二江带下去后，经跟尚、窦、李会商，一致认定他的交代与警方侦查的情况没有根本性出入，可以说对自己所犯的罪行供认不讳。常安决定连续作战，马上突审李怀中。

李怀中坐在审讯椅上，看着审讯席上的 4 位警官，不屑的眼神里泄露出桀骜不驯的顽劣和敌意。显然，他给常安的第一印象跟张二江截然不同。

张二江始终低垂着头，跟鸵鸟一样。他知道杀人是死罪，所以，杀人之后他的灵魂始终笼罩在巨大的恐惧之中，凭侥幸苟且活着，而罪行一旦败露，便表现出对死的极大恐惧。他想把鸵鸟哲学运用到极致，在审讯官面前老实交代、供认不讳，以博取警官们的同情和怜悯，期望免除死刑。这是痴人说梦。常安明白，对付这样的人，只需一声断喝，便可吓得他灵魂出窍，老实交代罪行。所以，他主动把审讯张二江的任务交给尚成功，自己只是静静观察，研究这类犯罪嫌疑人的心理反应。尚成功没费多少口舌，张二江便竹筒倒豆子，把罪行交代得一清二楚。

而李怀中就不一样了，他的眼神和表情告诉常安，他是块难啃的硬骨头。这样乖张顽劣的犯罪嫌疑人，绝不会轻易交代自己的罪行，往往抱着破罐子破摔的态度，死磕到底。审讯这类犯罪嫌疑人，硬碰硬往往适得其反，有效的办法应该是抓住他的软肋，击中要害，一箭封喉，不给他留下任何耍无赖和负隅顽抗的机会，让他觉得不彻底交代自己的罪行只有死路一条。常安决定主动承担起审讯的任务，他跟尚成功耳语了几句，与李怀中对视着，然后猛地一拍桌子，喊了声："李怀中！"

李怀中身子不由得一抖，目瞪口呆，僵硬地坐在审讯椅上，像尊没有灵魂的泥塑。

常安瞪着他，不禁想起外强中干等词语，认定李怀中不过是个虚伪懦弱、冥顽不灵的癞皮狗而已。

常安含威不露，命令李怀中："看着我，好好回答我的问题。"

李怀中呆呆地看着常安，装聋作哑，没有任何反应。

常安耐心地问他："我的话你听明白了吗？"

李怀中不屑地说："你没问啥呀，叫俺回答啥？"

常安问："你知道这是什么地方吗？"

"公安局刑警队。"

"你知道我们为啥把你抓到这里来吗？"

他两手一摊，手铐哗啦一响，不屑地说："这……俺哪知道？答案该由你告诉俺呀。"

"哦。"常安面无表情地说，"你不说没关系，已经有人向警方提供了答案。"

"啥？"李怀中惶然问道，"谁呀？是苏老板和张二江吧？一个不讲诚信，一个没有骨气，他俩的答案对俺没用。"

"不单是张二江。"常安说，"你老爹带着你媳妇把答案送到了刑警队。"

"啊？"李怀中惶恐不安地质疑，"你们凭啥抓他俩？俺犯的事跟他俩无关！"

"我们没有抓他们。"常安说，"是你老爹和你媳妇主动找到刑警队来的。"

李怀中不信，"他们咋知道俺被警察抓了？"

常安说："根据法律规定，警方抓捕犯罪嫌疑人后，必须在第一时间通知家属。"

李怀中抖抖手铐，"俺要见见俺爹和俺媳妇，俺对不起他们！"

常安摇头说："法律规定，法院做出判决后才允许亲人探视。"

李怀中问常安："法院判俺死刑吗？那样俺就见不着俺爹和俺媳妇了。"

常安意识到李怀中并不想死，他的求生欲望强烈。常安反问他："你觉得你犯的是死罪，对吗？"

李怀中终于低下头去，沮丧地嘟囔一句："杀人偿命。俺……还有活路吗？"

常安耐心地开导他："法院审理判决时，一要看你的犯罪性质和情节轻重，二要看你的认罪态度。你跟张二江杀害了一家三口，手段残忍，无以复加，十有八九被判死刑。但死刑又分两类，一类是立即执行，一类是缓期执行。我们希望你端正态度，老实交代，据实揭发他人所犯罪行，主动赔偿受害人家属损失，取得受害人家属谅解，争取法庭判你个死缓。那样，你的命就有可能保住。你老爹跟你媳妇找我们的目的，就是要我们转告你，一定要老实交代自己的罪行，毫无隐瞒，给自己留条活路；不然，你如果顽抗到底，就是不忠不孝，你老爹就不认你这个儿子，你媳妇也不再等你。你被枪毙后，他们绝不会为你收尸，不允许你这个孽种埋进李家祖坟。何去何从，主动权掌握在你自己手里。"

常安的一席话打动了他。他挥舞着手铐，歇斯底里，号啕大哭，骂自己是混蛋，对不起爹，对不起媳妇。

尚成功喝令制止，常安以手示意不要管他。

李怀中哭号几声后，对警官们发誓说："俺交代，俺老实交代，全部交代，如果隐瞒一点，说一句假话，就不是俺爹的儿，就对不起俺媳妇。"

常安轻笑一声，"抓紧交代吧，必须实话实说。"

李怀中平静下来，一五一十地交代了跟张二江一起杀害成爱中一家的犯罪过程和犯罪事实。他说，是张二江主动找的他，他经不住20万元的诱惑，走上了犯罪道路，后悔莫及。他还交代，他媳妇没有参与作案，对他杀人犯罪毫不知情。

张二江的老婆刘秀兰没有直接参与杀人，但为了挣到巨额赃款，曾经纵容和鼓动张二江去杀人。

常安、尚成功等四位警官一致认定李怀中交代得比较彻底，跟警方侦查的结果和张二江的交代都十分吻合。

常安看看表，已是凌晨4点。他觉得时间紧迫，必须争分夺秒连轴转，征得尚成功同意后，决定突审张二江的老婆刘秀兰。

5

刘秀兰坐在审判椅上，低头瞅着自己被铐住的双手，嘤嘤啜泣，涕泪俱下，浑身战栗，如同筛糠，不用警方审讯，就把问题全部交代了。

常安觉得刘秀兰没有隐瞒自己的罪行，交代得比较彻底。

张二江、李怀中和刘秀兰3名犯罪嫌疑人的交代互为印证，与警方的侦查比较吻合。警官们对他们的交代加以综合，确认杨太安重金雇佣张二江，张二江又雇请李怀中合伙杀害了成爱中一家三口。杀人犯罪的主谋是杨太安，主犯是张二江，同案犯是李怀中，鼓动和包庇犯罪的是刘秀兰。

常安指示尚队组织刑警押解犯罪嫌疑人张二江和李怀中指认作案现场，把作案工具和所有物证都搜集齐全，录音录像，登记造册，提取生物检材，对相关的DNA进行认真检测比对。尚队答应：保证完成任务。

常安回顾了枣林的监控，联系到张二江、李怀中交代的犯罪事实，杨太安的被害，还有南山警方在来富新的途中遇袭，认定幕后的总策划可能都是祁卫东，史惠梅和杨太安只不过是祁卫东手里的两把枪。杨太安被害，是祁卫东玩的卸磨杀驴、丢车保帅的鬼把戏，史惠梅的下场也不会好到哪里。他强烈地意识到，在这些重大案件中，史惠梅是重要知情人，警方必须找到她涉嫌犯罪的证据，尽快抓住她，绝不能让她死于祁卫东之手。

尚成功和窦、李认可常安的推定。常安询问尚成功对信明花的审讯情况，尚成功说，据信明花交代的事实，果如常局所料，在来富新的路上袭警的歹徒就是杨太安出面雇用的。

常安要了解详情，尚队把主持审讯的刑警大队副大队长赵方志请来，向常安作了详细汇报。

6

根据老太太信明花的交代，警方成功地把涉嫌持枪袭击南山警方的犯罪嫌疑人吴良新、牛保田、陈大山和李狗子抓获，他们对在高速公路上袭击南山警方的犯罪事实供认不讳。

这起严重的袭警案是杨太安指使、牛保田组织实施的。杨太安向牛保田交代了袭击对象是南山县公安局局长常安和警官窦建功、李光荣，并把他们3个的头像发到牛保田的手机上，承诺：袭警成功后付酬劳金50万元；如果打死常安，可多得30万元；如果打死姓窦和姓李的，各加10万元。杨太安特意交代，同车的4名警官中有位最年轻的警官姓高，打伤他可以，但不能致残，更不能致死，要确保他的生命安全。

牛保田组织的这次袭警没有成功，杨太安承诺的50万元酬劳金没有到手，反而被警察抓住，他既觉得晦气，也觉得欣慰。"幸亏俺枪法不准，没把警察干掉，不然就是死罪，非被枪毙不可。俺命保住了，坐几年牢，罪有应得！"

牛保田曾经是牙山矿的卡车司机，工作干得不错。当年，喜欢摆弄汽车的杨太安经常爬到牛保田的卡车上学开车。牛保田睁一只眼闭一只眼，不但没有批评制止，反而听之任之：反正车是矿上的，出了事故，责任自负，由他去吧。杨太安觉得牛师傅够朋友。后来，杨太安荣获全县汽车驾驶比赛冠军，以为牛师傅功不可没，遂亲切地称牛保田牛哥，俩人关系越来越密切。杨太安被调到祁卫东身边工作，受到重用，牛保田觉得这个朋友没有白交。虽然他跟祁老板不搭边，无缘坐到那棵大树下乘凉，也无缘品尝大树上结的果子，但站在远处观赏一下大树枝繁叶茂的美景，闻闻随风飘来的花香果香，也值得庆幸。后来，牛保田开车撞死一个人，负事故的全部责任。死者家属强烈要求法院从严判他，并索赔80万元。律师给他支招说，如果积极主动赔偿，取得死者亲人谅解，法院可以依法对其酌情从轻处罚。牛保田一时拿不出80万元，出于哥们义气，杨太安拿出多年的积蓄15万元，又借了15万元，送给牛保田，谎称其中有15万元是祁老板给的。牛保田对他和祁老板自然千恩万谢。牛保田东借西凑，一次性赔付死者家人

80万元，得到谅解，法院依法从轻判了他18个月的有期徒刑。他刑满释放后，不忘杨太安的帮助，对他表示，有啥事需要他出力尽管说，保证相助。牛保田所借的外债至今没有还清，压得喘不过气来。这时，杨太安主动找到他，说有个创收项目，至少可得报酬50万元。背负着巨额债务的牛保田听说有如此好事，没问是啥项目，就拍着胸脯痛快地答应。杨太安把袭警任务交代给他，并给他一张银行卡，说："预付订金10万元，任务完成后，立即充值40万元，一分也不少！"牛保田双手接过卡，感觉像托着一块大金砖，笑得嘴巴咧到耳根，连声道谢。杨太安不失时机地为其加油说："肥水不落他人田，我想让牛哥一次解困，过上好日子！"

常局和窦、李跟杨太安毫不相识，杨太安是从哪里得到他们三个的行踪和头像的呢？在审讯过程中，赵方志就这个问题问过牛保田，牛保田说不知道。

牛保田交代说，他手里的那支枪和子弹是从朋友那里偷来的。

那个朋友叫刘小四，一天晚上他邀了几个朋友去家里喝酒，牛保田也去了，顺便给他3岁的儿子买了一辆遥控电动玩具小汽车。娃儿很喜欢，玩着玩着小汽车钻到床下杂物中去了。牛保田钻到床下帮娃儿找小汽车，蓦地发现一只鞋盒子里有把手枪，还有几粒子弹。他掂了掂，不是塑料玩具，是铁的，真家伙，顿时吓出一身冷汗。刘小四经常跟人打架斗殴，万一开枪闹出人命，后悔就晚了。刘小四性格孤僻固执，要他主动把枪交给警方，比登天还难。出于对朋友的关心和爱护，趁着刘小四喝醉酒的机会，他悄悄把枪和4颗子弹拿回家，锁进小柜子里，从来没用过。刘小四也从来没说丢枪的事儿，是忘了呢还是不敢声张，不得而知。他知道私藏枪支是犯罪，就一直不声不响地藏着。这回，为了得到那笔巨额报酬，他带上那把枪上了高速公路，朝警察开了一枪。现在这把枪和剩下的3发子弹都被警察缴获，他如释重负，扑通跪下，给警察磕头。

赵方志制止他。他解释说："我私藏枪支，是犯罪。这次袭警失败，警察没收了我私藏的手枪和子弹，帮我解除了一大隐患，我当然要谢谢警察。不然，枪在我手里，早晚得惹祸，到那时，我就没有资格感谢警察了！"他愿意把杨太安给的那张有10万元订金的银行卡上交警方，痛改前非，重新做人。

牛保田有如此深刻的认识，赵方志感到欣慰，鼓励他说："我们不仅要看你如何说，更要看你如何做。希望你言行一致，说到做到。"

牛保田继续交代说，吴良新、陈大山和李狗子，还有吴良新他娘参与袭警是他拉他们入伙的，主要罪责在他。他还为吴良新的老娘求情说："信老太太完全是无辜的。她儿子吴良新按我的旨意，逼他老娘上公路拦警车，手里没拿啥武器，仅拿着一根树枝。她老人家的错误是我教唆的结果，我愿意为她承担一切法律责任。"

牛保田请求为信老太承担一切法律责任，是他真实意思的表达，但是法律明文规定，谁犯罪谁担责，不允许代人受过。吴良新、陈大山和李狗子对自己的犯罪事实都供认不讳，跟牛保田的供述互为印证。信老太交代了自己被逼跑到高速公路上拦截警车的犯罪事实，别的她啥也不知道。赵方志认为她的违法行为是被人教唆胁迫所为，没有犯罪故意，也没有造成严重后果，因此不构成犯罪，经过批评教育可以放她回家。

听过赵方志的汇报，常安再次确认，杨太安之所以敢于重金雇用杀手袭警，十有八九是得到了干爹祁卫东的纵容和支持。由此联想到杨金贵以祁卫东哥哥的名义在富新天龙小区居住 8 年，当年的老宅失踪案也是祁卫东策划操控的。南山与富新相距千里之遥，是什么原因让祁卫东的手伸得那么长呢？常安百思不得其解。现在最关键的是需要找到证据，他十分清楚，推测不是证据。去哪里寻找证据呢？他想起和局长的话，想去牙山派出所听所长左丘明讲述祁卫东的故事，以便开拓思路，从故事当中探索出蛛丝马迹。

第十二章

牙山故事

1

在尚成功的陪同下，常安和窦建功、李光荣来到牙山派出所。

所长左丘明见老同学李光荣造访，喜出望外，两人紧紧拥抱在一起，相互拍打着彼此的脊背，连声寒暄，简直忘了常局、尚队和建功的存在。

尚队提醒他，南山县公安局常局长来拜访。左丘明恍然大悟，松开李光荣，转身恭恭敬敬地给常安打了个举手礼，握住常安伸过来的手，激动地说："神探常局，在下左丘明热烈欢迎你来我所视察指导！"

常安被逗笑了。"我不是神探，我们仨是专程来听你讲故事的。"随即把窦建功介绍给他。

左丘明松开常安的手，依次给建功和光荣敬礼。

李光荣在他胸部打了一拳，对常局说，"俺俩是省警官学院同班同学和室友，他住下铺，我住上铺，同学四年，终生好友。"

"很好。"常安咯咯笑着说。

"听我讲故事？"左丘明一时不明常安一行的真实意图，"我会讲啥故事呀？"

常安说："是你们和局特意推荐的，他说你很会讲故事。"

尚队简要介绍了常局来富新的目的。左丘明一听就明白，怒不可遏地说："枯井惨案和越野车坠崖案，令人发指。我怀疑这两起案件都与祁卫东有关。"

常安点头，"那么就请你围绕这两起案件讲讲与祁卫东有关的故事吧。"

"可以。"左丘明说，"都是老百姓的街谈巷议，牙山矿职工饭后茶余的唠嗑，没有证据。"

常安说："我们听讲故事，不是搞案情调查，不需要证据，也不搞有罪推定。如果你能提供证据，我们当然欢迎。"

左丘明顺手从抽屉里拿出一份报纸，直截了当地说："关于祁老板的简历，报纸上都有。"

常安接过报纸，是一份《富新日报》，头版头条新闻是富新县政协会议圆满闭幕，副标题是祁卫东当选为富新县新一届政协副主席。他翻到第二版，上面有祁卫东的肖像和简历。常安端详着祁卫东的肖像，面部肌肉略显臃肿，宽厚的嘴角露出一丝难以琢磨的笑。他剑眉高挑，一双眼睛对称地镶嵌在鼻梁两边，漆黑的眸子深不可测，就像宇宙中可以吞噬一切的黑洞，一头黑发梳理得纹丝不乱。

常安的目光从祁卫东的肖像缓缓移到下面的简历：祁卫东，K省河川市人，1967年3月出生，1989年毕业于天津大学化学化工学院……读到这里，他蓦地想起孙书记也是1989年天津大学化学化工学院毕业的，他是孙书记的同学呀！常安到南山从警后，曾两次帮孙书记筹办大学同学聚会，都没有祁卫东这个名字，两份大学同学通信录里也没出现他的名字。既然他跟孙书记是同学，那他为啥悄悄把孙书记的大舅哥弄到富新呢？难道他跟孙书记在大学里结过怨仇，现在要用这种匪夷所思的方式报复孙书记？可是，他养着孙书记的大舅哥长达8年之久，哪有那样报复仇人的？常安想不通，转而又想，或者……孙书记跟他是一伙的。

左丘明说："祁卫东是改革开放的弄潮儿。20世纪80年代，国家矿探部门探明富新稀土储量丰富。稀土素有工业黄金之称，是工业、农业、医药卫生，特别是航天、军事等领域的重要原料。美欧日等发达国家需求量很大，年年花大价钱到中国购买，稀土市场前景广阔，于是，许多怀揣致富梦的人纷纷云集富新，争先恐后地来稀土市场捞金，富新稀土矿像雨后春笋般遍地开花。祁卫东大学毕业后分配到富新县经委工作，表现出色，两年后升任副科长。工资虽不算高，但收入稳定，再加上名目繁多的各种补贴收入，并不比县办企业例如拖修厂、五金厂、化工机械厂、地毯厂、面粉加工厂的头头拿得少；但祁卫东不甘心过那种四平八稳、旱涝保收的日子，他瞅准了商机，想辞官下海，开办牙山稀土矿。开办稀土采矿业需要巨额投入，祁卫东出身农村，既无资金，也没背景，就靠一腔热血和冲动，开矿肯定不中。同事们劝他不要心血来潮，他不屑一顾地说：'古人云，生于忧患，死于安乐。我宁可在商海里淹死，也不在安乐窝里长命百岁。'他义无反顾地辞职下海开矿，不到10年，就跻身全市屈指可数的富翁行列，成为身家五六十亿元的大富翁，是富新县弃官下海最早也是最成功的一个。"

"机会总是青睐有眼光的人。"常安感慨说，"开办稀土矿不像办个五金门店那么简单，先期投资巨大，估计没有上亿元资金投入可能玩不转。这么大的一笔资金，如果没有一定背景的话，银行不会轻易放贷给他。"常安置疑祁卫东开办稀土矿首笔启动资金的来源。

左丘明说，对他启动资金的来源持怀疑态度的大有人在，但不管是黑猫还是白猫，逮着老鼠就是好猫，挣了大钱就是爷，何问资金来自何处。怀疑归怀疑，人们还是朝他竖起大拇指。富新县委领导更是对他赞赏有加，把他竖为下海创业的标杆，百般呵护，大力宣扬。

常安听完，折叠起《富新日报》，对左丘明说："丘明，这张报纸能借我用用吗？"

左丘明干脆地回答："送你了，常局长！"

常安道谢，把报纸交给了窦建功，问左丘明："祁老板是富新的名人，工作生活在你的辖区内。请问左所长，你对祁老板有何评价？请实话实说。"

左丘明想了想，说："常局，咱们都是警察，是一家人，一家人不说两家话，实事求是，是警察的职业要求，我当然不会对局长说假话。"于是，他继续说，"祁老板是牙山首富，他的牙山矿是艰苦奋斗干出来的，是富新的利税大户，对国家和地方做出了重大贡献，这个应当肯定，但就其人品而言，我实在不敢恭维，用一个词概括的话，祁卫东就是为富不仁。邓小平同志提出允许一部分人先富起来，然后带动更多人致富。可这位祁老板自己富起来后，不但没有带动更多人致富，反而以利税大户自居，骄横跋扈，巧取豪夺，无恶不作。在富新县，除了县委书记、县长外，其他领导和党政机关，他都不放在眼里，包括我们公安在内。至于普通百姓，他就更不当盘菜了。因为祁卫东的牙山矿上缴利税多，县委领导就把他视为掌上明珠，对他的各种恶行视而不见，还三令五申要保护祁卫东这样的企业家，强调公安、财税等有关部门都要为牙山稀土矿保驾护航。"

常安感叹："私营企业是国民经济不可或缺的重要组成部分，应该得到国家的扶持和保护。"

"那是。"左丘明说，"至于祁老板的道德品质，我想就他跟史惠梅、杨太安的关系为例，谈点个人印象。"

常安微笑着说："好。"

左丘明说，据了解，祁卫东的牙山稀土矿刚开始铺摊子时杨太安就来到牙山，那时他不到20岁，名叫曹太安。曹太安人小鬼精，胆大心细，干起活来肯卖力气，数量和质量都不亚于成年人，很讨祁矿长喜欢。祁卫东悄悄关照厨房，开饭时，多给曹太安碗里盛些肉，不要亏了小伙子长身体。曹太安发现自己碗里比工友的肉多油水大，悄悄向厨师打听是咋回事。厨师以实相告，工友们不但不忌妒他，还对祁老板的善心大加赞赏，夸奖祁老板有人性。曹太安对祁老板感恩戴德，视祁老板为父亲，对他言听计从。祁卫东看这孩子那么小就懂得感恩，自然高兴，便把他安排到身边，专职伺候他，像沏茶端水洗衣打饭清扫卫生这些，他都干得不孬，祁老板很满意。为了把曹太安留在身边，祁卫东主动给他办了个富新县城的户口，并根据曹太安的要求，把他的名字改成杨太安，并认他为干儿子。

杨太安很喜欢开车，矿上的大小车辆，有机会就跳上去摸摸方向盘。司机们知道他是祁老板的干儿子，懒得阻止他。聪明的杨太安无师自通，时间不长，就啥车都会开了。杨太安拿出自己的全部积蓄，买了一辆旧北京吉普，有空就开着到处转悠，不仅提高了驾驶技能，而且熟悉了富新城内外的路况，交通法规也烂熟于心。为了提高驾驶人员的驾驶技术和交通法规素养，减少交通事故，富新县公安局和交通局联手搞了个车辆驾驶比赛。杨太安报名参赛，开着自己的破北京吉普，一举夺魁，荣获一辆崭新的比亚迪轿车。之后，祁卫东让他当自己的专职司机，把奥迪轿车、奔驰轿车和尼桑越野车都交给他一个人开，祁老板坐哪辆车他就开哪辆车，多年来，大小事故从未发生过。凡是祁老板交办的事，他都圆满完成，并且守口如瓶，从不向外透露分毫。祁卫东十分器重他，给他增加了薪水，还帮他买了套 60 多平方米的房子，并当起红娘，把身边具有大专学历的女秘书赵红艳介绍给他。媳妇长得很漂亮，有人私下议论说祁老板跟赵红艳有染。杨太安不相信，觉得干爹仁义，不会做对不起他的事。他跟赵红艳婚后生活得很幸福，现在他媳妇已经怀孕 5 个多月，杨太安快要当爸爸了，却突遭枪击坠崖身亡，好悲惨。其背后肯定隐藏着一个不可告人的大阴谋。

李光荣问他："老同学，你认为是什么大阴谋呢？"

"肯定与成爱中一家被害有关。"左丘明不假思索地说，"我分析，杨太安可能参与了杀害成爱中一家的犯罪活动。南山神探来到富新，杨太安的罪行很快就会被揭露出来。于是，幕后策划者就玩了个丢车保帅，先把杨太安干掉。祁老板是富新的一霸，哪怕对县委县政府机关也是霸气十足。按他的脾气性格，干儿子被人害了，他绝不会善罢甘休，一定会跑到公安局大吵大闹，不把凶手抓捕归案不算完。可是这回，他却无动于衷，太不正常了！所以，我觉得，干掉杨太安就是祁老板的主意。"

常安对他的分析表示赞同，然后问他："你对史惠梅了解吗？"

左丘明不屑地说："嘿嘿，她是祁老板的情人，对外谎称是他嫂子，纯是掩人耳目，而且，史惠梅是牙山矿的风云人物哩！"左丘明怪笑着，绘声绘色地讲述了史惠梅的浪漫史。

史惠梅原来是武警某部女子特战队战士，聪明机灵，泼辣能干，练得一身好武艺。她的枪法很准，有百步穿杨的功夫，人称"神枪手"，深受各级领导赏识，送她绰号"黑玫瑰"。女子特战队除了队长和教练是男性外，教导员和各位副职都是女性。男性干部在女兵面前，总板着一副威严的脸，严肃有余，活泼不足，令女兵畏惧。在队长和教练面前，女兵们向来谨言慎行，中规中矩，连玩笑都不敢开，但毕竟是异性相吸，史惠梅就有些例外。她喜欢在队长面前撒娇，像小妹妹在大哥哥面前一样。史惠梅复员后，来到牙山稀土矿有限责任公司保安部当了一名保卫干事，负责轮训全矿保安员。她依然保持着在部队养成的作风，对培训工作抓得很紧，从最基本的队列训练抓起，摸爬滚打，擒拿格斗，一招一式，都有板有眼，一丝不苟。保安部门前广场上，口号震天，此起彼伏，像部队的演兵场，俨然成了牙山矿的一景，引得广大职工和附近群众驻足围观。祁卫东亲临现场检阅，十分满意，当即宣布拨付 20 万元，为保安队建设场地，添置器材，增加训练科目，指示史惠梅把保安队训练成作风过硬、功夫过硬的保卫力量，确保牙山矿财产安全。祁卫东单独接见史惠梅，目光从她妩媚英武的面容，最终停留在她左眉梢那颗黑痣上，觉得像颗黑宝石一样璀璨。祁老板心旌激荡，褒奖道："好一朵铿锵玫瑰。"史惠梅受宠若惊，咯咯而笑，倒在了祁卫东怀里。从此，她便成了祁卫东的情人。"我决定加大投入，给你搭建一个更大的施展才华的平台。"祁卫东承诺。史惠梅送上一个深情的吻，表示绝不让祁老板失望。

祁卫东接受了史惠梅的建议，决定成立一支女子护矿队，并亲自为护矿队员制定了身高、体重、胸围、腰围和臀围标准，去县里挑选了 20 名复员女兵，组成牙山女子护矿队，任命史惠梅为保安部副总经理兼女子护矿队队长，月薪4000 元，另加奖金和各种福利补贴。祁卫东向她下达了训练任务，用半年时间培训出一支作风过硬、意志坚强、本领高超、敢打敢拼的女子护矿队伍。

史惠梅感谢祁老板的提拔重用，一心扑在训练女子护矿队上，雷打不动，风雨无阻，只用了三个月，20 名队员就学会并熟练掌握了一个武警特战队队员的所有基本功。祁卫东一时兴起，去县武警中队邀来 20 名武功高强的男性战士，与女子护矿队比武，结果是女子护矿队略胜一筹。带队的县武警中队队长竖起大拇指，赞叹说："厉害呀，祁老板有这么一支队伍，那些窃贼、强盗和不法之徒就不敢动牙山矿一草一木了。"祁卫东开心地宣布，女子护矿队队长享受中层正职待遇，月薪5000元，队员月薪3000元，奖金拿全矿平均数。史惠梅带领20名女队员向祁老板齐声宣誓："坚决服从祁老板指挥，誓与牙山稀土矿共存亡！"尔后，祁卫东从女子护矿队精心挑选了5名队员，给他当专职秘书、随行会计、保健员、炊事员、服务员，日夜伺候在身边，成了贴身保镖。

女子护矿队成立以来，牙山矿周边曾经猖獗一时的物资器材被盗抢、破坏的现象锐减，矿区安全形势明显改善。在富新县稀土矿业协会会议上，不少会员单位建议会长祁卫东介绍推广牙山经验。祁卫东专题向县委书记汇报了各会员单位的意见和建议，县委书记随即召见县公安局新任局长和洪烈，明确指示，要大力推广牙山矿的经验，矿业协会单位年内开展一次安保大比武。和局当然不敢怠慢，亲自走访各个矿区，组织并征得武警的积极配合和指导，加强了各矿区安保队伍的训练。年底，全县稀土矿保安比武大赛如期举办，经过初赛、复赛、决赛，牙山稀土矿女子护矿队拔得头筹，声名大震，队长史惠梅也声名远播。应邀观摩比武的县政法委书记刘发强、县公安局局长和洪烈和县武警中队队长李勇接见了史惠梅和牙山女子护矿队全体队员，充分肯定了她们的做法和经验，并要求在全县厂矿企业推广，县公安局局长和洪烈当即表态重奖牙山女子护矿队50万元。当然，这笔钱最终出自牙山矿。

接踵而至的荣誉和不菲的薪酬待遇，使史惠梅受宠若惊。她以为所有这些都是祁老板给的，因此对他感恩戴德，言听计从。祁卫东走到哪里，她就跟到哪里，不仅护卫祁老板的人身安全，还照顾他的生活，在外，刚硬似铁；在内，柔情似水。祁老板欢心不尽，跟史惠梅在一起，感觉年轻了二十多岁。祁卫东经常送银行卡给史惠梅，史惠梅视之为爱情卡，一万元，两万元，三万元，五万元……祁老板腰缠万贯，取之不尽，用之不竭。

史惠梅的爱人都让福是县经贸局的一个副科长，老实巴交。都让福娶了个漂亮媳妇，自然高兴，但爱人的薪水是他的两三倍，他备感失落，觉得比媳妇矮了三分，患"妻管炎"是理所当然的。在家里，他没有发言权，却承担了包括抚养儿子、做饭、清理卫生在内的所有家务活。史惠梅对祁卫东如影随形，夜不归宿是家常便饭，都让福免不了发几句牢骚。史惠梅就冲他吼："老娘风里来雨里去没黑没白地跟着祁老板干，为啥？还不是为了这个家吗？这个家里有谁呀？你，我，儿子，就咱仨。你寻思俺不愿天天待在家里守着你跟儿子呀？风吹不着雨淋不着，按时吃饭睡觉，多舒坦呀，可吃喝穿所需要的花销从哪里来？你若不放心，俺从明天开始就不上班，中吗？"

史惠梅一通河东狮吼，把都让福堵得直翻白眼。他心里那个堵啊，简直要爆炸。不就是个保安部副总经理吗？月薪咋能值那么些钱呀？哼，鬼才信哩，说不定有啥见不得人的潜规则呢！俺没干过保安，还没见过保安吗？戴着一顶大盖帽，呆头呆脑地戳着，冬冷夏热，风吹日晒，雨雪无阻，像捆卖不了的秫秸，是360行中最没技术含量、待遇最低的那种，即使当经理，工资也不会高到哪里去。唯独牙山矿祁老板那么大方，大把大把地花钱养着一帮年轻女子，谁知他葫芦里卖的啥药呀？老婆经常不回家，哪个男人不担心呢？都让福决定查个水落石出。他找到一家私人侦探公司，预交了5000块钱，要求一周之内把史惠梅的行踪查个一清二楚。

私人侦探没有让他失望，用了5天时间就拿来一个U盘，说史惠梅的视频都在U盘里。私人侦探把U盘往电脑插口一插，显示屏上立即出现了史惠梅和祁卫东的隐私画面。都让福歇斯底里："看俺不宰了这对男女。"他啪地关掉电脑，恨不得一拳把电脑砸烂。他的吼骂惊得趴在脚下的哈巴狗汪汪狂吠，都让福气急败坏地一脚把哈巴狗踢到墙角。哈巴狗委屈地嗷嗷呻吟，他恶声骂道："再嗷嗷，老子连你也一块剁了！"

私人侦探吓了一跳，如果都让福故意杀人，警察查下来，他也受牵连。私人侦探嘿嘿笑着劝导他："大哥，宰了他俩，你的命也保不住了。你死了，你的孩子咋办？你的父母指望谁养老？所以，不要鲁莽，管住自己的老婆，才是关键。就说你的名字吧，都让福，你把福都让出去了，剩下的只有晦气、灾祸。改个名吧，大哥！"

都让福被奚落一番，大失颜面，哑巴吃黄连，有苦说不出。他怒视着私人侦探，眼里几要喷火。

私人侦探狡黠地一笑，替他出谋划策，说："只改一个字，把'让'字改成'得'字，都让福，都得福，一字之差，一反一正，一失一得，祸福两重天哪。"

都让福念叨着："都让福，都得福。"觉得都得福确实比都让福吉祥。从不迷信的都让福一拳捶在茶几上，忿然地说："从今天起，老子就叫都得福了。但是名字好改，老婆难管哪。"

私人侦探阴笑着说，"说难也不难，就看大哥愿不愿意干了！"

都让福乞求私人侦探："说说看，哥们，啥办法？"

私人侦探哈腰拎起拴狗绳，跑到他跟前。"用绳子拴住老婆，不让她脱离你的视线！"

"用绳子拴住她？"都让福惊愕地说，"老婆不是狗，是个大活人哪，用绳子拴住她，那是限制人身自由，侵犯人权，属于违法犯罪。"

私人侦探讥笑他，说："大哥法律意识蛮高的哩，用这样的绳子拴住老婆当然不中，你可以用无形的绳子拴住她。"

都让福看着私人侦探神秘兮兮的表情说："啥叫无形的绳子？你就直说吧。"

私人侦探将嘴巴伸向他耳朵，交代了一番。

都让福阴沉着脸说："摊上这么个老婆，只有如此了。"转而又说，"打人可是犯法的，史惠梅要是报警的话……"

私人侦探诡秘地一笑，说："史惠梅和祁卫东的事，不光彩，她绝不愿把这事弄得沸沸扬扬。所以呀，你打了她，她宁肯吃个哑巴亏，也不会报警。祁老板也不让她报警。"他停顿一下，扮个鬼脸说，"祁老板是名人，史惠梅一报警，不就把他搞臭了吗？"

都让福仍感忐忑："她万一报警呢？"

"哪里有万一呀？"私人侦探似乎胸有成竹，"放心吧大哥，祁老板绝对不让她报警。"

都让福傻傻地看着他出神。

私人侦探咯咯笑着说："看来，大哥被媳妇吓破胆了。警察来了，你把U盘往电脑里一插，警察啥事就都明白了。你老婆有错在先，警察能咋着你呀？你俩毕竟是两口子，警察处理家庭内部矛盾的原则，历来是大事化小，小事化了。"

都让福茅塞顿开，连声道谢。

私人侦探捏着U盘，诡秘地一笑："得福大哥，这个还要不？"

"要！"都让福伸手去拿U盘，"这是铁证！"

私人侦探倏地把手缩到身后："要可以，再拿5000。"

"啊！"都让福惊诧地瞪大眼睛，呆呆地看着他，"钱，俺不是如数给你了吗？"

私人侦探瞪着他说："大哥是聪明人，别装糊涂呀。你给的 5000 是雇用侦探费，现在我替你侦查清楚了，帮你拿到了铁证，你想留下证据，必须再拿5000。我帮你出了那么多点子，都分文不取，是免费赠送呵。"

"点子也要钱？"都让福有些上当的感觉，无奈地说，"再拿 5000，也太……"

私人侦探截住他的话，"大哥的意思嫌贵是吧？那好办，我把 U 盘销毁，总可以了吧？去点子公司买个点子，没个十万八万连门都不让你进。"

都让福身子一颤，咬牙说："舍不得孩子打不着狼，5000 就 5000！"

都让福去卧室拿出 5000 元，与私人侦探一手交钱一手交货。私人侦探把钱掖进兜里，然后乐颠颠地走了。

私人侦探走了，都让福备感郁闷和胆寒。他打算狠狠教训一下老婆，既留住老婆，也保全家庭。

这天晚上，史惠梅回来了。她刚坐在沙发上，都让福就把 U 盘插进计算机，显示屏上蹦出她和祁卫东的画面。史惠梅只看了一眼，就一把拔下 U 盘，扔到地上，踏在脚下，暴跳如雷："俺跟谁好是老娘的自由，你管不着！"

都让福的眼里喷着火，毫不退让："不要脸的臭娘们，俺今天就要管管你。"他抢起擀面杖朝她的左小腿狠狠砸去，只听咔嚓一声，史惠梅惨叫着摔倒在地，"哎呦哎呦"，动弹不得。

都让福恶声斥责她："叫你嘴硬。"

史惠梅并不示弱，大骂："你不得好死，都让福！"骂着，就拨打 110。

都让福把擀面杖往地上一扔，气冲冲地说："叫警察来，老子根本不怕。你还有脸叫警察！呸！"说完，他一屁股坐在沙发上，任她哭闹喊叫。

警察很快来到。他们认识史惠梅，知道她的德性。史惠梅像遇到救星，一把鼻涕一把泪地哭诉遭遇的家暴。都让福不慌不忙地从地上捡起 U 盘，理直气壮地说："警察同志，有果必有因，直接原因都在这个 U 盘里。"他把 U 盘插进电脑，屏幕上立即出现了不堪入目的画面。警察示意关闭电脑，都让福向警察如实交代了事实，"对这种女人，俺不打她咋办？"

警察指着 U 盘问史惠梅："可有这事？"

史惠梅自知理亏，软了下来，"有这事也不能往死里打俺呀。"

都让福恶声斥责她，"不打，你能改吗？"

史惠梅艰难地把左裤管撸起来，腿肿得发青，哭诉说："都让福多狠啊，警察同志，把俺的腿打断了。"

警察仔细察看，她左小腿伸不直，皮肉虽无外伤，但小腿外侧突起一个青色大包，估计是骨折了。警察严厉批评都让福："打人犯法。她是你老婆，你咋下手那么狠呢？"

都让福嗫嚅，"俺打她不对，俺愿意接受法律的制裁，老婆伤了残了俺养着。"

警察要他立即把老婆送到医院看伤，抓紧把打老婆的过程写下来，做出深刻检查，听候处理。

都让福满口答应。

经医生检查，史惠梅左小腿骨折，打上石膏后要她回家卧床静养3个月。都让福把史惠梅带回家安顿好，不再提那档窝囊事儿。他暗自佩服私人侦探的点子实在高。第二天，他发起高烧，浑身酸痛，流涕咳嗽不止，茶饭不进。他让4岁的儿子伺候妈妈，自己去医院检查，医生诊断说是感染了H7N9型禽流感。医院将其隔离治疗，三天后他带着一肚子窝囊气和遗憾走到了生命的尽头。

史惠梅失去了百依百顺的老公，喜忧参半。平时，她颐指气使，把对老公发泄不满当成了生活的乐趣。现在老公没有了，那些杂七杂八、琐碎繁重的家务活谁替她干？层出不穷的烦心事朝谁发泄？不过喜的是老公没有了，她彻底自由了，随时随地可以跟祁老板在一起。她认定，祁老板就是她唯一的依靠。料理完老公的后事，她把儿子送到爷爷奶奶那里，不顾腿部的伤痛，带着U盘去找祁卫东，跟祁老板一起看U盘里的内容，然后重新演绎U盘里的戏码。

常安由衷地说："丘明讲得绘声绘色，声情并茂，连细节都不落，好像你亲眼所见一样，佩服！"

丘明解释说，他讲的这些都不是杜撰的。他从警后，最先从牙山片警干起，每天跟牙山稀土矿的职工群众混在一起，今天听一段，明天听一段，时间久了，日积月累，把零零星星不够系统的内容加以综合，就成了故事。故事中的一号人物自然是祁老板，二三号人物分别是史惠梅和杨太安。"这么说吧常局，我讲的故事，情节和细节肯定有出入，但故事的主干绝对不会错。群众的眼睛是雪亮的，无风不起浪，职工群众不会无缘无故瞎编滥造，把脏水泼向自己的老板。"

常安微笑着说："我听着好像没讲完！"

左丘明歉意地说："讲完还早着哩。祁老板在富新稀土行业，人称一霸，有关这方面的传闻，再有三天也讲不完。"

"这些东西完全可以当作创作小说的素材了，国法、天理、人情，都是联系在一起的。听你讲故事，对于我们扩大视野，开拓思路很有好处。多谢，多谢！"常安问道，"祁老板有哥哥吗？"

左丘明说："没听说他有哥哥。前几年他老娘去世时，牙山矿大部分中层以上干部都去过他老家吊唁，所以都知道祁老板是独子。"

李光荣诧异地问："也就是说，他老家离牙山不远？"

左丘明说："祁老板原籍是K省河川市大坡镇祁冈村，与富新县毗邻。从牙山到祁冈镇顶多80多公里路程。"左丘明站起来，走到墙上的富新县行政区划图前，指着富新县和K省河川市大坡镇的位置，"现在公路修得那么好，开车半个多钟头就到。"

李光荣瞅着地图说："那么近呀，你陪我跑一趟咋样？"

左丘明理解老同学的用意，佩服他的敬业精神，答应说："没问题。啥时去？"

"马上走。"

常局朝他点头，建议他俩都穿便衣，开辆挂地方牌照的车，嘱咐他俩一定要注意安全。

这时，和局给尚队打来电话，说县城南郊张庄窑场一赵姓外来务工者打电话说，成爱中是他的好朋友，都住在张庄窑场，成爱中和他老婆、孩子是被一个开车的司机骗走后遇害的。和局要他和常局抓紧前往调查。

尚成功把电话内容转告给常安，常安当即决定跟尚队、窦建功去张庄窑场。

2

左丘明驾驶一辆悬挂地方号牌的枣红色桑塔纳，很快到达K省河川市大坡镇祁冈村。

左丘明把车停在村口，跟李光荣往村里走去，见胡同口有两个老者在聊天。

左丘明上前喊声大爷："请问祁卫平家是哪个门？"

"祁卫平？"两位老者摸着下巴，打量着两张陌生面孔，沉思半天说，"俺村没有叫祁卫平的，倒有个叫祁卫东的。你俩是找祁卫东吧？"

"对，找祁卫东也中。"李光荣说，"祁卫东的哥哥不是叫祁卫平吗？"

两位老者你看看我，我看看你，一脸疑惑地说："祁卫东是独子，他没兄弟姐妹。他大学毕业后一直在 H 省富新县工作，自打爹娘死了后再没回来过。卫东那娃能干啊，开发啥稀土发大财了，成了大富翁！"

李光荣说："祁卫东确实有个哥哥叫祁卫平，傻乎乎的……"

一老者头摇得像拨浪鼓："祁卫东呀，百亩地里一棵苗，独根独苗。他爹死得早，那时他才那么高。"他伸手比画了个高度，"他娘没再嫁人，哪里来的傻哥哥？"

另一位老者说："他是卫东的叔叔，他说的绝对没错。"

祁卫东的叔叔问："请问二位从哪里来呀？和卫东啥关系？"

左丘明哂然一笑，说："俺俩是祁老板的朋友，听说他有个傻哥哥一人在家生活不易。俺俩去省城办事，回程顺道来看看他哥哥。朋友之情嘛，呵呵……"说完把一兜水果递给祁卫东的叔叔，"大爷，这点水果送给你吧。俺俩可能听错了，误以为祁老板有个傻哥哥。"

祁卫东的叔叔笑着推辞一下，然后接过水果，问道："请问二位贵姓？"

左丘明说："我姓张，他姓李。"

李光荣问："大爷，请问你的大名？"

老者笑着说："俺叫祁洪寿，卫东的爹叫祁洪福。俺俩是亲兄弟。"他请二位家里坐，喝碗茶。

两人谢过两位老者，离开祁冈村，驾车往回赶。李光荣问左丘明祁老板在哪里住，左丘明告诉他，祁卫东住在富新县城东郊东方家园，是富新县最高档的住宅小区，二十幢花园式别墅住宅，每幢占地 2 亩多，坐落在金牛山怀抱里，临湖而建，三面荷花四面柳，一城山色半城湖，景色秀丽，环境幽雅，在那里居住的都是靠开矿发达起来的成功人士。左丘明感叹道："祁老板现在富了，有名了，顾虑也多了，生怕别人抢劫他，就弄些女保镖没日没夜地护卫在身边，自以为得意，其实老百姓没有不耻笑的。"然后再次感叹，"不少人都这德性，没有发财出名时，无牵无挂，出入自由。一旦富了，成名了，就成天疑神疑鬼，似乎天下人都是劫匪，时时提防，处处小心，动不动就弄一大帮人跟着，吆五喝六，前呼后拥，弄出那么大动静，生怕世人不知道，岂不知这样不更暴露了自己吗？富而骄，骄必败。我看，祁卫东如果不接受教训，不夹起尾巴做人，也许不用多久，就从天上栽到地下。"

李光荣问："史惠梅和祁卫东的贴身保镖有枪吗？"

"没有吧？"左丘明说，"根据国家枪支管理有关法规，我们多次对牙山矿保安部和女子护矿队进行突击检查，没有发现任何枪支弹药。"

李光荣说："当年史惠梅是个神枪手，不让她玩枪，那得多憋屈呀。"

左丘明说："祁老板胆子很大，啥都敢干，保安部和女子护矿队没有枪，不等于他没有枪。一年挣那么多钱，买把枪不成问题。"然后又补充一句，"杨太安就是遭遇枪击坠崖而亡的！"显然，他怀疑枪手与祁老板有关。

李光荣附和："广西云南边境地区就能买到走私枪支，网上也可以买到。"

汽车很快回到城郊。李光荣说："拐个弯，去东方家园看看。"

在十字路口，左丘明熟练地打了把方向盘，向县城东南方向驶去，还没到下班高峰，路上的车已经挤得满满当当。左丘明耐着性子，跟着挤成一团的车流缓缓爬行，好不容易到达东方家园。李光荣问："荷园超市在哪里？"左丘明觉得有些奇怪，老同学跑那么远，为了去荷园超市购物吗？他指着广场西侧说："在那边，你想买什么？"

李光荣告诉他，不想买什么，8年前，杨金贵失踪后，警方在现场发现一张荷园超市的购物小票。经勘查推定，杨金贵失踪与当时携带着从荷园超市购买的食品冒雨去老宅吃喝的四男一女有关。枣林派出所所长陈东来随即带着那张购物小票带人来荷园超市取证，却被告知那天的监控已经抹去。陈东来空手而归，几天后遭遇车祸身亡。

左丘明惊讶地说："那么巧？那场车祸是人为策划的吗？"

李光荣遗憾地说："那场车祸的真相至今不明。8年后，我又被当年那张购物小票引导到荷园超市。"

左丘明不假思索地说："可以说明一点，当年制造杨金贵失踪的，肯定在富新。他能指使超市抹去监控，说明这个人跟超市有某种关联。"

"赞成。"李光荣问他，荷园超市是谁投资兴建的，哪年开业的。左丘明说这家超市是股份制企业，最大的股东是祁卫东，开业大概有 10 年了。李光荣精神为之一振，说："明白了。"

天色已晚，左丘明想尽地主之谊，今晚摆一桌，给"神探"和南山同行接风。李光荣婉拒。他电话请示常局，是去张庄窑场，还是回县局。

常安要他去张庄窑场。

3

张庄砖窑位于南外环路南，是 20 年前张庄建的。由于烧窑占用大量耕地，7 年前被县国土部门强令取缔。村委会对窑场原有的 60 间平房略加修整改造，对外出租。由于租金低廉，进城摆摊卖蔬菜水果的，卖大排档快餐的，收破烂的，修车修鞋的，收泔水养猪的……都来这里租房。房前屋后到处是垃圾，酸腐味、屎尿味、烟火味、馊腻味弥漫在空气里，令人窒息。

尚成功找到给公安局打电话报案的人，他叫赵三强，与成爱中是同行，两人租住在同一间房子里，跟成爱中性情相投，亲如兄弟。赵三强和住隔壁的张立丰证实，5 月 7 日一大早，有个好心司机开车着一辆黑色尼桑越野车从南山县枣林镇把爱中嫂子和儿子捎到张庄窑场，分文没取。爱中回家看老爹刚回来，他媳妇就带着儿子连夜赶过来，出啥大事了，爱中嫂始终没说。爱中怕嫂子上当受骗，问她：那个好心司机是哪里人？姓什么？来富新干啥？爱中嫂说不知道。她说天都擦黑了，她第一次出远门，不知咋走好。这时，路边停着一辆小汽车，司机摇下车窗玻璃问她去哪里。她说去富新，司机惊讶地说：从枣林到富新，一千多里地，就你们娘儿俩，走七天七夜也到不了。纪小英一听没了主意，急得团团转。司机热心地说："嫂子别急，俺是富新的，今天拉着俺姑和姑夫来枣林办事，要连夜赶回去。你要是信得过俺的话，请上车，俺把你娘儿俩捎到富新。"纪小英一听，啥话没说，眼泪就掉下来了。她说那个司机是个三十多岁的小伙子，寸头，方脸，上身穿方格 T 恤，看着挺精神。纪小英正犹豫不决，从车后座下来个女人，跟她说："大妹子，咱们都是女人，你带个孩子多不易呀。你是第一次出远门吧？那么晚了，就不怕遇上坏人吗？快上车吧，后座就俺一个人，你娘儿俩能坐得开。"

纪小英说，这个女人四十来岁，鸭蛋脸，齐耳短发，大眼睛，左眉梢有颗黑痣，挺显眼，1.7米的个头，穿戴挺时髦。副驾驶上坐着个男人，五十来岁，慈眉善目，一句话没说，看着不像坏人。

常安一惊：鸭蛋脸正是史惠梅，那个五十来岁的男人就是祁卫东。他们来枣林，就是专为把纪小英母子骗到富新引出成爱中，然后杀人灭口。

纪小英怕被讹着，问要多少钱。女人冲纪小英一笑，说："要啥钱哪？俺侄儿不开出租车。"走投无路的爱中嫂子千恩万谢，领着儿子上了车。司机一路没停，把爱中嫂送到窑场时，天已经亮了，大概5点钟吧。成爱中对司机连声道谢，说要请司机去大酒店吃饭。司机谢绝，说："你们过日子不易，抽空我请你们一家到大酒店撮一顿，改善改善，到时可要赏光哟！"临走时，他要了爱中的电话号码。

"司机他姑和姑夫呢？"尚成功问，"他俩没到窑场来吗？"

张立丰抓挠着乱蓬蓬的头发说："当时车里就爱中嫂跟她儿子成小宝。司机他姑和姑夫可能早在县城就下车了吧。"

常安让他俩接着往下说——

俺俩和成爱中都没想到，那个司机还挺仗义，当晚就打电话说要请他们一家三口去城里大酒店吃饭。成爱中害怕其中有诈，不想去，爱中嫂坚持要去。她唠叨说："人家跟咱不认不识，无亲无故，你个捡破烂的，他诈你啥呀？一千多里地，人家把你老婆孩子送过来，分文不取，反倒请咱一家吃饭，咱可不能昧着良心说话，无端地怀疑人家呀。"她要陪爱中一起去，当面道谢，并嘱咐爱中："酒钱饭钱咱掏，可不能欠着人情不还。如果司机不拉俺，俺跟小宝在路上不饿死冻死，也得叫狼吃掉。"成爱中一听在理，就答应了司机的邀请。晚上7点，司机来接他一家人，开的还是那辆车。听说去大酒店吃饭，成小宝高兴得不得了，拉着爹娘的手出了门，连小黄帽都没戴。

张立丰从床头拿过小黄帽："小宝就是戴着这顶小黄帽来的。现在小宝没了，小黄帽还……在，真是叫人……心疼啊！"他哽咽得说不下去。

常安要建功收好小黄帽，这是证据。他拿出杨太安的驾驶证，把烧得变形的照片出示给他俩看。"那个司机是这个人吗？"

赵三强、张立丰接过驾驶证端详了半天，说："像。那个司机就是这个人。"

尚成功告诉他俩，这个司机叫杨太安，他以请客为名把成爱中一家三口骗到大酒店，雇凶杀害了，把尸体扔进一口枯井里。

赵三强、张立丰惊得目瞪口呆，半天才问："他们为啥要杀成哥一家？这些人都该枪毙。"赵、张说着，拳头攥得嘎嘣响。

常安告诉他俩，现在杨太安也被人杀害，杀害成爱中一家三口的凶手已经缉拿归案，他们必将受到法律的严惩。他问二人："在成爱中的老婆、儿子来之前，成爱中有啥反常行动吗？"

两人回忆说："三四天前，他回家看他老爹，第二天就回来了，俺们没见有啥不正常。他回来的第二天一大早，他媳妇就搭乘杨太安的车来找爱中。我俩估计她家里可能出啥大事了，问她，她没说。朋友家里的事儿，打听多了不好，就没再深问，也没看出有啥不正常。还有，在成爱中回家以前，说在某个小区见到了一个失踪8年的老乡，是个傻瓜。他跟那个傻瓜说了几句话，那傻瓜被一个女人强行带走了。现在，他跟老婆孩子被害，是否跟这个事有关呀？"

常安没有回答他的问题。这时候，尚成功接到和局电话，说牙山镇两个村的村民因为浇地争用水渠发生械斗，情况紧急，要他立即带人前去处理。常安让他开车快去，尚成功问他："你跟建功咋回去？"

常安说："光荣过来后，我们打的走。"扬手要他快走。

尚成功离开一会儿，李光荣就打来电话说，牙山镇两个村发生群体性械斗，左丘明带人去处理了，他自己打的正往张庄窑场赶，并发牢骚说富新的交通状况太糟糕，车满为患。常安嘱咐他稍安勿躁，他跟建功在南外环去张庄窑场的路口等他。

第十三章 🔪 富新大捷

1

结束调查，常安跟窦建功一路聊着来到了南外环，李光荣正好赶到。常安说拦辆出租车回县局。

宽阔的公路上车辆拥挤不堪，各种车鸣着喇叭，争先恐后，事故随时可能发生。如此混乱的交通，大城市没有，在一般县城也不多见。

三人耐心地等着，看不见出租车。李光荣埋怨说："这个点儿打的，那得啥时候回县局呀？"

常安说："晚点没关系，即使开警车，也不能飞过去。"

李光荣告诉常局和窦建功，祁卫东是独子，没有兄弟姐妹。

"轰隆——"雷声响起，常安仰望天空，西半天黑云涌起，奇形怪状，张牙舞爪，像只巨大的怪兽，疯狂地吞噬着晦暗的晚霞，嘶咬着连绵的青山。

李光荣说："要下雨了。"

常安说："云彩向东一阵风，看着黑云滚滚，气势汹汹，其实并没有雨。"

三人等了足有半个钟头，终于等来一辆车。窦建功招招手，出租车刚一停下，立即招来一阵震耳欲聋的喇叭声。

常安快步走近汽车，一辆车牌号为E68711的黑色桑塔纳突然从斜刺里冲出，像脱缰的野马，右前轮驶上道牙，疯了似地向他冲撞过来。说时迟那时快，常安本能地纵身一跃，整个身子扑到黑色桑塔纳引擎盖上，膝盖碰到汽车前脸，生疼。他紧紧地趴伏在引擎盖上，一手紧抠引擎盖边沿，一手紧紧抓住雨刷器，大喊停车。

马路上车流如卿。

桑塔纳轿车司机没有减速，反而变道驶入车流，加大油门，左突右冲地狂奔，像条在浑水里逃生的泥鳅，随时都能把常安甩到车轮下。常安身子紧贴引擎盖，脸贴着挡风玻璃，怒视着司机：大头，满脸横肉，络腮胡，一双张飞眼凶神恶煞地瞪着他，双手扭动方向盘，轿车左右摇摆。显然，他企图把常安甩到车下轧死。

常安脑子里飞快地盘算着怎样摆脱险境，突然发现司机身后有张熟悉的女人脸。尽管被硕大的墨镜和口罩遮挡，但那头齐耳短发和左眉梢那颗十分扎眼的黑痣依然刺激着他的眼球。

史惠梅！

常安怒目而视。司机肩头突然露出一个黑洞洞的枪口，正向他瞄准，枪就握在史惠梅手里。史惠梅是杀手！

常安大惊！在千钧一发之际，他双脚用力一蹬前保险杠，双腿腾空跃起，倏地把自己弹到车顶上，随即传来啪的一声枪响和挡风玻璃被击穿的声音。

常安纵身跃起，从黑色桑塔纳车顶跨到与之齐头并进的另一辆轿车车顶……他接连跨过4辆轿车，像海上踏浪，最后重重地把自己弹到人行道上。

枪声惊动了大小车辆的司机们，他们侧目看看摔在人行道上的警察，没有一个停车救援，随着车流离去。

"常局！"突如其来的变故把窦建功和李光荣吓呆了，他俩喊着跑到常局身边，"别动，常局，摔伤了没有？"

"没事，不要管我！"常安喊着，两手撑地，想坐起来，但没能如愿，腰像断成两截。他命令他俩，"追上前边那辆黑色桑塔纳，史惠梅在里面，她手里有枪，绝不能让她溜掉。"

此刻，一辆出租车开过来，窦建功瞄了一眼，副驾驶空着。他急中生智，跳下道牙，猛地拉开出租车车门，左腿跨到副驾驶座上，向司机亮出警察证："师傅，请配合，盯住前边那辆黑色桑塔纳，车里有持枪歹徒。"

李光荣扶着摔伤的常局，朝出租车大喊："建功，注意安全。"

出租车司机约50岁，听说车里有持枪歹徒，心跳加速，瞅一眼窦建功的警服，扭头对后座的年轻女乘客说："美女，咱们一块协助警察抓歹徒。"女乘客吓得蜷缩在座位上，不知所措。

窦建功安慰她："别怕姑娘，我是警察，保证你安全。"

女乘客战战兢兢，叫嚷着要下车。

窦建功威严地说："对不起姑娘，车一停歹徒就跑掉了。"他命令司机，盯紧前面的黑色桑塔纳，追上它。

司机盯着桑塔纳，紧握方向盘，想寻机变道超过它、逼停它。这时，后边一辆红色福特越野车倏地从副道斜插过来，挡在出租车前面，差点造成追尾事故。出租车司机急踩刹车，红色福特越野车强行超过，窦建功的视线被挡得严严实实。他顿生疑窦，努力审视着红色福特越野车的特征：车牌C67114，后尾左转向灯上方少了一块漆。

出租车司机叹息着，无奈地跟在红色福特越野车后边爬行，没法超越。

窦建功命令他打开双闪，见机行事，随时准备超车。

前方是十字路口，黑色桑塔纳驶过绿灯，紧随其后的红色福特越野车加一脚油门完全可以通过，它却减速了。红灯亮起，福特车停在红灯下。等绿灯亮起时，黑色桑塔纳早已逃得无影无踪。

窦建功牵挂着常安的安危。驶过十字路口后，他谢过出租车司机和那位女乘客，下车返回去看望常安。

窦建功打电话向尚成功报告了常局遇袭的情况，要他火速派员赶到南外环路增援。

常安坐在副道上，表情痛苦。

李光荣问常局伤着哪了，要马上送他去医院看医生。

"腰扭了一下，估计没啥大事。"常安苦笑着问窦建功，"追上黑色桑塔纳了吗？史惠梅在车里，她开枪袭警，绝不能叫她跑掉。"

窦建功返回常安身边，沮丧地汇报了情况，气愤地说："红色福特越野车就是有意掩护和接应史惠梅的。"

常安问："记住车牌号了没？"

"记下了。"窦建功说，"C67114。"

常安环视着同伴，眼里冒火，吼道："我们的对手很强大，两三天工夫杀害了成爱中一家，接着枪杀了杨太安，仍不甘心，又把枪口对准警察，无法无天，疯狂至极。我们和他们之间的斗争是你死我活。"

窦建功蹲下，给常安按摩腰部。常安忍着疼痛说："面对如此强大的对手，我们毫无退路，只有勇敢地迎上去，与之战斗，彻底击败他们，才是唯一出路。"

"明白。"窦、李异口同声地回答，"我们绝不退缩。"

"必须尽快抓住史惠梅，"常安说，"今夜一定要抓住她！"

这时，警笛声由远而近，尚成功带人开着警车沿副道驶来。他见常安受伤，下车蹲下身子问："常局，咋受伤了？送你去医院吧。"

常安摇头："不用。"他叮嘱赶紧组织警力追捕史惠梅，绝不能让她逃脱。同时，立即组织警力找到史惠梅射出的弹头，那是铁证。

尚成功说要马上把他送医院治疗，常安谢绝："警察都是铁打的。"他觉得，经建功按摩，疼痛明显减轻。他要站起来试试，让窦建功蹲在他对面，两手紧紧扶住他肩膀，喊道："一二，起！"窦建功缓缓起身，把常局带起来。他轻轻扭动腰肢，笑着说："咱当警察的，没那么娇贵，身子骨越摔打越结实。"

尚成功打电话向和局报告了史惠梅袭警案，和局表示："今晚必须抓住她，千万不能让她跑了。史惠梅如此疯狂，背后肯定有大家伙纵容指使。你跟常局下决心，以我的名义立即调集全县警力，统一行动，把这伙亡命之徒悉数抓获，一网打尽。"

"是！"尚成功对着电话回答，铿锵有力。

常安也明确表态："不达目的，绝不罢休。"

和局关照他，一定要注意身体，注意安全。常安谢过，随后跟尚队做了下分工。尚队带人全城追查史惠梅的行踪，窦建功参加这个组，因为他近距离看过那辆红色福特越野车和黑色桑塔纳轿车的特征，记得这两辆车的车牌号。尚队代表和局向交警大队下达了史惠梅袭警路段的交通管制令，暂时禁止一切车辆通行，由常局带人搜寻史惠梅打出的弹头。然后，他带人去追捕史惠梅。

在昏暗的路灯下，常安强忍伤痛，跟李光荣带领参战干警，捏亮警用手电，蹲伏着身子，像大海捞针似的一寸一寸仔细搜寻。当搜寻到大约 80 米长路面时，常安的警用手电强光在一棵法桐树干下部反射出微弱的光点。他趋前仔细查看，一枚弹头深嵌进树干里。他戴上手套，拿出镊子，小心翼翼地抠出弹头，举到眼前仔细看：弹头是从 64 式手枪里射出来的，与在悬崖边射杀杨太安的弹头出自同一支手枪。他惊讶地说："就是这枚弹头，差点要了我的命。"

他招呼实行交通管制的交警："弹头找到了，立即解禁。"

常安把弹头交给李光荣保管，打电话跟尚队做了沟通。尚队提醒他："史惠梅尚未抓到，她跟同伙袭警失败，绝不会善罢甘休，所以必须提高警惕，防备她们反扑。"

常安点头认同，对着电话说："史惠梅开了一枪，绝不是最后一枪。面对丧心病狂、穷凶极恶的暴徒，警方绝无退路可言，只有把他们送上法庭，才是结局。"常安问清了尚队的位置，立即赶过去跟他会合。

深夜，一张搜查大网在富新县城迅速撒开。

凌晨 1 点 29 分，窦建功在城北一座废弃多年的酱菜厂找到了那辆车牌号是 E86711 的黑色桑塔纳轿车，但史惠梅和司机不知所踪，废弃的酱菜厂没有监控。尚队和窦建功带人搜遍酱菜厂每一座建筑物和能够容得下人的各种容器，依然没有见到史惠梅和司机的踪影。

常安和李光荣带人去天龙小区史惠梅的家搜查，史惠梅不在家。从房间物品的摆放情况分析，在南外环袭警失利后，她没有回来过。常安在她的卧室床头柜里发现了 4 发手枪子弹和三本大尺寸影集，还有一个 U 盘。4 发子弹跟在南外环找到的那枚弹头一样，都是 64 式手枪用的。李光荣把 U 盘和手机无线连接，又是史惠梅和祁卫东的画面，不堪入目。常安翻看三本影集，其中一本是她当武警时照的，年轻漂亮，英俊威武，既有柔情女子的倩影，又有巾帼英雄的风采。另一本是史惠梅的生活照，或浓妆艳抹，或扭捏轻佻，或嬉皮笑脸，极力卖弄。第三本是她和祁卫东的合影，或勾肩搭背，或相拥相抱，或甜蜜接吻，俨然一对恩爱夫妻。合影的背景分布很广，景色各异，不仅有祖国的大好河山、名胜古迹，还有许多欧美国家的旅游景点。里面竟然还有一张史惠梅跟孙继海的合影，两人勾肩搭背，穿着暴露，这大出常安意料：孙继海咋跟她勾搭上了？他吩咐李光荣把影集和子弹带走。

常安接到尚成功的电话，说在牙山稀土矿保安部门前找到一辆红色福特越野车，号牌是 C67114，车后左转向灯上方脱落了一块巴掌大的漆。这辆车的司机叫吴国良，暂时没有找到。窦建功判断，这就是解救史惠梅的那辆福特越野车。李光荣知道左丘明对牙山矿保安部的司机基本都认识，于是打电话叫他立即赶过去，随后他陪常局也赶了过去。

左丘明带着两名警察在牙山矿保安部值班室套间里找到了吴国良，他正与保安部总经理郑铁铸喝酒。郑铁铸催促他："少喝点吧国良，快跑，跑得越远越好，说不定警察马上就来了。"话音刚落，两个人就被左丘明逮了个正着。

左丘明想把吴国良带走，郑铁铸大呼一声，转眼间，20 名女子保安队员手挽手围成一圈，好似铜墙铁壁，把尚队、左丘明和警察们包围在中间。而吴国良却被她们隔在圈外，愣愣地站着，不知所措。郑铁铸朝他喊："还愣着干啥，快开车跑啊。"

吴国良回过神来，转身跑向越野车，拉开车门，钻进车里，启动了发动机。

尚队和左丘明冲破女子保安队员的包围圈，跨到福特车前，喝令："吴国良下车。"

吴国良加大油门，车子发出刺耳的轰鸣声。

尚队、左丘明手挽手矗立车前，像座铁塔，怒视着吴国良，岿然不动。

不甘心束手就擒的吴国良开动车子，向他俩撞去。

在千钧一发之际，常安出现，朝汽车右前轮胎开了一枪。随着"吱"的一声啸叫，越野车停了下来，车身随即倾斜下去，像一头中弹的豪猪趴在地上。

吴国良被这阵势吓呆了，右脚下意识地松开油门。他认出常安，然后颓然瘫坐在驾驶座上，束手就擒。

此时，司机侯德元开着史惠梅乘坐过的号牌是 E68711 的黑色桑塔纳轿车返回保安部，被守候在此的尚队逮了个正着。

"史惠梅呢？"尚队问，"她跑到哪里去了？"

侯德元瞅着眼前的警察，沮丧地回答："史惠梅在酱菜厂门口打的走了，俺不知道她去了哪里。"

"各路人马查看监控，搜查史惠梅的行踪，绝不能让她跑掉。"常安命令说，"把郑铁铸、吴国良、侯德元带回刑警队！"

2

常安已经深深意识到，从 8 年前杨金贵失踪，到现在成爱中一家被害，杨太安遭遇枪击身亡，到今天袭警，策划这一系列案件的幕后黑手不仅南山有，富新也有，而抓获幕后黑手，是一场硬仗。今夜把史惠梅抓捕归案，是打好这一硬仗的关键，无论如何不能让她逃脱。

富新县城全部戒严，全城警察齐出动，严把所有出口，发现史惠梅，立即抓捕。县城警笛大作，一张搜捕大网迅速张开。根据李光荣的建议，常安和他，还有左丘明、刑警张子柱、张新、刘国强等紧守在 301 省道上的一个叫牙山南口的关隘，这是由东方家园进出富新县城的必经之地。

黎明时分，一辆拖拉机"突突突"大摇大摆地由东方家园方向朝这里开来。驾驶员头扎白毛巾，拖斗里坐着一位妇女，头上也扎着白毛巾。两个人一身农民打扮，像一对老年夫妻。

"注意这辆拖拉机。"常安提醒大家。

"明白！"警官们齐声回答。

拖拉机很快开近，左丘明举手示意停车接受检查。驾驶员视而不见，猛踩油门，拖拉机吼叫着朝他冲过来。左丘明站在路中间，两腿叉开，双臂伸展，昂首挺胸，像浇铸在地上一样，岿然不动。眼看拖拉机就要撞上他，他一跃而起，一脚把驾驶员踢下拖拉机，自己稳稳地坐上驾驶座，握住方向盘，猛踩刹车，拖拉机戛然而止。左丘明跳下拖拉机，一把拎起跌落在地的驾驶员，大声喝问他姓名、住址，为啥不停车接受检查。

驾驶员唇上留着黑黢黢的胡须，故作胆怯地笑了笑，操着并不地道的富新口音回答："俺是农民，下地施肥，你们警察凭啥打俺？种地犯法啦？"

"农民也要接受检查！"左丘明仔细审视着他，发现他唇上的胡须并不真实。左丘明以迅雷不及掩耳之势，倏地伸手揪掉他的胡须，扯掉他的头巾，这人一下子现出了原形，竟然是祁卫东！左丘明故作惊讶地大叫："呀，赫赫有名的祁老板，这番打扮，唱的哪出戏啊？"

祁卫东恼羞成怒，朝左丘明吼叫："好狗不挡道，滚开！你一个小小的派出所所长竟敢拦我祁某的车，吃了豹子胆了？"

常安立即意识到，坐在拖斗里的女人就是史惠梅，她手里有枪。常安一步跨到拖斗旁，一把揪掉她头上的白毛巾，拨开她左额的那绺黑发，眉间赫然露出一个黑痣。他大喊一声："史惠梅，你跑不了啦。"一把把她拽到地上。

史惠梅一个骨碌从地上爬起来，大声喊叫："警察调戏妇女，抓流氓啊！"

祁卫东回身抄起拖拉机摇把子，骂道："打死流氓警察。"抡起摇把子朝常安头部砸去。

危急时刻，左丘明跳到祁卫东面前，一把钳住他的手臂，夺下摇把子，喝令："祁老板，别装蒜了，乖乖投降吧，你跑不了啦！"

祁卫东罪行毕露，向史惠梅使了个眼色，两人同时从腰间拔出手枪，对准了常安。

在千钧一发之际，常安"啊"地一声大喊，飞身跃起，一个旋风踢，两脚像两只重锤，以锐不可当之势，把两支手枪踢飞。"啪！""啪！"两支手枪在空中旋转着响了，愣在一边的张子柱应声倒地。

左丘明和张新、刘国强一拥而上，三下五除二地制伏了史惠梅和祁卫东，把他俩铐在一起，从祁卫东身上搜出两部手机和钥匙串，从史惠梅身上搜出一部手机。左丘明捡起两只手枪，从一支手枪里退出4颗子弹，另一支手枪里退出一颗子弹，放进两个物证袋里。

常安走近张子柱，伏身仔细查看，鲜血从胸部汩汩流淌，是枪伤。他大喊一声："张子柱中枪了！"随即命令刘国强，"立即把张子柱送医院抢救！"

左丘明等人搜寻击伤张子柱的弹壳和弹头，结果只找到一枚弹壳，弹头肯定在张子柱体内，常安为他的安危担忧。这时，常安的手机响了，是小雪的电话。他把手机贴到耳朵上，传来小雪银铃般的声音："老公，我给你生了个儿子，红嘟嘟的脸蛋，跟你一模一样，哈哈！"

常安高兴地说："我不能在家伺候你和儿子，对不起了小雪。感谢爸妈，向二老问好。"

小雪要他给儿子起名字，常安说"你跟爸妈起就中"，小雪说"爸妈非要你起"，常安笑着说："叫常乐吧，小名乐乐。祝儿子一生平安快乐！"

小雪连声说好，希望他快点回家。常安对着手机急迫地说："我正忙，忙完就回家。"没等小雪答话，就挂了手机，他心里感到十分愧疚。

左丘明听出常局的爱人生了个儿子，向他表示祝贺，并说要喜糖吃。

常安说："喜糖会有的，等结案后我一定请大伙吃喜糖。"他让左丘明打开拖斗里的两个化肥袋检查，赫然露出两只拉杆箱，里面装满衣物和生活用品，有一支64式手枪和62发子弹，6张银行卡。更令人惊讶的是，还有两张今天下午两点由省城直飞泰国曼谷的机票和两本护照，原来两人早已做好了出逃的准备。左丘明把护照和机票交给常安，常安拍打着护照和机票，瞅着这对男女，自信地说："凡是我常安盯上的犯罪嫌疑人，没有一个是逃脱成功的。"

祁卫东瞅着常安宽阔的肩膀和凛然的身姿，像堵不可逾越的墙，往日不可一世的气焰顷刻消失，不禁叹息道："我做梦也没想到会栽到你常安手里！"

这话引起常安的警觉，"如此说来，祁老板早就知道我是常安喽。"

"知道。"祁卫东用挑衅的目光看着他，冷笑道，"你从南山一抬脚，我就知道你是谁了。可惜呀，我失算了，行动晚了一步。"

常安乜斜着他："你们蔑视法律，草菅人命，罪大恶极，永远不会有胜算。"

史惠梅恶狠狠地瞪着常安："在南外环没打死你，算你命大，下辈子再收拾你！"

"嗯哼，你还有下辈子吗？"常安厌恶地朝她一笑，"你就等着吧。"

常安当场拨通了尚成功的电话，激动地说："史惠梅、祁卫东同时被抓获，一箭双雕。请示和局，马上解除警戒，谢谢全体参战干警，向他们致敬。"然后和左丘明、张新、刘国强一起把祁卫东、史惠梅押到刑警大队。

和洪烈正等在那里，见了祁卫东，不屑地斥责道："你祁卫东也有今天。"然后手朝尚成功一挥，"把这两个恶贯满盈的男女押进去，先叫他们自己反省反省。"和洪烈说完，当即给县委曲书记打电话，说有要事汇报，然后由尚成功陪同，带上缴获的两支手枪、67发子弹和机票、护照，向县委奔去。

常安趁等待的机会，查看祁卫东两部手机的通话记录和短信，发现有个似曾相识的手机号码。他打开自己手机的电话号码簿对照，竟然是孙继海的手机号。他像当头挨了一闷棍，感到天旋地转：孙继海从事的行业与祁卫东没有关系吧？他跑到千里之外来找祁卫东干啥呢？难道孙继海跟杨金贵失踪案和如今发生在富新的系列杀人案有关吗？他找不到答案，于是关闭手机，伏在案上休息，以掩饰自己内心的不安。

曲书记听了和洪烈的汇报，看着警方缴获的枪支弹药和护照、机票，大感震惊，拍着桌子骂道："真没想到，祁卫东这个利税大户，也是藏污纳垢的大户。"曲书记感到问题十分严重，不容拖延，决定立即召开常委会，专题研究祁卫东涉嫌犯罪问题，并做出决定。

县委会议室，常委们听取了和洪烈的汇报，经过深入研究决定：1.开除祁卫东党籍，依法终止其县政协副主席职务，并建议市政协终止其市政协常委职务；2.县公安局立即对其采取紧急强制措施，深入调查其所犯罪行，加大审讯力度，坚持以事实为依据，以法律为准绳，把证据坐实，把证据链打牢，然后依法将案件移送检察机关提起公诉。

曲书记指示："告诉医院，要不惜一切代价，全力抢救张子柱警官的生命。"曲书记的话音刚落，尚成功接到刘国强打来的电话，说子弹射入张子柱的肺内，引起大出血，经医生全力抢救，仍没能留住张子柱的生命。

和洪烈骂道："这是祁卫东欠下的又一笔血债。"

<h2 style="text-align:center">3</h2>

根据县委的决定，专案组立即对抓获的所有嫌犯进行突审。

常安、尚成功分析认为，祁卫东和史惠梅是嫌犯中最难啃的两块硬骨头，决定由易而难，先突审嫌犯郑铁铸、吴国良和侯德元，打开突破口，为审讯祁卫东和史惠梅打下基础。

专案组对人员做了分工，在三个审讯室，对嫌犯郑铁铸、吴国良和侯德元同时进行审讯。

三个人面对威严的警官，感到大势已去，自知既不是系列凶杀案的策划人，也不是直接杀人凶手，只有向警方投降，老实交代自己所犯错误，积极揭发策划者和杀人凶手的罪行，才是唯一的出路。于是，他们没有过多推诿和狡辩，很快低下头，对自己的犯罪行径供认不讳，还原了从南山到富新一系列案件的真相。

8年前，由杨太安开车，祁老板把傻哥哥祁卫平接到天龙小区住下，让史惠梅照顾傻哥哥，对外称她嫂子。祁老板的老娘去世时，矿上大多数中层以上领导干部都曾去吊唁，知道祁老板是独子，根本没有哥哥。现在突然冒出个傻哥哥，肯定是假的，但底细没人知道。史惠梅虽为保安部副总经理，但始终享受总经理待遇，保安部的实权都握在她手里。凡需担责挨批的事儿都是郑铁铸扛着，而受奖享受的事儿都是史惠梅的。成爱中一家被害后，南山神探局长来到富新，解救出祁卫平。至此，人们终于明白，祁卫平真名杨金贵，南山县人，跟祁老板没有半毛钱关系。杨金贵失踪8年，一直是家乡的不解之谜。成爱中在天龙小区见到杨金贵，彻底揭穿了杨金贵失踪的谜底，失踪案的策划者祁卫东的罪行即将败露，就疯狂报复成爱中。他亲自出马，由杨太安开车，史惠梅陪同，跑到南山大杨庄把成爱中的老婆、孩子骗到富新，将成爱中一家残忍杀害。至于祁卫东为啥8年前把杨金贵弄到富新来，他们不知道。杀害成爱中一家的凶手是谁，他们也不知道，但知道是杨太安重金雇的，幕后指使者估计就是祁卫东。从8年前杨金贵失踪，到成爱中一家被害，杨太安都是亲历者，他掌握着干爹太多的秘密。祁老板怀疑杨太安已经进入南山警方视线，决定丢卒保车，于是指使史惠梅制造杨太安驾车坠崖而亡的惨案，陪同史惠梅作案的是保安部司机吴国良。按史惠梅的指令，那夜约零点钟，吴国良骑着红色雅马哈摩托车，带着她到达由牙山通往县城的公路上，潜伏在悬崖边的荆棘丛中。待杨太安开车来到悬崖边时，史惠梅突然朝他开枪，越野车随即失控滚落崖下，起火燃烧，杨太安毙命，吴国良骑上摩托带着史惠梅迅速逃离现场。枪击杨太安的幕后策划者肯定是祁老板，没有他的指令，杨太安绝不会私自开车外出，别人也调动不了杨太安。如果他不授权，史惠梅纵有十个豹子胆，也不敢擅自杀害杨太安。

南外环袭警，目的就是阻断南山警方对杨金贵失踪案的调查。按祁老板的指令，昨天下午4点半，史惠梅命令侯德元开着黑色桑塔纳轿车拉她去南外环，目的是什么？她带没带枪？侯德元当时一概不知。小车司机是领导的腿，往哪里迈，迈几步，走多远，一律听领导指挥，从来不主动打听领导的行踪和意图，这是伺候领导的规矩。史惠梅看到有个警察准备坐进一辆出租车时，命令侯德元撞过去，后来侯德元才知道这名警察是南山县公安局局长常安。侯德元明白这是严重犯罪，但不敢不听。常安来不及躲避，趴在了桑塔纳的引擎盖上，史惠梅指使他设法把常安甩到车下轧死。常安一手死死抓住雨刷器，一手紧抠引擎盖边沿。坐在侯德元身后的史惠梅见无法甩掉常安，就拿出手枪对准了常安，侯德元不敢阻止。就在史惠梅开枪的同时，常安从引擎盖上倏地弹起，跳到旁边的轿车车顶，脱离了险境。史惠梅袭警失利，仓皇逃窜，后边的警察打的追赶。吴国良开着红色福特越野车冒险从斜刺里插进警察乘坐的出租车前，掩护史惠梅逃跑。这都是史惠梅事先安排好的。吴国良开车故意停在前方的红灯下，挡住了警察，史惠梅得以逃掉。按史惠梅的要求，侯德元把车开进县城北郊一个废弃多年的酱菜厂。此时，全城警笛声此起彼伏，警察全部出动，展开全城搜捕。史惠梅觉得酱菜厂不是藏身之地，就独自走出酱菜厂大门，拦了辆出租车，溜了。史惠梅没说去哪里，只叮嘱他把车藏好，不要轻易开出酱菜厂大门。那么大一辆汽车，不像钱包、手机啥的，藏到哪里都不容易找。侯德元不愿陪史惠梅去坐牢，与其让警察抓住，不如主动投诚坦白，争取宽大处理。所以，侯德元大摇大摆地把车开回保安部，警察抓他时也没有反抗。

按祁老板的规定，哪个部门出了问题，就首先扣发哪个部门主要领导的工资和奖金。所以史惠梅袭警失利，吴国良返回保安部，郑铁铸作为总经理，当然担心下属被公安抓获，这样自己的工资和奖金就要被扣，所以他才让吴国良快跑。

郑铁铸对自己涉嫌包庇罪供认不讳。

郑、侯、吴都揭发说,杨太安遇害后,杨太安的媳妇跑到祁老板那里,哭闹着要求按工亡处理。为了息事宁人,祁老板满口答应,没等警方做出调查结论,就给她发了丧葬费、抚恤金和还没出世的孩子的抚养费,合计共有 120 万元。这笔巨款,其实就是封口费,祁老板企图用这笔巨款来掩盖自己的罪行。郑铁铸感慨说,杨太安是他干儿子,关键时刻都被他杀害,何况他们这些靠卖苦力挣钱吃饭的人呢?杨太安一死,大家都胆战心惊,生怕办错哪件事,说错哪句话,招来杀身之祸。现在好了,赫赫有名的神探来了,祁老板的死期快到了,法律之光可以普照私营企业的角角落落,广大职工看到了希望。俺们违了法,犯了罪,受到法律严惩是罪有应得,只要把黑心老板祁卫东推上法庭,我们即使坐牢,也心甘情愿。

三人的交代,跟警方已经掌握的证据和推测没有根本性出入,为突审史惠梅和祁卫东提供了线索和思路。

4

刑警大队审讯室,常安、尚成功、李光荣和窦建功四名警官威严地坐在审讯席上,目光灼灼,与史惠梅对视着。史惠梅并不躲闪,一副玩世不恭的神色,企图跟警方对抗到底。

常安已经窥透了她色厉内荏的本质,不疾不缓地问她:"史惠梅,知道警方为什么抓你吗?"

史惠梅昂着头,一言不发。她仍穿着那身并不合体的农妇衣裳,但修剪整齐、熠熠闪光的短发,却透着城市女性的作派,丝毫没有农民朴实的格调。警官们灼灼的目光与她对视着,最终,她没有经得住一双双犀利目光的拷问,不由得心慌意乱,冲常安反问一句:"为什么把俺抓到这里来?这个问题应该由你回答俺!"

常安指责她:"现在是我们询问你,你必须老实回答我的问题,而不是反问。"

史惠梅低下头,刻意躲避着常安炯炯的目光。

常安不想跟她干耗下去,厉声命令说:"史惠梅,抬起头来,看着我的眼睛!"

史惠梅身不由己地抬起头,目光不敢跟常安的目光碰在一起。她感觉常安犀利的目光如同医院的 CT,经他扫描,浑身上下便没啥隐秘可言。她不禁打了个寒战，身子一抖，扭头躲避。

常安窥见了她内心的胆怯，轻声一笑，说："史惠梅，我们两个不是第一次见面了吧？你肯定知道为什么抓你。我们办案，历来秉持以事实为依据，不轻信口供的原则。你持枪袭警，公然妨碍警察依法执行公务，就是严重犯罪。当然，你的罪行绝不止这一样，可以说是罄竹难书。即使你一个字也不说，你自己犯下的罪一条也不会少，法律照样定你的罪。对你所犯的罪行，你自己说与不说，并不妨碍警方依法办案。我们要你如实交代，就是给你留个争取从宽的机会。这个机会你要不要，你自己定。"

史惠梅嘴角轻微一挑，露出一丝冷笑："哼，俺知道俺犯的是死罪，我不要宽宥。与其在大牢里痛苦地熬到死，还不如让一颗子弹崩了痛快！"看来，史惠梅是决定破罐子破摔了；但警官们通过她游弋不定的眼神，明白她并不想死，她在为看不到求生之路而迷茫、困惑和绝望。刑警的职责，除了打击犯罪，保护公民生命财产和合法权益不受侵害之外，还应尽力拯救每一个罪恶的灵魂，为其指明一条痛彻悔过、重新做人的路。想到此，常安说："你犯的的确是死罪，但是……"史惠梅听到"但是"两个字，眼睛一亮，似乎看到了希望，挺直身子认真听。"警方十分清楚，你不是主谋，"常安有意用蔑视的口气说，"你不过是握在别人手里的一把枪。"

史惠梅的眸子跳动一下，左眉稍的黑痣随之抖动。

常安明白她内心深处已被触动，继续说："警方清楚谁是主谋，我们不希望你走向绝路。相反，我们希望你彻底交代自己的罪行，积极揭发他人，争取立功，以取得法律的宽容。主动权掌握在你自己手里。"

史惠梅一言不发，两眼湿润，静听常安往下说。

常安同史惠梅聊起她的成长史，特别提及她入党、加入武警女子特战队和提干时抱定的理想信念，以及她多次立功受奖等曾经的辉煌，说得史惠梅潸然泪下。常安话锋一转，"可是后来……"

"别说了！"史惠梅喊道，"后来，后来，俺忘掉了初心，背弃了理想信念，用肮脏卑鄙的灵魂玷污了曾经用血汗换来的荣誉和辉煌，葬送了自己的大好前程，自己糟蹋了自己。"说着，她抱头痛哭，浑浊的泪水把精心化妆的颜面冲刷得一塌糊涂。

常安任她哭个够。其他人理解常局的用意，并不劝阻。

史惠梅哭了足足有 10 分钟，然后长出一口气，从衣兜里掏出纸巾，用力擦干净脸上的泪痕和污渍，露出了真容。眼角细密的鱼尾纹和略显松弛的眼袋表明，她不再年轻，而是个历经沧桑的女人。

她脑海中不由得浮现出陪同祁卫东去南山诱骗纪小英母子俩的过程、《寻尸启事》上成爱中一家三口惨死的照片、杨太安坠崖而亡的情景……活泼可爱的成小宝胸前的红领巾不时在她眼前飘荡，蓦然，那条红领巾变成一把复仇的短剑，飞速朝她胸膛刺来。她下意识地"啊"地大叫一声，随之做了个向后躲闪的动作，险些从椅子上摔下来。成小宝跟自己的孩子一般大，想到成小宝的模样，史惠梅忏悔起来。她决定向警方如实交代自己的所有罪行，死个一清二白，以求得阎王爷的宽宥。想到这里，她稍感轻松，要了杯水一口气喝下，嘴角一翘，微露笑意地说："再给一杯吧。"

尚成功又递给她一杯，她说声谢谢，咕咚咕咚喝完。稍等片刻，她调整一下情绪，从袭警开始交代。

袭警是由祁卫东策划指挥的，史惠梅具体实施。她袭警用的 64 式手枪和子弹，都是祁卫东提供的。她指派侯德元开车配合，吴国良开车暗中保护接应。祁卫东把常安和窦建功、李光荣的肖像发到史惠梅手机上，交代说袭击的首要目标是常安，常安来富新的目的是缉拿杀害成爱中一家的凶手，他和史惠梅是一根绳上的蚂蚱，他们跟常安之间的斗争是你死我活。祁卫东要求史惠梅必须一枪杀死常安，否则，绝对没有开第二枪的机会。常安果然身手不凡，庆幸的是他没带枪，否则，侯德元拉回去的便是她的遗体。

那场导致杨太安身亡的越野车坠崖案也是祁老板一手策划的，史惠梅是射杀杨太安的凶手，由保安部司机吴国良配合执行。8 年前，开车拉着祁老板把杨金贵从南山劫持到富新来的是杨太安；8 年后，拉着祁老板和史惠梅去南山把纪小英母子俩骗到富新，然后雇人把她们一家三口杀害了的还是杨太安。杨太安是祁老板的干儿子，形影不离，掌握着不少证据。所以，常安来富新，促使他下定决心，尽快将杨太安除掉。"太安聪明伶俐，鞍前马后地伺候祁老板，积极肯干，任劳任怨。其实，杨太安是杨金贵唯一的亲儿子。他曾想把杨金贵接回自己家住，给他养老送终，祁老板不同意。他担心 8 年前在老宅犯下的罪恶泄露出去，硬生生地割断了父子之情。现在，俺杀害了杨太安，断了杨金贵的后，实在是天良丧尽，罪大恶极。俺跟祁卫东，都不是人。"说到这里，她泪流满面，哽咽得说不下去。她抬起手臂用衣袖擦拭泪水，无论如何都擦不干净。

缓了一会儿后，史惠梅泪眼婆娑地继续交代。

当年祁老板为何亲赴南山把杨金贵弄到富新，他在老宅究竟干了啥见不得人的勾当，俺问过多次，他始终守口如瓶。他越是不说，俺越是好奇，想方设法地从他嘴里套出点秘密。他跟俺说："老子不告诉你老宅的事儿，是心疼你。你懂吗？"所以，以后俺就再也没问过了。

常安一行来富新的信息和你们的肖像，都是祁老板提供的。为他提供信息的人是谁，祁老板没说。这个人不在富新，而在南山。

听着史惠梅的交代，常安想，他跟窦、李和高大友连夜赶来富新是随即做出的决定，对谁都没讲过。向祁卫东通风报信的人不仅提供了他们的肖像，而且对他们的行程了如指掌。这个人肯定在南山，跟祁卫东是同伙，而且很可能就在他身边。他暗自分析，觉得这个人不会是窦、李，那么是宋、高吗？现在，他不想花心思去查这个人，想集中精力听史惠梅继续交代。

史惠梅艰难地抬起头，说："俺都交代完了，没啥可交代的了。"

常安一拍桌子，向她出示了一张彩色照片，上面是她跟孙继海的不雅照。"这个男人你不会不认识吧？你跟他关系很不一般啊！"

史惠梅一怔，惶恐地说："他……是祁老板的朋友。"

"祁老板的朋友？他叫什么名字？是哪里人？职业是什么？你必须交代清楚。"

对常安连珠炮似的发问，史惠梅感到猝不及防，"俺不知道他是谁，来自哪里，也不知道他是干什么的。真的，这些俺确实不知道。"

"撒谎！"常安举着照片轻蔑地笑道，"从你的表情看，你跟这个男人亲密无间，你竟不知道他是谁？"

史惠梅干咽一口唾沫，尴尬地交代："当时，这个人住在牙山宾馆，祁老板指派我接待他。我问他是谁，祁老板说是孙老板，牙山稀土矿的财神爷。我们的资金链就捏在他手里，不得怠慢。不然，资金链断裂，你史惠梅就是牙山矿的罪人。相反，你伺候好他，你就是牙山矿的功臣，你要啥我都答应。祁老板的话，俺不敢违拗，只好照办。那晚，为了伺候好这个小男人，俺沐浴后，仔仔细细化好妆，全身喷遍法国香水，就跟他发生了关系。"

常安问她："这人经常来牙山吗？他来牙山干什么？"

史惠梅回答："俺只见过他一次，时间是5年前。听说8年前他也来过，跟祁老板一起去荷园超市买了些吃的，然后由杨太安开车拉着他俩走了。他从哪里来的，又到哪里去了，俺一概不知。"

"8年前哪天来的？"常安心里咯噔一下。

史惠梅想了想说："夏天，哪天俺忘了。第二天，祁老板就把他傻哥哥接到了富新，让俺跟他住在一起，照顾他的生活起居。"

常安不禁想起那张购物小票，看来，那晚冒雨去老宅把杨金贵掳到富新的是祁卫东和孙继海，并不是孙书记。常安略感欣慰，但是，孙继海是怎么认识祁卫东的？跟孙书记有没有关系？他俩为啥连夜把杨金贵劫持到富新？是为了掩盖一男一女被杀害的犯罪事实吗？他们为啥要杀害那个男子呀？常安告诉史惠梅，杨金贵不是祁卫东的哥哥，他的家在南山县枣林镇大杨庄老宅，跟祁卫东一点儿关系也没有，然后不动声色地问她："你跟杨金贵生活了8年多，他没跟你唠过老宅的事儿吗？"

史惠梅不屑地说："一个傻瓜，知道啥呀？连自己的家在哪里都说不清。"

常安问她还有什么可交代的，"没有了，俺彻底交代完了。如有半点隐瞒，俺不得好死！"她发誓说。

"祁卫东被称为牙山一霸，你没有什么想说的吗？"常安神情严肃。

史惠梅咬咬牙，继续交代。

牙山东矿区是稀土富矿区，原来是国有的富新稀土矿产有限公司的一部分。祁卫东非常眼红，故意制造矛盾，挑起事端，想将那块富矿区据为己有。富新稀土公司广大职工自愿保卫国家资源不受侵犯，祁卫东命令女子护矿队和200多名年轻职工，带着棍棒、铣镐等工具殴打驱赶稀土公司护矿职工，当场打死对方两名护矿队员和三名矿工，硬把国有资源据为己有，命名为牙山矿东区。富新公司领导多次向县领导反映，县领导偏袒祁卫东，指示维持现状。富新公司拒绝接受，县委一纸决定，撤销了富新公司党委书记和总经理，对公司领导班子来了个大换血，并要求富新公司花巨资安抚好死者家属，以此息事宁人。对此，新上任的县公安局局长和洪烈无法接受，强烈希望县领导尊重事实，依法处理。县领导置之不理，训斥他不想干的话回去写辞职报告，和洪烈哑口无言，只好忍气吞声。祁卫东打败了国企，奖励护矿队员每人5000元，奖励俺10000元。这种霸道做法，连牙山矿不少职工也认为不像话，背后骂祁老板是黑老大。仔细想想，祁卫东自恃有靠山，横行霸道，强势霸占国有资源。矿保安就是他的一帮打手，甭说来自附近农村的小偷或者流浪汉，只要被抓着，不论青红皂白，不是打就是骂。即使对待本矿职工，只要看着不顺眼，就被关到保安部。俺来牙山矿六七年，光打伤打残的拾荒者就有十几个，还有四个人被活活打死，扔进山沟，埋到废矿石下就完事了。

史惠梅控诉似的揭发完，攥紧拳头大喊："警察同志，俺求求你们，快救救女子护矿队的姑娘们吧，不能再让她们野蛮堕落下去了！"

听着罪行累累的杀人嫌犯发自内心的呐喊，常安感到震惊。他把目光移向尚成功，尚成功表态说："对祁卫东的涉黑犯罪问题，警方一定会深入调查，依法严惩。"

5

尽管史惠梅已经交代和揭露了祁卫东违法犯罪的大量事实和证据，但常安预感，审讯祁卫东肯定不会轻松，将是一场艰苦的马拉松式的战斗，不能打无准备无把握之仗，要预先做好准备，备好功课。他决定从缴获的祁卫东的两部手机里找到有价值的信息，以此为突破口，牢牢掌握审讯的主导权，不给祁卫东留下任何胡搅蛮缠的机会。

已经缴获的两部手机，一部苹果，一部三星。苹果手机里没有短信，通话记录所显示的电话号码是清一色的厂矿企业。据此判断，苹果手机是祁卫东专门用来联系业务的。三星手机的图库里有他和窦建功、李光荣三人的头像，发送的手机号码是孙继海的手机号。这证实，他们三个的头像是孙继海发给他的，这才使三人遇袭。

除此之外，三星手机里共有5次通话记录和1条短信，都是昨晚6点到今日凌晨祁卫东被擒获前一段时间的，之前的信息一律被删除。按时间顺序，第一次通话是昨晚06：10打给史惠梅的，通话内容估计是向她下达枪击常安的指令；第二次是10：34史惠梅打给他的，估计是向他汇报枪击常安失利的信息；第三次是史惠梅打给他的，时间是00：05，通话时长50秒，这时史惠梅正被警方追捕，估计她在走投无路的情况下打电话向祁卫东求救；第四次是00：45打给孙继海的，估计是他跟史惠梅已经走投无路，想向孙继海求助，或者商讨对策。常安对孙继海比较了解，尽管他鬼点子不少，但跟祁卫东比起来，还略逊一筹。8年前他仅是南山石化的一名副科长，涉世不深，他能跟祁卫东沆瀣一气，制造一起杀人案，再把舅舅掳到富新养起来？常安总觉得他不够资格。难道背后真有人给他支招策划吗？这个高人究竟是谁呢？他不敢往深里想，感到脑仁阵阵作痛，像被老鼠啃噬一样。他强忍着，把目光移向下一个手机号码，151开头，是富新当地的号码，是别人打给他的。通话时间：01：24。深更半夜，肯定有急事通报。他把手机举到尚成功面前，尚成功看了一眼，大惊失色，愤然骂道："我靠……"

常安紧急打手势要他小声点。

尚成功会意，伏到他耳朵上悄声说："是张子柱的手机号码。"

"张子柱？"常安目瞪口呆，"就是遭遇枪击，死在医院的张子柱吗？"

"嗯，"尚成功说，"张子柱是内鬼。"

常安点点头，脸上露出一丝无奈的笑，悄悄说："昨晚我们的行踪十有八九是他提供的。"

常安从祁卫东的手机里发现一条发给孙继海的短信，发送时间为01：14，内容是：500海卡即毁切勿联。

这则隐晦的短信非同寻常，孙继海看到后一定会焦虑不安。为了稳住对方，他用祁卫东的手机给孙继海发去一条短信：可能引起警方怀疑之痕已删，危机即过，稍安勿躁。

5分钟后，祁卫东的手机收到孙继海的短信：风物长宜放眼量，三十六计走为上。

常安陡增了许多紧迫感，祁卫东已被抓获，绝不能让孙继海逃脱。他决定马上审讯祁卫东。

6

审讯室。

祁卫东坐在警官对面，昂首挺胸，瞪着一双凶巴巴的眼睛，以阴鸷而毒辣的目光直视着常安，恨不得一口把他吃掉。

常安不予理会，向尚成功打了个手势。

尚成功向祁卫东传达了县委的决定。他歇斯底里地说："你们擅自抓捕县政协副主席、市政协常委，侵犯人权，我强烈抗议，要向上级控告你们！"

面对骄横跋扈的祁卫东，常安想到了孔子的话："色厉而内荏，譬诸小人，其犹穿窬之盗也与？"不禁觉得好笑。他针锋相对，严词斥责道："你现在的身份是犯罪嫌疑人，无权抗议，老老实实交代自己的罪行。"

祁卫东不甘心自己的失败，决定硬抗到底，低头看着腕上的手铐，一言不发。

常安向他展开攻势，"祁卫东，你听好了，我们掌握着你涉嫌犯罪的大量证据，才依法抓你的。"

"欲加之罪，何患无辞？"祁卫东用力摇着手铐吼叫，"你们说我犯罪，纯是有罪推定，栽赃陷害，我绝不接受。"

对付祁卫东这种死硬分子，苦口婆心往往收效不大，必须扼住其要害，一剑封喉。于是，常安猛地朝他甩出撒手锏："祁卫东，我们去你家乡 K 省河川市大坡镇祁冈村调查过，包括你叔叔祁洪寿在内的乡亲们都证实你是独子。"他示意李光荣按开录音笔的播放键，放到祁卫东面前，里面传出他叔叔祁洪寿的声音："卫东是独子，没有兄弟姐妹。"常安问他："你为啥口口声声对人说杨金贵是你亲哥？"

祁卫东猝不及防，张口结舌，好半天才说："俺叔老糊涂了，他说的是胡话。"

警官们哑然失笑。李光荣反击说："胡说八道的不是你叔，而是你。你老娘去世时牙山矿中层以上领导干部都去过你家吊唁，他们都证明你没有兄弟姐妹。"

祁卫东的老底被揭穿，感到无论怎样狡辩都不能自圆其说，挥拳朝太阳穴猛击了一下，长叹一声，不打算再说什么。

常安说："我问你一个最简单的问题，在今天以前，你认识我们三个吗？"

祁卫东看着常安的手从李、窦面前划过，小声回答："不认识。"

常安举起祁卫东的手机问他："这部三星手机是你的吧？"

祁卫东伸长脖子仔细看了看，回答了一个字："是。"他眨巴着双眼，琢磨着常安的用意。

常安从三星手机里调出他和窦、李的头像，出示给他看，质问他："既然你不认识我们仨，那么，我们仨的肖像是从哪里来的？你为啥把我们的肖像转发给史惠梅和杨太安？"

祁卫东无奈地撩撩眼皮，不想回答，他想硬扛过去。

常安窥透了他的心思，直截了当地说："你的情妇史惠梅对你犯下的罪行一清二楚，已向警方做了交代。现在，铁证牢牢握在警方手里，哪一条都能给你定罪，绝不依你是否交代和承认而改变。即使你冥顽不灵，负隅顽抗到底，作零口供，法庭照样给你定罪判刑。你如果主动交代，并据实检举揭发同伙的犯罪事实，具有立功情节，那么，法庭可以视情减轻对你的处罚。我可以明确地告诉你，根据警方掌握的证据，你祁卫东罪行累累，罄竹难书，难以得到法律的宽容。对此，你自己也心知肚明；但是，袭警、杀人，大多情况下你没有亲自动手，这是法庭可能考虑对你从轻判决的有利因素。你是否愿意利用这些因素，完全取决于你自己。如果你一味抗拒下去，只有死路一条。我们跟你说这些，是希望你用好法律赋予你的权利。何去何从，你自己选择。"

祁卫东听着，缓缓抬起头来，瞅了常安半天，不仅感受到了年轻公安局长的凛然正气，也感受到他的高尚品格。他突然号啕大哭起来，用力撕扯着自己凌乱的头发，说道："事情到了这一步，反正都要死，就没什么好隐瞒了。"

7

祁卫东交代的第一句话是："8年前的8月3日雨夜，我跟南山石化的设备器材科科长孙继海在老宅杀了两个人！"这句话犹如炸雷从头顶滚过，几乎把警官们炸蒙。

闹鬼者哭诉的内容和阎王来信所说都不虚，果然有两个人在老宅被害。

常安顿觉头大了一圈，怔怔地看着祁卫东，在心里问：孙东胜的同学伙同孙东胜的儿子，雨夜跑到孙东胜大舅哥的家里杀了两个人，作案后把大舅哥掳到千里之外的富新，8年杳无音信。这事到底与孙书记有没有关系？难道孙书记真的毫不知情？常安努力镇定，双手下意识地触摸着警服坚硬的纽扣，凛然命令祁卫东："如实交代，从你和孙继海的交往开始。"

"是。"祁卫东说。

我跟孙继海是偶然相识的。大学毕业后，我在富新县经委当了个小小的办事员。后来，稀土矿在富新遍地开花，开矿者一个个都发了大财。面对汹涌的稀土开发热潮，我不甘寂寞，打算下海开矿发财。开矿不像摆摊卖水果，千把块钱就能在路边摆个摊。开矿需要巨额投入，如何筹到这笔启动资金，对于我这个出身农村的穷孩子来说，是座难以逾越的高山。我的朋友李洪海在富新石化器材厂当厂长，一次，李洪海请老客户吃饭，我以县经委干部的身份应邀作陪，当时孙继海也在。席间，我聊起想辞职下海开办稀土矿的打算，李洪海鼓励我大胆地往前闯，说成功永远属于敢闯敢干的弄潮儿。聊到兴头上，我无意中吐露，最大的难题是缺少启动资金，这引起了孙继海的兴趣。他小声问我大概需要多少钱，我告诉他前期投入不少于一个亿。他吐吐舌头，没有表态。酒后的第二天，孙继海电话邀我在富新矿业大厦9楼909房间见面，探讨启动资金事宜。孙继海有眼光、有魄力，认为稀土是朝阳产业，发达国家需求量很大，市场前景广阔，值得投资。经过三轮商谈，他明确表达了投资意向，决定3年内投资一个亿，这对于我来说简直是雪中送炭。我接受了他提出的投资条件，答应5年还本，并以干股形式从第一年开始给他分红，10年之内，分红不得少于一个亿。孙继海精明得很，尽管如此，我仍衷心感谢他，于是义无反顾地辞职下海，开办稀土矿。欣慰的是，我的牙山稀土矿开办得出乎意料的顺利，第二年就赢利1000多万元，我还本100万元。俺俩都看到了希望，就在这时，却遇到了大麻烦。孙继海的情人宋杏花怀上了他的娃，坚持要把娃儿生下来。孙继海已经结婚生子，爱人是大学同学，家庭幸福美满。宋杏花要给他生个娃，孙继海当然不容，宋杏花便以揭发他贪污和挪用公款与他人投资开办稀土矿的罪名告发他，这对我和孙继海都是致命打击。宋杏花是沙原县三庙镇宗家村人，父母都是普通农民。她从青川金融职业学院毕业后应聘到石化总公司维修车间干统计员，维修车间所需器材申请单都经她的手汇总，送到设备器材科科长孙继海手里审批签字，方可去物资器材仓库领出。可别小看小小的设备器材科科长，官小权力大。他大笔一挥，几十万甚至上百万的物资器材就从物资器材仓库流出去了，至于流到哪里，没人过问。孙继海每次出差采购定货，都带回一大堆发票。他按要求一张张贴好，签上"请予核销"四个字和自己的大名，拿到财务科去报销。财务科长连看也不看，就签字报销了。公司中层以上领导干部中，孙继海是最年轻的一个，各级领导见了他都毕恭毕敬。为啥？宋杏花终于得知，孙继海的爸爸是南山县委副书记兼政法委书记。孙继海长得风流倜傥，办事果断利索，宋杏花跟他接触的次数多了，内心不由得生出几分爱意。宋杏花虽出身农村，却天生丽质，如出水芙蓉，人见人爱。孙继海很喜欢她，打算把她调到设备器材科当会计，这正中宋杏花的下怀。

　　宋杏花比孙继海小8岁，但很有心计。应聘进入企业的员工，大多有种危机感，随时可能被解聘。宋杏花没有背景和靠山，她的危机感比城里来的职工更加强烈，要保住自己的饭碗，仅凭努力工作还不够，最好是有个靠山。宋杏花知道孙继海有个在县委当官的爸爸，便希望他成为自己的靠山。调到设备器材科后，她千方百计地获取孙继海的信任和欢心，日久生情，俩人便产生了关系。孙继海出差采购定货，经常带着宋杏花一同前往，以夫妻名义入住大酒店。宋杏花是个有心人，很快察觉孙继海经手的入库单跟实际入库物资数量严重不符，入库单上所列入库物资器材并没完全入库，粗算下来，近3年来约有近亿元的物资器材缺口。宋杏花却装傻卖呆，从不跟孙继海提及。钱是公家的，而且大多发生在她调入设备器材科之前，何必找那个不自在呢，一旦得罪了孙继海，自己的靠山就没了，兴许连自己的名声也不保。宋杏花曾暗示孙继海，希望跟他结婚。孙继海不答应，明确表示，做情人可以，结婚不可。宋杏花不离不弃，甘心情愿做他的情人，终于怀上了他的孩子，但并没及时告诉孙继海。直到怀孕7个多月后，孙继海才发现她的肚子日渐隆起，这时她才说实话。孙继海带她去医院做人流，她不肯，坚持要把娃儿生下来，她愿意做个单亲妈妈，把娃儿养大。孙继海明白，那样必然会毁掉自己的幸福家庭和美好前程，让他身败名裂。孙继海威逼她去流产，宋杏花坚决不同意，并甩出撒手锏，威胁他说：你如果逼我堕胎，我就揭发你虚报空头支票、贪污公款的罪行。这对于孙继海来说，是致命的。他感到走投无路，就跟我商量解决办法。其实，我跟孙继海是一根绳上的蚂蚱，如果宋杏花向公检法举报，我跟他都得完蛋。我一时也没啥好办法，说："你爸爸不是县委副书记吗？他混迹官场，有职有权，办法肯定不少，何不求助你爸呢？"他说不中，我说哪有老子不救儿子的。他说："俺爸正经得很，公事私事都得照章办理。我私自投给你一个亿，这事绝对不能让俺爸知道。他要知道了，公安不来抓我，他自己也要把我送上法庭！"我问："你爸是谁呀？"他说孙东胜，一个忠诚的马列主义者。他的话让我大吃一惊，原来孙继海是我的老同学孙东胜的儿子呀。

我跟孙东胜是同班同学，相处四年，对他是很了解的，不论办啥事儿，他都是丁是丁，卯是卯，一丝不苟。大三时我当班长，班费都握在我手里。那年国庆节后，天气突然变冷，我从班费里拿出 300 块钱买了件羊毛衫送给我女朋友。孙东胜察觉后向团支部书记揭发了我，团支部书记批评了我，责令我在一周内把钱还上，不然，就处分我。那要跟我一辈子呀，势必影响我的前程。我家境十分困难，一下子拿出 300 块钱比登天还难。这时，孙东胜主动借给我 300 元。整我的是他，帮我的也是他，这是对我的莫大羞辱，我绝不吃嗟来之食，当面把钱扔在地上，跟孙东胜断交。毕业后 30 年来，我跟他一次面也没见过。其实，孙东胜有时也随机应变，他爱人杨金枝，就是从高中同学辛起志手里夺走的，夺人之爱，非君子也。我原本并不认识辛起志，跟他没有交集，在省工信厅召开的一次民营企业家座谈会上我认识了辛起志，无意中我问起老同学孙东胜的情况。他骂孙东胜是个伪君子，抢走他的爱人，还找茬整他，等等。那时，孙东胜已经升任南山县委书记。继续说孙继海吧，面对宋杏花的威胁，孙继海走投无路，想让宋杏花人间蒸发。我吃惊又担心，杀个人容易，但想瞒过警察的眼睛很难。我鼓励他开动脑筋，办法总比困难多。他终于想出个办法，决定让宋杏花在老宅消失。

孙继海的姥爷家过去是方圆百里的首富，传说有一大笔金银财宝藏在某个不为人知的地方。要想得到这笔财富，必须破解老宅密码，才可能知道金银财宝藏在哪里。据说，老宅密码是祖上传下来的，到他姥爷这里已是第五代，但都没有破解。按照祖训，老宅密码传男不传女。他姥爷育有一儿一女，即他妈妈和舅舅杨金贵。杨金贵是个傻瓜，未曾婚配，无儿无女，把密码传给他，姥爷不甘心。如果传给女儿，就有违祖训。后来，女儿杨金枝跟孙东胜结婚，他姥爷看到了希望，一个女婿半个儿嘛，姥爷决定把老宅密码传给女婿。他老人家弥留之际，把孙东胜叫到床前，希望他破解老宅密码，成为遗产的继承人。姥爷告诉他："密码就在家堂轴子上，你有文化，一定能够破解。"说完，两眼一闭，就走了。孙继海说，他爸除了马列，其他啥也不信，所以从未把破解老宅密码的事儿放在心上，以为那是子虚乌有的事。有一次，孙东胜跟儿子提起老宅密码的事儿，引起孙继海的极大兴趣。他瞅着墙上的家堂轴子，相信姥爷的交代不虚。他想破解老宅密码，成为老宅财富的继承人。大二暑假，他回老宅探望舅舅，把墙上的家堂轴子摘下来铺到方桌上仔细研究，聪明的孙继海果真破解了老宅密码。按照密码，在厨房灶台下应该有一口井。传说，他姥爷的爷爷奶奶是跳到这口井里淹死的。他姥爷的爹觉得晦气，就把井填埋了。所以，大杨庄仅剩不多的老人都认为早就没有那口井了。孙继海为了验证自己的判断，趁舅舅上山放牛，搬掉灶台上的大铁锅，揭开炉条，掀开下面的石板，下边果然有口井。他把灶台复原，从未跟爸妈说起这事，也没向外人透露过。他梦寐以求要找到地道入口，做老宅巨额财富的继承人。

　　孙继海把自己的决定告诉我，希望我助他一臂之力。既然大杨庄无人知道老宅有那口井，那把宋杏花扔到井里，警察也不会发现。为了牙山稀土矿，我答应帮他把宋杏花除掉。

　　宋杏花的预产期到了。记得那天是 2006 年 8 月 3 日，农历七月初十，星期六。根据电视台的天气预报，全省大部分地区多云转小雨，青川市有大到暴雨，孙继海故意选在这一天夜里去老宅。我按孙继海的安排，去东方家园买了一堆吃的喝的，像烤串、烤鸭、烤鱼、牛肉等熟食，燕京牌啤酒一箱，酸奶两箱，果粒橙和雪碧，等等，可说是应有尽有。杨太安开着车牌号为 E86351 的日产黑色尼桑越野车，拉着我直奔荆林县城北郊的荆林苑小区，孙继海和宋杏花在荆林苑 7 号别墅里等着我。这座别墅是孙继海给宋杏花买的，金屋藏娇嘛，那是我第一次见宋杏花，也是最后一次见她。宋杏花挺着个大肚子，看来马上就要生了。孙继海骗宋杏花说带她去老宅坐月子，说他妈在老宅等着她。得到婆婆的认可，宋杏花笑逐颜开。孙继海帮她提着拉杆箱，我们三人一起上了车。刚开出荆林城，天空便风起云涌，黑云压城，大雨随之落下。孙继海在车上给一个叫作丛经理的人打电话，说有要事相商，让他在枣林广场东侧超市门口等候。车路过枣林超市门口时，把身穿军用雨衣的丛经理接上车，直奔大杨庄而去。这时已是晚上 9 点多了，风雨交加，电闪雷鸣。从枣林到大杨庄的乡村公路坑坑洼洼，杨太安驾驶着越野车，他过去悄悄开车来大杨庄探望过傻爹，所以轻车熟路，一直开到老宅门前。

　　孙继海下车叫开大门，我们一行五人进入老宅，孙继海一手搀扶着宋杏花，一手为她举着一把红伞，看起来对她呵护备至，她哪里知道老宅就是她的坟墓。

　　那晚，在老宅堂屋昏暗的灯光下，我们 6 个人——我和孙继海、丛三德、宋杏花和杨太安，还有孙继海的傻舅杨金贵，围桌而坐。孙继海坐右边的太师椅，宋杏花靠他坐在方凳上，我坐左边的太师椅，杨太安、杨金贵和丛经理并排坐在一条长凳上。宋杏花左顾右盼，问妈妈在哪里。孙继海告诉她，因为下雨，妈妈明天来。我把从荷园超市买来的酒菜食品摆在方桌上，他傻舅两眼瞪得像灯泡，没洗手就抓起烤鸭腿往嘴里塞。孙继海叮嘱傻舅慢慢吃，别噎着。孙继海给我、丛三德和他自己每人跟前放上4罐燕京啤酒，给他傻舅两罐，给宋杏花两盒酸奶，给杨太安一瓶雪碧，招呼一声，举起啤酒罐与大家碰在一起。俺仨一口气喝干一罐，他傻舅拿着啤酒罐发呆，原来他不知咋开啤酒罐。杨太安帮他打开，他接过去一仰脖，喝了一口沫，呛得直咳嗽，逗得大家好一阵笑。孙继海关照宋杏花说，酸奶营养丰富，你一张嘴营养两个人，把两盒都喝了。他还关照杨太安，说开车不喝酒，喝雪碧，多吃肉。孙继海努力营造喝酒的气氛，他当时并不知道杨太安是他表弟，傻金贵也没认出自己的儿子，但杨太安知道傻金贵是他爹。从富新出发时我就嘱咐杨太安，开好车，少说话，到了老宅不要主动认爹。

祁卫东交代到这里，要了杯水喝，接着要烟吸。常安说可以，顺便问他平时吸什么烟。他说："中华。那晚在老宅吸的也是中华。"常安想起当年遗落在现场的中华烟烟蒂。他告诉祁卫东："中华烟没有，其他烟可以吗？"祁卫东说："我的拉杆箱里有中华烟，吸劣质烟容易得肺癌。"常安不屑地说："你拉杆箱里的东西是物证，警方已查封。"祁卫东尴尬地说："不吸了，我忍住，忍住。"祁卫东继续交代——

孙继海把我介绍给丛三德，说我是闻名的私营企业家，富新县首富，以后企业资金困难可以去找我帮助，丛三德连声道谢。丛三德是灵山温泉宾馆总经理，他欢迎我以后去泡温泉，直接找他就中。灵山温泉富含硫、硒等元素，杀菌消毒，美肤养颜，延年益寿。人只需一泡，疲惫感顿消，神清气爽，心旷神怡，精力旺盛，感觉至少年轻十岁。孙继海还特意关照丛三德："祁老板来泡温泉时，一定要提供全方位服务。祁老板如果不满意，我要找你算账。"丛三德拍着胸脯答应："祁老板啥时来都中，包你满意。"然后，连连跟俺俩碰杯，4罐啤酒下肚，就晕晕乎乎趴在桌子上睡着了。宋杏花喝完一杯酸奶，也身子一歪，倒在孙继海怀里。他俩哪里知道，他们喝的啤酒和酸奶里都加了迷药。孙继海推推宋杏花，轻声唤："杏花，杏花。"宋杏花没有一点反应。他又喊丛三德，也像死猪一般，一动不动。孙继海把宋杏花抱到椅子上，带我去厨房，搬下灶台上的大铁锅，揭去炉条下的石板，露出一口井。然后我俩返回堂屋，他抱着宋杏花在前，我扛起丛三德在后，返回厨房。"扑通！""扑通！"把他俩扔进井里后，孙继海跟我同时朝井底开枪，他开了三枪。孙继海得意地说："天知地知，你知我知。咱俩不往外说，今生今世也没人知道这事儿。"

常安厉声要他交代清楚枪弹的来源和使用情况。

祁卫东很不情愿地交代——

"枪和子弹都是在网上买的，4支64式手枪，我自己留两支，送给史惠梅一支，孙继海一支，他在老宅用的就是这一支。子弹一百发，送给孙继海10发，史惠梅10发，我自己留用80发。在老宅，孙继海先往井里连开3枪，然后我打了2枪，一共开了5枪。我买枪的目的是防身，刚买回来后，史惠梅陪我去县城郊外的大山里教我打枪。她试枪3次，然后教我试射3枪，我自己开了5枪，过了过枪瘾。加上后来在老宅用去2发，前后共用去13发，还剩67发。我知道非法拥有和使用枪支，是犯罪行为，怕被警察发现，平时我不动枪。这次，我准备出逃时，枪里装了5发，袭警……袭击你用去一发，枪里还有4发，其余的62发子弹都放在拉杆箱里。"

常安表示怀疑："杨太安和杨金贵都身强力壮，你和孙继海为啥不让他俩把丛三德和宋杏花扛到井里？"

祁卫东回答："俺俩都不想让他俩知道井的存在。"

"为啥要把丛三德杀掉？"

"这是孙继海的主意。"祁卫东交代说，一次，丛三德去荆林苑小区找他表弟，恰巧跟刚从荆林7号别墅走出来的孙继海碰了个照面。丛三德顺口问他："这是你的房子呀？"孙继海否认说："不是，我来看朋友。"丛三德的表弟在小区干物业，向他证实荆林7号是孙继海的别墅，他爱人宋杏花住在这里。已有妻室的孙继海最忌惮的就是被人揭开这层秘密，他想方设法要封住他的嘴。如果除掉宋杏花，那她失踪的消息一旦传到丛三德耳朵里，这事就藏不住了。于是，他便借除掉宋杏花的机会把丛三德也除掉了。把宋杏花和丛三德扔进井里后，孙继海心里仍不踏实，生怕不知好歹的舅舅把这事给透露出去。我说，一不做二不休，干脆把他也扔进井里算了，以绝后患。他不同意，说无法面对妈妈和爸爸。孙继海良心未泯，我不能强行蛮干。所以，我没有坚持，而是退而求其次，说："把你舅舅弄到富新当成我哥哥养起来吧，保证他衣食无忧。富新和南山千里之遥，没人认识他，他自己也绝对回不了南山。虽然你妈一时放不下他，但她知道哥哥严重智障，走失在所难免。时间一长，她就接受了这个事实，你舅在她记忆中就烟消云散了。亲人故去多年后，后人不都是这样吗？你只管一门心思做你的科长，过二十年三十年说不定成了总经理或者县市领导。到那时你爸妈和舅舅都老了，你把你舅舅领回去跟他们团聚，就说出差时发现的。你爸妈自然喜出望外，肯定不再追问你舅舅是咋丢的、你是咋找到的，你傻舅舅也回答不上来，剩下的只有爸妈对你的感激。"孙继海觉得这是个好计策，感激涕零地说："知我者，祁老板也。"孙继海和我一起将灶台恢复原貌，填满一锅水，让他舅舅点火猛烧，直到把扒开灶膛的痕迹熏烤得不见踪影为止，再聪明的警察也不会往锅台下面想。

杀害宋杏花和丛三德，处理完灶膛的痕迹后，孙继海把舅舅哄上车，锁上大门，我们俩就冒雨往回赶。这时雨虽然小了点，但大杨庄积水成河，幸亏有杨太安。要不然，换成俺俩开车，走不出大杨庄就被人发现了。把杨金贵弄到富新后，孙继海让他住进天龙小区6号楼4单元6楼601室，那是我买的房子。史惠梅的老公去世以后，她独自住在家里害怕，我就让她搬进601室居住。我给杨金贵办理了假户口，改名祁卫平，对人谎称是我哥哥。又给他和史惠梅办理了假结婚证，从此我称史惠梅为嫂子，目的是让史惠梅照顾杨金贵，不让他到处乱跑乱说。我以为那样就可以瞒过世人，没想到被"破烂王"识破。他把消息传回家乡，他媳妇纪小英也到处说。这对于孙继海来说，不啻为一颗重磅炸弹，随时可能断送他的仕途和生命。他打电话跟我商讨对策，俺俩决定把他们两口子除掉。于是，杨太安开车提前拉着我和史惠梅赶到枣林，趁纪小英去枣林二小接儿子放学的机会，我戴上人皮面具，假扮算命看相的张半仙，把纪小英和她儿子骗到富新，钓出成爱中，当晚就把他们一家送上了不归路。除掉他们是我跟孙继海的主意，凶手是杨太安雇佣的，事成之后，报酬10万元。

常安质疑道："杨太安跟杀手许的报酬是120万元。"

祁卫东否认："10万元，我从没答应120万元。"

怪不得讯问张二江和李怀中时，他们都骂杨太安是个大骗子呢，原来他对二位杀手开出的是空头支票。

常安认可订金10万元的说法，要他接着交代——

后来的事情你们就都知道了，8 年前，我们在老宅杀害宋杏花、丛三德，杨太安知道；把纪小英母子骗到富新，然后把成爱中一家杀害，杨太安全程参与；你们在来富新的途中遭遇袭击，也是他雇人干的。他是我干儿子，对我的所作所为了如指掌，我不得不除掉他。

祁卫东无力地说："事到如今，请把孙继海所有罪过都算到我头上吧，点子都是我出的，是我害了孙继海。不过，真正可恨的是那些领导，收税要钱时哄我抬我，现在却一个个都成了缩头乌龟，没有一个出面替我说话的。"他停顿片刻后说，"我要揭发领导的贪腐问题。"

常安意识到他耍滑头，妄图转移警方视线，便严词制止："今天，你首先把你和史惠梅、孙继海涉嫌贪污公款、非法持有和使用枪支与杀人犯罪等问题彻底交代清楚，至于检举揭发有关领导的贪腐问题，我们将专门安排时间听取。但是，如果无中生有，乱咬一通，捏造罪名，栽赃陷害，你将罪加一等。"

祁卫东怔怔地看着常安，不情愿地说："中。"

常安要他交代偿还孙继海借款和干股分红的问题。

祁卫东继续交代——

当时，南山县引进了科威特的一个现代石化项目，对方投资 10 亿美元。那么一大笔资金，花在设备器材上的占大头，这意味着年轻的设备器材科科长手里握有这笔资金的支配权。当初，他为我开矿筹集到的 1 亿元资金，都是用来为南山石化总公司购买设备器材的公款，我的好朋友、富新石化设备器材厂厂长李洪海，开出大宗空白发票，采取瞒天过海的手法，把贪污来的钱洗白套现，分五次转移支付给我。李洪海从中提成 5%，几张空白发票就套取了 500 万元。孙继海跟我商定，这 1 亿元资金不是投资，是借给我的，开出的条件是从第三年起，分 5 年还清，并以干股分红报答他。这家伙跟我儿子同龄，脑袋瓜子可比我精多了。他一下子借我 1 亿元，解了我的燃眉之急，我答应了他提的条件，并写了个秘密协议，他一份，我一份，其实就是个借条。现在，连本带息他已拿回两个多亿了。我不敢有丝毫懈怠，夜以继日地拼命干，三年就还清了那笔巨额借款，还送给他 10 万元干股，这可比利息高多了。我年年给他分红，七八年累计分红至少有一个亿了吧。给孙继海分红，一年兑现一次，都是现金和金条，每次都事先约好，我俩各自驾车在途中会面，把钱从我的车上搬到他的车上，从来不走银行。孙继海说，银行卡、存折、支票，一走银行就必然留下痕迹，那是隐患。一个亿的分红，我按他的要求，7000万元是金条，3000万元是现金。他之所以要金条，第一，金条不霉变，不虫蛀；第二，金条是世界硬通货；第三，体积小，便于存放，送人也方便；第四，不怕国家货币改版，金条不存在改版问题。我是民营企业家，我的财富就摆在那里，拿自己的钱买黄金，送给谁，都是我的权利，谁都无权干涉。去年年底，我大张旗鼓地奖励了100名劳模每人两块金砖，99.99%的赤金，每块值5000元。现金和银行卡，职工习以为常，可你奖励他两块金砖就大不一样了，金光闪闪，耀眼夺目，他自然感到荣耀，脸上有光呀。

但凡是人，都有恶的一面。孙继海小小年纪就成了南山县重点企业的科长，现在已经是公司副总。在南山石化，职工都称他孙公子，大家无不认为他爬得那么快，肯定有他老爸的功劳。孙公子平时展现在广大职工面前的是光彩照人的形象，其实是金玉其外，败絮其中。我敢说，如果我不揭露他，今天在座的诸位，绝不会知道孙继海的另一面。唉，我下海之初，孙继海鼎力相助，他是我的恩人。现在我揭露他，是恩将仇报。不过，给了他那么多钱，也算对得起他了。

至于孙继海把那么多钱存放在哪里，花在哪里，我不知道，也无意过问。他亲口跟我说过养情妇的事儿，至少养了两个，一个叫宋杏花，一个叫青苹果。宋杏花已经被除掉了，青苹果现在还养着。孙继海的荆林苑别墅，是他跟宋杏花的窝儿，购房款加装修、家具，大约花费300万元。宋杏花平时的吃喝穿戴和各种花销，肯定也不是个小数目。至于他把青苹果养在哪里，我不知道。关于孙继海的事情，我只知道这么多了。你们的肖像是孙继海提供的，要除掉你们，也是孙继海的命令。其他就没有什么好说的了。

常安提醒了一句："你把跟史惠梅化装逃跑的问题交代一下。"

祁卫东继续说，在你们没到达富新前，孙继海就为我们谋划好了出逃的目的国科威特，那里有他的好朋友负责接待。俺俩预购了机票，一旦史惠梅袭警失利，我们就开溜，没想到被你们抓了。

常安打断他："张子柱你认识吗？"

祁卫东惊讶地看着常安，不由得脱口而出："张子柱是我妻侄，却被俺们误杀。我对不起他，对不起老婆！"说着，他的眼角淌下几滴泪水。

"你的手机里，有一个电话是张子柱打给你的。"常安追问，"你解释一下。"

祁卫东说："凌晨1点半左右打给我的，他告诉我，警方正在追捕史惠梅。张子柱督促我下决心和史惠梅一块出逃，不然，只有死路一条。"

尚成功听后非常震惊。张子柱是祁卫东的妻侄，祁卫东和史惠梅能够准确掌握南山同人来富新后的行踪，看来都是张子柱在通风报信。张子柱充当了犯罪嫌疑人的内鬼，是刑警的败类。他命令祁卫东："张子柱给你通风报信几次，什么内容，都交代清楚！"

祁卫东瞥着他，轻描淡写地说："一共有3次。第一次是常安去天龙小区带走了杨金贵。这个他不说，史惠梅也会告诉我。第二次是常安去张庄窑场调查。最后一次就是刚才我交代的这一次。接到张子柱的电话，我感到大祸临头，我不想让孙继海跟我一块死，希望他靠他爸的关系，没准还能捞我出来，就给他发去应得的红利500万元，并发去一条短信，内容是：500卡即毁切勿联。"

常安要他解释这条短信的具体含义。

祁卫东苦笑着说："500，即人民币500万元，这是我最后一次付他红利。卡是孙继海的，这也是我唯一一次把红利打到他的卡上。即毁，是提醒他收到我的短信后立即毁掉手机卡，切断联系，免得暴露自己。"祁卫东用手狠狠抹了一把脸，继续说，"我彻底交代完了，再没什么可交代的了。人在做，天在看，法网恢恢，疏而不漏。人呵，关键时候迈错一步，想回头就难了，世上没有回头路呀。自作孽，不可活，我和孙继海犯的是故意杀人罪，现在悔青了肠子也没用了。我愿意接受法律的严厉制裁，希望审讯一结束就立马枪毙我。"他说着，掩面而泣，身子抖动不已，像个严重的帕金森病患者。

常安与尚成功对视一下，觉得他的交代与史惠梅和其他嫌犯的交代与举报相互印证，基本属实。两人交换眼神，命人把祁卫东带走。

8

富新县公安局，和局长办公室。

和洪烈听取了常安和尚成功的汇报后，勃然大怒，咆哮着骂道："我和洪烈干了一辈子警察，办的杀人案不计其数，还没见过恁无耻、恁野蛮、恁凶残、恁嚣张、恁疯狂、恁没人性的混账东西！"和局一口气咆哮出六个"恁"字，脸涨得通红，双目眦睚可怖，眼珠迸起老高，眼白的血丝清晰可见，额角血管暴突。尚成功担心他血压升高，发生意外，劝慰说："干刑警的天天同犯罪分子打交道，啥样的恶人没见过呀？为祁卫东动怒，不值！"

和洪烈觑他一眼，强抑着自己的情绪，双眼紧闭，不再说话。和局情绪如此激动，无非是如此罪大恶极的杀人嫌犯，在自己的管辖内横行霸道多年，自己没有把他拿下，却让南山的同行降服了，这让他很下不来台。

常安窥透了和局的心思，语调平缓地说："任何犯罪嫌疑人的暴露都有一个过程。祁卫东是富新响当当的民营企业家，在富新深耕多年，身罩圈圈光环，极易蒙骗世人。在和局的领导下，富新、南山两地警方联手，齐心协力，仅用五天就全案告破，剥掉了他的伪装，让他现出原形，并将所有同案犯罪嫌疑人一网打尽，取得了富新大捷，和局功不可没。这证明和局领导有方，决策果断。我十分钦佩老局长的魄力和决断，真是老当益壮啊！"

尚成功也对和局大加赞赏。

和局苦涩地笑着摆手制止，他面色凝重，叮嘱常安："正因为祁卫东是富新的名人，是纳税大户，所以对他的侦查材料一定要严谨，证据链环环紧扣，不留缺口，不留瑕疵，务必做到万无一失，经得起历史的检验。"

常安回答："记住了，和局长，请您放心，不过现在证据链还缺三环，一是祁卫东供述的8年前老宅发生的一男一女被害案是否真实存在，二是祁卫东伙同富新石化器材厂厂长李洪海帮助孙继海洗钱是否属实，三是孙继海的供词。根据祁卫东的供词，孙继海也有出逃的可能。因此，我们必须立即赶回南山，对孙继海采取强制措施。时间紧迫，我打算兵分两路，一路是我跟尚队、李光荣赶回南山，第二路是窦建功跟高大友抓紧去省城，找到正在省城学习的'阎王爷'，把他手里的证据拿到手。杨金宝装神弄鬼吓死好几个人，也得拘捕。"

"很好。"和局十分佩服常安缜密的侦查思路，他赞赏说，"常局长如此尊重证据，是对犯罪嫌疑人和被害人的高度负责精神。精准办案，是警察忠诚于党和人民的应有之义，很值得我们富新警方认真学习。"

"互鉴互学，携手共进。"常安看着和局说，"还有两项十分重要的工作必须认真做好，一是押解犯罪嫌疑人逐一指认作案现场，把所有证据，包括祁卫东出逃时用的拖拉机、犯罪嫌疑人作案用的汽车摩托车，张二江、李怀中杀害成爱中一家用的石头，等等，统统收集齐全，组织刑侦技术人员对获取的所有证据进行认真分析、检测、比对和鉴定，逐一录像拍照，登记造册，统一保存，任何一项都不能出现纰漏和差错，请和局长安排人员抓紧做好；二是对富新石化器材厂厂长李洪海进行调查，查清他虚开发票，帮孙继海洗钱的犯罪事实。"

和局按着太阳穴说："这是两项十分重要的任务，繁杂而艰巨，万万马虎不得。既然成功参与了侦破的全过程，情况熟悉，他就不跟你一块去南山了吧。"

"当然可以。"常安说，"南山那边的侦查工作完结后，我们再过来向你汇报，共同起草和研究结案报告，向富新县检察院送达起诉书。"

和洪烈完全同意。他强调："关键是要把证据坐实做铁，把证据链打造完备。把好了这一关，我们就上无愧于天，下无愧于地，中间无愧于人民群众，无愧于人民警察这一神圣职务了。"

常安、尚成功为和局的话鼓掌，异口同声地说："我们一定能做到。"

常安要把杨金贵一块带回南山，和局同意，并嘱咐："你们一定要注意安全。"

常安先送走窦建功，嘱咐他："根据闹鬼时那对男女哭诉的内容，有的村民怀疑当年杨金贵失踪跟孙书记有关，但谁也拿不出证据。现在，祁卫东交代是他跟孙继海干的，与孙书记无关，但他却怀疑孙继海的其他犯罪行为可能得到了他老爸的包庇，不过他也拿不出证据。虽说疑罪从无，但如果8年前的失踪案跟孙东胜无关，我们却拿不出证据排除人们对他的怀疑，那势必影响他。所以，你跟大友找到'阎王爷'完成调查取证任务后，再去省委党校调查清楚2006年8月3日和4日两天孙书记的行踪。如果调查工作受阻，你去找咱们的老同学李铁铸，他是省城五里桥派出所所长，省委党校在他的辖区内，让他出面去调查。如果证据证明孙书记那夜行踪不明，我们也不能轻易放过，一定要调查清楚，依据得出明确结论，给老百姓一个明白无误的交代。"

第十四章

老宅惊魂

1

常安、李光荣和杨金贵乘着警车风驰电掣般往南山赶去。常安电话通知刑警大队队长赵子健带领刑警王昭明、刘大海，携带探照灯、摄像机、裹尸袋、绳梯等侦查必备器材，晚上10点在刑警大队集合，有重大行动。

晚上9点半，常安一行到达县刑警队。赵子健、王昭明、刘大海已经等候在那里，所需器材准备得一应俱全。他们见车上有个晕头转向、哈哈傻笑的汉子，甚觉诧异。常安简单说明原委，大家恍然大悟，失踪8年之久的杨金贵还活着，大家无不惊喜。

常局指示赵子健把杨金贵安顿好，派两名刑警负责照顾好他的生活和安全。然后，常安向赵、王、刘、李下达了去大杨庄老宅的任务，要求必须在天亮前完成，尽量不扰民。

晚10点半，常安带领大家潜入老宅，命令刘金龙参加现场勘查，高大友、宋立文把好大门，加强周围警戒，不准任何人进入老宅。

一切安排就绪，勘查工作开始。

厨房灶台上方，一只500瓦的电灯亮如白昼，强光从门缝透射出来，把老宅大院照得明晃晃的。

上了年岁的辛从善，一向睡觉又晚又少，夜里睡不着时就去胡同口溜达。他发现老宅院里有灯光晃悠，以为又闹鬼，就跌跌撞撞跑去砸李增山的门，说老宅有鬼火。

黑灯瞎火，胆小的李增山不敢出门，凶了辛老头几句，让他回家睡觉。李曾山悄悄地搬来梯子爬上房顶朝老宅那边张望，果然明晃晃的，但不见人影，不禁起疑。他打电话问宋立文，宋立文说没事，警方正在老宅研究案情。

老宅厨房里，李光荣跟赵子健搬掉大铁锅，灶台下面是块大石板。两人小心翼翼地揭开石板，露出一个黑洞洞的井口。

王昭明调整好探照灯，光束直射井底，同时把微型录像机镜头对准井底。

警官们惊诧地把头伸向井口，水面上漂着一个红色物体，一股浓烈的腐臭味扑鼻而来，令人窒息，大家异口同声地惊叫："肯定有腐尸。"

"戴上防毒面具！"常安命令，"录音录像不要间断！"

赵子健仔细观察，圆形井口直径约 60 厘米，往下渐渐变粗，到水面深约 4 米，水面直径约有 1 米半。赵队拉好电线接好小型鼓风机，朝井下吹了 20 分钟，然后架好绳梯，准备下井打捞。李光荣推开赵队，抢先下井。赵队嘱咐他："注意安全，井下缺氧，一旦出现呼吸困难，立刻上来。"

"明白！"

刘大海和王昭明用绳索和布袋，接应李光荣从井里打捞到的物品。

首先打捞出井的是个红色大塑料袋，然后是个拉杆箱，拉杆箱里的水淋淋落落地打湿了李光荣的衣服。李光荣毫不顾及，仔细观察，有件灰褐色衣物浸泡在水面。李光荣捞起一角，是军用雨衣。他用力一拉，一只白森森的手臂倏地举起，打在他脸上。李光荣毛骨悚然，不由得松开雨衣，白森森的手臂倏地潜入水中，顺势将他的防毒面具扯掉。李光荣大惊失色，"白骨精！"喊声嘶哑战栗。

守在井口的常局、赵队闻声大惊，"咋了？"

李光荣意识到自己失态，战战兢兢地说："拉我上去喘口气。"

赵子健、刘大海紧握绳索，把李光荣拉出井口。他哇哇地呕吐一阵，然后仰躺在柴草上大口喘气，脸色煞白，额上沾着些糨糊样的东西，散发着浓浓的腐臭味。常安问他防毒面具哪里去了，他惊魂未定，骂道："太吓人了，'白骨精'打了我一把掌，顺手扯走了防毒面具，然后迅速地潜入水中。"

尽管警官们不信有'白骨精'，仍然战战兢兢。赵子健拿纸巾擦拭李光荣脸上的污物，最后用酒精棉球一遍遍地擦拭消毒，问他到底看到了什么。李光荣心有余悸地述说了在井下经历的一幕，自嘲说："世上哪有'白骨精'呵，分明是被害者的遗体。我琢磨，由于井水温度低，常年不见阳光，肌肉腐烂了，筋腱还连在骨头上，我用力一拉那件雨衣，带动死者的一只手臂倏地竖起。我猝不及防，下意识地想到《西游记》中的白骨精。嘿嘿，我当警察 10 年，从来不怕鬼神，今天如此狼狈，还是第一回！"说着，他一个鲤鱼打挺站起来，"常局，拿酒来，我下井捉拿'白骨精'。"

赵子健打开一瓶高度白酒，自己先喝一口，说："我下吧，光荣，你休息一会儿。"

李光荣不依，夺过白酒，咕嘟咕嘟喝了几口，然后倒在手掌里一些，往脸上搓搓，重新戴好防毒面具，又下到井里，仔细观察，果然是具尸骨。他小心翼翼地用雨衣包裹好，捆扎上绳子，招呼往上提。刘金龙、刘大海将尸骨拉出井口。

李光荣往水里一摸，朝井口大喊："还有一具。"

王昭明一边操作录像机，一边嘱咐他："小心，光荣。"

赵队暗自佩服李光荣，他跟刘金龙把第二具遗骸拉出井口。

常局指挥，把打捞上来的两具遗骸摆放在堂屋，腐臭冲天，一群群苍蝇飞过来，争先恐后地扑向尸骨。刘金龙朝两具遗骸喷撒着除臭剂、消毒剂、酒精等，贪婪的苍蝇们前仆后继。

常安下令，将井水全部抽干，将泥沙全部淘出，一一过筛，绝不遗漏一点证据。他跟赵队对两具遗骸进行初步查验，虽然两名被害者已经面目全非，难以辨认，但从尸骨上残留的腐肉和没有烂掉的头发仍可确认，被害者是一男一女。裹住男人遗骸的是件军用雨衣，里面穿着西服，西服上衣口袋里有身份证和社保卡，证实被害男人是丛三德。被害女人身穿红色连衣裙。拉杆箱里有女人的衣物和化妆品、身份证，还有没有用过的婴儿褓褓、奶瓶和小被褥等。显然，拉杆箱是被害女人的，她正待产。身份证证实这个女人正是宋杏花。这使常局相信，祁卫东的交代可信，杀害宋杏花、丛三德的罪魁祸首就是他和孙继海。

打捞结束后，常安要求，立即将两具遗骸和打捞上的所有物品运回局刑事技术鉴定中心，组织技术人员解剖检验，包括胃内容物和女尸腹中胎儿的 DNA，确保任何一项都不漏检。对塑料袋和拉杆箱里的物品、从井底泥水中搜到的物品，一一登记造册鉴定，绝不落下任何蛛丝马迹。鉴定结论要科学严谨，一丝不苟，经得起检验，争取明天晚饭前拿到检测报告。今夜老宅的一切活动和所有检测结果，都要严格保密，不准对任何人泄露。

撤出老宅时，他们把灶台恢复原貌，把污水、污泥排掉，然后对现场严格消毒，消除异味，尽最大努力不打扰村民。

常安感觉浑身像散了架一样，恨不得倒地便睡。他已经至少 48 小时没有合眼了，但他不能睡觉，时间紧，任务重。他从衣袋里掏出清凉油，往太阳穴上抹抹，挥挥拳头，似乎要把睡神赶走。

2

南山县公安局刑事侦察技术中心，刑警和法医们聚精会神，对两具高度腐烂的遗骸及从井里打捞上来的物品一一进行检测鉴定。室内空调虽然运转着，警官们脸上却仍冒出密集的汗珠。

大红连衣裙裹着的女尸，头和脚裸露着，头部肌肤全部烂掉，洞开的五官呈哭号状，好像在控诉，长发全部脱落，缠绕着脖颈。颅骨、锁骨、肩胛骨、耻骨上发现 4 个弹孔，右脚趾骨脱落，露着白森森的关节，左脚白骨上挂着一只红色高跟鞋。女尸身高约 1.65 米，肚腹高高隆起，肚皮烂掉，露出个大肉团，像只烂茄子。经仔细辨认，是胎儿的脊背和臀部。显然，死者是位孕妇，被害时胎儿即将出生，是个男婴。胎儿臀部和柔软的盆骨上有个贯穿洞，女尸尾椎骨上嵌着一枚弹头。从洞的位置、大小和边缘可以判断，这颗罪恶的子弹从女人腹部射入，穿透胎儿后，又射入被害女人的尾椎骨。

"太残忍了！"刘大海骂道。

军用雨衣包裹着的男尸，年龄 40 岁左右，身高约 1.7 米。他的西服衣兜里有 733 元纸币和 7 角硬币，浑身肌肉已经烂掉，森森白骨上粘连着殷红色的腐肉。头部黑发全部脱落，颅骨后部、肩胛骨和髋骨各有 1 个弹孔。上下齿洁白整齐，呈咬牙切齿状。脚骨上挂着皮鞋，随时会同脚骨一起脱落。尚未全部腐烂的内脏裸露着，呈灰褐色。尸体左腕上戴着瑞士产天梭牌自动手表，时间停在 01：37。两位死者的胃内容物高度腐烂，仍检出了浓度很高的迷药成分。经解剖肺部断定，一男一女皆系溺水后遭遇枪击死亡。

拉杆箱里的物品有两类，一类是女性用品，除了衣物就是化妆品、小饰件和宋杏花的身份证。化妆品均是法国、韩国名牌。第二类是婴儿用品，有襁褓、小衣裤、小玩具等，还有奶瓶和一罐产自新西兰的奶粉。可以断定，拉杆箱是宋杏花的，她已经临产，为即将出世的宝宝做好了充分的准备。

法医对比两张身份证，得出结论：被害女人名叫宋杏花，1980 年出生，沙源县三庙镇宗家村人；被害男人姓名丛三德，1972 年出生，住址是南山县城关镇东关大街 2 号。

瞅着丛三德身份证上的照片，赵子健蓦然想起，丛三德原来是灵山温泉宾馆总经理，8年前失踪。那时，赵子健是城关镇派出所副所长，丛三德当年是南山改革的弄潮儿。县政府招待所和灵山温泉宾馆由事业单位改制为企业后，经营困难，连年亏损。丛三德由部队转业后到县招待所当所长，发扬部队敢打、硬拼、能赢的作风，大刀阔斧地进行改革，冲破错综复杂的关系网，仅用一年时间就扭亏为赢，深得县委孙副书记的常识，被调去灵山温泉宾馆当总经理，由副科级提升为正科级。丛三德失踪后，有人猜测他可能携款跑路。孙副书记曾下令彻查，组织纪委和审计部门详查县招待所和灵山温泉宾馆的所有账目，均没发现任何问题。家人向警方报案后，孙副书记指示县公安局调动精兵强将，四处查找，前前后后忙活了一年多，始终没有发现他的踪迹。他年迈的爹娘备受打击，抱憾离世。妻子艰难度日，难以为继，被迫带着7岁的儿子改嫁他人。谁都不会想到，丛三德竟被害死在老宅的水井里。想到这些，赵子健愤恨地说："当年为了找他，我磨破了3双鞋，没想到却在这里。"

"太不可思议了。"王昭明愕然地说，"老宅闹鬼以来，人们怀疑孙书记的大舅哥可能遇害，可我们捞出来的并不是杨金贵，而是丛三德。孙书记的大舅哥却被常局从富新领了回来，简直离谱。"

警官们你一言我一语地说："当年，为了查明杨金贵失踪真相，枣林派出所所长陈东来连命都搭上了，陈所长的死现在看来肯定有问题。"

"杨金贵失踪之谜解开了，陈东来遭遇车祸身亡之谜不用多长时间也会解开。"王昭明说，"说不定常局心里已经有了谜底。"

警官们议论着，开始查验红色塑料袋。塑料袋没有破损，漂浮在水面上，里面没有进水。打开塑料袋，最先映入眼帘的是一个《现场勘查记录本》，封面上有李卫国的名字。在《现场勘查记录本》里，详细记录着现场勘查情况和所取得的物证的名称、数量和发现位置、获得物证的时间等，非常详尽。其余都是物证袋，上面注明物品名称、数量，发现位置和获取时间，袋里装着的是对应的物品。经检查，《现场勘查记录本》的记录、物证袋上的记录和袋里的物品都一一对应，毫无差错，足见当年景、陈和李、毛工作是多么严谨细致。经逐一清点，这些物品是：24个燕京牌啤酒易拉罐；两个果粒橙饮料瓶和13个食品方便袋、便利盒；吃剩的烤羊排、卤鸡块、烤鸭、酱牛肉等残渣和3个灌汤包、两个锅贴、199根烤串铁钎等，长满灰色菌丝，臭不可闻；10双一次性木筷，其中4双没有拆封；

三星牌粉红色女式手机一部；富新县荷园超市 2006 年 8 月 3 日购物小票一张；头发一根；软中华香烟烟蒂 3 个；指纹掌纹 3 枚；5 男 1 女 6 双脚印照片，照片背面记有脚印的尺寸和位置，其中有两枚男性脚印是在灶台下提取的；一个白色塑料迷药空瓶，100 粒装，是一种毒性很强的迷药。

这些证据是杨金贵失踪后，警方勘查现场时搜集到的，陈东来遭遇车祸身亡后不翼而飞，原来被扔到了井里。知道这口井的除了孙继海，不会有别人。常安推测，把证据扔进井里的人是孙继海，也就是说，策划制造那场车祸和车祸后盗走证据的也是孙继海。当年他不到三十岁，是企业的科长，跟警方没有多少关系，却能指使交警造假，把事故责任嫁祸于被害人陈东来，他哪里来的权力和胆量？

警官们细心地鉴别着从井底泥水里筛查出来的所有物品：一部 NOKIA 手机、一只小脚女人鞋和一只高跟鞋、一枚金戒指、一只簪子、两枚耳钉、4 枚锈迹斑斑的子弹头和 5 枚弹壳、13 块小骨头，还有一些长短不一的毛发。经认真勘验辨认，那只红色高跟鞋和两枚耳钉、一枚金戒指，是宋杏花的，13 块小骨头是从她的脚趾上脱落下来的。小脚女人鞋和簪子，是以前井里就有的，与丛三德和宋杏花无关，可能是杨金贵祖上的老奶奶跳井时遗落的。5 枚弹壳和 4 个弹头，连同嵌在宋杏花尾椎骨里的 1 枚弹头，共计 5 枚弹头和 5 枚弹壳，型号匹配。子弹是从两把 64 式手枪里射出来的，其中一支射出 2 发，另一支射出 3 发。行凶者应是两个人，他们把宋杏花、丛三德扔到井里后，又朝他们开了 5 枪。

面对打捞上来的两具遗骸和所有物品，常安坚信，孙继海是杀害宋杏花和丛三德的凶手之一。他现在可能也已经准备出逃，所以抓捕孙继海，刻不容缓。

朝阳无声无息地爬进窗户，送来缕缕温馨，常安感到一阵困乏。大家熬了个通宵，肯定都累了，他命令大家马上休息，上午 10 点半集合，13 点之前完成对两具遗骸和所有物品的检验鉴定和比对，起草检验鉴定比对报告。随后，他带领赵子健和李光荣直奔南山石化而去。

3

常安向南山石化总经理吴天凯表明来意，吴天凯极感惊愕，瞳孔里映出两个大大的惊叹号。8 年前，孙继海只是个小小的设备器材科科长，竟然贪污公款一个亿，天文数字啊！南山石化领导层8年换了3茬，不仅都没察觉，而且让他进入了总公司领导层，成了副总，简直是南山石化的奇耻大辱！孙继海贪污巨额公款，非法持有枪支，袭警杀人，手段残忍，哪一个都是死罪。吴总暴跳如雷，吼叫："抓！南山石化全力支持警方抓他！"

常安告诉他："最早发现孙继海贪污公款的是设备器材科会计宋杏花，她要检举他，结果被他给杀害了。"

吴天凯惊讶得一句话也说不出，愣了半天才说："我来得晚，不认识宋杏花。偶尔听职工群众议论，说她跟某个男人私奔了。这种事，现在一点也不稀罕，所以没有引起人们的特别重视。"

常安要去孙继海的办公室抓他，吴总两手一摊，很无奈地说："他没来上班。他是书记的公子，独来独往，去哪里办啥事，一般都不跟我们打招呼。他根本不把我们放在眼里，到今天，他已经三天没来上班了，我也不知道他去了哪里。公司领导层开会，要他回来，打电话也不接。我派人去他家通知他，他媳妇秦淑芳说他带人到省炼化总厂学习去了。我们总不能去孙书记家找他吧，难道这家伙畏罪潜逃了？"

常安要去孙继海的办公室看看，吴总招呼职员打开孙继海办公室的门。常安把他挡在门外，带领李光荣、赵子健进入，把办公室仔细勘查一遍，检查了所有摆设和物品，没有发现异常，写字台玻璃板下一张字条引起了常安的注意。字条上写着科威特国艾哈迈迪石化集团设备安装总公司总工程师巴萨姆·阿尔加尼的电话号码。

常安一行回到吴总办公室，询问南山石化跟那位巴萨姆的有关情况。吴总不知情，打电话喊来设备维修部臧部长。臧部长介绍说，当年南山石化从科威特国引进一整套石油化工设备，由这位巴萨姆总工程师带来一大帮工程技术人员负责安装调试。这期间，负责采购设备器材的孙继海认识了巴萨姆。正式投产后，大概是第二年吧，国庆节放长假，孙继海出境旅游去过科威特，听说这位巴萨姆接待过他，以后没听说他跟巴萨姆有啥联系。

常安问他："认识这位巴萨姆吗？"臧部长说认识，并且比较熟悉。常安授意他给巴萨姆打电话，询问孙继海去找过他没有。臧部长颇显为难地说，都七八年了，巴萨姆的电话可能早就换了。常安要他试试，臧部长很不情愿地打了电话，接电话的果然是巴萨姆。臧部长热情地跟他寒暄一通，说孙继海现在已经是副总了，有时间想去科威特看望巴萨姆。巴萨姆热情地说："Welcome,Welcome!"巴萨姆问道，"孙继海曾打电话告诉我，说他的朋友夫妇要来科威特，请我接待。现在已经过去四天了，他的朋友夫妇一直没来。昨天我打电话问他为什么，他没接电话。出什么事了吗？Mr Zang？"臧部长看着常安，回答说他的朋友夫妇突遭车祸身亡，正在料理丧事。巴萨姆有些伤感，随后挂了电话。

常安有些欣慰，目前来说，孙继海至少没有逃到科威特。常安决定把孙继海挡在境内，他告诉吴总和臧部长，一旦有孙继海的信息，及时报告警方。说完，他带领赵子健、李光荣去南山石化职工宿舍大院里孙继海的住宅搜查。

秦淑芳认识常安。她看一眼搜查令，抚着大肚子惊愕地问："继海他出啥事了吗？他有三天没回来了。"她眼里沁出泪水，双手托着大肚子，生怕肚里的孩子随时掉下来。

常安提醒她："你一个人在家绝对不中，抓紧叫家人过来照顾你！"

秦淑芳无奈地说："俺爸妈在外地，年迈多病，不能过来照顾我。公公婆婆你都知道，他俩都很忙，不可能来陪我。继海不回来，叫俺可……"她抽噎得说不下去。

常安问孙继海去哪儿了。

秦淑芳抱怨说："他说带人去省炼化总厂考查学习加氢技术，时间大概半个月，临走时扔给我一张银行卡，说随便花。说得倒是轻巧，我这样能去银行吗？密码也没告诉我。他走后我打电话问他密码，他也不接……"

常安苦笑说："淑芳同志，像你这种情况，随时都需要用钱。如果信得过我的话，我让赵队去银行帮你取一万块钱，以便应急。"他指指赵子健，"赵队你认识。"

秦淑芳点头，把卡交给赵子健。常安向他使了个眼色，嘱咐他快去快回。

常安给秦淑芳出主意："我出面跟你婆婆商量，由她请人照顾你，可以吧？"

"谢谢。"秦淑芳说，"俺希望早点有人来陪我。"

"我马上就办。"

"好。"秦淑芳吐出一个字，泪水扑簌簌地落下来。"继海出啥事了，你能告诉我吗，常局长？"

常安不想刺激秦淑芳，掂量着说："我们正在调查，以后告诉你。"

很快，赵子健从银行返回来。他悄悄跟常安说了几句，然后对秦淑芳说："秦淑芳同志，这张卡上有 500 万人民币，根据我们的调查，这钱不归你和继海所有，所以我没从卡上给你取钱。警方决定将其扣押，我们会通知你的家人，要他们尽快带钱来照顾你。"

秦淑芳愣住了，那么大一笔巨款，肯定来路不正，惊讶、惧怕、忧虑、失望……各种情绪倏地攥住了她的心，她啜泣起来。

常安打电话给吴总，要他马上派个女职工临时照顾秦淑芳，然后指令赵子健和李光荣依法搜查，秦淑芳叹息着打开所有的房门和橱柜上的锁。警官们仔细搜查，并未发现有价值的证据，也没有发现祁卫东交代的巨额现金、金条。常安决定带走孙继海的牙刷、一把牛角小梳子和一个喝水杯。他让赵子健填写好搜查物品清单，要秦淑芳过目签字。常安对她说，一旦孙继海跟她联系，请规劝他主动向警方自首，以减轻对他的处罚，若他不听劝告，请立即打电话报警。秦淑芳点头答应。最后，常安嘱咐她要注意身体，千方百计地保护好自己，保持好心态，生个好宝宝。

常安指令赵子健立即把孙继海用过的牙刷、牛角梳子和水杯送回局刑侦技术中心做 DNA 检测，与宋杏花肚里胎儿的 DNA 比对，确保 13 点之前拿出比对结果。同时，他跟李光荣去青川市公安局向肖山局长报告孙继海涉嫌贪污巨额公款和杀人犯罪的调查情况，研究防止他私自出境的措施。

4

在去青川市的路上，常安接到窦建功从省城打来的电话，窦建功报告了两项内容。其一，当年跟孙书记在省委党校学习的同室学友，现任省城河东区委书记的赵举挺证实，2006 年 8 月 3 日，孙东胜跟 5 名学友一起去省城凤凰山景区游玩，晚上回党校过夜。4 日上午温习功课，写读书笔记，然后跟学友喝酒、下棋、聊天，晚上在党校过夜。其二，老宅闹鬼和阎王来信是杨金宝搞的。杨金宝手里有个 U 盘，记录了 2006 年 8 月 3 日夜里他看到的事情。那晚电闪雷鸣，大雨倾盆，9 点半，孙继海乘坐一辆车牌号是 E86351 的尼桑越野车带着宋杏花和三个男人去过老宅，次日凌晨3点多钟，有3个男人离开，没有宋杏花，几天后孙继海报告舅舅失踪。杨金宝认为，杨金贵跟宋杏花很可能被一起杀害，遗体就埋在老宅。出于某种原因，杨金宝一直没有报警，直到现在，才用闹鬼和写阎王来信这类匪夷所思的方法，引起警方重视。他也已经做好了承担刑事责任的准备。

常安和李光荣来到青川市公安局长肖山的办公室，报告了孙继海涉嫌贪污巨额公款和杀人的严重犯罪事实，肖山感到十分震惊。孙书记的儿子涉嫌杀人，而且杀害多人，手段极其残忍，他简直不敢相信。肖山局长一时没了主意，问常安："下一步你们打算怎么办？"

这正是常安要请教他的问题，结果肖山局长却把皮球踢了回来。常安并不回避，直截了当地说："一、立即向全国发布通缉令，绝不让孙继海逃往境外；二、立即彻查南山石化八九年来的财务和设备物资采购出入库账目，对孙继海经手的报销单据和账目查个一清二楚；三、我们怀疑，当年陈东来车祸身亡和最近记者晓明的死可能都与孙继海案有关，必须彻查；四、孙东胜同志是青川市委书记，他的儿子是他治下的庶民，犯下如此重大案件，按规定应及时向他报告，况且嫌疑人是他儿子呢。"

肖山思忖半天后说："中，就按你的意见办。我跟你们一块去向孙书记汇报，现在就去。"

5

市委大楼，孙书记办公室。

肖山和常安、李光荣坐在孙书记对面的沙发上，邹秘书给每人端上一杯热茶后退出。孙东胜见他们面色凝重，没有寒暄，迫不及待地说："啥紧急情况？开门见山吧。"

肖山示意常安讲。常安看着孙书记，两人的目光不经意间撞到一起。

孙书记朝他扬扬下巴："抓紧讲！"

常安不想把事情搞得太突然，谨慎地说："孙书记，我们今天来，带来一条好消息和一条坏消息。"

孙东胜表情凝重，"哪条紧急先听哪条。"

常安点点头，语调尽量平和地汇报说："孙继海涉嫌严重犯罪，畏罪潜逃了。"

"啥？"孙东胜顿时暴跳如雷，腾地站起来，挪到常安跟前，青筋暴起，右手颤抖着问他，"犯的啥罪？他逃到哪里去了？"

常安不想过分刺激孙书记，有意避重就轻地说："8年前，杨金贵是被孙继海弄走的。"常安没用"挟持""掳走""骗走"这类词眼。

尽管如此，孙东胜还是难以相信常安的话，他连珠炮似的吼道："是我儿子孙继海让他舅舅失踪的？他舅舅那么喜欢他，凭啥害他舅舅呀？你们没弄错吧？他舅舅呢？"

"杨金贵还活着。"常安回答，"8年来一直居住在巫州市富新县城天龙小区。"

孙东胜眼睛一亮，接着又是一阵连珠炮似的质问，"巫州市富新县城？离南山少说也有一千多里地，孙继海跟那里无亲无故，咋把他舅舅弄到那里去了？"

常安看着孙东胜回答："是祁卫东跟孙继海一块把杨金贵弄到富新去的。"

"祁卫东？哪个祁卫东？"孙东胜更是疑惑不解，"是我大学同班同学祁卫东吗？毕业后他跟我从不来往，他凭啥把我大舅哥弄到富新去呀？还养了8年，这怎么可能呢？"

孙东胜一口气吐出那么多问号，常安不知回答哪个好。他摒住呼吸，斟酌着说："8年前那个雨夜，祁卫东伙同孙继海从富新窜到老宅，杀害了一男一女。他担心杨金贵说漏嘴，两人连夜把杨金贵弄到富新去了。"

孙东胜两手一摊，"继海也参与杀人犯罪了吗？"

常安无意替孙继海隐瞒犯罪事实，只好以实相告："继海参与了，而且犯罪活动全部由他而起。"说到这里，赵子健给常安打来电话，报告说从孙继海的牙刷和牛角梳子上都提取到他的DNA，经与宋杏花肚里胎儿的DNA比对，两人确属父子关系。接完电话，常安简要汇报了孙继海涉嫌贪污巨额公款，伙同祁卫东涉嫌杀害宋杏花、丛三德，策划杀害成爱中一家，策划杀害杨金贵的儿子杨太安和袭警的犯罪事实，最后说道："我们在老宅灶台下面找到了传说中的那口老井，从中打捞出丛三德和宋杏花的遗骸。经检测，宋杏花肚里即将分娩的娃儿的确是孙继海的儿子！"

"唉！"孙东胜重重地叹息着骂道，"混账东西！"他重重地摔进老板椅里，大口大口地喘着粗气，脸色铁青，怒视着常安。

常安并不介意，继续说："他们把成爱中一家三口杀害后，打算也把杨金贵杀掉，幸亏我们早到了一步。现在，我们已把杨金贵解救出来，带回南山了，不久，你和杨大姐就可以跟他团聚了。"

"孙继海猪狗不如！"孙东胜愤恨地骂道，把写字台擂得山响。

这时，尚成功从富新给常安打来电话，报告说根据富新石化设备器材厂李洪海交代，并经该厂财务科查实，该厂先后5次给孙继海开出7张虚假发票，总金额为1.0072亿元。该厂从中获利5%，共计503.6万元，全部入账，李洪海分文未取。经查，牙山矿财务账目，孙继海两年共投资1.0072亿元。这些年来，他非法所得的分红是多少，待查。

常安当即向孙书记作了汇报，孙书记愤怒至极，朝警官们吼叫道："一切依照法定程序办，该判刑就判刑，该枪毙就枪毙。孙继海完全是自作自受，咎由自取！"

常安报告说："孙继海已经失联3天，公司领导和他爱人秦淑芳都不知他去了哪里。依照法律程序，我们需要立即去您家搜查，请书记理解支持。"

孙东胜下意识地回答："好，我马上陪你们去。"孙书记带领3位警官，穿过市委机关大院后门，进入市委领导干部居住区，来到自己的家。常安向他出示了搜查证，请他签上自己的名字，然后跟李光荣搜查。

肖山陪孙书记坐在客厅聊天。孙书记疑惑地说："继海年轻，有闯劲儿，但社会经验不足，容易中心术不正者的圈套。在大三时，我曾揭发过祁卫东私自挪用班费给女友买礼物，为此他受过处分，他对我一直耿耿于怀。毕业后，我组织过两次同学聚会，发函邀请过他，他哪次也没参加。他跟我从无来往，现在他咋跟继海弄到一块儿了呢？里面仅仅是利益关系吗？是不是祁卫东故意做局，图谋利用儿子的手抹黑他老子？"孙东胜说完，看了看肖山，想听听他的见解。

"唉！"肖山深深叹息着说，"太复杂了，谁能想到会出这种事！"

孙东胜略感失望，话锋一转，说："当然，内因起决定作用，苍蝇不叮无缝的蛋。继海贪财堕落，我这个当父亲的很不称职啊！"他表情痛苦，脸有些变形，泪水汩汩而下。

常安和李光荣很快搜查完毕，重点搜查了孙继海的房间，没有搜到枪支子弹和巨额现金、金条。几个人准备告辞，肖山恭敬地问："孙书记还有什么指示？"

"没有指示。"孙东胜说，"你们千万不要因为孙继海是市委书记的儿子，就畏首畏尾，绝对不中。你们一定要放开手脚，依法办案，尊重事实，忠于法律，把孙继海案办成铁案！需要我做什么，我保证积极配合，杨金枝也一样。这对俺俩来说，无疑是残酷的打击。金枝可能一下子接受不了，她的工作由我来做。"孙书记泪眼婆娑。

常安特别提醒说："秦淑芳已到临产期，她怎么也联系不上继海。现在她一人在家，风险太大，为避免发生意外，我已经建议南山石化吴总临时派去女工照顾她。这总不是常法，希望书记和杨大姐把儿媳接过来，雇人照顾她。孙继海手里有枪，如果他跟你和杨大姐联系，请劝他立即投案自首，争取得到从宽处理，不要再干傻事。"

孙书记表示感谢，伤感地说："我有这样的儿子，是我家的最大不幸、最大悲剧、最大耻辱。他自己选择了一条不归路，我救不了他。我怀疑，8年前陈东来遭遇车祸身亡和最近《青川日报》新闻部记者晓明之死，可能都跟孙继海和祁卫东有关。希望警方趁机把这两起案件查清，把真相告诉人民群众。"

客厅里的空气刚有所缓和，杨金枝回来了。她看到家里的阵仗，惊诧地问："咋了，老孙？"她接着扫视一眼肖山和常安、李光荣，又见各房间的门都敞开着，越发不安。"局长所长都来了，发生啥大事了呀？"

孙东胜示意她坐在身边，喘着粗气说："继海涉嫌贪污和杀人犯罪。"

"啥？"老公的话犹如晴天霹雳。她从沙发上弹起来，疯了似的朝警官们咆哮。"你们有没有搞错呀？他贪污啥了？杀谁了呀？你们有证据吗？"她抛出一连串的问号后，大哭起来。

孙东胜站起身劝她："金枝，警察不会搞错。"

杨金枝根本不信。她愤怒地指着常安的鼻子骂："诬陷俺儿子贪污杀人，是你搞的吧，常安？你凭啥呀你？你拍拍胸脯好好想想，东胜是你的恩人，大姐对你也不薄，你就这样对待俺们吗？忘恩负义的白眼狼！你诬陷继海，就是诬陷你孙书记，绝无好下场！"

常安笑脸相对，等她骂完，扶她坐下，不气不恼地说："杨大姐，我常安不敢诬陷继海和孙书记。不论诬陷谁，都是违法犯罪，我绝不会那样做，我们是有确凿证据的。他失联已经3天了，南山石化领导和你即将临产的儿媳秦淑芳，天天打电话找他，都没人接。他是持枪逃跑的，我们担心他在逃跑途中再犯新罪，所以必须尽快抓到他。"

杨金枝仍然不肯相信。

常安说："尽快找回你哥，是大姐你交给我们的任务。我们终于把他找回来了，但同时，我们也发现8年前劫走你哥的人就是孙继海。"

杨金枝一听，擦着眼泪迫不及待地问："你把俺哥哥找回来了？你在哪里找到他的？他身体还好吗？他现在在哪里？俺要见俺哥！"

常安想用找回哥哥的喜讯冲淡儿子涉嫌犯罪带给她的痛苦，便简要讲述寻找杨金贵的经过，并告诉她，杨金贵在南山县公安局接待处暂住，他很想念妹妹和妹夫，"现在我马上带你和孙书记去见他。"

常安再次提醒杨金枝和孙书记抓紧派人去照顾秦淑芳，杨金枝打电话告诉儿媳，会把她带回青川家里住。常安请示肖局，赶紧落实全国通缉令的发布事宜。肖局同意，回局后马上请示省厅，请求在全国通缉孙继海。

李光荣提醒常局回南山后先回家看看儿子和嫂子，并说："代我祝福嫂侄平安健康，别忘了请我们吃喜糖喝喜酒。"

孙书记、杨金枝蓦然从悲伤中回过神来，异口同声地祝贺常安喜得贵子，说："吃喜糖喝喜酒别忘了俺俩。"两个人说完，泪珠在眼眶里滚来滚去。

常安表示感谢，说："一定。等全案结束后，一定！"随后，常安陪同孙书记和杨大姐去南山看望失踪8年的哥哥。

6

在去南山的途中，窦建功打电话告诉常安他和高大友已经返回。常安要他俩抓紧赶回家休息、待命。

车很快到达南山公安局。在常安的陪同下，杨金枝和孙书记小跑着进入接待室，两人认出了哥哥。

"哥呀——"他们喊着，踉踉跄跄迎上去，紧紧地抱住杨金贵，喜极而泣，浑身颤抖。

杨金贵木讷地站在妹妹和妹夫中间，像根木头，双臂机械地垂着，脱臼一般，嘿嘿傻笑，淌出的口水打湿了妹妹和妹夫花白的头发。杨金枝、孙东胜紧紧抱住他不放，生怕他再次丢失。妹妹仰脸看着他，泣不成声地诉说："对不起呀哥，我和东胜天天想你，不知道去哪里找你，让你受苦那么多年。你想我们吗，哥？"

杨金贵终于想起面前的人是自己的妹妹和妹夫。他缓缓抬起双臂，一只手拍打妹妹的脊背，另一只手拍打妹夫的脊背，结结巴巴地说："金枝呀……妹夫……你俩头发咋……咋白了呀……哥可……想你……俩了……和……两头牛了……妹夫妹夫……咋不……不去富新……接哥哥呀……你俩把哥……忘了呀……呜呜……"他泣不成声，涕泪俱下。

亲人分别8年，人生能有几个8年？兄妹俩和妹夫的变化都不小，乍一见面，难免生分。杨金贵跟妹夫怔怔地对视着，形同陌路，好久才说："都……怨海子……他坏！"

孙继海的小名叫海子。杨金枝悟出哥哥想说啥，她似乎有意验证一下常安所述的真实性，于是用纸巾帮哥哥擦去脸上的泪水，然后慢声细语地问："哥哥，海子是你的外甥，你咋说他坏呀？"

"他坏……他坏！"杨金贵很生气，结结巴巴地说，"海子……把俺弄丢的……俺不怪妹夫跟你……怪海子……海子坏……下雨黑夜……把俺和……和一个男的……一个漂亮……女人……还有牛……都……弄丢了。"

杨金枝似懂非懂，追问到底是咋回事。

杨金贵气呼呼地说："海子坏……祁卫东坏……两个大坏蛋……把俺弄到富新……祁卫东跟史惠梅睡觉……欺负俺……叫俺吃剩饭……给她洗衣服……上边有血……味臭……不让俺出门……不让俺儿……跟俺玩……合伙杀俺儿……还想杀俺，呜呜……"一个严重智障者，控诉自己遭受迫害，声泪俱下，泣不成声。

孙书记和杨金枝唏嘘不已。

杨金枝擦着哥哥脸上的涕泪，问他儿子是谁。杨金贵认真地说："杨太安……俺儿……他娘宋杏花……俺儿……叫祁卫东……史惠梅……坏蛋弄死了。还想弄死俺……他……救了俺……不是常局长……妹妹妹夫……就……见不着俺了，呜呜……"又是一阵伤心的痛哭。

孙书记和杨金枝听明白了他哥的话，相信常安所言不虚。

杨金枝、孙书记不忍心让哥哥总回忆那段痛苦的经历，要把他接到青川去住。

杨金贵不肯，"不去你家……不要见海子……海子……他坏……逼俺去富新……俺不去富新……俺回老宅……上山放牛！"说着，站起身往门外跑。

杨金枝牵住他胳膊，故意说："海子被枪毙了，他不会再抓你去富新了。"

杨金贵傻笑，学着不知从哪个电视上看到的样子说："啪……啪！枪毙了……好！"然后仍往外挣扎着说，"俺回老宅……上山放牛。"

杨金枝只好妥协，"中，哥哥不去俺家，妹妹陪你回老宅。"

杨金贵破涕为笑，拍着手说："好，好，好！"

常安明白，对于严重智障的杨金贵来说，现在最主要的是帮他尽快抚平精神上的巨大创伤，最好的办法就是把他接回大杨庄，接回老宅。那里有他熟悉的环境和善良厚道的乡亲，对他尽快走出那个巨大的恐怖阴影大有裨益。但是，老宅毕竟多年没人居住，破烂不堪，老宅也没有鲁西黄牛可放。所以，金贵暂时不能回老宅。他跟孙书记、杨大姐建议说："老宅必须进行整修，才能让金贵大哥回去。现在，金贵大哥已经跟我们很熟了，可以让他在局接待室多住几天，等把老宅整好后再把他接回去。这期间，书记和大姐如果有空就多陪陪他。如果工作忙，我安排专人陪他，为他提供生活和安全保障。请书记和大姐放心，即使以后他回到老宅，只要没有抓获孙继海，我们就会安排专人陪护他，确保他的安全。至于老宅怎么维修整理，我去老宅查看，跟村主任李增山商量，然后再向你俩汇报。整修老宅需要花多少钱，费用请书记和杨大姐承担。这样可以吧？"

杨金枝和孙书记异口同声地说："应该，应该。把老宅整修得好一点，无论花多少钱，由俺俩兜底！"

"好。"常安说。

杨金枝倏地跪倒在常安面前，仰脸看着他："常局长，大姐误解了你，不分青红皂白地大骂你一顿，实在对不起你呀。俺给你赔罪了！"说着就伏地磕头。

常安连忙伸手阻止她。"千万别这样大姐，儿子犯了罪，哪个做父母的不着急不心疼？希望你多加保重，照顾好金贵大哥。"他把杨金枝扶到沙发上。

孙东胜感慨道："岳父临终前，多次嘱咐我设法给大舅哥找个女人，给老杨家留个后，千万不能断了老杨家的香火。没想到，老杨家的香火竟然断在我儿子手上。我辜负了他老人家，问心有愧！"

常安安慰他俩说："书记和大姐对待金贵大哥，大杨庄村民有口皆碑。相信有书记和大姐照顾，金贵大哥晚年不会受苦。"

　　"我跟金枝一定不会再让哥哥遭罪了。"孙东胜说。

　　杨金枝心里感到不是滋味，8年来，哥哥受到的伤害太深了，可以说是痛彻灵魂。哥哥灵魂深处的恐惧绝不会因为回到南山而自然消失，亟须对他进行心理引导和干预，帮他尽快抚平心理创伤，这需要耐心和时间。她让老公接儿媳回青川，她留下来陪哥哥聊天。

　　"妹妹陪俺……海子来了……叭、叭……枪毙他！"看着哥哥的憨样，杨金枝心里极感酸楚，泪水簌簌奔流而下，滚到嘴里，又苦又涩。

　　送走孙书记，常安马上叫来年轻的警官小周和小程，嘱咐他俩一定要24小时不离人，照顾好杨大姐和金贵的生活，确保他们安全，然后去大杨庄，落实整修老宅的事宜。

　　杨金枝提醒他先回家看看白雪和儿子，代她祝母子平安，并向郑老师、傅老师问好。常安感谢说："不忙，先把老宅的事安排妥当再说。"

　　望着常安的身影，杨金枝不禁感叹："多好的警察啊！"

第十五章

死去活来

1

大杨庄乡亲们得知失踪 8 年多的杨金贵还活着，既震惊，又欣慰。原本以为傻得不知南北的杨金贵早就不在人世了，现在竟然回来了，真是个奇迹。

李增山再次敲响了老宅门前大树上的大铁钟，对着大喇叭发动村民群众来老宅帮助整理卫生，修理门窗。村民们争先恐后，各自带着工具涌进老宅，在李增山的指挥下各显神通，干得热火朝天，连一向视老宅为鬼宅的辛从善也来了。李增山看着几十年没见过的场面，热泪盈眶。

常安走进院里，大家停下手里的活计，竖起大拇指赞叹："杨金贵死去活来，神探常局长创造了人间奇迹呀。"

有人关切地问："常局长，金贵找回来了，那一男一女是咋回事呢？他俩真被害死在老宅了吗？杀害他们的那个当官的是谁呀？"

常安知道大家至今尚不清楚杨金贵失踪的真相，他说道："等把老宅修整好后，我们就把杨金贵送回来。到时，我肯定会把失踪真相公之于众，不论那个当官的是谁，法律都不会饶恕他。"

杨大中问："俺老侄子是从哪里找回来的，他身体还好吧？"

常安笑着回答："你老侄子身体还好。"然后嘱咐他，"大叔岁数大了，干活悠着点儿，小心别伤了身子骨。"

"没事。"杨大中挺挺腰杆，笑着说，"把老侄子盼回来了，俺高兴啊。他只身一人，住在老宅，生活不易，不如让他去俺家住。"

"谢谢大叔好意。"常安说，"从警方把他解救出来的那一刻起，他就吵着要回老宅上山放牛。两头牛犊我们已经买好了，明天就送到。他恋着两头牛犊，估计不会去大叔家住，请大叔理解。"

杨大中眼眶里滚着泪珠，点头说："理解，理解。"

李增山朝大家挥手说："乡亲们抓紧时间干哪，早一天干完，杨金贵就早一天回老宅。"

"加油干哪！"村民们欢呼着，摩拳擦掌。

"谢谢乡亲们。"常安说。

刘金龙陪着常安仔细查看院子，杂草和垃圾已经清理干净，比原来宽敞了不少。常安迈进堂屋，第一眼发现墙上的家堂轴子不见了，问："家堂轴子呢？"

刘金龙回答："杨大中取走了。"

杨大中站在门口，大声说："家堂轴子我收起来了，那是俺老杨家的宝贝，丢不得。家堂轴子是家族的历史，是子孙后代问祖寻根的依据，所以我要把它收藏起来，说啥也不能丢失、毁掉。"

"很好！"常安赞赏说。他想到了祁卫东交代时说的老宅密码，而且家堂轴子躲过了历代战乱和运动，肯定有秘密，于是他跟杨大中说，"家堂轴子可能与案件有关，请大叔暂时交给我们保管，等全案办结后，我们一定会完璧归赵。"

杨大中不解，用异样的目光看着常安。"杨金贵回来了，老宅的事儿不都查完了吗？"

"没办完。"常安说，"杀人凶手还没归案。"

杨大中答应说："可以，交给公安，俺放心。"

"谢谢。"常安说。他继续查看，宽敞的堂屋已经打扫干净，墙角和顶部的蛛网全被清除，但灰黑色的墙壁却使屋内黯然无光，给人一种窒息感。破损的门窗已经修好，玻璃尚未安装。屋内电线很混乱，存在安全隐患。被獾的屎尿洇透的土炕散发着浓烈的狐臊味，令人作呕。厨房灶台依然如故，杨金贵一人做饭，很不方便。西屋牛栏已经打扫干净，石槽刷得一尘不染，但草料皆无。对于一个重度智障者来说，必须万事方便。为此，常安打电话跟杨金枝商量后决定："一、堂屋墙壁重新粉刷；二、土炕拆除，换张木床；三、屋内电线重新铺设，更新开关、灯具，消除安全隐患；四、扒掉原有灶台，把井填埋，重新砌个小巧方便的灶台；五、所有门窗都安装玻璃。"

在窗外的杨大中毛遂自荐："常局长，床俺家有，是张双人床，搬过来就可以用。被褥我家有现成的，两铺两盖，都是新的。"

辛从善凑到窗前大声说："李主任，我送台平板电视给金贵老侄子，请给他拉上有线电视网线。"

常安谢过，接着转告杨金枝。杨金枝对堂叔和辛大伯表示感谢。

常安向刘金龙和李增山下达了彻底修葺的任务，强调两天之内必须完成。

村民们为常安严谨细致的工作作风所感动，纷纷表示，坚决圆满完成任务。

杨大中不由得拍掌说："老侄子遇上常局长，有福啊！"

2

夜里，两位年轻警官陪护着杨金贵休息，杨金枝独自在隔壁想心事，辗转反侧，难以入眠。

儿子被金钱迷住了双眼，追求低级趣味，善恶不辨，竟跟祁卫东那样的恶人沆瀣一气，滥杀无辜，才落得如此下场。她多么希望常安念及她和东胜对他的情谊，适可而止，不要再给继海加罪了。现在儿子潜逃了，已被全国通缉，他纵使跑到天涯海角，迟早要被警察抓回来。她希望儿子把所有杀人罪行全部推给祁卫东，只承认贪污，以保住性命。她只有一个儿子，她跟老公养老送终就靠唯一的儿子。如果儿子死了，等她和老公老得不能动了，谁来照顾呀？想到媒体曝光的某些养老机构虐待老人的新闻，她不寒而栗。想着想着，她不禁嘤嘤啜泣。常安依法办案，不徇私情，是出了名的。儿子罪大恶极，已经证据确凿，畏罪潜逃，更是罪加一等。所以，倘使她自己处在常安的位置上，也不会放过罪大恶极的祁卫东和孙继海。继海的命能不能保住，听天由命吧。孤独可怜的成老汉重病缠身，今后的日子可咋过呀？她决定把哥哥安顿好后，跟老公上门去给成老汉赔罪，然后把他送到养老院，所需费用全由她跟老公负担，替儿子赎罪。

她这样想着，室外的声音渐渐嘈杂起来。她朝窗外看去，已是天光大亮，大街上，上学上班的行人和穿梭的车辆，匆匆来往于晨光中，显出几分祥和和安宁。她煎熬了一宿，觉得室内空气憋闷，想出门走动走动。

这时，常安打来电话，通报了整修老宅的进度，告诉她后天上午就可以陪哥哥回老宅。"大杨庄村民准备热烈欢迎你陪哥哥回家。"

杨金枝既惊喜又愧疚。自己的儿子堕落成十恶不赦的罪人，给大杨庄村民惹出那么大乱子，乡亲们不但不计较，反而热情欢迎她和哥哥回家。她觉得实在没脸面对父老乡亲，就给常安回电话，感谢乡亲们的好意。"继海惹下如此大祸，乡亲们热烈欢迎，俺和哥哥不配。"她说自己身体不适，暂时不能陪金贵回老宅，拜托常安把金贵接回老宅。

常安参透了她的心情，劝慰她说："乡亲们打扫、维修老宅 4 天，都是志愿帮忙。杨大姐作为杨金贵唯一的亲人，应该跟大家见个面、道声谢。身体不适可以见见面就走，我负责安排车辆把大姐送回青川休息，不仅你自己，我想请孙书记跟你一块儿把金贵大哥送回大杨庄。"

杨金枝理解常安的用意，对着电话哀叹："唉，俺杨金枝和东胜实在对不起乡亲们哪！"

常安笑笑，苦口婆心地说："制造老宅惨案的罪魁祸首是祁卫东和孙继海，与大姐和孙书记无关，金贵大哥跟你和孙书记都是受害者。乡亲们都很同情你们的遭遇，不仅关心你哥，也牵挂着你和孙书记，担心你和孙书记经受不住如此打击。收拾整理老宅，乡亲们都自愿出工出力，连你哥做饭用的柴都送到了厨房，还有送米送菜的，可以说是万事俱备，你哥进门就可以舒舒服服地生活。喂牛的饲料也备足了，两头牛犊漂亮喜人，刘副所长代喂了两天，都爱不释手了。哈哈，现在的老宅，窗明几净，里里外外清清爽爽，旧貌换新颜。你跟孙书记不回家看看，跟乡亲们道声谢，那……"

杨金枝不好拒绝，打断他说："我听你的常局长，一定跟老孙把俺哥送回家，跟乡亲们当面道谢。"

"好。后天早8点，我去接待室接你和孙书记。"

3

杨金贵由常安和杨金枝、孙东胜陪同，乘坐一辆警用面包车，迎着朝阳，向大杨庄开去。开车的是李光荣。

大杨庄村口，扎起一座凯旋门，上面彩旗飘扬，一条红色巨幅标语上写着："欢迎杨金贵回家！"

凯旋门前，锣鼓喧天，李增山和窦建功、刘金龙迎候在凯旋门前。李光荣减速，常安打开车窗，挥手向村民致意。

孙东胜和杨金枝要求停车，徒步进村。常安领着杨金贵走下车，跟在孙书记、杨金枝身后。孙东胜把常安和大舅哥让到前边。

锣鼓声中，常安和杨金贵肩并肩，后面跟着杨金枝和孙东胜，缓步经过凯旋门。

老宅门前，张灯结彩。常安和杨金贵来到老宅门前，李增山撞响大槐树上的大铁钟，浑厚悠远的钟声在小山村回荡。随即，鞭炮声响起，震耳欲聋。炸碎的纸屑纷纷扬扬，如血染的雪花，铺了一地，青烟缭绕，老宅笼罩在浓浓的喜悦气氛之中。

乡亲们围拥上去，扯着嗓门呼喊："杨金贵！杨金贵……"

杨金贵傻笑着，不知所措。

面对热情的乡亲们，杨金枝哽咽着说："对不起了，乡亲们，我在这里向父老乡亲谢罪！"说完，她扑通跪倒在地，泪水像断了线的珠子，直往下落。

杨大中挤过去，扶起侄女。"金枝呀，今天不能哭，高兴才对。乡亲们都来迎接你，没人怪罪你。"

堂叔的话，触动了杨金枝灵魂深处的痛楚，内心深处的委屈和愧疚顿时暴发出来，哭天抢地地喊叫："我儿子闯下那么大祸，做了那么大孽，给大杨庄添了那么些乱子。俺是他妈妈，咋说与俺无关呀。俺没教育好儿子，乡亲们的大恩大德，金枝感激不尽，永世不忘……"

李增山劝慰她："海子做的孽由他自己承担，不用当娘的替他顶包。大杨庄父老乡亲都理解你，没人怪罪你。"

杨金贵躲在妹妹身后哭喊："妹妹呀……妹妹……"

乡亲们看着这对可怜的兄妹，擦眼抹泪，长吁短叹。

孙东胜也蓦地跪倒在地，对着乡亲们连磕了三个响头。村主任李增山将他扶起，说："孙书记，使不得，千万使不得呀！"

孙东胜哽咽着说："不要喊书记，我是大杨庄的女婿。我儿子闯了大祸，我当父亲的替他给乡亲们谢罪，理所当然。"

为了不让孙书记和杨金枝继续尴尬，李增山大喊："孙书记，杨金枝，金贵老侄子，乡亲们欢迎你们啊！"然后，他特意牵住杨金贵的手臂，高高举起，"乡亲们，大家都还认识吧，他就是大杨庄父老乡亲们牵肠挂肚了8年的老宅主人杨金贵！"顿时，大槐树下响起雷鸣般的掌声和欢呼声，"杨金贵！杨金贵……"

常安站在大铁钟下，向大伙招手说："杨金贵失踪8年，今日终于平安回家，可喜可贺！"

又是一阵热烈的掌声。

乡亲们的泪水打湿了面颊。

杨大中笑着说："谢谢你了常局长，你是俺家的大恩人。"

辛从善跟着喊："常局长英明，你找回杨金贵，村民心里的许多疙瘩都解开了。常局长的大恩大德俺们永世不忘！"

常安明白他的话的含义，微笑着说："警方能在短时间内找回杨金贵，多亏村民们提供了重要线索，功劳归于全体村民。感谢父老乡亲们对杨金贵的关心，感谢村民群众对公安的支持和帮助！"随即，他向村民群众打了个举手礼。

村民群众鼓掌欢呼："人民警察万岁！共产党万岁！"

李增山再次擂响大铁钟，深厚悠长的钟声在天地间回响。

常安招呼乡亲们回家休息，但没人愿意离开。他和李增山领着孙书记、杨大姐和杨金贵走进老宅大院查看，乡亲们紧随其后涌进院子。

老宅大院干净清爽，焕然一新。杨金贵一眼看到西屋的两头小牛犊，跌跌撞撞跑到槽前，双手抚摸着牛犊前额，嘿嘿笑着跟牛犊说话："小牛犊……呀……小牛犊……你是……我的好朋友……我们……永远不分开……"两头小牛犊似乎听懂了他的话，仰头哞叫。

杨金贵哈哈大笑，口水流得老长，轻拍牛犊的脑门说："走……咱们上山……吃……又嫩又鲜的青草。"说着，就解缰绳。

常安笑着阻止他："金贵大哥别急，先看看你住的房子，满意不满意？"杨金贵的手搭在缰绳上，头也不回地回答："满意，满意。"

常安不急不躁，"老哥没看，就说满意吗？你先看看，满意了再上山放牛中不中？"他牵着杨金贵的手臂来到堂屋。

雪白的墙壁，窗明几净，安装整齐的电线、电灯、开关、插座一目了然，房顶装了一个崭新的吊扇，方桌上摆放着一台平板电视。

李增山告诉他："电扇是大中叔给买的，电视是辛大叔给买的。"

杨金贵说："谢谢……谢……谢！"然后傻笑着说，"史惠梅……那个……坏女人……不让俺看电视……说……电视里……有……有老虎……吃人！"

常安把遥控器递给他，教他打开电视。在富新，大屏幕电视机的遥控器握在史惠梅手里，他无福享受。今天，他第一次亲手打开电视，瞅着屏幕上色彩艳丽、不时变换的画面，他感到好奇，像小孩子似的连续开关了好几次，直说："好看，好看！"

村民们高兴得咯咯直笑。

李增山告诉杨金枝："按照常局长的指示，村委会特事特办，去乡里给你哥办了低保，每月发给300块钱。今后有啥难处尽管说，乡亲们一定会尽力帮助他。"

杨金枝和孙东胜激动得连声道谢。

杨金贵也跟着说："谢谢……谢谢……"

常安领杨金贵来到东间卧室，一张宽大的双人床上，整齐地叠放着干净的被褥。李增山告诉他："这全是你堂叔堂婶送给你的。"

杨金贵高兴地说谢谢，孩子似的跳上床打几个滚。"这个……比……史惠梅……给俺的那张小床……舒服。"

众人忍俊不禁，鼓起掌来。

常安领他看看西间，那里整齐地摆放着三张钢丝折叠床。常安说："我跟窦所长、李所长住这里，跟你作伴。"

杨金贵拍手说："好……好……海子……怕常安……他不敢来老宅……来抓俺……来就……枪毙他！"然后抬手做了个瞄准的动作，嘴里发出"啪啪"两声响。

在厨房，杨金贵看着新砌的灶台出神，掀开锅盖看看，伏在灶口瞅瞅，不解地问常安："那一大锅……开水呢？海子……叫俺烧干……烧干添满……再烧……下面……灰都……满满的……还让……烧……"

李增山告诉他："你原来的锅灶太大，不好使。这回给你换了个小的，是村委会送的，不要钱。"

杨金枝、孙东胜表示感谢。

常安引领杨金贵兄妹俩和孙东胜返回院里，手朝院子画着圈说："这都是乡亲们帮助维修整理的，满意吗？"

杨金贵腼腆地抢着回答："满意……谢谢……父老乡亲……们……俺……非常……满意！"

乡亲们热烈鼓掌，议论说："杨金贵不傻，心里明镜似的，啥都明白，就是脑子慢，说不出来。"

辛从善凑趣儿说："茶壶里煮饺子。"

面对热情有加的乡亲们，常安诚恳地说："感谢乡亲们，大伙帮助了杨金贵，也帮助了警方，警方才在这么短的时间里找回杨金贵，让我们兑现了当初作出的承诺。乡亲们功不可没。"然后，他话锋一转，为乡亲们解惑，"现已查明，8

年前杨金贵失踪案背后，隐藏着一桩惨无人道、骇人听闻的谋杀案，一对无辜的男女被活活扔进灶台下面的老井里，然后被开枪打死。制造这起谋杀案的元凶，是巫州市富新县牙山稀土矿老板祁卫东和南山石化当时的设备器材科科长、现任南山石化副总经理的孙继海。"

常安的话，像热油锅里扔进一块冰，顿时炸开，村民们无不大惊失色。至于案件的详情，常安只是作了简述，并没有跟村民们交代。常安只想把老宅的真相告诉大家，他继续说："闹鬼者和阎王爷就是杨金贵失踪案的见证者，是孙继海、祁卫东杀人案的知情人。他手里有个 U 盘，上面记录了 8 年前那个大雨之夜祁卫东和孙继海进出老宅的事实。现在，这个 U 盘已经交到警方手里。其实，闹鬼者和阎王爷是一个人。可以说，这个人为解开杨金贵失踪真相做出了特殊贡献，是有功之臣。他闹鬼的本意是要向公检法发出警报，举报老宅曾经发生过一起严重的杀人案，没想到却给大杨庄带来极大的混乱和恐慌，让乡亲们吃了不少苦头，受到严重伤害。对此，他深表愧疚，主动承担责任，并将功补过，尽最大努力赔偿给大家造成的损失，态度非常诚恳。根据国家要保护举报人的有关规定，警方决定暂不公布他的个人信息。但是，他的行为确实造成了非常严重的刑事案件，所以在给他定罪量刑之后，我们公安部门再对大家通报。希望乡亲们理解。"

村民们鼓掌呼喊："同意！""赞成！"

常安接着说："给大杨庄造成混乱的真正的罪魁祸首是祁卫东和孙继海及其同伙，他们要对大杨庄的混乱和损失承担主要责任。"

村民们愤怒地呼喊：

"对呀，把那帮人抓起来，判他们死刑！"

"押着他们去祁老太、刘老头和田庆寿一家三口的坟上磕头赔罪！"

"还有俺娘。"李宝昌愤怒地挥动着拳头说，"强烈要求押他去给俺娘哭坟！"

"……"

常安理解村民群众的情绪，默默点头，待大家稍稍安静下来后，语重心长地对乡亲们说："现已查明，孙继海、祁卫东的所有犯罪活动，都与杨金枝和孙书记无关。他们两个也是受害者。"

孙东胜手一抬，接着说："常安，请打住，千万不要这样讲。"

村民们惊愕地将目光从常安身上移向孙东胜。

孙东胜表情痛苦地说："我儿子犯了滔天大罪，咋说与我和金枝无关呢？自古说，子不教，父之过。我跟金枝没有教育好儿子，他伤天害理，罪大恶极，能说我们没有责任吗？我相信警方的调查结论，希望尽快把孽子抓捕归案，绳之以法，以告慰被害人的在天之灵。我和金枝实在对不起那些无辜的被害者，实在对不起父老乡亲们！事已至此，我和金枝能做什么呢？只能说声对不起了。在此，我替儿子向所有被害者的家人谢罪，向受到伤害的乡亲们谢罪！"他深深地给乡亲们鞠了一躬，不由得老泪纵横。杨金枝也鞠躬道歉，哽咽着。

许久后，孙东胜直起腰身，郑重宣布："我跟金枝决定做成兴旺老伯的儿女，给他养老送终。明天，我们就把他接到青川市养老院，所有费用全部由俺俩承担。"孙东胜掷地有声的承诺，赢得村民群众的热烈掌声。掌声穿过小山村，飞进山林，在天地间回荡，经久不息。

随之，村民们大喊："金枝是大杨庄的好闺女，孙书记是大杨庄的好女婿、青川市的好干部。"

孙东胜摆手制止，说："乡亲们，千万不要那样讲呀，我的家风不正，孽子贪污，杀人犯罪，我却浑然不知，错误十分严重。我将连夜向市委和省委作出书面检讨，接受组织的调查和处理。我跟金枝自愿做成老伯的儿女，给他养老送终，是替儿子赎罪，这是我应尽的义务，责无旁贷！"他的话再次赢得村民们的热烈掌声。

常安、李光荣、窦建功热泪盈眶。

李增山说："现在，杨金贵失踪真相已经查清，他已安全回到大杨庄，回到老宅。常局长为民除害，劳苦功高。俺跟常局长早有约定，等找回杨金贵时要为他摆庆功宴。我老婆在家已经备好了酒席，务请常局长赏光。"

常安摆手谢绝。"现在，犯罪嫌疑人孙继海还没归案，他的所有罪行还远远没有查清，陈东来遭遇车祸身亡的真相也尚未查清，悬在乡亲们心中的许多问号还没有全部捋直，所以，现在喝庆功酒为时尚早。下一步我们的首要任务就是追捕孙继海，在此，我特别提醒乡亲们，孙继海是携带枪支潜逃的，这对社会是极大的隐患。乡亲们一旦发现或听闻他的行踪，在确保自身安全的前提下，请立即报告警方，务求尽快将其抓捕归案，让他接受法律的审判。到时，我们一定和乡亲们共饮庆功酒，就在老宅。"

杨大中、李增山、辛从善不约而同地大声说："俺信你常局长，君子一言，驷马难追！”

常安双手握在一起，高高举过头顶，用力摇着，大声回应："一定！君子一言，快马一鞭！"

（上部完）